Juan G… …ain de polar es… …cia et *ABC*, il … …médias espagnols avant de publier son premier roman, *God's Spy*, paru en 2007 sous le titre *Espion de Dieu* chez Plon. Auteur à succès, il est traduit dans plus de quarante pays et a remporté plusieurs prix, dont le Premio de Novela Ciudad de Torrevieja pour son troisième roman, *El emblema del traidor*. En 2018, il commence une trilogie dont le premier tome, *Reine rouge*, paraît en France en 2022 chez Fleuve Éditions.

REINE ROUGE

REINE ROUGE

JUAN GÓMEZ-JURADO

REINE ROUGE

Traduit de l'espagnol (Espagne)
par Judith Vernant

Titre original :
REINA ROJA
Éditeur original :
Penguin Random House Grupo Editorial, S. A. U.

Ouvrage publié avec le concours de

ISBN : 978-2-266-32939-2
Dépôt légal : janvier 2023

Pour Babs

Une interruption

Antonia Scott ne s'autorise à penser au suicide que trois minutes par jour.

Pour la plupart des gens, trois minutes représenteraient un infime intervalle de temps.

Mais pas pour Antonia. On pourrait dire que son esprit a beaucoup de chevaux sous le capot, mais le cerveau d'Antonia n'est pas une voiture de sport. On pourrait dire qu'il possède une impressionnante capacité de traitement de données, mais la tête d'Antonia n'est pas un ordinateur.

L'esprit d'Antonia s'apparenterait plutôt à une jungle, une jungle grouillant de singes, qui bondissent à toute allure de liane en liane en transportant des choses. Énormément de singes portant énormément de choses, qui se croisent dans les airs en montrant les crocs.

Voilà comment, en trois minutes – les yeux fermés, assise par terre, pieds nus, jambes croisées –, Antonia est capable de calculer :

– la vitesse à laquelle son corps heurterait le sol si elle sautait par la fenêtre qui se trouve face à elle ;

– le nombre de milligrammes de Propofol nécessaires pour sombrer dans un sommeil éternel ;

– combien de temps elle devrait rester immergée dans un lac gelé pour que son cœur cesse de battre.

Elle réfléchit au moyen d'obtenir une substance aussi contrôlée que le Propofol (en soudoyant un infirmier) et à l'emplacement du lac gelé le plus proche à cette période de l'année (Laguna Negra, Soria). Elle préfère en revanche laisser tomber l'option saut du dernier étage : sa fenêtre est étroite et la nourriture dégueulasse servie à la cafétéria de l'hôpital lui a fait prendre des hanches.

Ces trois minutes durant lesquelles elle pense aux différents moyens de se tuer sont trois minutes rien qu'à elle.

Elles sont sacrées.

Elles la maintiennent saine d'esprit.

C'est pourquoi elle est contrariée, extrêmement contrariée, quand des pas inconnus, trois étages plus bas, interrompent son rituel.

Ce n'est pas un voisin : elle reconnaîtrait sa façon de monter l'escalier. Ni un livreur, c'est dimanche.

Qui que ce soit, Antonia est certaine qu'il vient la chercher.

Et ça la contrarie encore davantage.

PREMIÈRE PARTIE

JON

— Ma foi, dans mon pays à moi, répondit Alice, encore un peu essoufflée, on arriverait généralement à un autre endroit si on courait très vite pendant longtemps, comme nous venons de le faire.

— On va bien lentement dans ton pays ! Ici, vois-tu, on est obligé de courir tant qu'on peut pour rester au même endroit. Si on veut aller ailleurs, il faut courir au moins deux fois plus vite que ça !

Lewis Carroll,
De l'autre côté du miroir,
trad. Jacques Papy, Folio classique, 1871.

1

Une mission

Jon Gutiérrez n'aime pas les escaliers.

Ce n'est pas une question esthétique. Celui-là est ancien (le bâtiment date de 1901, a-t-il noté en entrant), il grince et les cent dix-neuf années d'utilisation ont usé ses marches au centre, mais elles restent fermes, bien entretenues et vernies.

Il y fait sombre, et les ampoules de 30 watts qui pendent du plafond ne font que densifier les ombres. À mesure qu'il progresse s'échappent de sous les portes des voix étrangères, des odeurs exotiques, d'étranges musiques jouées par d'étranges instruments. Après tout, nous sommes dans le quartier de Lavapiés, un dimanche soir, et c'est bientôt l'heure de dîner.

Rien de tout cela ne dérange particulièrement Jon, pour la bonne raison qu'il a l'habitude des antiquités (il vit chez sa mère), des coins sombres (il est gay) et des citoyens étrangers aux revenus d'origine suspecte et en situation douteuse (il est inspecteur de police).

Non, ce qui dérange Jon Gutiérrez, dans les escaliers, c'est d'avoir à les monter.

Foutus vieux immeubles. Même pas la place pour caser un ascenseur. Jamais on verrait ça à Bilbao.

Non pas que Jon soit gros. En tout cas, pas assez pour s'attirer les foudres du commissaire. L'inspecteur Gutiérrez a un torse en forme de tonneau et deux bras à l'avenant. À l'intérieur, même si ça ne se voit pas, il y a des muscles de *harrijasotzaile* – de leveur de pierre. Son record personnel est de 293 kg, pas moins, et ça presque sans entraînement, juste pour le plaisir. Pour s'occuper, le samedi matin. Pour que ses collègues lui foutent la paix avec son homosexualité. Bilbao, c'est Bilbao, et les flics sont des flics, avec une mentalité plus archaïque que ce putain d'escalier centenaire que Jon grimpe avec tant de peine.

Non, Jon n'est pas assez gros pour s'attirer les foudres de son chef, et du reste, le commissaire a de bien meilleurs motifs pour lui passer un savon. Et même le virer de la police. D'ailleurs, Jon est mis à pied sans solde, *officiellement*.

Il n'est pas si gros que ça, mais son torse en tonneau repose sur deux jambes qui, par comparaison, ressemblent à des cure-dents, de sorte qu'aucune personne saine d'esprit ne qualifierait Jon d'agile.

Au troisième étage, il découvre une merveilleuse invention ancestrale : un siège. Ce n'est qu'une modeste planche, en arc de cercle, fixée à un coin du palier, mais pour lui, c'est le paradis. Il s'y laisse tomber pour reprendre son souffle, pour se préparer à cette mission qu'il accomplit à reculons, et se demander comment sa vie a bien pu partir en vrille aussi vite.

Autant dire que je suis dans un foutu merdier.

2

Un flash-back

— … un foutu merdier, inspecteur Gutiérrez, conclut le commissaire.

Son visage a viré couleur homard et il respire comme une cocotte-minute.

Nous sommes à Bilbao, au commissariat de la Police nationale de la rue Gordóniz, la veille du jour où Jon doit affronter ses six étages sans ascenseur dans le quartier de Lavapiés, à Madrid. Pour l'heure, ce qu'il affronte, ce sont des accusations de faux et usage de faux, d'altération de preuves, d'obstruction à la justice et de faute professionnelle. Ainsi qu'une peine de quatre à six ans de prison.

— Si le procureur s'énerve, il peut demander jusqu'à dix ans. Que le juge sera ravi de lui accorder. Parce que les flics corrompus, personne n'aime ça, dit le commissaire en tapant la table en acier du plat de la main.

Ils sont dans la salle d'interrogatoire, lieu dont personne ne souhaite être l'invité d'honneur. L'inspecteur Gutiérrez a droit au *pack premium* : chauffage à fond, entre chaleur étouffante et mort par asphyxie, lumières éblouissantes et carafe d'eau vide, mais bien en vue.

— Je ne suis pas corrompu, dit Jon, résistant à la tentation de desserrer sa cravate. Je ne me suis jamais mis un centime dans la poche.

— Comme si ça changeait quoi que ce soit. Mais putain, à quoi tu pensais ?

Jon pensait à Desiree Gómez, *alias* Desi, *alias* la Brillos. Desi a dix-neuf ans à peine, dont déjà trois dans la rue. À battre le pavé, à y dormir, à se l'injecter dans les veines. *Petite poupée de salon, string imitation python*[1]. Rien que Jon n'ait vu auparavant. Mais certaines de ces filles s'infiltrent dans votre cœur, allez savoir comment, et soudain, le monde est une chanson de Joaquín Sabina. Rien de sérieux. Un sourire, un café à 6 heures du matin et, tout à coup, l'idée que son mac la tabasse vous est insupportable. Vous parlez au mac, pour qu'il arrête. Et le mac n'arrête pas, parce qu'il lui manque autant de cases au cerveau que de dents dans la bouche. Elle vient pleurer dans vos bras, ça vous échauffe la tête. Avant d'avoir réalisé ce que vous faites, vous avez planqué juste assez d'héro dans la bagnole du mac pour qu'il prenne entre six et neuf ans.

— Je ne pensais à rien, répond Jon.

Le commissaire se passe la main sur le visage et le frotte comme s'il voulait en effacer l'expression d'incrédulité. En vain.

— Si au moins tu te la tapais, Gutiérrez. Mais toi, les filles, c'est pas ton truc, pas vrai ? À moins que tu te sois mis à marcher à voile et à vapeur ?

1. Extrait de la chanson *Tiramisu de limón*, de Joaquín Sabina.

Jon fait non de la tête.

— Faut avouer qu'il avait de la gueule, ton plan, ironise le commissaire. Débarrasser les rues de cette ordure, c'était une idée de génie. Trois cent soixante-quinze grammes d'héroïne, direct en prison. Sans circonstances atténuantes ni paperasse à remplir.

Le plan de Jon était fantastique. Le problème, c'est qu'il l'a trouvé tellement brillant qu'il n'a pas pu s'empêcher d'en parler à Desi. Pour qu'elle sache que ce coquard, ces ecchymoses et cette côte fêlée seraient les derniers. Mais Desi, gentiment défoncée, a eu de la peine pour son mac, le pauvre. Alors elle lui a tout raconté. Le mac a installé Desi à un coin de rue, en planque, caméra du portable allumée. Ils ont vendu la vidéo à la sixième chaîne pour trois cents euros – qui dit mieux ? – le lendemain de l'arrestation du mac pour trafic de drogue. Jon s'est retrouvé dans une merde noire. En une de tous les journaux, la vidéo tournant en boucle sur les chaînes d'infos.

— Je ne savais pas qu'ils me filmaient, commissaire, dit Jon, penaud.

Il se lisse les cheveux – ondulés, tirant sur le roux – et se gratte la barbe – épaisse, tirant sur le blanc.

Et il se souvient.

Desi avait la main qui tremblait et aucun sens du cadrage, mais elle en a filmé suffisamment. Son petit visage de poupée rendait particulièrement bien en plateau. Elle aurait même mérité un oscar pour son rôle de la petite amie de l'innocent injustement inculpé. Quant au mac, les talk-shows de l'après-midi se sont abstenus de le montrer dans son look actuel – T-shirt crade, dents pourries. Non, ils ont tous diffusé la même photo d'il y a dix ans, celle où il pourrait passer pour un premier communiant. Un petit ange sorti du droit chemin par la faute de la société et toutes les conneries habituelles.

— Tu as ruiné la réputation de ce commissariat, Gutiérrez, tu nous as traînés dans la boue. Il faut être sacrément con. Con et naïf. Vraiment, tu n'as pas flairé l'embrouille ?

Jon fait encore non de la tête.

Il a découvert l'histoire en recevant la vidéo sur WhatsApp, entre deux mèmes. En deux heures, elle était devenue virale. Jon s'est immédiatement présenté au commissariat, où le procureur réclamait déjà sa tête, avec ses couilles en bonus.

— Je suis désolé, commissaire.

— Et ça ne fait que commencer.

Le commissaire se lève en soufflant et quitte la pièce, mû par sa juste indignation. Comme si lui-même n'avait jamais trafiqué de preuves, interprété le Code pénal à sa façon ou tendu un petit piège ici ou là. Soi-disant. Sauf que lui n'a jamais été assez con pour se faire prendre.

Ils laissent Jon mariner un peu dans son jus. On lui a pris sa montre et son portable, la procédure standard pour lui faire perdre la notion du temps. Ses autres effets personnels sont dans une enveloppe. Sans rien pour s'occuper, les heures passent très lentement, lui donnant tout le loisir de se torturer pour s'être montré si bête. Le verdict médiatique prononcé contre lui, il ne lui reste qu'à se demander combien d'années il va devoir tirer à Basauri, où l'attendent quelques vieilles connaissances, les poings serrés, avec une forte envie de coincer – à trois contre un – le flic qui les a expédiés au trou. Ou bien peut-être qu'on l'enverra plus loin, pour sa sécurité, quelque part où sa petite maman ne pourra pas lui rendre visite. Ni lui apporter une gamelle de ses fameuses *cocochas* du dimanche. Neuf ans, à raison de cinquante dimanches par an, ça fait quatre cent cinquante dimanches sans *cocochas*. À vue de nez. Lourde peine, selon ses critères. Sans compter que sa mère n'est plus toute jeune. Elle l'a eu à vingt-sept ans, quasi vierge, comme Dieu le veut. Maintenant, il a quarante-trois ans, et elle, soixante-dix. Quand Jon sortira, elle ne sera plus là pour lui cuisiner des *cocochas*. Pour autant que le choc ne la tue pas avant. À tous les coups, la voisine du deuxième, avec ses géraniums et sa langue de vipère, lui a déjà tout raconté.

Cinq heures passent, ressenti cinquante. Jon n'ayant jamais été du genre à rester tranquille dans son coin, l'avenir derrière les barreaux lui paraît inconcevable. Il n'envisage pas d'en finir, parce qu'il chérit la vie par-dessus tout et reste un indécrottable optimiste. Du genre dont Dieu adore se moquer quand le ciel leur tombe sur la tête. Mais il ne trouve aucun moyen de dénouer la corde qu'il s'est lui-même passée autour du cou.

Jon est plongé dans ces sombres pensées, quand la porte s'ouvre. Il s'attend à voir entrer le commissaire, mais à sa place se trouve un homme grand et mince. La quarantaine, brun, un début de calvitie, une fine moustache et des yeux qui semblent peints sur son visage, comme ceux d'un pantin. Costume froissé. Attaché-case. Chers.

Il sourit. Mauvais signe.

— Vous êtes le procureur ? demande Jon, surpris.

Il ne l'a jamais vu, et pourtant, l'inconnu semble se sentir comme chez lui ici. Il tire l'une des chaises métalliques, qui crisse sur le béton, et s'assied de l'autre côté de la table sans cesser de sourire. Il sort des papiers de l'attaché-case, qu'il étudie comme si Jon ne se trouvait pas à moins d'un mètre de lui.

— Donc vous êtes le procureur, insiste Jon.

— Hmm… Non. Je ne suis pas le procureur.

— Avocat, alors ?

L'inconnu lâche un soupir, mi-vexé, mi-amusé.

— Avocat. Non, je ne suis pas avocat. Vous pouvez m'appeler Mentor.

— Mentor ? C'est un nom ou un prénom ?

L'inconnu continue de feuilleter les papiers sans lever les yeux.

— Votre situation est plutôt délicate, inspecteur Gutiérrez. Pour commencer, vous avez été mis à pied sans solde, et il existe diverses charges à votre encontre. Maintenant, voyons les bonnes nouvelles.

— Vous avez une baguette magique pour faire disparaître les charges ?

— Pas loin. Vous êtes dans la police depuis plus de vingt ans, avec un nombre honorable d'arrestations à votre actif. Quelques plaintes pour insubordination. Faible tolérance à l'autorité. Vous préférez prendre les chemins de traverse.

— On ne peut pas toujours suivre les règles au pied de la lettre.

Mentor range les papiers dans l'attaché-case avec lenteur.

— Vous aimez le football, inspecteur ?

Jon hausse les épaules.

— Un match de l'Athletic de temps en temps. Par habitude. L'Athletic, c'est l'Athletic.

— Vous avez déjà vu jouer une équipe italienne ? Les Italiens ont une maxime : *Nessuno ricorda il secondo.* Chez eux, tous les coups sont permis, tant que ça leur assure la victoire. Simuler pour obtenir un pénalty n'est pas un déshonneur. Donner un coup de pied fait partie du jeu. Un sage a qualifié cette philosophie de « merdisme ».

— Quel sage ?

À présent, c'est Mentor qui hausse les épaules.

— Vous êtes un *merdiste*, comme le prouve votre dernier exploit avec le proxénète. Évidemment, l'idée était que l'arbitre ne voie rien, inspecteur Gutiérrez. Et certainement pas que l'action finisse sur les réseaux sociaux sous le hashtag #DictaturePolicière.

— Écoutez, Mentor, ou qui que vous soyez, dit Jon en posant ses énormes bras sur la table. Je suis fatigué. Ma carrière est ruinée et ma mère doit être morte d'inquiétude parce que je ne suis pas rentré dîner, et je n'ai même pas encore pu la prévenir que je vais passer un paquet d'années sans la voir. Donc allez droit au but ou allez vous faire foutre.

— Je vais vous proposer un accord. Vous faites quelque chose pour moi, et moi je vous tire de ce… comment dit votre chef, déjà ? De ce foutu merdier.

— Vous allez parler au ministère public, c'est ça ? Et aux médias ? Ne me prenez pas pour un con. Je ne suis pas né de la dernière pluie.

— Je comprends qu'il vous soit difficile de faire confiance à un inconnu. Vous avez certainement mieux vers qui vous tourner.

Jon n'a pas mieux vers qui se tourner. Ni mieux ni pire, d'ailleurs. Il a eu cinq heures pour s'en rendre compte.

Il capitule.

— Qu'est-ce que vous voulez ?

— Ce que je veux, inspecteur Gutiérrez, c'est que vous rencontriez une vieille amie à moi. Et que vous l'emmeniez danser.

Jon éclate d'un rire sans joie.

— Écoutez, j'ai bien peur qu'on vous ait mal renseigné sur mes penchants. Votre amie n'aura sûrement aucune envie de danser avec moi.

Mentor sourit à nouveau. Un sourire jusqu'aux oreilles, encore plus inquiétant que le précédent.

— Évidemment que non, inspecteur. D'ailleurs, c'est bien là-dessus que je compte.

3

Une danse

C'est donc d'une humeur plutôt maussade que Jon Gutiérrez affronte la dernière volée d'escalier du 7 rue Melancolía (quartier de Lavapiés, Madrid). Le commissaire n'a pas voulu lui donner d'explications non plus quand Jon l'a interrogé sur Mentor :

— Putain, mais il sort d'où, lui ? Des services secrets ? De l'Intérieur ? Des Avengers ?

— Fais ce qu'il te dit et ne pose pas de questions.

Jon reste mis à pied sans solde, bien que les accusations contre lui aient été suspendues. Et la vidéo où on le voit planquer la came dans la voiture du maquereau a disparu – magie ! – des télés et des journaux.

Exactement comme Mentor l'avait promis s'il acceptait son étrange proposition.

Les réseaux sociaux continuent d'en parler, mais peu importe. C'est une simple question de temps avant que les hyènes de Twitter trouvent une autre charogne à ronger jusqu'à ce qu'il n'en reste plus que les os.

Pourtant, l'inspecteur Gutiérrez a le souffle court et le cœur recroquevillé dans la poitrine. Et ce n'est pas seulement à cause de l'escalier. Parce que Mentor ne s'est pas contenté de lui demander de rencontrer son *amie* Antonia Scott. Il a aussi exigé autre chose en échange de son aide. Or, d'après le peu d'explications que Mentor lui a données, cette seconde partie sera la plus difficile.

Au dernier étage se trouve la porte des combles.

Verte. Vieille. Écaillée.

Ouverte. En grand.

— Bonsoir ?

Surpris, il pénètre dans l'appartement. L'entrée est vide. Pas un seul meuble, pas de portemanteau, pas même un triste vide-poches où traîne une carte de fidélité Carrefour. Rien, à part une pile de Tupperware vides. Ils sentent le curry, le couscous, et six ou sept autres spécialités. Les mêmes odeurs qui émanaient des appartements que Jon a croisés au cours de son ascension.

Après l'entrée, il y a un couloir, tout aussi dépouillé. Sans affiches ni étagères. Deux portes d'un côté, une de l'autre, une quatrième au fond. Toutes ouvertes.

La première donne sur une salle de bains. Jon passe la tête et ne voit qu'une brosse à dents, un tube de dentifrice Colgate goût fraise, un savon. Une bouteille de gel douche dans la cabine. Une demi-douzaine de tubes de crème anticellulite.

En voilà une qui croit à la magie.

À droite, il n'y a qu'une chambre. Vide. Dans le placard intégré, ouvert, il distingue quelques cintres, inoccupés pour la plupart.

Jon se demande quel genre de personne peut bien vivre ainsi, avec trois fois rien. Elle est peut-être déjà partie. Il craint soudain d'être arrivé trop tard.

Plus loin, à gauche, une minuscule cuisine. Des assiettes traînent dans l'évier. Le plan de travail est un océan de quartz blanc, où une cuillère à café, sale, s'est échouée avant d'atteindre la cuvette.

Au fond du couloir, le salon. Mansardé. Les murs sont en briques apparentes, les poutres, en bois foncé. La lumière, ténue, entre par deux lucarnes ménagées dans le toit. Et par une fenêtre.

Dehors, le soleil se couche.

Dedans, Antonia Scott est assise par terre, au milieu de la pièce, en position du lotus. Trente ans et quelques. Vêtue d'un pantalon noir et d'un T-shirt blanc. Elle a les pieds nus. Face à elle se trouve un iPad, branché à la prise par un très long câble.

— Vous m'avez interrompue, dit Antonia.

Elle retourne l'iPad et place l'écran face au parquet défraîchi.

— C'est très impoli.

Jon est du genre à contre-attaquer quand on l'agresse. Préventivement. Pour la forme. Chacun pour sa gueule.

— Vous laissez toujours la porte ouverte ? Vous savez dans quel quartier vous vivez ? Et si j'avais été un violeur psychopathe ?

Antonia bat des paupières, déconcertée. L'ironie n'est pas son fort.

— Vous n'êtes pas un violeur psychopathe. Vous êtes policier. Basque.

Le « basque » ne le fait pas tiquer, son accent ne laisse aucun doute sur ce point. En revanche, qu'elle ait capté qu'il est flic le surprend. Normalement, un flic pue le flic. Mais Jon, qui ne paie pas de loyer et dont tout le salaire passe dans sa garde-robe, ressemble plutôt à un directeur marketing, avec son costume trois-pièces sur mesure en laine de printemps et ses souliers italiens.

— Comment vous savez que je suis policier ? dit Jon, appuyé contre l'encadrement de la porte.

Antonia désigne le côté gauche de sa veste. Malgré le soin qu'a mis le tailleur à compenser la bosse que forme son arme de service, il n'y est pas tout à fait parvenu. Son régime n'a pas aidé non plus.

— Je suis l'inspecteur Gutiérrez, reconnaît Jon.

Il hésite à lui tendre la main, mais se retient à temps. On l'a averti que la femme n'aime pas le contact physique.

— C'est Mentor qui vous envoie, dit-elle.

Ce n'est pas une question.

— Il vous a prévenue de ma visite ?

— Inutile. Personne ne vient jamais ici.

— Hormis vos voisins, pour vous apporter à manger. On dirait qu'ils vous apprécient.

Antonia hausse les épaules.

— Je suis la propriétaire de l'immeuble. Enfin, mon mari. Les plats, c'est le loyer que je demande.

Jon fait un rapide calcul. Cinq étages, trois appartements par étage, mille euros par appartement.

— C'est ça. Au prix du couscous, il a intérêt à être bon.

— Je n'aime pas cuisiner, dit Antonia avec un sourire.

C'est alors que Jon s'aperçoit qu'elle est jolie. *Pas non plus une beauté, calmons-nous*. À première vue, le visage d'Antonia n'a rien de remarquable ; il est comme une feuille blanche. Ses cheveux raides et bruns, mi-longs, n'aident pas vraiment. Mais quand elle sourit, son visage s'illumine comme un sapin de Noël. Et vous découvrez que ses yeux, qui avaient l'air marron, sont en fait d'un beau vert olive, et que des fossettes se creusent de part et d'autre de sa bouche, dessinant un triangle parfait avec la pointe du menton.

Puis elle redevient sérieuse, et l'effet disparaît.

— Maintenant, allez-vous-en, dit Antonia, agitant la main en direction de Jon.

— Pas avant que vous ayez écouté ce que j'ai à vous dire.

— Vous croyez que vous êtes le premier que m'envoie Mentor ? Il y en a eu trois, avant vous. Le dernier, c'était il y a six mois. Alors je vais vous répéter ce que j'ai dit aux autres : ça ne m'intéresse pas.

Jon se passe la main dans les cheveux – ondulés, tirant sur le roux, disions-nous – et inspire profondément. Il faut plusieurs secondes et pas mal de litres d'oxygène pour remplir cet énorme torse. Il cherche juste à gagner du temps, car en réalité, il ne sait absolument pas quoi dire à cette femme étrange et solitaire qu'il ne connaît que depuis trois minutes. Et tout ce que lui a dit Mentor, c'est : « Faites en sorte qu'elle monte dans la voiture. Promettez-lui ce que vous voulez, mentez-lui, menacez-la, amadouez-la. Mais débrouillez-vous pour qu'elle monte dans la voiture. »

Qu'elle monte dans la voiture. Il n'a pas précisé ce qui se passerait *après*. Et c'est bien ce qui l'obsède.

Qui est cette fille ? Pourquoi est-elle si importante ?

— Si j'avais su, j'aurais apporté du couscous. C'est quoi, le truc ? Vous avez été flic ?

Antonia fait claquer sa langue avec dégoût.

— Il ne vous a rien raconté du tout, n'est-ce pas ? Il a dû vous demander de me faire monter en voiture, sans préciser où on irait. Encore une de ses missions ridicules. Non, merci. Je me porte bien mieux sans lui.

Jon fait un geste en direction de la chambre vide et des murs nus.

— Je vois ça. Tout le monde rêve de dormir par terre.

Antonia se renferme encore un peu plus et plisse les yeux.

— Je ne dors pas par terre. Je dors à l'hôpital, crache-t-elle.

Touchée. Et quand elle est touchée, elle parle.

— Vous avez un problème ? Non, pas vous. C'est votre mari, pas vrai ?

— Ça ne vous regarde pas.

Soudain, les pièces s'emboîtent, et Jon ne peut plus s'arrêter de parler.

— Il a quelque chose, il est malade, et vous voulez rester auprès de lui. Ça se comprend. Mais mettez-vous à ma place. On m'a demandé de vous convaincre de monter dans cette voiture, Antonia. Si je n'y arrive pas, j'en subirai les conséquences.

— Ce n'est pas mon problème, réplique-t-elle d'une voix glaciale. Je me fous de ce qui peut arriver à un gros flic incompétent qui a merdé assez lourdement pour qu'on l'envoie me chercher. Maintenant, tirez-vous. Et dites à Mentor d'arrêter de me harceler.

L'inspecteur Gutiérrez, les traits figés, fait un pas en arrière. Il ne sait pas ce qu'il pourrait dire de plus à cette dingue. Il se maudit de s'être laissé embarquer dans cette galère. Quelle perte de temps ! Maintenant, il n'a plus qu'à retourner à Bilbao, affronter le commissaire et assumer les conséquences de sa bourde.

— Très bien, dit Jon avant de faire demi-tour dans le couloir, la queue entre les jambes. Mais il m'a demandé de vous dire que cette fois, c'est différent. Cette fois, il a besoin de vous.

4

Un appel vidéo

Antonia Scott voit disparaître le dos massif de l'inspecteur Gutiérrez au fond du couloir. Elle compte les pas, lents et lourds, qui s'éloignent. Arrivée à treize, elle retourne l'iPad.

— On peut reprendre, mamie.

L'écran montre une vieille femme au regard avenant et aux cheveux crêpés. Son visage est creusé de plus de sillons que les pentes d'un vignoble. L'image est bien choisie, puisqu'elle est justement en train de vider un verre de vin.

— Pourquoi m'as-tu appelée ? Il n'est pas encore 22 heures.

— J'ai appelé en l'entendant monter. Je voulais que tu sois présente au cas où ça tournerait mal.

Toutes deux s'expriment en anglais. Georgina Scott vit à Chedworth, aux environs de Gloucester, un minuscule village de la campagne anglaise où le temps s'est arrêté voilà des siècles. Un hameau de carte postale. Avec sa villa romaine. Ses murs couverts de mousse.

Sa connexion Internet à haut débit, grâce à laquelle grand-maman Scott et Antonia discutent deux fois par jour.

— J'ai l'impression qu'il était bel homme. En tout cas il avait une voix de bel homme, dit la vieille femme, qui voudrait bien que sa petite-fille se secoue un peu.

— Il est gay, mamie.

— Foutaises, ma petite. Aucun homme n'est gay quand tu approches la main de son robinet. À l'époque, je peux te dire que j'en ai guéri quelques-uns.

Antonia lève les yeux au ciel. Sa grand-mère a la même vision du « politiquement correct » que Winston Churchill.

— Tu ne peux pas dire des choses pareilles, mamie.

— J'ai quatre-vingt-treize ans, déclare la vieille femme pour toute justification, avant de se resservir du vin.

— Mentor veut que je reprenne du service.

La bouteille de bordeaux tremble légèrement, et un peu de liquide se répand sur la table. Incroyable. Georgina Scott est à peine capable d'écrire son nom sans dépasser de la feuille, mais pour ce qui est de se servir à boire, elle a la main aussi sûre qu'un chirurgien esthétique.

— Mais ce n'est pas ce que tu veux, n'est-ce pas ? dit-elle.

Derrière sa voix douce, le loup affleure à peine.

— Tu le sais très bien, lâche Antonia, qui ne veut pas se disputer une fois de plus avec elle.

— Bien sûr, ma chérie.

— Par ma faute, Marcos est dans un lit d'hôpital depuis trois ans. Par ma faute, et à cause de ce travail.

— Non, Antonia, réplique sa grand-mère en baissant la voix. Par la faute du misérable qui a appuyé sur la détente.

— Que je n'ai pas réussi à arrêter.

— Je ne suis peut-être qu'une vieille gâteuse, ma chérie, dit la grand-mère, le loup montrant déjà les dents, mais il me semble que pour quelqu'un qui s'accuse de pécher par inaction, tu passes beaucoup de temps assise dans ton grenier.

Antonia garde le silence un instant. Suffisamment pour que les singes dans sa tête travaillent à plein régime à essayer, vainement, de se sortir de ce piège.

— Pourquoi tu me fais ça, mamie ? proteste-t-elle.

— Parce que j'en ai assez de te voir moisir ici, toute seule. Parce que tu as un don que tu es en train de gâcher. Mais surtout, par pur égoïsme.

— Égoïste, toi, mamie ? s'étonne Antonia.

À dix-neuf ans, Georgina Scott s'est portée volontaire en tant qu'infirmière pour débarquer en Normandie, soixante-dix heures après le Jour J, la tête couverte d'un casque énorme qui lui tombait jusqu'aux sourcils, portant une valise bourrée d'ampoules de morphine. À portée de tir des nazis, vaille que vaille, elle amputait, recousait, et distribuait inlassablement ses analgésiques.

Pour Antonia, il est impensable que sa grand-mère puisse manifester une once d'égoïsme.

— Par égoïsme, oui. Tu es devenue terriblement assommante, ma pauvre. Tu passes tes journées enfermée… sans même parler de tes nuits. Je regrette l'époque où tu travaillais. Et où tu me racontais tes journées. Je n'ai plus tellement de raisons de vivre.

À part ça, dit la vieille femme en levant son verre. Et toi. Et le vin n'a plus le même goût que naguère.

Antonia éclate d'un rire incrédule. Sa grand-mère pense que l'eau n'est bonne qu'à deux choses : se laver et faire cuire les fruits de mer. Mais Antonia comprend ce qu'elle cherche à faire. Depuis ce qui s'est passé,

(depuis ce que tu as fait)

le monde tourne à l'envers. Pas elle, évidemment. Le monde, ce monde où elle n'a plus sa place. Un monde où, reconnaît-elle à contrecœur, les jours ne sont qu'une interminable litanie de culpabilité et d'ennui.

— Tu as peut-être raison, dit Antonia au bout d'un moment. Peut-être que ça me fera du bien de m'occuper l'esprit. Mais juste ce soir.

La vieille femme prend une nouvelle gorgée de vin et esquisse un sourire extatique, un sourire de publicité pour des chocolats.

— Juste un soir, ma chérie. Qu'est-ce qui pourrait bien mal tourner ?

5

Deux questions

Jon descend l'escalier presque aussi lentement qu'il l'a monté. Ce n'est pas son habitude. Normalement, il se venge de ce salopard à la descente, en profitant de l'attraction gravitationnelle, considérable dans son cas (non pas qu'il soit gros). Mais aujourd'hui, après avoir échoué à accomplir cette mission aussi absurde que faussement simple, il ne sait pas quoi faire, et l'indécision ralentit ses pas.

Au palier du troisième étage, son téléphone sonne. Jon s'assied pour prendre l'appel. Il n'aime pas parler en marchant, de peur qu'on remarque son souffle court.

Le numéro est inconnu, mais Jon sait qui lui téléphone.

— Elle a dit non, dit-il en décrochant.

À l'autre bout de la ligne, Mentor émet un grognement désapprobateur.

— C'est très décevant, inspecteur Gutiérrez.

— Je ne sais pas ce que vous espériez. Cette femme a une araignée au plafond. Elle vit dans un appartement vide, sans un seul meuble. Ses voisins lui apportent à manger, bon Dieu. Et elle raconte je ne sais pas quoi sur son mari malade.

— Son mari est à l'hôpital. Dans le coma, depuis trois ans. Scott s'en rend responsable. Ça pourrait être un levier pour la pousser à l'action, mais je vous le déconseille. Quand vous lui reparlerez…

— Pardon ? Écoutez, j'ai fait le maximum, elle a eu le message. À vous de remplir votre part du contrat.

Mentor soupire. C'est un soupir long, théâtral.

— Si nos désirs étaient des gâteaux au chocolat, inspecteur, le monde entier serait obèse. Démerdez-vous comme vous voulez, mais j'ai besoin de l'avoir à bord de cette voiture tout de suite.

Jon tente le jackpot.

— Peut-être que si vous arrêtiez vos cachotteries et que vous me disiez ce qui se trame…

Au bout du fil, il y a un silence, un long silence. Jon peut presque entendre tourner les rouleaux de la machine à sous.

— Vous devez comprendre que tout cela est confidentiel. Il pourrait y avoir de graves conséquences pour vous.

— Naturellement.

Et soudain, contre toute attente, il décroche les trois cerises.

— Je veux qu'Antonia m'aide dans une affaire très compliquée. Laissez-moi vous expliquer.

Mentor parle pendant moins d'une minute, mais cela suffit. Jon écoute, d'abord sceptique, puis abasourdi. Sans même s'en rendre compte, il s'est levé et, contrairement à son habitude, commence à faire les cent pas sur le palier.

— Je vois. Vous allez au moins me dire pour qui vous travaillez ?

— Ce n'est pas la question. Je vous dirai tout ce que vous avez besoin de savoir en temps utile. Pour l'instant, la seule chose qui doit vous importer, c'est d'emmener Antonia Scott à l'adresse que je viens de vous envoyer.

Jon sent l'appareil vibrer contre son oreille.

— Pourquoi Scott est tellement importante ? Je suis sûr qu'il y a six ou sept experts en criminologie, à la section d'analyse comportementale, qui peuvent très bien…

— Exact, le coupe Mentor. Mais aucun d'entre eux n'est Antonia Scott.

— Mais bordel, qu'est-ce qu'elle a de spécial, cette fille ? C'est Clarice Starling et je ne l'ai pas reconnue ? insiste Jon, qui commence à en avoir marre.

Mentor s'éclaircit la voix. Quand il répond, c'est avec un certain effort. Une réticence. Comme s'il ne voulait pas partager ce qu'il s'apprête à dire. Ce qui est effectivement le cas.

— Inspecteur Gutiérrez, cette fille, comme vous dites, n'est pas policière ni criminologue. Elle n'a jamais touché une arme ni porté de plaque, et pourtant, elle a sauvé des dizaines de vies.

— Pardon ? Comment ?

— Je pourrais vous le dire, mais je ne veux pas vous gâcher la surprise. Et pour ça, j'ai besoin que vous la fassiez monter en voiture et que vous la mettiez au travail. Tout de suite.

Mentor raccroche. Jon s'apprête à rebrousser chemin pour remonter l'escalier, quand une voix l'interpelle.

— Inspecteur.

Jon se penche au-dessus de la rambarde. Trois étages plus bas, dans la pénombre, Antonia lui adresse un petit salut de la main.

Cette femme est une sorcière, bordel de merde, pense Jon, qui peut être assez vulgaire en son for intérieur, et parfois aussi en vrai.

Lorsqu'il la rejoint, elle sourit.

— J'ai deux questions à vous poser. Si vous donnez la bonne réponse, j'accepte de vous accompagner.

— Que… ?

Antonia lève un doigt. Du haut de son mètre soixante, chaussures comprises, elle lui arrive à peine à la poitrine. Et pourtant, elle en impose. Maintenant qu'il est plus près, Jon aperçoit des marques sur son cou. Comme de larges éraflures sur sa peau. Anciennes. Qui disparaissent sous son T-shirt.

— Première question. Qu'est-ce que vous avez fait ? Vous avez gravement merdé, je le sais. Mentor m'envoie toujours des gens qui n'ont pas le choix. C'est absurde, mais il est persuadé que personne ne voudrait travailler avec moi de son plein gré.

— Vraiment absurde, en effet, lâche Jon.

Le sarcasme glisse sur Antonia comme la pluie sur un blouson en Gore-Tex neuf. Elle se contente de le regarder, dans l'expectative, en tripotant la bandoulière de son sac à main. Jon se voit obligé de lui répondre.

— Je… j'ai planqué trois cent soixante-quinze grammes d'héroïne dans le coffre de la voiture d'un proxénète.

— Ça, c'est mal.

— Il tabassait l'une de ses filles. Il aurait fini par la tuer.

— Ça reste mal.

— Je sais. Mais je ne regrette pas. Ce que je regrette, c'est de m'être fait prendre. J'ai été assez bête pour le dire à la prostituée, qui m'a filmé avec son portable. Vous imaginez le scandale. Je risque de finir en prison.

Antonia acquiesce.

— Pas de doute, vous avez des problèmes.

— Pas de doute, vous êtes très perspicace. Et la deuxième question ?

— Est-ce que ce genre d'écarts est dans vos habitudes ? Est-ce que cela affecte votre travail et votre jugement ?

— Bien sûr, je passe mon temps à planquer des preuves bidon, je mens, je tabasse les témoins et je soudoie les juges. À votre avis, comment je suis devenu inspecteur ?

Antonia ne cille pas. Quelque chose dans le ton de Jon lui laisse penser que cette déclaration n'est peut-être pas à prendre au premier degré.

— Je reformule la question plus simplement. Êtes-vous un bon policier ?

Jon ignore l'injure. Parce que la question est trop importante. Elle est même essentielle.

— Si je suis un bon policier ?

Lui-même n'a cessé de se la poser depuis que tout ça a commencé. Sa bourde puérile l'a fait douter de lui. Jusqu'à cet instant.

— Oui. Oui, je suis un bon flic. Je suis un putain de super-flic.

Antonia l'étudie sans ciller. Dans ses yeux, il y a des balances et des poids, des instruments de mesure. Jon se sent jugé, et il l'est.

— Très bien, conclut-elle. Je viens avec vous ce soir. Ensuite, vous me laisserez tous tranquille.

— Pas si vite. À mon tour de vous poser une question. Comment vous avez fait pour descendre sans que je vous voie ?

Elle pointe le doigt dans son dos.

— Derrière cette porte, il y a un ascenseur.

Bouche bée, Jon regarde la porte, qu'il ne lui serait pas venu à l'idée d'ouvrir. On la discerne à peine, et encore moins à la lumière de ces ampoules miteuses. Quand il retrouve sa contenance, il doit courir derrière Antonia, qui atteint déjà le hall de l'immeuble.

— J'espère que ce ne sera pas en pure perte. C'est la dernière fois, autant que ça en vaille la peine.

— Que ça en vaille la peine ?

— Que ce soit intéressant.

Jon rit intérieurement en repensant à tout ce que Mentor lui a dit au téléphone. *Intéressant*.

Pour ça, ma jolie, tu ne vas pas être déçue.

6

Un trajet

Antonia sourit en découvrant le véhicule qui les attend – trois roues sur le trottoir, privilège de flic. Une énorme Audi A8. Noir métallisé, vitres teintées, jantes en alliage, cent mille euros et quelques. Jon n'a jamais été branché voitures de luxe – il roule en Prius électrique, pour draguer les *millenials* –, mais il reconnaît ce sourire.

— Satisfaite du choix de votre copain Mentor ?

Antonia acquiesce.

Jon en profite et agite les clés sous son nez comme un hochet. La dernière chose dont il a envie après s'être tapé le trajet depuis Bilbao est de s'asseoir au volant d'une voiture, même de celle-là, qui est plus grande que le salon de sa mère.

— Vous voulez conduire ?

Antonia fait non de la tête.

C'est là toute la conversation qu'ils ont pendant le trajet. Attention, de la part de l'inspecteur Gutiérrez, ce n'est pas faute d'essayer de lui extorquer des informations sous couvert de questions bien intentionnées. Mais curieusement, Antonia ne mord pas à l'hameçon et se contente d'appuyer sa tête contre la vitre, les yeux fermés.

Comme les gosses. Tu les mets dans une voiture, ils s'endorment, pense Jon, dont la connaissance des enfants se limite à ce qu'il a appris en regardant *Modern Family*.

Vingt minutes plus tard, l'Audi s'arrête en souplesse à l'endroit que Mentor lui a indiqué par WhatsApp. Antonia se redresse sur son siège.

— On est arrivés ?

— Presque.

Ils sont devant une barrière de sécurité. Deux gardiens sortent de la guérite et font le tour de la voiture, chacun d'un côté. La lumière puissante d'une LED éblouit Jon et les yeux encore ensommeillés d'Antonia.

— Vous me feriez le plaisir de baisser un peu cette lumière, mes chéris ? dit Jon en sortant sa plaque par la vitre.

L'un des gardiens s'approche. Son visage est à peine visible dans l'obscurité, sous sa casquette enfoncée jusqu'aux sourcils, mais Jon perçoit sa nervosité. Il examine la plaque avec attention, sans la toucher. Au bout de quelques secondes, il fait signe à son collègue de lever la barrière.

— Vous pouvez passer.

— C'est vous qui étiez de garde il y a deux soirs ?

Pause.

— Non, c'était mon soir de congé.

Il ment, ou il cache quelque chose.

— Et votre collègue ?

— Ici, personne n'a rien vu. Continuez tout droit jusqu'au deuxième rond-point, puis prenez à droite jusqu'au bout.

Jon préfère ne pas insister et redémarre la voiture dès que la barrière est levée. Les phares au xénon illuminent un panneau en métal brillant où l'on peut lire le nom de l'endroit : LA FINCA.

Ils sont à des années-lumière de Lavapiés, constate Jon en roulant le long de ces allées privées tirées au cordeau.

Le dernier endroit au monde où on peut porter un polo rose sans être commercial chez Tampax.

Au début du parcours, en bordure de la route principale, ils croisent un certain nombre de maisons mitoyennes, qui s'espacent progressivement, laissant place à des villas d'architecte, de plus en plus vastes et luxueuses, dont les lumières chaudes se détachent comme des îlots dans l'obscurité.

— Je me suis renseignée. C'est un domaine ultrasélect pour millionnaires soucieux de préserver leur intimité, dit Antonia, qui a sorti son iPad de son sac et cherche des informations sur le Web. Des chefs d'entreprise, des footballeurs. Les maisons coûtent jusqu'à vingt millions d'euros. Ils disent que c'est l'endroit le mieux gardé d'Europe.

Jon a le vague souvenir d'un reportage télévisé sur La Finca. La moitié de l'équipe du Real Madrid vit dans cette maquette grandeur nature. Cela dit, le reportage ne montrait pas grand-chose, au-delà des rues lisses et bien éclairées qu'ils sont en train de parcourir. Sauf que, de nuit, le paradis de l'intimité prend des allures un peu sinistres.

— Pas certain que ce soit aussi bien gardé qu'ils le croient, dit Jon en repensant à ce que Mentor lui a raconté.

Il conduit lentement, vitres baissées, essayant d'appréhender l'univers où ils ont pénétré. Il n'y a pas âme qui vive en vue. Pas un seul bruit non plus, hormis celui des grillons dans la pelouse impeccable et le son de la brise qui souffle sur le lac artificiel, que Jon laisse à sa droite au deuxième rond-point, suivant les instructions du vigile. Là, ils franchissent une nouvelle barrière de sécurité, que le gardien s'empresse de baisser sitôt qu'ils sont passés.

On dirait un genre de zone VIP à l'intérieur du domaine VIP.

Dans ce secteur, les allées individuelles s'espacent encore davantage. Les lampadaires qui éclairent les trottoirs sont plus rares, et les murs et portails qui interdisent l'accès aux villas se font plus hauts. Cinq cents mètres après la barrière, Jon aperçoit le bout de la rue. Devant eux, garée en travers de la chaussée, face au portail de la dernière villa, se trouve une Audi A8 noire identique à la leur.

— Il a dû avoir un prix de gros, dit Jon en se garant au bord du trottoir.

Appuyé contre l'autre voiture, Mentor regarde sa montre avec une impatience étudiée. Il porte le même costume que la veille, mais a changé de chemise – celle-là est propre et repassée. Cependant, il n'a rien pu faire pour dissimuler le teint plombé de son visage fatigué, accentué par la lumière des réverbères, ni l'éclat vitreux de ses yeux de pantin.

Jon coupe le moteur et descend du véhicule. Antonia ne l'imite pas.

— Bien joué, inspecteur Gutiérrez, dit Mentor sans bouger.

Jon s'approche et désigne la voiture derrière lui. Mission accomplie.

— Votre mascotte est là. On est quittes.

— Si l'on s'en tient aux termes de notre accord, reconnaît Mentor après un toussotement, en effet, nous sommes quittes. Mais je présume que votre curiosité professionnelle brûle de savoir ce que tout cela peut bien signifier, n'est-ce pas ? Et le commissaire pas plus que moi-même ne voudrions que cette curiosité reste insatisfaite.

Jon lâche un grognement exaspéré. Ce connard ne comptait pas lui foutre la paix si facilement. Il se maudit d'avoir été aussi stupide.

— Vous m'avez dit que tout ce que j'avais à faire, c'était de la faire monter dans une voiture. De tous les pigeons que vous lui avez envoyés, je suis le premier à ne pas m'être pris le mur.

— Et c'est précisément la raison pour laquelle je ne peux pas vous laisser repartir, inspecteur, explique Mentor en insistant sur chaque syllabe, comme si le raisonnement qui justifiait le changement des termes de leur accord était aussi évident qu'un furoncle au bout du nez.

— Elle m'a dit qu'elle viendrait avec nous ce soir, mais qu'elle rentrerait chez elle juste après. Dans quelques heures, je ne vous servirai plus à grand-chose.

Mentor hausse les épaules.

— J'ai l'intuition que quand Scott verra ce qu'il y a là-dedans, elle ne voudra pas s'arrêter là. Et j'ai besoin que vous vous occupiez d'elle pendant ce temps-là. Elle n'est pas très douée pour ça.

— Vous m'en direz tant.

— Nous avons donc un accord.

Jon prend quelques secondes pour répondre. Même si cela lui laisse un goût amer, il fallait s'attendre à ce que Mentor l'entube. Des rares conseils que son père lui a donnés avant de se tirer, celui qu'il se rappelle le mieux sans jamais en tenir compte est le suivant : « Si un marché a l'air trop beau pour être vrai, c'est qu'il l'est. »

Ce n'est pas non plus comme s'il avait le choix. Il ignore par quel miracle cet homme mystérieux et élégant a pu faire disparaître la vidéo de Desi, mais il pressent que, quoi qu'il ait fait, il peut aussi le défaire d'un claquement de doigts. Adieu sa carrière, et adieu les *cocochas* de sa petite maman.

Mentor a raison sur un point. Là où il en est, l'inspecteur Gutiérrez a besoin de savoir à quoi rime tout ça.

— Très bien. Vous me tenez par les couilles, capitule Jon.

— Je me réjouis que vous vous en rendiez compte.

Jon se tourne vers la voiture où attend toujours Antonia.

— Pourquoi elle ne descend pas ?

Mentor prend Jon par le coude et l'éloigne de l'Audi.

— Ne la regardez pas. Elle se prépare. Ça ne doit pas être facile pour elle.

7

Un exercice

Seule dans l'habitacle de la voiture, Antonia respire avec difficulté. Le temps qu'elle a passé les yeux fermés durant le trajet ne lui a pas permis de se calmer.

Elle a pourtant essayé certains de ses meilleurs trucs, parmi lesquels :

– calculer le nombre de fois où les roues ont tourné entre le départ et l'arrivée (environ 7 300) ;

– réciter, à l'envers, la liste des rois goths (elle a buté deux fois sur Geisalic à cause de Jon, qui n'arrêtait pas de jacasser) ;

– dessiner le trajet le plus court entre chez elle et le parc du Retiro sans passer par les rues commençant par une voyelle (allongé de 11 minutes s'il y a de la circulation).

Rien n'y a fait. Son cœur bat à tout rompre, sa respiration est haletante. Maintenant que Jon n'est plus à ses côtés, la panique l'envahit. Ou peut-être laisse-t-elle la panique s'immiscer en elle uniquement quand il n'y a personne pour la juger.

Elle a eu beau fuir ses responsabilités, fuir ses capacités, après tout ce temps, la réalité a fini par la rattraper. Antonia est experte dans l'art de se mentir à elle-même, mais elle n'en est pas moins capable d'admettre que son envie de descendre de cette voiture et de revenir dans le jeu est aussi forte que sa peur.

Même si c'est une mauvaise idée.

Même si elle s'est juré de ne pas y retourner à cause du mal qu'elle a fait à l'homme qu'elle aime.

Même si ce poids au creux de l'estomac exige qu'elle s'installe derrière le volant, mette le contact, appuie à fond sur l'accélérateur et s'échappe de cette prison dorée. Cheveux au vent, crissements de pneus.

Même si ça déçoit sa grand-mère.

Alors, elle regarde par la fenêtre et contemple avec une certaine surprise la surface du lac artificiel.

Mångata.

En suédois, le reflet de la lune qui trace comme un chemin sur l'eau.

Antonia avait un jeu avec Marcos – *on y jouera encore, on y jouera encore*, se répète-t-elle intérieurement, si fort qu'elle peut presque l'entendre –, dénicher des mots étrangers impossibles, des mots qui reflètent des sentiments intraduisibles, qu'il faudrait tout un paragraphe pour exprimer dans une autre langue. Le premier qui en trouvait un l'offrait à l'autre comme un trésor. Or à cet instant – coup de vent et éclaircie aidant – l'un de ses favoris vient de se matérialiser sous ses yeux, sous la forme d'une ligne argentée, tremblotante et imparfaite.

Mångata.

Un signe de l'univers comme un autre, qui aura le sens qu'Antonia voudra bien lui donner. C'est à cela que servent les signes, à ce que nous en fassions ce qui nous arrange.

Le poids sur sa poitrine s'allège, sa respiration se ralentit. Les singes dans sa tête hurlent un peu moins fort. Telle est la beauté des certitudes, même des plus éphémères. Elles nous emplissent d'un certain soulagement.

Antonia vide l'air de ses poumons et ouvre la portière de la voiture.

8

Une scène

Le chemin qui monte jusqu'à la maison est éclairé par des lampes enchâssées dans d'immenses dalles de pierre calcaire. À mesure qu'ils approchent, Jon prend conscience de la taille considérable de la demeure, qui doit figurer parmi les propriétés à vingt millions d'euros dont parlait Antonia. Toutes les lumières sont allumées, celles qui teintent la façade blanche d'un éclat doré comme celles de l'intérieur. La piscine, partiellement visible depuis l'entrée principale, mesure au moins dix mètres. La partie extérieure, qui la sépare du lac artificiel, est faite d'un verre épais. Jon devine que de jour, vus depuis la maison, piscine et lac doivent donner l'illusion de ne faire qu'un.

— On va passer par l'arrière, indique Mentor.

Antonia et son ancien patron ne se sont pas salués. Elle se contente de le suivre sans un mot.

Une allée dallée de la même pierre calcaire que celle de l'entrée contourne la villa jusqu'à la piscine. En passant l'angle, ils découvrent une salle à manger extérieure, des chaises design sous une pergola d'acier noir. La terrasse en bois relie la piscine à la salle à manger et s'étend jusqu'à la gigantesque porte vitrée du salon, qui est ouverte. L'intérieur est dissimulé à leur vue par d'épais rideaux de tissu.

Une grande femme, vêtue de la classique combinaison en plastique de la police scientifique, attend dehors, sur une chaise, cigarette dans une main et portable dans l'autre.

— Ça finira par vous tuer, docteure, dit Mentor en guise de salut.

La femme murmure quelques mots inintelligibles sans lever les yeux de son téléphone et tire sur sa cigarette.

Mentor fait claquer sa langue avec désapprobation et se tourne vers Antonia, qui le regarde, dans l'expectative, en balançant le poids de son corps d'un pied sur l'autre comme un coureur sur la ligne de départ. Mentor se penche vers elle, jusqu'à ce que ses lèvres frôlent son oreille droite, et lui demande :

— Quel était ton visage avant ta naissance ?

Antonia ne répond pas, elle se contente de faire un pas à l'intérieur du salon éclairé.

Putain, mais c'était quoi, ça ?

Il s'apprête à la suivre, mais Mentor pose une main sur sa poitrine.

— Encore une chose. Avant que vous n'entriez, je dois vous prévenir que ce que vous verrez, cette enquête, ma simple existence ou celle de Mme Scott sont strictement confidentielles. Vous allez voir et entendre des choses qui vont vous sembler étranges, que vous n'approuverez pas. Saurez-vous être un bon soldat ?

— Je n'ai jamais aimé être tenu en laisse, répond Jon en essayant d'avancer.

Mentor est fort – bien plus fort qu'il n'en a l'air sous son costume sur mesure –, mais il ne peut rivaliser avec la puissance physique de Jon et baisse le bras à contrecœur. Le pli qu'il laisse sur l'avant de sa chemise fait grimper d'un cran les envies déjà considérables de lui foutre sur la gueule que Jon accumule depuis deux jours.

— Ne m'obligez pas à vous forcer la main, insiste Mentor. Je ne vous en demande pas tant. Juste de vous taire et de jouer le jeu.

Les deux hommes se jaugent à nouveau, du regard cette fois. La balance penche dans le sens inverse. Jon ravale sa salive et sa colère. Elle éclatera le moment venu, mais ce n'est pas pour maintenant.

— On va jouer un peu, dit-il, tandis que ses yeux promettent tout autre chose.

Mentor se satisfait du cessez-le-feu et se place de côté.

Dehors, la nuit est tiède. À l'intérieur, il fait un froid glacial. *Quelqu'un a mis la clim en mode congélateur*, note Jon en écartant les rideaux.

Lorsqu'il entre dans le salon, deux de ses certitudes vacillent légèrement.

D'abord, il croyait avoir, même de loin, une certaine notion de la richesse. Sa mère était institutrice par vocation et elle gagnait un salaire juste suffisant pour se débrouiller, au départ, avec les quatre sous que leur versait le père de Jon après qu'il s'était barré avec une autre. Mais sa mère avait des amis qui les recevaient de temps en temps, à Bilbao ou à Vitoria. Noms à rallonge, terrains, voitures. Jambon Bellota tranché à la main à l'apéro, millésimes Vega Sicilia presque tous les soirs, chasse à courre le dimanche engloutissaient les trois quarts de leur revenu. Après ça, en retrouvant votre appartement sur l'autre rive du Nervión, vous vous couchiez en croyant avoir touché le ciel.

Des années plus tard, vous pénétrez dans ce salon et vous comprenez que vous ne saviez même pas de quelle couleur était le ciel.

L'espace est démesuré, malgré les efforts de l'architecte pour l'adapter à l'échelle humaine. Double hauteur sous plafond, ouvert sur l'étage supérieur, verrières sur le toit, baie vitrée de quatre mètres de haut. D'un côté, la salle à manger avec sa cheminée ; au fond, le mur qui la sépare du hall d'entrée, avec bassin et tout le toutim. Des tableaux disposés avec goût. Jon reconnaît un Rothko et deux Miró. Il a le nom d'un troisième peintre sur le bout de la langue ; un Hollandais, pour sûr. Finalement, il renonce et se contente de faire le calcul : au bas mot, les tableaux du salon valent dix fois le prix de la maison.

Quiconque vit ici a perdu le contact avec la réalité et n'a pas la moindre idée de ce que peut être la vie d'un être humain lambda. La pensée envahit son esprit et repart aussi vite qu'elle est venue, laissant dans son sillage une légère confusion.

De l'autre côté de la pièce se trouve la salle de séjour. Il y a un écran de télé de quatre-vingts pouces, si plat qu'il semble peint au mur. Des canapés en cuir lisse et épais, et dans le coin, ce qui fait vaciller les croyances de Jon pour la seconde fois.

Les flics ont un point commun avec les chiens : une année de service en vaut sept dans l'âme.

En plus de vingt ans, Jon a vu la mort trop souvent. Un junkie poignardé dans une ruelle, un gosse suicidé du pont de Miraflores, deux vieux lardés de coups de couteau par leurs voisins adolescents. À force, vous comprenez que ça se termine toujours pareil. Mal, en général. Et à la fin, il ne reste que la solitude. Vous vous blindez, vous croyez que plus rien ne peut vous surprendre ni vous atteindre.

Et alors vous regardez le jeune garçon mort sur le canapé, et vous mesurez votre erreur.

— Bon Dieu ! s'exclame Jon.

Il ne doit pas avoir plus de seize ou dix-sept ans. Il porte une chemise et un pantalon d'un blanc presque impossible à distinguer de celui du canapé et de sa peau livide, presque translucide. Toute trace de vie a abandonné son corps, incroyablement mince, et pourtant, il reste assis, très droit, une jambe croisée sur l'autre, la main droite sur le genou, la gauche tenant un verre à pied rempli d'un liquide visqueux noirâtre. Il ne porte ni chaussures ni chaussettes, et ses pieds nus présentent la même teinte bleutée que ses lèvres. Ses yeux ouverts laissent voir la couleur jaunâtre de la sclérotique.

Le plus obscène est sa bouche, qui s'ouvre en une parodie de sourire. Un caillot de sang partant de sa lèvre inférieure est venu s'échouer dans la fossette de son menton.

Jon contient un violent haut-le-cœur, qui menace de lui faire rendre le dîner qu'il n'a pas pris. Il serre les poings, avec un mélange de colère et de compassion, pour sauver le contenu de son estomac et les apparences.

Quand il parvient à se calmer, il se tourne vers Antonia qui, agenouillée près du cadavre, examine le visage de la victime. Ils sont si proches qu'on croirait qu'ils vont s'embrasser.

— Scott, dit Mentor avec douceur. Raconte-nous ce que tu vois.

Jon ne l'a pas entendu entrer, mais le mystérieux personnage n'est qu'à quelques pas derrière lui. Sa voix produit un double effet : elle parvient à calmer Jon et à faire revenir Antonia dans le monde réel. Ou du moins à la faire communiquer avec eux depuis l'endroit où elle se trouve, quel qu'il soit.

— Il n'y a pas de signe de violence, dit-elle d'une voix si basse que Jon doit s'approcher pour l'entendre. Pas de blessures superficielles ni de traces de défense sur les mains ou les bras.

Elle s'interrompt à nouveau, comme si continuer de parler exigeait d'elle un effort physique.

— Cause du décès, suggère Mentor.

— Choc hypovolémique ou hypoxémie, ou les deux. Ses reins ont dû lâcher quand son cœur n'a plus rien eu à pomper et à envoyer au reste du corps. Une mort lente et douloureuse. La cyanose est très légère, localisée uniquement au niveau des lèvres et des orteils. Il a dû être sédaté et allongé, sans quoi elle serait aussi présente sur les mains. Avec les maux de crâne et les nausées, il se serait plié en deux et tordu de douleur. On verrait les traces de ses doigts sur sa peau.

— En français ? demande Jon.

— Il est mort vidé de son sang, dit une voix dans son dos.

9

Un fils

— Je vous présente la Dr Aguado, notre médecin légiste. Elle travaille depuis hier soir sur la scène de crime, dit Mentor.

La femme qui attendait dehors les a rejoints. Elle a ôté sa charlotte en plastique et sa longue chevelure blonde est attachée en queue-de-cheval. La quarantaine, longs cils, maquillage délavé, piercing dans le nez, sourire fatigué aux lèvres et langueur espiègle dans le regard. Jon la remercie silencieusement de ne pas lui tendre la main. Les mains des légistes lui donnent le frisson.

— Vidé de son sang ? Comment ? Au couteau ? À l'arme à feu ?

— L'assassin lui a introduit une canule dans la carotide et l'a vidé, répond la légiste.

— Il l'a fait très lentement, ajoute Antonia, pour elle-même plus que pour les autres. Il a pris son temps.

L'extrême minceur du cadavre prend son sens. Le corps humain contient entre quatre et cinq litres de sang. Sans tout ce liquide, le résultat est la coquille vide qu'ils ont devant eux. Une vague de compassion inonde Jon Gutiérrez quand il imagine les derniers instants du jeune garçon.

— Vous dites qu'il ne présente pas de blessures défensives. Comment l'assassin est-il parvenu à maîtriser sa victime ?

— J'ai prélevé des échantillons des muqueuses, il y a des traces de benzodiazépines. C'est tout ce que je peux vous dire en attendant de pouvoir réaliser l'autopsie.

— Nous en avons déjà parlé, Aguado. Nous n'avons pas l'autorisation de la famille, donc inutile d'insister, dit Mentor.

Jon n'y comprend rien. Au téléphone, Mentor lui a parlé d'un meurtre impossible, dans un lieu où le dispositif de sécurité est tel que l'assassin n'aurait jamais dû pouvoir entrer ni ressortir sans laisser de trace. Jon s'attendait à tout sauf à ce non-sens.

La décision de procéder à une autopsie, en cas de crime violent, n'appartient pas à la famille, mais au juge d'instruction. Lequel, soit dit en passant, brille par son absence. Tout va de travers dans cette scène de crime, elle ne respecte aucune procédure ni aucune règle établie. Une seule enquêtrice légiste ? Pas d'unités d'appui, pas d'inspecteurs – hormis lui-même, bien sûr ? Qu'est-ce qui peut expliquer que… ?

Jon s'interrompt. Reste une question essentielle qu'il ne s'est pas posée.

— Qui est la victime ?

La Dr Aguado sort quelques instants et revient avec un dossier. À l'intérieur, il y a la photo d'un jeune garçon grand et mince, aux cheveux bouclés et aux yeux tristes. Il est à la plage, posant d'un air blasé, comme il se doit étant donné son âge et son milieu. Immortel, invulnérable, insouciant. Le portrait doit dater de l'été dernier, estime Jon. Bon Dieu, ce qu'il peut détester les photos d'*avant*. Il ne supporte pas d'associer l'être humain intact, inconscient du destin qui le guette, la gueule béante, à la dépouille qu'il laisse derrière lui.

Le jeune garçon donne la main à une fillette de huit ou neuf ans, qui tient un ballon et adresse à l'appareil un sourire édenté.

Il y a une petite fille qui ne jouera plus avec son frère. Comment ils vont le lui dire ? C'est toujours ça, le pire. Regarder quelqu'un dans les yeux et lui apprendre que son univers s'est brisé en mille morceaux. Et qu'il n'y a pas moyen de le reconstituer, parce que quelqu'un en a embarqué une partie.

En bas de la photo, Aguado a noté le nom de la victime. Jon lit à voix haute, en s'arrêtant sur le patronyme. Retentissant. Reconnaissable entre tous.

— Attendez un instant. Álvaro Trueba. Ce gosse est…

— Oui. C'est son fils. L'un de ses enfants, l'interrompt Mentor. Vous avez un compte dans la banque de sa mère, inspecteur ?

Jon respire profondément. Il a la tête qui tourne à mesure qu'il prend conscience du merdier dans lequel il s'est fourré.

— À Bilbao, on est plutôt BBVA ou BBK. Chacun voit midi à sa porte.

— Quelle surprise ! raille Mentor.

Soudain, Jon comprend pourquoi l'air conditionné est poussé au maximum. À l'intérieur, il doit faire treize ou quatorze degrés tout au plus.

— Il ne s'est rien passé, pas vrai ? C'est pour ça qu'on est dans un putain de frigo. Pour que le corps de ce gosse reste intact aussi longtemps que possible. Une fois que vous en aurez fini avec lui, quelqu'un le remettra à la famille en douce. On dira que le gamin s'est noyé dans la piscine, ou quelque chose dans le genre, et il aura des obsèques sans esclandre ni caméras.

— Et avec un cercueil ouvert. Vous seriez surpris de voir ce qu'un embaumeur motivé est capable de faire.

D'un geste, Jon désigne le gigantesque salon et les tableaux de maîtres.

— Avec tout cet argent, tout ce pouvoir, on peut acheter n'importe qui, n'est-ce pas ? C'est votre boulot, avec vos voitures de luxe, vos petits secrets et votre cynisme à deux balles ? Vous nettoyez la merde des riches ?

Mentor se tourne vers lui, les lèvres serrées, le regard troublé par un nuage noir.

— Vous croyez vraiment que c'est ce qui se passe ?

— Je n'ai pas la moindre idée de ce qui se passe, vous êtes bien placé pour le savoir. Ce que je vois, ce que je crois, c'est que le gosse mort sur le sofa est le cadet de vos soucis. Vous êtes trop occupé à servir… (Jon hésite un instant, mais choisit de ne pas tourner autour du pot) … d'autres intérêts.

— Et vous allez me dire ce qu'il faut faire ? Vous, le gros flic de seconde zone ?

— Au moins, je ne suis le larbin de personne.

Mentor observe Jon d'un air amusé, comme on regarde un animal, au zoo, qui vient de faire quelque chose d'inattendu.

— Je vous prie de m'excuser, inspecteur. Mon travail n'est pas simple et il m'arrive de me montrer maladroit.

Jon a du mal à croire en la sincérité de ses excuses. De fait, il n'en croit pas un mot. Mais comme l'unique autre option est de lui casser la gueule, il choisit de faire semblant.

— On est tous fatigués, dit Jon. Et la situation n'aide pas.

— Et c'est encore pire pour vous, qui êtes dans le noir.

Mentor fait un signe en direction d'Antonia, qui a à peine bougé depuis qu'elle est entrée, et échange un drôle de regard avec la Dr Aguado.

— Laissons-lui de l'espace, inspecteur. Si vous voulez bien m'accompagner dehors, je vais tout vous raconter.

10

Un verre

Ignorant ce qui s'est produit derrière elle, ignorant le fait que Jon et Mentor sont sortis de la maison, Antonia Scott se laisse porter par ce qu'elle fait, absorbe chaque détail de la scène de crime. Son regard passe d'un élément à l'autre, en une boucle ininterrompue dont les étapes sont :

– la chemise blanche, boutonnée jusqu'au col ;

– la position antinaturelle du corps ;

– l'absence totale de sang sur le parquet de chêne, le canapé, le tapis indien tissé à la main.

Les yeux, lamainsurlegenoul'autrequitientleverrenonc'esttrop.

— J'étouffe, dit-elle d'une voix rauque.

Elle reste à genoux, les yeux clos, essayant de ne pas se laisser déborder, dévorer par l'information. Elle tente de visualiser à nouveau le *mångata*, mais il est très loin, de l'autre côté d'un mur de briques composé

[chemise, corps, le verre sur l'accoudoir du canapé]

d'images.

Elle pensait y arriver seule.

Mais.

Elle ne peut pas. Les détails la submergent, imposent leurs lourdes exigences.

Finalement, elle capitule.

Juste cette fois. Ce sera la dernière.

Elle tend la main, suppliant presque.

La Dr Aguado s'approche par-derrière. Elle porte un petit récipient métallique dont elle extrait une gélule rouge qu'elle dépose dans la paume d'Antonia.

— Vous voulez un peu d'eau ?

Antonia ne prend pas la peine de répondre et se contente de serrer le poing avant de mettre la gélule dans sa bouche. Elle rompt la gélatine avec ses incisives, libérant la poudre amère tant convoitée, et la place sous la langue, laissant la muqueuse absorber le cocktail chimique et le diffuser à toute vitesse dans son système sanguin.

Elle compte jusqu'à dix, inspire entre chaque chiffre, et descend, une marche après l'autre, l'escalier mental qui lui permet de retrouver son calme.

Soudain, le monde devient plus lent, plus réduit. L'électricité qui fourmille dans ses mains, sa poitrine et sa tête se dissipe.

— Merci, parvient-elle à articuler à l'intention de la médecin, de la gélule et de l'univers en général. Merci.

— Alors c'est vous, dit Aguado. J'avais très envie de vous rencontrer. J'ai beaucoup lu sur votre travail. Ce que vous avez fait à Valence…

— C'est moi, la coupe Antonia. (Et c'est la vérité. C'est elle, de nouveau.) Et vous êtes la nouvelle légiste.

— Robredo est parti l'année dernière. Il s'est lassé d'attendre votre retour. Il a accepté un poste à Murcia. Mais qui choisit d'aller à Murcia sachant qu'il a la possibilité de travailler avec vous ? dit Aguado en tendant le dossier à Antonia.

Quelqu'un d'intelligent, pense Antonia. D'un geste, elle repousse le dossier. Elle n'est pas encore prête. Elle a besoin de tout voir par elle-même d'abord.

— Pas une goutte de sang sur la scène du crime, dit-elle. Excepté le verre, bien sûr.

L'épais liquide a commencé à se solidifier contre les parois du verre en cristal de Bohême que le jeune homme tient à la main. Quand l'assassin a versé le sang, il devait ressembler à du vin, servi à ras bord.

— C'est celui de la victime ?

— J'ai fait le test au bromocrésol. Pour l'instant, tout ce que je peux dire, c'est que le sang dans le verre et celui de la victime sont du même groupe, B positif. Nous en saurons plus quand nous aurons confirmation de l'ADN.

Autrement dit, cinq jours. Je ne serai plus là.

— Quelle est cette substance, dans les cheveux ? demande Antonia, qui s'est approchée pour les examiner de plus près.

La tête du garçon brille sous la lumière. Ses cheveux bouclés sont coiffés en arrière ; à première vue, on dirait de la gomina, mais ça semble trop gras, trop compact. Une goutte minuscule roule le long de sa tempe.

— Huile d'olive à 99 %, lit le médecin. Cannelle et autres composants que nous n'avons pas encore identifiés. Je suis venue en MobLab, il est garé à l'arrière, mais je n'ai pas suffisamment d'instruments avec moi.

Le MobLab est un fourgon plein à craquer d'outils d'analyse médico-légale. De l'extérieur, on dirait une Mercedes Springer noire, sans fenêtres, banale. À l'intérieur, on se croirait dans un vaisseau spatial, rempli de tubes à essai, de produits chimiques et d'ordinateurs. Mais il a ses limites.

— Vous avez envoyé des échantillons à la Division ?

— Nous en saurons plus dans quelques heures, dit Aguado.

Devoir attendre une pièce du puzzle frustre Antonia au plus haut point. Toute la scène qu'elle a sous les yeux a été composée jusque dans ses moindres détails avec un but précis, reste à savoir lequel. Elle désigne le verre.

— Vous avez regardé dans la cuisine ?

— Il en manque un, dans le buffet. La marque et le modèle correspondent.

L'assassin a utilisé des objets qui se trouvaient dans la maison pour passer un message. La seule chose qu'il a apportée, c'est l'huile.

Du vin et de l'huile. Antonia a déjà lu quelque chose à ce sujet. Ou entendu. Le souvenir surgit d'un coup. Elle, enfant. Sept ans, deux mois et huit jours. Dans la basilique de la Mercé. Tous vêtus de noir. Le parfum des anastasias, la fleur préférée de sa mère.

— C'est un psaume, dit Antonia en désignant le cadavre. Le psaume vingt-trois. Je ne me rappelle pas le verset.

La Dr Aguado la regarde, déconcertée.

— Je croyais que vous vous souveniez de tout ce que vous lisiez.

Sauf que je ne l'ai pas lu. Je l'ai entendu pendant des obsèques. Il y a trois décennies. Depuis ce jour-là, je n'ai plus jamais rouvert une bible.

— Pas toujours, dit Antonia.

Aguado consulte son portable.

— Je crois que je l'ai. « Tu dresses devant moi une table, en face de mes adversaires. Tu oins d'huile ma tête, et ma coupe déborde », récite-t-elle. C'est bien cela ?

Antonia émet un grognement. La coupe débordant de sang, les cheveux oints d'huile. Ça fait beaucoup de coïncidences. Et elle ne croit pas aux coïncidences.

— Je suis prête à consulter votre dossier, docteure Aguado.

Antonia met quinze minutes à lire les cent pages de données, schémas et conclusions rédigées par la légiste. C'est un travail splendide, bien plus propre et incisif que celui de son prédécesseur. Antonia hésite à la féliciter, car elle est censée se montrer aussi distante que possible avec l'équipe (Directive n° 11 du Règlement) et ne pas sympathiser avec ses membres (Directive n° 3) pour que la relation soit la plus unilatérale possible (Directive n° 17). Dans le passé, elle respectait le règlement.

Plus maintenant.

— Bravo, docteure. Je suis heureuse que Robredo soit parti à Murcia, nous avons gagné au change.

Aguado se détourne – trop tard – pour cacher le rouge qui lui monte aux joues.

Antonia, de son côté, se concentre à nouveau sur les pages du dossier. La photo du jeune garçon sur la plage représente la partie la plus difficile. Antonia sait qu'elle ne doit pas voir les victimes comme des personnes.

On l'a formée à élever une barrière émotionnelle qui les transforme en faits, en séquences d'un rébus, commençant par une image et aboutissant à une solution. Avant, non sans effort, elle était capable de les réduire à cela.

Plus maintenant.

Après ce qui est arrivé à Marcos – après ce que je *lui ai fait –, tout a changé.*

Elle se surprend à adresser une promesse au garçon de la photo. Une promesse qu'elle ne pourra pas tenir, car elle se heurte à celle qu'elle a faite à Marcos. Qu'elle s'est faite à elle-même. Et qui est le contraire de ce que sa grand-mère attend d'elle.

Je retrouverai celui qui t'a fait ça, dit-elle au garçon de la photo.

Elle regrette ces mots à mesure qu'ils se forment dans son esprit. Elle n'a pas pour autant le moyen de se rétracter. C'est le problème, quand on fait des promesses à des morts.

Il est plus difficile de leur demander pardon si on ne les tient pas.

11

Une explication

Mentor rejoint la salle à manger extérieure et s'assied sur une chaise. Le Corbusier ou assimilé. Chère et inconfortable, conclut Jon lorsqu'il fait de même et constate que le dossier n'a pas été conçu pour une personne de sa taille. À moins que l'idée n'ait été d'en faire un instrument de torture.

Un paquet de Marlboro light, oublié par la Dr Aguado, traîne sur la table. La photo dissuasive de rigueur montre un cercueil d'enfant.

La macabre coïncidence serre le cœur de Jon, qui détourne le regard.

Moins scrupuleux, Mentor tend la main vers le paquet de cigarettes et en propose une à l'inspecteur, qui fait non de la tête. Mentor en allume une, prend trois bouffées, tousse comme un damné, l'écrase sur la surface en verre trempée par l'arrosage automatique.

— Vous n'avez pas peur de contaminer la scène ?

— Si encore il y avait quoi que ce soit à contaminer ! Aguado a travaillé vingt-six heures d'affilée, passé toute la maison au peigne fin et relevé les empreintes.

Jon émet un sifflement admiratif. Ça signifie délimiter et quadriller chaque mètre carré, prendre des photos, traquer les anomalies. Dans une maison aussi vaste, c'est un travail pour quatre ou cinq personnes.

— Sacrée pro.

— La Dr Aguado est la meilleure d'Espagne. Malheureusement pour elle et heureusement pour moi, c'est sous mes ordres qu'elle travaille.

— Des résultats ?

— On le saura quand on disposera des empreintes de la famille et du personnel, pour les éliminer. À vrai dire, je n'attends pas grand-chose. Il y a bien des cheveux et des fibres, mais vous savez comme moi qu'on n'en tire jamais rien. Dommage que ça ne se passe pas comme à la télé.

En effet, Jon ne le sait que trop bien. Les séries télévisées ont donné une image si déformée du travail de la police scientifique que même les flics finissent parfois par se faire avoir et par croire aux miracles.

Mentor écrase encore une fois la cigarette éteinte contre la table et éloigne le paquet.

— J'ai arrêté il y a deux mois. De temps en temps, j'ai besoin de me rappeler pourquoi.

— Un mal nécessaire pour éviter un mal plus grand encore.

— Exact. Pourquoi êtes-vous entré dans la police, inspecteur Gutiérrez ?

Jon fait une moue contrariée.

— C'est vous qui étiez censé me parler.

— Faites-moi plaisir, inspecteur.

Pause. Jon ne sait pas quelle réponse lui fournir. L'officielle, celle qu'il donne à ses amis, à lui-même, ou la vraie. À cause de l'heure tardive, de l'émotion, c'est la seconde qui sort.

— Pour qu'on ne me fasse pas de mal, avoue-t-il.

Maintenant, c'est au tour de Mentor d'être surpris par son honnêteté.

— Eh bien…

— Je sais, je sais. « Un grand costaud comme vous », et tout le bordel. Épargnez-moi une analyse psy à deux balles. Mon père nous a abandonnés, j'aime les mecs, je vis chez ma mère. J'ai déjà entendu toutes les blagues et toutes les interprétations imaginables. La vérité, c'est que… j'ai peur. J'ai toujours eu peur.

— Peur de quoi ?

— De tout. Des attentats quand j'étais ado. De me faire planter à la sortie de l'école. Des accidents, du sida, de n'importe quoi. Être flic, ça aide. Être au contact de tout ça, voir les malheurs des autres. Ça vous forge une carapace. Comme si ça ne vous concernait pas.

— Un mal nécessaire pour éviter un mal plus grand, dit Mentor.

— Exact.

— Mais aujourd'hui, vous n'êtes pas détaché, n'est-ce pas ?

Jon ne dit rien. Il n'a pas pour habitude de répondre aux questions rhétoriques.

Les deux hommes se réfugient dans le silence quelques instants. Mentor se redresse légèrement sur sa chaise et, du bout des doigts, tente de récupérer le paquet de cigarettes qu'il avait si consciencieusement éloigné. La flamme du briquet usurpe quelques secondes sur l'obscurité de la nuit. Cette fois, il ne tire pas trois bouffées à la hâte, mais savoure la fumée et l'avale avec délectation.

— L'idée est née il y a cinq ans, à Bruxelles. Au Fisher Institute. Vous connaissez ?

— Je n'ai pas ce plaisir.

— C'est un *think tank* de l'Union européenne.

— Un *think tank*, je sais ce que c'est : une bande de cons pleins de fric qui se croient bien placés pour dire aux gens ce dont ils ont besoin.

Mentor émet un rire pincé et lève les mains.

— Je plaide coupable. Seulement, il se trouve que, parfois, nous voyons juste. Vous vous rappelez les attentats de 2012, à l'aéroport de Tenerife ?

Jon acquiesce. Comment aurait-il pu oublier ? Les caméras de sécurité les plus proches avaient filmé l'explosion avant de virer au noir. Les autres caméras racontaient une histoire tout aussi effroyable : des passagers terrifiés courant, hagards, dans le terminal, jetés à terre, piétinant les plus lents dans leur fuite.

— Une étude a analysé les données à disposition des différentes forces de police, avant l'attentat. Les polices locales, la police canarienne, la Garde civile, la Police nationale. Toutes détenaient une pièce du puzzle. Aucune ne l'a partagée avec les autres.

— Ça ne date pas d'hier, confirme Jon, qui est bien placé pour le savoir.

En tant que membre de la Police nationale, à Bilbao, il a affaire à l'Ertzaintza[1] pratiquement tous les jours. Les

1. Force de police de la Communauté autonome basque espagnole.

relations entre les deux corps de police sont aussi tendues qu'une réunion de famille. Disparités de salaires, jalousies, vieilles rancœurs. Résultat des courses, des gens sont blessés.

— Le même scénario a dû se répéter à Turin en 2015 et sur les Ramblas de Barcelone en 2017. L'étude en question a été réalisée par des Allemands. Eux aussi ont leurs problèmes. Dix-huit corps de police.

— Un putain de chaos.

— L'étude ne se cantonnait pas au terrorisme, mais concernait aussi d'autres affaires particulièrement sensibles. Des tueurs en série atypiques, comme Remedios Sánchez. Dix agressions en vingt-quatre jours, trois femmes âgées assassinées. Ou comme Kovacs, le clown de Dusseldorf.

— Des cygnes noirs. Imprévisibles.

À ces mots, une grimace d'étonnement se dessine sur le visage de Mentor. Selon la théorie du même nom, un « cygne noir » est un événement exceptionnel, d'une portée considérable, mais que ni la science ni l'histoire ne permettent d'anticiper et qui ne peut être rationalisé qu'*a posteriori*. Comme le 11 Septembre, la crise financière de 2008 ou le retour des sacs-bananes.

— Je ne m'attendais pas à ce que vous ayez lu Taleb, inspecteur, dit Mentor en regardant Jon comme s'il le voyait pour la première fois.

— Ne faites jamais l'erreur de me sous-estimer, répond Jon, qui n'avouerait pas sur son lit de mort qu'il est tombé sur ledit concept en feuilletant un vieux magazine dans la salle d'attente de son dentiste.

— Entendu. Bref, la conclusion de l'étude en question a été que la création de l'Union européenne a engendré un monde nouveau. Sans frontières, sans douanes. Cinq millions de kilomètres carrés où les criminels peuvent circuler comme bon leur semble. Et des centaines de forces de police qui se tirent la bourre. C'est comme ça qu'est né le projet Reine rouge.

— Comme celle d'Alice ? « Qu'on lui coupe la tête » ?

— Le nom vient de là. Il s'agit d'une vieille théorie évolutive. Vous vous rappelez le passage où Alice et la Reine courent comme des dératées en faisant du sur-place ?

Jon fait un vague geste de la main. C'est le problème quand on cherche à paraître plus malin qu'on ne l'est, le masque finit vite par tomber.

— La Reine rouge dit à Alice que, dans son pays, il faut courir pour rester au même endroit, poursuit Mentor. Appliqué à l'évolution des espèces, ça signifie qu'il est nécessaire de s'adapter continuellement pour rester au niveau des prédateurs.

— Mais ça, on le fait déjà, se défend Jon.

— Comment ? Avec plus d'hommes ? Plus d'ordinateurs ? Plus d'armes ? À moins que vous ne fassiez allusion à la formation sur la cybercriminalité que vous avez suivie au commissariat ?

— Aucune idée. J'ai passé la formation à jouer à Angry Birds.

— Au bout du compte, ce sont les criminels qui ont l'avantage, parce qu'ils agissent plus rapidement et passent entre les mailles du filet.

Jon tourne le regard vers la villa.

— Je crois que je commence à comprendre.

— Au départ, c'était un projet expérimental. Une division centrale et une unité spéciale dans chaque pays de l'Union européenne. Avec des cibles très *particulières*. Des cibles dont le public ne devait rien savoir.

— Donnez-moi un exemple.

— Tueurs en série. Criminels dangereux particulièrement insaisissables. Pédophiles. Terroristes.

— Vermine solitaire, acquiesce Jon.

— Comme eux, notre unité n'a aucune attache. Pas de hiérarchie. Ni de rivalités internes. De bureaucratie. Juste un agent de liaison, avec pour nom de code Mentor.

— Sans rire. Et moi qui croyais que c'était votre vrai nom.

L'autre a un sourire dénué d'humour.

— Chaque Mentor dispose d'une équipe de spécialistes extérieurs aux canaux habituels. Ni médailles, ni récompenses, ni promotions. Et comme fer de lance, sur le terrain, deux personnes. Un Écuyer, dit-il en désignant Jon, et une Reine rouge.

— Pour ce qui est de mon rôle, les choses sont claires : je ne suis qu'un chauffeur avec plaque et flingue.

— Là, c'est vous qui vous sous-estimez. Nous avons besoin d'un policier expérimenté pour protéger et conseiller notre atout principal.

— Si vous le dites. Et elle ?

Mentor marque une pause et allume une autre cigarette.

— La Reine se présente sur la scène du crime, observe et s'en va. Notre unité n'a jamais l'exclusivité du sujet, quel qu'il soit. Elle se contente de travailler à la marge, en regardant par-dessus l'épaule des forces de police *officielles*.

— Sauf cette fois.

— Sauf cette fois, car les circonstances s'avèrent… particulières.

Jon rit entre ses dents et secoue la tête devant le cynisme de Mentor. L'inspecteur a toujours été partisan d'appeler les choses par leur nom. Pourquoi se fatiguer à dire « membre », « action armée », « économiquement fragile » quand tout le monde comprend parfaitement les mots « bite », « attentat » et « fauché » ?

— Comment êtes-vous arrivé jusqu'à elle ?

— Dans chaque pays a débuté un processus de sélection très long et très coûteux. Les candidats devaient présenter un ensemble de caractéristiques très peu communes : relations sociales réduites, liberté de mouvement, capacités de pensée latérale exceptionnelles. Peu importait qu'ils soient grands ou petits, hommes ou femmes, gros ou minces. Nous n'étions pas à la recherche du prochain James Bond. Nous recherchions des cerveaux spéciaux. Avec une vision unique.

La nuance de fierté dans la voix de Mentor n'échappe pas à Jon.

— C'est vous qui l'avez trouvée, n'est-ce pas ?

— L'Espagne était le seul pays à ne pas encore avoir sa Reine trois mois avant le démarrage du projet, dit Mentor. Nous avions déjà un an de recherche acharnée derrière nous. J'ai consulté des milliers de dossiers et rencontré des centaines de personnes. Finalement, elle est apparue. Et j'ai su.

Madrid, 14 juin 2013

L'homme grand et mince se frotte les yeux, épuisé. La journée n'a même pas encore commencé.

Ils tentent une nouvelle approche du problème cette semaine. Jusque-là, ils utilisaient une combinaison de tests de personnalité et d'intelligence. L'homme est expert en psychologie cognitive et en analyse du comportement, mais ça ne lui a pas été d'une grande utilité jusque-là pour dégoter des questionnaires réellement concluants. Il a pourtant sélectionné les plus sophistiqués, élaborés par la CIA, le FBI, le MI6. Mais tous achoppent sur l'essentiel. Ils reflètent l'intelligence du candidat, mais pas ses capacités d'improvisation.

Assez plaisanté. Le problème, c'est la matière première.

Cette semaine, ils essaient autre chose. Le test a été élaboré par une entité nettement moins sexy que les divers services secrets : une multinationale pétrolière. Elle l'utilise pour évaluer les réactions des candidats face à une situation de crise apparemment inextricable.

Quand son assistante le lui a soumis, l'homme a trouvé l'exercice plus amusant qu'utile, mais il s'est dit que cela constituerait un changement bienvenu après ces questionnaires répétitifs et infructueux. Du moins c'est ce qu'il croyait. En fin de compte, après des dizaines de tentatives, le test se révèle aussi inopérant que les précédents.

— Au moins, ça nous épargne d'entendre encore une fois la liste de trucs à emporter dans une navette spatiale.

— Le test de la Nasa est très pertinent, dit son assistante en prenant une gorgée de café.

L'homme la regarde du coin de l'œil avec convoitise. Il crève d'envie de s'injecter un peu de caféine dans les veines, mais il sait que s'il prend un troisième café avant le déjeuner, il sera d'une humeur épouvantable – encore plus épouvantable – tout l'après-midi.

— Mais bon sang, même ma grand-mère serait capable de dire qu'il vaut mieux choisir l'oxygène plutôt que l'eau. Et qu'il est inutile d'emporter la boussole ou le pistolet. Ils sont sur la Lune, merde ! Bon, allons-y. Qui est notre premier candidat du jour ?

— N° 793. Vingt-sept ans. Ingénieur industriel.

— Faites-le entrer.

L'assistante presse un bouton sur son clavier et la porte s'ouvre.

Ils se trouvent dans les locaux de la faculté de psychologie de l'université Complutense. L'endroit idéal pour faire passer ces tests en toute discrétion, sans éveiller de soupçons. Une salle aux murs blancs, sans fenêtres, climatisée, avec miroir sans tain. Une cabine de contrôle et quelques haut-parleurs.

L'homme grand et mince s'en est réjoui lorsque le processus de sélection a débuté, un an plus tôt. De bonne famille, il était passé de la sécurité du foyer parental à celle des études d'abord, du Fischer Institute ensuite. Jusque-là, sa vie avait été plutôt monotone. Si bien qu'en pénétrant dans le laboratoire, il avait éprouvé une drôle de sensation. Comme s'il était plongé dans un film d'espionnage. Ou dans *Loft Story*.

— J'ai l'impression d'être dans un film d'espionnage.

— Ou dans *Loft Story*, pas vrai ? avait dit l'assistante.

L'homme l'aime bien. C'est une gentille fille. Une fleur du matin. Du genre à arriver au boulot fraîche comme une rose après avoir couru cinq kilomètres et à voir toujours le bon côté des choses. Avec le temps, il a appris à lui trouver quelques qualités. Certains jours, l'idée de les étrangler, elle et la ribambelle – plus de sept cents – de tarés, petits génies et autres phénomènes de foire passés par l'institut ne lui effleure même plus l'esprit.

En près d'un an, il a présélectionné six candidats qui auraient pu correspondre au profil. Mais à l'issue d'un troisième test, ils ont tous été éliminés. Il n'en reste plus aucun. Ce qui signifie qu'ils doivent tout recommencer depuis le début.

Il sait bien que les responsables, à Bruxelles, sont près de lui mettre un coup de pied au cul. Et ça ne lui plaît pas. Avant ça, sa vie se résumait à lire des livres. À absorber les idées des autres, surtout. Un bon élève plutôt qu'un créatif. Alors, quand on lui a proposé d'intégrer le projet Reine rouge, il a sauté sur l'occasion les yeux fermés. À présent, il se noie dans son propre échec.

Le 793 a tenu presque une demi-heure. Sans surprise, il s'est ramassé à la fin du test : la plate-forme pétrolière a coulé et tout le monde est mort. Là est le hic. Quoi qu'il fasse, quoi qu'il réponde, le candidat ne peut pas gagner. Le programme informatique qui génère les questions continue de compliquer le scénario jusqu'à ce que le candidat s'avoue vaincu ou commette une erreur.

— Il n'a pas fait un mauvais score, dit l'assistante.

Une lueur d'espoir…

— Il aurait pu être sélectionné ?

— Hmm… presque, mais non.

… qui s'éteint rapidement. L'homme se frotte à nouveau les yeux, tentant de maîtriser son impatience.

— Fais entrer le 794.

La femme est petite. Sèche. Elle ne ressemble pas à grand-chose, jusqu'à ce qu'elle sourie au miroir, et alors, elle est plutôt jolie. *Pas non plus une beauté, calmons-nous*. Mais elle a quelque chose.

— Bonjour, dit l'homme en pressant le bouton de l'interphone qui fait communiquer la cabine avec la salle d'observation. Je vais vous raconter une histoire. Toutes les réponses que vous donnerez seront prises en compte dans le score que vous obtiendrez. Nous vous demandons de faire de votre mieux, d'accord ?

La femme ne répond pas.

— Vous m'avez entendu ? J'ai l'impression qu'il y a un problème avec l'interphone, dit-il sans s'apercevoir qu'il n'a pas lâché le bouton.

— Je vous entends très bien. J'étais en train de faire de mon mieux, dit la femme.

L'homme sourit. Il ne le sait pas encore, mais c'est la première des nombreuses fois où il aura envie de la tuer.

— Très bien, commençons, dit-il en se mettant à lire le texte qui défile sur l'écran, et dont, après une semaine, il connaît le début presque par cœur. Vous êtes le capitaine de la plate-forme pétrolière Kobayashi Maru, située en haute mer. C'est la nuit, vous dormez paisiblement. Soudain, votre adjoint vous réveille. Les lumières d'urgence sont allumées, l'alarme sonne. Il y a une alerte de collision. Un pétrolier se dirige droit vers vous.

— Où est située la plate-forme ? demande la femme.

— Au beau milieu de l'océan, loin de toute assistance.

— J'ai besoin de la localisation exacte.

— La localisation exacte n'a pas d'importance.

— J'en ai besoin, insiste la femme.

— Il y a un pétrolier qui se dirige droit sur vous. À bord, vous avez trois cent mille tonnes de brut. Quelle est votre première réaction ?

— Je sors une carte nautique et je vérifie la localisation exacte de ma plate-forme.

L'homme est déconcerté. Personne n'a donné cette réponse jusque-là.

— Mademoiselle, dit-il, s'efforçant de ne pas laisser transparaître l'exaspération dans sa voix. Puis-je vous demander pourquoi vous vous acharnez à vouloir obtenir une information non pertinente ?

Antonia cligne des yeux plusieurs fois et ouvre les mains comme si c'était l'évidence même.

— Pour trouver une solution, il faut savoir où on se situe par rapport au problème.

L'homme se tourne vers son assistante.

— Demande au programme de localiser la plate-forme.

— 83 degrés 44 minutes nord, 64 degrés 35 minutes ouest, répond la jeune femme après avoir saisi la requête.

L'homme répète les coordonnées dans l'interphone.

— Bien, maintenant que vous connaissez la localisation exacte, comment réagissez-vous ? Je vous rappelle que votre temps de réaction est essentiel pour sauver la vie des personnes sous votre commandement.

La femme reste pensive quelques secondes.

— Je regarde un calendrier.

L'homme soupire d'incrédulité. Si fort que les papiers devant lui se soulèvent.

— Parce qu'en plus du « où », il faut chercher le « quand », c'est ça ? dit-il sans presser le bouton de l'interphone.

L'assistante tape à nouveau sur son clavier et montre à l'homme la date qui s'affiche sur l'écran.

— D'après le calendrier, le 23 janvier 2013. Quel est votre plan d'action, mademoiselle ?

— Je retourne me coucher.

— Excusez-moi, je crois que je vous ai mal entendue.

— Je retourne me coucher, répète la femme. Les coordonnées que vous m'avez données correspondent, à vue de nez, au milieu de l'océan Arctique. Étant donné la latitude et la date, la mer doit être complètement gelée, le pétrolier ne pourra donc pas s'approcher à grande vitesse. Avons-nous terminé l'expérience ?

Sonné, l'homme coupe l'interphone et se tourne vers son assistante, qui a fini d'entrer les données dans le programme.

— Elle a obtenu le score le plus élevé, dit-elle, sidérée. D'après les concepteurs du programme, seule une personne sur sept millions donnerait une réponse comme celle-ci.

— Mais bon sang, c'est qui, celle-là ?

L'assistante consulte ses fiches.

— Candidate 794 : Antonia Scott.

— Drôle de nom.

— Née à Barcelone, fille unique. Comme profession du père, elle a noté « Corps diplomatique ». C'est tout ce qu'elle a indiqué sur le formulaire.

La voix de la femme résonne dans les haut-parleurs.

— Hello ? Ça y est, je peux y aller ?

— Attendez un moment, je vous prie. Nous sommes en train d'évaluer vos résultats, dit précipitamment l'homme avant de relâcher le bouton. Tu n'as vraiment rien d'autre ?

— Dans la fiche qu'elle a remplie, non. Laisse-moi regarder le dossier de recrutement. Voyons… Elle est venue à la demande d'un ami, qui ne voulait pas passer le test tout seul. Elle est au chômage. Un petit copain, pas mal. Études de lettres. Un dossier universitaire plutôt médiocre, tiens. Moyenne de 6/20.

Pour l'homme, qui a vu défiler tant de brillants sujets, c'est une déception.

— En fait, elle a décroché un 6 dans toutes les matières du début à la fin de son cursus, dit l'assistante après une recherche sur l'ordinateur.

En entendant cela, l'homme se fige un instant puis éclate de rire.

— Évidemment. Évidemment ! dit-il en se tapant le genou.

— Qu'est-ce qui te fait rire ?

— Tu sais ce qui est plus difficile que de tirer tous les bons numéros à l'EuroMillions ?

— À vrai dire, je ne joue jamais. La seule loterie qui vaille, c'est l'épargne et le travail.

L'homme est si excité qu'il en oublie de se mettre en rogne contre cette maxime à peine digne de figurer sur un mug.

— La seule chose plus difficile que de tirer tous les bons numéros à l'EuroMillions, c'est de n'en tirer aucun.

— Je ne vois pas le rapport, s'étonne son assistante.

— Tu sais combien c'est dur d'obtenir la même note, précisément, à tous les examens, du début à la fin de l'année ? Aux partiels, aux oraux, au contrôle continu ? En étant évalué par des professeurs et des examinateurs différents, chacun avec leur subjectivité ? Dans ces conditions, il est plus difficile de décrocher un 6 chaque fois qu'une mention très bien.

L'assistante ouvre des yeux ronds et reste bouche bée.

— Oh.

— Exactement. Tu as devant toi une personne qui a passé sa vie à déployer des trésors d'ingéniosité pour rester cachée, à la vue de tous.

L'homme effleure le visage de la femme derrière le miroir sans tain, comme s'il cherchait à attirer l'attention d'un poisson rouge dans son bocal.

Mais moi je t'ai trouvée, mademoiselle Scott.

12

Une pointe de jalousie

— Comment avez-vous su ? demande Jon. Comment avez-vous su que c'était elle ?

Mentor écrase sa cigarette d'un coup sec.

— J'ai bien peur de ne pas pouvoir vous le dire. Mais l'Espagne avait désormais sa Reine rouge, et pas n'importe laquelle.

— Qu'entendez-vous par là ?

— J'imagine que vous avez remarqué qu'Antonia est spéciale.

— Spéciale ? C'est un euphémisme. Au premier abord, on croirait plutôt qu'elle est dingue ou idiote.

— Ce qui serait une lourde erreur. Antonia Scott est l'être le plus intelligent de la planète.

Jon émet un grognement incrédule. C'est une chose de tenir pour acquis que vous avez joué les chauffeurs pour une cinglée dysfonctionnelle, c'en est une autre de découvrir que vous étiez sans le savoir en présence d'un génie. Qu'est-ce que ça dit de vous ?

— Vous pouvez répéter ça ? dit-il en croisant les bras.

— Antonia Scott est l'être humain le plus intelligent de la planète. Du moins à notre connaissance, précise Mentor par précaution. Si ça se trouve, il existe un gardien de chèvres au Bangladesh avec 243 de QI. Mais pour l'heure, l'être humain qui possède le quotient intellectuel le plus élevé actuellement enregistré est bien Antonia Scott. Elle pourrait travailler pour la Nasa, diriger le pays ou faire ce qui lui chante. Au lieu de ça, je l'ai convaincue de travailler pour moi.

— Jusqu'au moment où elle a décidé de vous claquer entre les pattes, non ? balance méchamment l'inspecteur.

Une ombre traverse fugitivement le regard de Mentor.

— Au début, tout allait pour le mieux. Antonia est venue à bout d'un entraînement éprouvant pour elle et très coûteux pour nous. Puis elle a pu être affectée à des affaires, et sur les onze auxquelles elle a participé, elle en a résolu dix.

— Il y en a dont j'ai entendu parler ?

— La raison d'être de ce projet est d'avoir une approche chirurgicale sur des dossiers majeurs. En toute discrétion. Quand nous en avons terminé, nous disparaissons.

— Et un policier lambda enregistre l'arrestation ?

— Grosso modo. Toujours est-il qu'Antonia a obtenu les meilleurs résultats de l'ensemble du projet. Et puis il y a trois ans, elle s'est retirée.

— Qu'est-ce qui l'a poussée à tout faire foirer ?

— Ce qui ruine toujours tout. L'amour, le vrai.

Jon, qui en a soupé en la matière et cherche avec une stupéfiante constance quelqu'un pour qui décrocher les étoiles – six en neuf ans –, se redresse sur sa chaise comme un ressort.

— Son mari ? Allez, racontez.

Mentor se tapote le menton, pensif, puis fait non de la tête.

— Ce serait trahir sa confiance.

Déçu, Jon retombe sur sa chaise, les épaules basses.

— Super, vous vous gardez le meilleur de l'histoire.

— Elle vous racontera en temps voulu. Si elle le juge utile.

— Autrement dit, vous considérez qu'elle va revenir. (*Ce connard a confiance en lui, il faut lui reconnaître ça.*) Pourtant, elle a été très claire. Elle nous aide ce soir, point.

Le sourire suffisant de Mentor vacille légèrement.

— Ce ne serait pas bon du tout.

— Pour l'affaire ou pour vous ?

— J'ai reçu de nombreuses pressions ces trois dernières années, reconnaît Mentor. La sécurité du pays a été menacée à plusieurs reprises sans que nous puissions intervenir. Depuis qu'elle est partie, nous sommes au point mort.

— Vous n'avez pas essayé de lui trouver un remplaçant ?

— Si, nous avons essayé… dit-il avec une frustration non dissimulée. Et nous avons échoué. Ceci est notre dernière chance de faire survivre ce projet.

— Voilà pourquoi vous avez envoyé des émissaires à Antonia. Voilà pourquoi vous êtes venu me chercher.

— J'avais besoin de quelqu'un que je pouvais faire chanter.

Il y a des années, en rentrant chez lui, Jon a trouvé l'amour de sa vie dans le canapé en compagnie d'un autre. Doucement, il a reculé en tirant la porte – Jon n'a jamais été du genre à déranger. Avant que le battant ne se referme complètement, son petit ami a tourné la tête vers lui. Leurs regards se sont croisés, et il s'est remis à la tâche.

Aujourd'hui, il perçoit la même cruelle évidence – *c'est comme ça, sans remords ni regrets* – quand Mentor admet sans ambages qu'il n'est qu'un instrument pour lui. Cela laisse dans son cœur un curieux mélange de compassion, de surprise et de dégoût. Et peut-être aussi une pointe de jalousie.

— Comment vous pouvez dormir la nuit ?

Pause. Le visage de Mentor affiche une expression modeste, contrite. Ou en tout cas, une imitation presque parfaite, patiemment travaillée devant le miroir.

— Mon métier exige de faire certains compromis, je me console en me disant que c'est pour la bonne cause.

On y croirait presque.

— Vous dormez comme un bébé, pas vrai ?

— Toute la nuit. D'une seule traite.

Une bonne grosse pointe de jalousie. Jon a toujours admiré les salopards purs et durs : quand ils passent sous une échelle, c'est le suivant qui se la prend. Peut-être qu'il les envie parce qu'il lui est impossible de devenir comme eux. *C'est parce que tu es un dégonflé. Une bonne poire*, comme dit sa mère. Trop bon trop con. Ce que voudrait Jon, en réalité, c'est avoir un soupçon de méchanceté en lui, comme Mentor.

Ne lui en déplaise, il commence à apprécier cet enfoiré.

— C'est la vérité, ce que vous m'avez raconté ? Pas de bobards, cette fois ?

— Presque. Et très peu, dit Mentor avec un sourire arrogant. Sinon, je ne serais plus moi-même.

C'est alors qu'Antonia les appelle depuis la villa.

Mentor se lève et boutonne sa veste d'un geste élégant.

— Alors inspecteur ? On se met au travail ?

À son tour, Jon se lève, étire ses bras massifs et fait craquer ses jointures.

— Tout sauf rester le cul posé sur cette putain de chaise.

Quatre heures plus tôt
(À l'heure approximative où Jon et Antonia arrivent à La Finca)

Carla Ortiz est plus attentive à l'écran de son ordinateur portable qu'à la route qu'emprunte Carmelo. La pluie les a accompagnés sur tout le chemin depuis La Corogne, une pluie insistante, qui bat contre le pare-brise de l'énorme Porsche Cayenne. Carla la perçoit à peine, absorbée dans le dossier crucial sur lequel elle travaille à l'arrière.

Ce n'est qu'une fois passé le tunnel de Guadarrama, quand la pluie laisse place à un ciel nocturne sans nuage, qu'elle lève la tête de son ordinateur.

— Maggie va bien, tu crois ?

Carmelo lui adresse un regard rassurant dans le rétroviseur. Des yeux bleus, entourés de rides. Si loin qu'elle s'en souvienne, Carla a toujours vu ce regard – amusé, espiègle, chaleureux – dans le rétroviseur. Il est auprès de sa famille depuis toujours. Il *fait partie* de la famille.

— Comme un coq en pâte, madame. Le van est neuf, tout confort.

Carla aimerait en être certaine. Certes, le van – la remorque pour les chevaux attelée au 4 × 4 – est ce qui se fait de mieux, et le voyage vers Madrid n'est pas bien long. Mais Carla s'est toujours inquiétée de la sécurité de ses compagnons à quatre pattes. Enfant, au club équestre, elle a vu trois hommes s'acharner à faire monter un poulain récalcitrant dans un van. Ils le poussaient, tiraient sur sa bride. L'animal, nerveux, refusait de bouger. Quand ses sabots ont foulé l'intérieur de la remorque, leur écho a mué sa peur en panique. Il s'est dressé sur ses pattes arrière, essayant de s'échapper. Dans son élan, sa nuque a heurté le bord du van et il est tombé au sol, raide mort. Carla n'oubliera jamais le bruit qu'a produit son corps en s'effondrant, renversant la remorque et entraînant deux des hommes dans sa chute.

Maggie est loin d'être un poulain craintif. C'est une jument Holsteiner de onze ans, élevée et dressée par les meilleurs entraîneurs du monde. C'est aussi un animal de grande valeur. Son père l'a acquise dans une vente aux enchères pour 4,3 millions d'euros. Mais, pour Carla, le prix – n'importe quel prix, de n'importe quel bien – ne signifie rien. Maggie est auprès de sa famille depuis six ans. Elle *fait partie* de la famille.

— Arrêtons-nous un instant.

Carmelo sort à la première aire de repos, où ils restent assez longtemps pour que Carla descende, se dégourdisse les jambes, tire quelques bouffées d'une cigarette et vérifie que Maggie va bien. La jument passe le museau par l'ouverture et Carla le caresse lentement, deux fois, parcourant du doigt la belle tache blanche sur la robe alezane.

Et dire que certains prétendaient que ça déparait l'ensemble. Qu'est-ce qu'ils en savent, ces crétins ?

— Combien de temps avant d'arriver, Carmelo ? demande-t-elle en revenant à la voiture.

— Un peu moins d'une heure, dit le chauffeur après avoir consulté le GPS. Mais si vous le souhaitez, je vous dépose d'abord à la maison, puis j'emmène Maggie au club hippique.

Carla réfléchit quelques instants. Si tentante l'idée de se mettre au lit avec quarante minutes d'avance soit-elle, elle veut installer elle-même la jument dans son box. Ainsi, elle dormira bien cette nuit et sera en meilleure forme pour son concours d'après-demain. Après tout, c'est pour ça que Carla a renoncé à venir à Madrid en avion privé, pour pouvoir l'accompagner. Ça n'aurait pas de sens de confier Maggie à Carmelo pour gagner quelques minutes de sommeil.

— Non, allons-y. Ensuite tu me déposeras à la maison.

Elle tente de se concentrer sur la présentation qu'elle prépare pour l'assemblée des actionnaires de lundi prochain. Ses résultats sont satisfaisants, mais elle sait que ce ne sera pas suffisant. Elle est responsable du développement commercial de l'empire textile de son père, lequel, chaque année, exige une croissance soutenue. Bien qu'elle y soit parvenue pour le troisième exercice consécutif, son père se plaindra d'une progression insuffisante chez les femmes de dix-huit à vingt-cinq ans, ou du chiffre décevant des boutiques. Il trouve systématiquement un motif d'insatisfaction. Mais évidemment, ce n'est pas en courbant l'échine qu'on devient l'homme le plus riche du monde.

Elle ferme l'ordinateur, frustrée et épuisée, et sort son téléphone. Il est minuit passé. Trop tard pour parler à Mario, mais elle sait que Therese, la gouvernante, sera encore debout. Probablement en train de regarder *The Crown* sur la grande télé du salon, même si elle n'en a pas le droit et qu'elle dispose d'un écran de quarante pouces dans sa chambre. Mais Carla veille à ne pas réprimander le personnel pour ce genre de petites transgressions. Il faut leur lâcher un peu de lest. Et puis Therese est auprès de sa famille depuis la naissance de Mario. Elle *fait presque partie* de la famille.

Il lui reste peu de batterie, à peine dix pour cent.

Juste assez pour envoyer un WhatsApp, ensuite je le mettrai à charger.

Carla: Everything alright?
Therese Nanny: All smooth and quiet. U OK madam?
Carla: Heading home. Can I see him[1]?

Quelques secondes plus tard, Therese lui envoie une photo de Mario, allongé sur son lit, à plat ventre, dormant à poings fermés dans son pyjama Spiderman, totalement insouciant. Carla ressent une pointe de culpabilité de n'avoir pu rentrer à temps pour lui donner son bain et le coucher, mais elle se tranquillise aussitôt. En fin de compte, elle aussi a grandi avec des gouvernantes, sans tellement voir sa mère, et elle ne s'en porte pas plus mal.

1. ***Carla** : Tout se passe bien ? **Therese Nanny** : Comme sur des roulettes. Et pour vous, madame ? **Carla** : Je rentre bientôt. Est-ce que je peux le voir ?*

Le travail avant tout, songe Carla, s'emmitouflant dans son foulard et fermant les yeux un instant, juste un instant, le temps de somnoler…

Un coup de frein brutal la réveille et fait tomber l'ordinateur de ses genoux.

— Qu'est-ce qui se passe, Carmelo ?

— L'accès au club hippique est bloqué. D'après le GPS, nous ne sommes qu'à deux cents mètres, mais il semble qu'il y ait des travaux.

Carla se penche par la vitre. L'endroit est un club d'excellence dans une zone résidentielle proche de Las Rozas, qui sera inauguré dans deux jours et ne dispose pas encore d'éclairage. Dehors, on n'aperçoit que l'obscurité et les arbres. Les phares de la Porsche éclairent un panneau indiquant DÉVIATION POUR TRAVAUX, avec ses lumières clignotantes.

— Là, il y a quelqu'un, dit Carla en désignant un point devant elle.

Une silhouette s'approche, un bâton lumineux à la main.

— C'est un vigile, j'ai l'impression.

Il leur indique un chemin de terre, à leur gauche, presque invisible au milieu des arbres.

— On va devoir faire demi-tour et contourner le club hippique, suppose Carla.

Elle laisse le soin à Carmelo de trouver le chemin pendant qu'elle entreprend de chercher l'ordinateur portable. Elle le récupère avec une grimace contrariée ; il ne manquerait plus qu'elle ait perdu sa présentation. Ce serait la fin du monde.

La pire chose qui pourrait m'arriver à cet instant.

Le coup de frein a aussi envoyé valser son téléphone. Impossible de le retrouver. Elle tâtonne de la main droite, tandis que la gauche s'appuie contre le siège.

Putain, où tu te caches ?

L'inconfort de sa position, pratiquement perpendiculaire au dossier, lui fait mal au cou.

— On arrive ? demande-t-elle à Carmelo.

Ses doigts effleurent la forme familière de l'iPhone. Il a glissé sous le siège avant. L'appareil vibre, signalant l'arrivée d'un message WhatsApp.

Je l'ai presque, pense-t-elle en allongeant le bras. *Encore un peu.*

— J'y crois pas, dit Carmelo en frappant le volant. Encore une déviation ?

Carla abandonne ses velléités de contorsionniste et se redresse. Elle récupérera le téléphone quand ils seront arrivés et qu'elle pourra allumer la lumière du plafonnier sans risquer d'éblouir Carmelo.

— Mais par où ils veulent qu'on passe, maintenant ? Le club hippique est juste là, dit-elle en désignant les hauts murs, à moins de cent mètres sur leur gauche.

Une autre silhouette s'approche, portant casque et gilet réfléchissant, bâton lumineux dans sa main gantée, et fait signe à Carmelo de baisser sa vitre. Le chauffeur obéit.

— Bonsoir, dit l'homme au bâton.

— Rendez-moi service, pourriez-vous m'indiquer par où je peux accéder au club hippique ? Il commence à se faire tard et la jument doit se reposer, dit Carmelo.

Quand il est fatigué ou stressé, son accent galicien s'accentue, songe Carla, ravie de son jeu de mots : *son accent s'accentue. Bon Dieu, il est si tard et je suis si fatiguée.* Elle s'imagine dans son lit, enveloppée dans ses couvertures. Demain, une journée particulièrement éprouvante l'attend.

— C'est très simple, descendez, je vais vous montrer.

Carmelo ouvre la portière de la Porsche et pose le pied sur le chemin de terre. L'homme élève son bâton lumineux et désigne un point dans le noir, en même temps qu'il se penche vers le chauffeur, comme s'il voulait lui indiquer plus précisément comment accéder au bâtiment.

— Regardez, c'est par là.

— Où ça ?

Dans la remorque, Maggie s'agite. Elle hennit et piaffe nerveusement.

Les chevaux savent.

Carla aperçoit quelque chose qui brille dans la main droite de l'homme, un instant avant que Carmelo ne le voie lui aussi et pivote, surpris. Trop tard. Le couteau plonge dans la gorge du chauffeur avec un mouvement descendant et un claquement humide, traversant la couche de graisse et sectionnant la jugulaire. Du bras gauche, l'inconnu maintient contre lui Carmelo, qui tente d'atteindre ce qui se trouve dans son cou, ce corps étranger fiché en lui. Quatorze centimètres d'acier aiguisé qui abandonnent maintenant sa chair, suivis d'un jet de sang désoxygéné qui, au lieu d'arriver au cœur de Carmelo, éclabousse la portière ouverte de la Porsche, s'infiltre dans la boîte à gants et imbibe la terre.

Carmelo tombe à genoux, essayant désespérément d'arrêter l'hémorragie, de retenir la vie qui s'échappe de son corps, qui lui glisse entre les doigts. Il émet un gargouillis qui se transforme peu à peu en une plainte étouffée.

Carla n'a pas ouvert la bouche. Elle veut crier, mais sa gorge est nouée par la peur et la surprise, par l'effroyable dissonance entre ce corps à l'agonie qui tombe au sol et l'homme affable, courtois et gentil

il fait partie de la famille

qu'elle connaît et apprécie, et elle se remémore le poulain de son enfance en même temps qu'elle se dit que Carmelo ne verra plus ses petits-enfants, dont l'un a le même âge que Mario et a joué avec lui, une fois, dans la propriété, et

Mario. Oh, mon Dieu ! Mon fils !

Carla se rend compte alors qu'elle est la suivante, que l'homme au couteau – il n'est plus l'homme au bâton, maintenant, mais l'homme au couteau – s'est retourné et commence à faire le tour de la Porsche, traversant la lumière des phares, et que si elle veut revoir Mario, elle doit faire quelque chose *tout de suite, immédiatement*, mais ses doigts, paralysés par la peur et glissants de sueur, s'acharnent en vain sur la poignée, et soudain elle y parvient, avec un claquement métallique la portière s'ouvre, et l'homme au couteau est *juste là*.

Alors Carla pousse la portière de la voiture et se jette à l'extérieur.

13

Une photo

— Il n'est pas mort ici.

C'est la première chose que déclare Antonia quand les deux hommes regagnent le salon.

Le jeune garçon n'est plus sur le sofa. L'analyse d'Antonia achevée, la légiste a placé le corps dans un sac noir à fermeture Éclair, qui repose sur le sol.

— Continue, demande Mentor.

— Il s'agit d'une scène secondaire. Ce garçon n'est pas mort ici, cela aurait forcément laissé des traces. Le tueur s'est contenté d'abandonner le cadavre à cet endroit et d'organiser son petit spectacle. À l'intention de qui, je ne sais pas.

Jon la regarde, surpris. Quelque chose en elle a changé. En arrivant, elle était un petit lapin effrayé pris dans les phares d'une voiture. Elle inspirait une certaine tendresse, tout en ayant l'air de n'être pas tout à fait là. Maintenant, elle est paisible, sereine. Elle est présente. Même sa posture a changé ; les épaules un peu plus droites, le menton relevé.

Différente.

— Nous non plus. Tu veux que je te résume ce qu'on sait ?

Antonia hoche la tête et s'appuie contre le mur, mains dans les poches, dans l'expectative.

— Il y a six jours, j'ai reçu un appel d'en haut, dit Mentor, le doigt pointé vers le ciel. Ils me demandaient si tu étais prête à reprendre du service. J'ai dit que je n'en savais rien, mais que je pourrais essayer. Alors ils m'ont expliqué que ta participation ne serait pas forcément nécessaire, mais qu'il s'était passé quelque chose de grave.

— Le gamin avait disparu, hasarde Jon.

— Correct. Il était en classe, il a demandé à aller aux toilettes et n'est pas revenu. C'est tout ce que nous savons. L'établissement ne dispose pas de caméras de sécurité et les professeurs ont pensé qu'il avait décidé de sécher le cours de maths. Apparemment, ça lui arrive régulièrement, le professeur s'est donc fendu d'un e-mail aux parents. Le père a répondu presque aussitôt en disant que son fils ne se sentait pas bien et qu'il n'irait pas en cours le lendemain.

— Les parents savaient, affirme Antonia. Celui qui a fait ça les avait avertis qu'il tenait leur fils.

Jon se passe la main dans les cheveux.

— J'imagine qu'il leur a aussi dit de ne pas signaler l'enlèvement à la police.

— Les parents ont des contacts. Ces gens-là savent à qui s'adresser. Dès que l'assassin a raccroché, ils ont commencé à déplacer leurs pions dans les hautes sphères. J'ai reçu l'appel une heure à peine après la disparition du jeune garçon.

— Et ensuite ? dit Jon, qui ressent un besoin urgent de boire une bière – ou dix.

— Ensuite, on a reçu l'ordre de ne rien faire. De nous préparer à intervenir en cas de besoin. C'est tout.

Cinq jours de perdus. Cinq jours pendant lesquels l'assassin a eu le champ libre pour agir à sa guise et faire ce qu'il voulait du pauvre garçon.

— Hier, à 7 heures du matin, le personnel de la villa a découvert le cadavre d'Álvaro Trueba, intervient la Dr Aguado. Alors, ils nous ont demandé d'intervenir.

— En ayant bon espoir que tu te joindrais à la fête, ajoute Mentor.

Antonia se redresse et s'approche d'eux.

— Qu'est-ce qui va se passer, pour le gosse ?

— Ils diront que c'est une méningite. Foudroyante. L'un de nos médecins le certifiera.

Antonia le regarde sans ciller.

— Ce n'est pas comme ça qu'on a travaillé jusque-là, Mentor. Avant, on contournait parfois les règles, on restait en retrait. Mais ça… ce n'est pas bien.

— Peut-être, Antonia, dit Mentor en haussant les épaules. Mais tu es partie. Tu nous as laissés en plan.

— Ne t'avise pas de m'envoyer ce genre de remarque à la figure, dit-elle, l'index tendu vers lui.

Mentor tire du dossier la photo où l'on voit le jeune garçon et sa sœur à la plage, et la montre à Antonia.

— Et toi, ne t'avise pas de me dire qu'on rendra mieux justice à ce gosse en livrant son nom en pâture aux journaux du matin et son corps aux charognards de Twitter. Sa sœur grandira avec le souvenir de ce qui est arrivé. Peut-être qu'une autre gamine pourrait oublier. Cette petite, dit Mentor en tapotant la photo de l'index, est la fille de la présidente de la plus grande banque d'Europe. On ne la laissera jamais oublier. Chaque reportage où elle apparaîtra, chaque photo d'elle portera la mention « marquée par la tragédie ». C'est ce que tu voudrais pour ton fils ?

Mentor se tait et regarde Antonia avec un masque d'intégrité parfaitement composé.

Jon, quant à lui, se retient d'applaudir.

L'enfoiré la manipule avec un mensonge tellement plausible qu'il est presque impossible à repérer. Maintenant je comprends mieux son histoire de merdisme. *Ce mec serait prêt à tuer père et mère si ça lui assurait la victoire.*

— Une petite seconde, tu as un fils ? demande Jon, quand le sens de la dernière phrase qu'il a entendue atteint son cerveau.

Antonia ne répond pas, son regard s'est planté dans celui de Mentor.

— Dis-moi que celui qui a fait ça ne va pas recommencer à tuer, dit ce dernier d'une voix suave.

Antonia inspire profondément. Elle prend son temps pour répondre.

— Planification exhaustive de l'enlèvement, articule-t-elle avec lenteur. Crime obscène, particulièrement sanglant. La personne qui a fait ça est extrêmement intelligente et va tuer à nouveau. Ceci n'est que le début.

— Nous avons affaire à un tueur en série ? demande la Dr Aguado.

— Non, répond Antonia. C'est autre chose. Un type d'animal différent. Je n'ai jamais rien vu de pareil.

Trois heures plus tôt

Carla ouvre la portière de la Porsche. L'homme se précipite vers elle, trop tard. La portière se referme dans son dos comme une gueule affamée, mais Carla est déjà hors du véhicule, elle tombe sur ses mains. Ses pieds n'adhèrent pas suffisamment au sol, ses chaussures plates patinent sur le terrain irrégulier.

Ne tombe pas, ne tombe pas maintenant. Si tu tombes, il t'attrapera.

Carla chancelle, les muscles ankylosés après tant d'heures assise dans la voiture, mais elle parvient à retrouver assez de stabilité pour s'enfuir en courant. Un pas, puis deux, c'est tout ce qu'elle doit faire, courir, s'éloigner d'ici. Une main plane au-dessus d'elle.

On entend un *crac*.

Le corps de Carla s'immobilise net, sa respiration se bloque dans sa gorge.

Les doigts de l'homme ont réussi à agripper son foulard – ce qu'elle a entendu n'est que le claquement du tissu, et non son cou qui se rompt, comme elle l'a craint –, et la tirent vers lui.

Carla pivote sur elle-même, entraînée par son élan. Le hasard veut qu'elle tourne de gauche à droite, comme les aiguilles d'une montre. Son corps se libère et le foulard reste dans la main de l'homme au couteau, qui le jette au sol et se lance à sa poursuite.

— Viens ici, grogne-t-il derrière elle.

Carla fait le tour du van de Maggie, qui hennit à son approche, et se précipite dans le sens inverse, mettant la remorque entre elle et son poursuivant. De l'autre côté, il n'y a que la route, nul endroit où aller, et d'ailleurs elle n'ira pas bien loin avec ces chaussures plates, de simples sandales. Pour autant, les ôter n'est pas une option. Le chemin, couvert de sable et de pierres, sent la poussière. Pieds nus, elle ne tiendrait pas trois secondes et son poursuivant – avec ses bonnes semelles, ses jambes longues et puissantes – la rattraperait aussitôt.

Il y a de la lumière au club hippique. Va par là, idiote, entend-elle dans sa tête. La voix qui lui parle est celle de sa mère, mais ce n'est pas possible, puisque sa mère est morte il y a onze mois.

Carla court, son corps dépasse la voiture. Elle voit alors le bâton lumineux, juste devant, sur le chemin de terre qui mène au club hippique, et ne comprend pas comment l'homme a pu se déplacer aussi vite. Elle plonge de nouveau et franchit le bas-côté, s'enfonce parmi des arbres, sent les branches d'un arbuste lui lacérer les mollets et regrette – ce ne sera pas la dernière fois – d'avoir choisi une robe plutôt qu'un jean.

Trop tard. Le tissu se prend dans une branche, et Carla tombe vers l'avant en tentant de se raccrocher à ce qu'elle peut. Sa chute est interrompue par un tronc d'arbre, qu'elle se prend en pleine face. On entend un craquement. Elle ne peut retenir un gémissement.

Elle saigne du nez. Abondamment.

Il est cassé. Bon sang, ce que ça fait mal.

Elle serre les dents.

Continue.

Derrière elle, on entend les pas de l'homme, lourds, implacables, qui pénètre dans le petit bois. Mais à présent, Carla a l'avantage : quelques mètres d'avance, et l'obscurité, l'obscurité bénie. Elle se réfugie derrière un arbre – un chêne vert, dont elle sent l'écorce rugueuse et épaisse dans son dos ; ses mains sont poisseuses de résine, l'odeur s'insinue dans son nez, douce et boisée – et tente de réfléchir à ce qu'elle doit faire.

Je vais appeler la police.

Ton téléphone est dans la voiture, sous le siège.

Je vais prendre une branche et l'attaquer par surprise.

Il est beaucoup plus grand que toi.

Alors je courrai jusqu'à la remorque et je grimperai sur le dos de Maggie, je l'éperonnerai et galoperai à toute vitesse.

Il te coupera la route avant. Et il te faudra quelques secondes pour déverrouiller le van et aider Maggie à descendre. De toute façon, même si tu réussis à monter à cru, du premier coup et sans glisser, même si tu arrives à garder l'équilibre, il peut toujours prendre la Porsche et te rattraper bien avant que tu rejoignes la route principale dans le noir.

La voix, qui ressemble toujours à celle de sa mère, ne lui laisse pas le choix.

Tu dois aller demander de l'aide au club hippique.

— Viens ici, répète l'homme. Viens ici.

Il est de plus en plus proche.

Le faisceau d'une lampe torche sonde parmi les arbres, comme un tentacule, à sa recherche.

Carla s'accroupit et palpe le sol autour d'elle, à tâtons. De la terre. Des branches mortes qui lui écorchent les mains. Quelque chose de pâteux qu'elle préfère ne pas identifier. Une pomme de pin, inutile. Enfin, sa main se referme autour d'une pierre, petite et rugueuse.

L'homme au couteau n'est plus qu'à quelques mètres d'elle. Elle peut entendre sa respiration, rauque et entrecoupée.

Carla lance la pierre dans la direction opposée, aussi loin qu'elle le peut. Mais pas suffisamment. Le son paraît cruellement proche.

C'est ta seule chance, saisis-la.

L'homme au couteau s'est retourné. Le faisceau de lumière explore avidement les alentours de la remorque. Carla décide d'ôter ses chaussures ; elle sait que ça va faire mal, très mal, mais aussi que le silence est sa seule chance de salut. Elle avance, courbée en deux, en direction du club hippique. Chaque pas est une torture, chaque foulée semble résonner dans tout le petit bois, criant : *Je suis là, attrape-moi !*

À la torture mentale s'ajoute une torture physique lorsque les aiguilles de pin qui tapissent le sol se plantent dans ses pieds nus, dans l'espace, doux et vulnérable, entre ses orteils. La douleur accumulée et réitérée est, paradoxalement, plus supportable qu'une seule piqûre isolée, et Carla laisse l'adrénaline prendre le contrôle d'elle-même. Dans un accès de lucidité absurde provoqué par l'intense panique, elle se remémore une célèbre citation, détournée pour l'occasion.

Une piqûre, c'est une tragédie ; mille piqûres, c'est de la statistique.

Vingt mètres plus loin, le bois débouche sur une petite côte couverte d'arbustes morts et de matériel de chantier abandonné, au bout de laquelle se dressent les murs du club hippique.

Il n'y a pas de chemin. Il n'y a pas de porte. Tu vas devoir faire le tour.

Mais je serai à découvert. Il me verra.

Près de l'angle le plus proche, on aperçoit des poutres métalliques et quelques sacs de sable. Si elle parvient à courir jusque-là, elle pourra les utiliser comme planque avant de passer le coin.

Il doit y avoir dans les quatre-vingts mètres, peut-être moins. À la fac, tu les aurais faits en douze secondes. Coudes à angle droit, doigts tendus, fendant l'air. Le sprint de la victoire.

Carla palpe ses pieds nus mal en point, couverts d'écorchures. Elle arrache autant d'aiguilles qu'elle le peut, mais d'autres se sont brisées et restent fichées sous sa peau. Pour celles-là, il lui faudrait une pince, un mélange d'eau chaude et de désinfectant, et un million de pansements.

Rentrer à la maison. Rentrer à la maison. Je vais rentrer à la maison ce soir. Je vais embrasser mon fils.

Elle se redresse légèrement et regarde derrière elle, sans percevoir aucun indice de la présence de l'homme au couteau. Elle l'a peut-être semé. Peut-être qu'il en a eu assez et qu'il est rentré chez lui. Peut-être que les poules ont des dents.

Elle rejoint le chemin aussi silencieusement que possible, et mesure alors, dans sa chair, à quel point le tapis d'aiguilles de pin était un paradis comparé au terrain rocailleux où elle se tord les chevilles et reçoit des éclairs de douleur dans le cerveau quand les pierres, dures et tranchantes, entrent en contact avec sa peau. Chaque pas est une souffrance à trois temps. Primo, l'anticipation de la douleur, le pied en l'air. Secundo, la douleur provoquée par ses blessures au contact du sol. Tertio, la douleur authentique, réelle, quand tout le poids de son corps repose sur sa plante et qu'elle doit serrer les dents pour ne pas se mettre à hurler.

Cinquante pas.

Vingt.

J'y suis presque.

Alors, la lumière des phares de la Porsche qu'elle distingue à sa droite commence à se mouvoir. Carla se hâte, puise dans ses dernières forces, là où il lui en reste : dans le désir inébranlable, presque physique, de retourner chez elle auprès de son fils.

La voiture se déplace et éclaire Carla à l'instant où elle atteint les sacs de sable, derrière lesquels elle s'accroupit, se recroqueville.

Il ne m'a pas vue. Il n'a pas pu me voir.

La voiture s'approche, s'arrête.

Carla entend la portière s'ouvrir.

— Viens ici, dit l'homme au couteau, qui ne doit pas être à plus de six mètres. Viens ici, ou je descends et j'égorge ton cheval.

C'est une jument. C'est une jument, et elle s'appelle Maggie.

Carla s'efforce de se faire aussi petite que possible, presse la tête contre les sacs de sable, comme si elle voulait se fondre en eux et disparaître. Mais ça n'arrivera pas.

— Viens ici, répète l'homme au couteau. Viens ici tout de suite. Sinon j'égorge ton cheval.

Carla serre les poings, et crie de peur et de frustration.

Ne fais pas ça. C'est juste une jument, dit la voix de sa mère.

Je ne peux pas le laisser lui faire du mal. Elle fait partie *de la famille.*

Alors elle se redresse, et l'homme au couteau se jette sur elle, avec sa respiration rauque et ses bras puissants. Carla sent le métal sur son cou, puis le monde disparaît.

14

Un fourgon

— Très bien, intervient Jon. Commençons par ce que nous savons.

Installés dans le MobLab, Jon et Antonia comparent leurs notes, tandis que la Dr Aguado, maintenant vêtue d'un simple jean et d'un pull, tapote sur son MacBook, écouteurs sur les oreilles, musique à fond – une sorte de rock étranger que Jon ne parvient pas à identifier.

L'habitacle du fourgon est suffisamment vaste pour que quatre personnes puissent y travailler à leur aise. Par la portière ouverte, Jon voit Mentor donner des ordres à une équipe de trois hommes en combinaison bleu foncé, arrivés dans une autre fourgonnette noire sans fenêtres. Ils sortent des boîtes métalliques et des sacs en plastique qu'ils empilent sur le terrazzo blanc couvrant l'accès au garage de la villa. Jon n'entend pas ce que leur dit Mentor, mais il sait parfaitement quelle sera la mission des nouveaux venus : effacer toute trace de ce qui s'est passé dans la maison.

— Le gosse a disparu du lycée, avant la fin des cours. Les parents ont demandé de l'aide presque immédiatement, en toute discrétion.

— Le tueur les a contactés, affirme Antonia. Ensuite, rien jusqu'à hier matin, quand le cadavre du gamin apparaît comme par magie dans le salon de ses parents. Tu commencerais par où, si tu étais chargé de l'affaire ?

Jon a un sourire amer. Les affaires sur lesquelles il travaille se résument habituellement à des rixes entre dealers, des prostituées qui se volatilisent (au mieux pour voguer vers d'autres horizons, au pire pour moisir six pieds sous terre), des voitures volées qu'on retrouve carbonisées. Des vies de merde qui culminent dans des actes merdiques.

— Je ne m'occupe pas de ce genre d'affaire.

— Fais un effort, au moins.

L'inspecteur Gutiérrez égrène une liste rapide. Comptes et relevés bancaires des parents ; amis, famille, entourage ; ordinateur et téléphone portable de la victime ; interrogatoires de témoins potentiels. Voilà ce qu'il demanderait en premier.

— Tout ça ne nous servirait à rien, commente Antonia. Les parents ne sont pas des gens ordinaires. Il nous faudrait des mois pour éplucher leurs comptes bancaires. Il n'y a aucun témoin, au-delà du professeur qui dit que le gosse a quitté la classe pour aller aux toilettes.

— Peut-être que quelqu'un a vu quelque chose et n'a rien dit. Ou qu'il n'y a pas prêté attention. On pourrait aller vérifier au lycée.

Antonia désigne l'extérieur, où Mentor donne des ordres en gesticulant.

— Il ne te laisserait pas faire. Ici, ce n'est pas comme ça qu'on procède. Sans compter qu'en cinq minutes, on se retrouverait en photo sur le compte Instagram d'un élève. Au bout d'un quart d'heure, les journalistes débarqueraient.

Jon se frappe la cuisse, excédé.

— Ce n'est pas le culte du secret qui va nous aider à attraper l'assassin ! On ne travaille pas comme ça.

— La police ne travaille pas comme ça. Nous ne sommes pas la police. La police est lente, sûre, prévisible. C'est un éléphant qui fonce tête baissée vers son but et écrase tout sur son passage. Nous sommes autre chose.

Moi, je suis la police, pense Jon. *Lent, fiable. Mais moins gros qu'un éléphant.*

Puis il suit la direction du regard d'Antonia, qui fixe la portière du MobLab, et observe Mentor, toujours dehors, maintenant en pleine conversation téléphonique.

Jon, frustré, refuse de lui donner raison. Il a l'impression d'avoir été balancé dans le Nervión tout habillé, avec des poids attachés aux pieds.

— Je ne suis pas sûr d'avoir envie de participer à votre jeu.

— Je ne t'ai rien demandé, dit Antonia. En ce qui me concerne, tu peux t'en aller quand tu veux.

— Ce serait trop beau.

— Si tu es là, c'est parce que tu as commis une erreur.

Une souris, sur laquelle un piège vient de se refermer avec un claquement sonore, serait sans doute plus à même d'expliquer la sinistre farce que le destin semble avoir décidé de lui jouer.

— Très bien. Si nous ne sommes pas un éléphant, alors qu'est-ce qu'on est ?

— On prend ce qu'on trouve et on se débrouille avec ça.

— Et là, on peut se débrouiller avec quoi ?

Antonia repasse mentalement en revue tous les éléments de l'affaire, l'un après l'autre. Le cadavre, manipulé, mais ne portant aucune trace. Une mise en scène élaborée. Des objets de la maison utilisés par l'assassin pour arriver à ses fins.

Elle peut le voir installer le corps, avec une précision chirurgicale. Une ombre noire, qui entre et sort d'un domaine réputé impénétrable.

— Quand un être humain en tue un autre, c'est toujours un terrible chaos, dit Antonia. Il y a du sang partout. Des sièges renversés, des meubles cassés.

Et des dents, des vitres et des bouteilles brisées, pense Jon, qui a vu ce qui arrive quand l'homme devient un loup pour l'homme.

— Mais là, il n'y a rien. L'assassin a tué le gosse ailleurs, tu l'as dit toi-même. C'est pour ça qu'on n'a aucune piste.

— Il n'y a pas d'empreintes, pas de cheveux ni de fibres. Il n'a pas non plus laissé ses papiers sur la table de la cuisine.

— Ç'aurait pourtant été une délicate attention de sa part.

— Cela dit, tu te trompes, on a quelque chose auquel se raccrocher. On sait qu'il nous a laissé un message ; en tout cas, on a toutes les raisons de le penser. L'huile, dans les cheveux de la victime.

— Le psaume vingt-trois. Un motif religieux ?

— Aucune idée. Mais il a tout fait pour laisser ce message, et il n'a commis aucune erreur. Et ça nous en dit long sur lui. Regarde ça.

Antonia pianote sur son iPad et lui montre une photo. Pas belle à voir.

— Une ancienne affaire ? demande Jon, essayant de ne pas détourner le regard.

— L'une des premières.

L'image montre une femme morte dans une chambre. Les draps du lit sont défaits et couverts de taches sombres. Le visage de la victime est recouvert d'une taie d'oreiller.

— Un tueur en série. Séville, il y a des années. Trois victimes avant qu'on l'attrape. Celle-ci est la troisième, scène de crime identique aux précédentes. L'assassin était le propriétaire d'un relais routier à Écija.

— Le tueur aux Ciseaux. Je m'en souviens. C'est toi qui l'as arrêté ? demande Jon avec un soudain respect.

Antonia lui adresse un sourire indéchiffrable, qui semble avoir été peint par Leonard de Vinci.

— Antécédents d'abus sexuels et de violences depuis l'enfance. Pas joli, mais assez banal pour passer entre les gouttes.

— Jusqu'à ce qu'un jour, il aille un peu plus loin.

— Un type malin. Il s'est débrouillé pour effacer ses traces, c'est comme ça qu'il est passé au travers la première fois. S'il n'y a pas plus de tueurs en série dans ce pays, c'est parce qu'ils commettent presque toujours des erreurs et qu'on parvient à les arrêter avant qu'ils ne tuent une seconde fois. Celui-là était intelligent. Et malgré tout, regarde bien la scène.

— Un désastre.

— Le chaos. Une explosion de violence alors même qu'il obtient ce qu'il veut, l'objet de son désir. Les blessures du corps de la fille ne sont pas nettes, il hésite avant de planter les ciseaux. Et quand c'est fini… la culpabilité, les remords.

— C'est pour ça qu'il lui couvre le visage, dit Jon en désignant la photo.

Antonia touche le bras de la Dr Aguado, qui ôte son casque et lui lance un regard interrogatif.

— Pourriez-vous mettre les photos de la scène à l'écran, s'il vous plaît ?

La légiste acquiesce et pose la main sur la souris. L'instant d'après, les sept moniteurs de trente pouces couvrant l'un des côtés du MobLab commencent à passer en boucle les photos qu'a prises Aguado. On y voit le salon, les chambres et, bien entendu, le canapé et la victime.

— Qu'est-ce qu'elles ne montrent pas ? demande Antonia.

— Il n'y a ni culpabilité ni remords.

Antonia ne répond pas. Son regard est fixé sur les photos qui défilent ; ses pupilles sautent de l'une à l'autre. Jon attend, patiemment, mais devine que quelque chose ne va pas. Dans les yeux d'Antonia, il perçoit le même éclat tremblotant que lorsqu'elle examinait le cadavre, accroupie dans le salon.

— Tout va bien ?

Après une éternité, Antonia semble enfin avoir enregistré la question. Mais elle choisit de répondre à une autre interrogation, l'une des siennes.

— Tout est artificiel, dit-elle. Ça n'a rien à voir avec…

Elle s'arrête au beau milieu de sa phrase, très lentement.

Comme si elle n'avait plus de piles, pense Jon.

La Dr Aguado vient se placer entre eux et tend quelque chose à Antonia. Celle-ci repousse sa main.

— Non. J'ai besoin de réfléchir.

— Ça vous facilitera la tâche.

— J'ai dit non. Allez-vous-en.

— Madame Scott…

— Je vous ai dit de partir, dit Antonia, la voix dure et stridente.

Un diamant coupant du verre.

Aguado se redresse, gênée, lisse son jean, tire sur les manches de son pull.

— Je vais voir si Mentor a besoin d'aide, dit-elle comme si elle venait d'en avoir l'idée.

Jon attend que la légiste soit sortie du fourgon et alors, seulement, il se penche vers Antonia.

— Tu as dit que c'était artificiel.

Antonia le regarde. Dans ses yeux, il peut lire tout l'effort qu'elle déploie pour exprimer sa pensée.

— Ça n'a rien à voir avec ce garçon. C'est autre chose. C'est le pouvoir qui l'intéresse.

— Le pouvoir ? Quel genre de pouvoir ?

— Le tueur croit avoir pensé à tout. Mais il se trompe. Il nous a laissé deux… deux…

— Deux quoi ?

Antonia baisse la tête. Quand elle la relève, de grosses larmes coulent sur ses joues.

— Je suis désolée. Je croyais que j'y arriverais. Mais je ne peux pas.

Elle se lève et sort du fourgon.

15

Un avion

Ce n'est rien de plus qu'un point dans le ciel du matin.

Le Bombardier Global Express 7 000 a décollé de l'aéroport de La Corogne alors qu'il faisait encore nuit et a prévu d'amorcer sa descente vers Madrid juste après le lever du soleil. Le propriétaire et unique passager de l'avion verra apparaître le soleil à son hublot avant les habitants de la capitale.

— Monsieur, il reste deux minutes, l'avertit le pilote par l'intercom de l'appareil.

Ramón Ortiz ne lève pas les yeux des documents qu'un de ses assistants lui a remis sur l'escalier d'embarquement. On y trouve le relevé des ventes de la veille, un résumé des problèmes liés à l'ouverture d'une nouvelle boutique à Singapour et d'autres sujets secondaires. Il ne peut avoir la main sur tout comme il le souhaiterait, mais il a fait courir le bruit – auquel lui-même a fini par croire – qu'aucun détail, grand ou petit, n'échappe à son contrôle. Il aime appeler l'une des boutiques ou se présenter à l'improviste, demander à voir le directeur et discuter avec lui de manière informelle. Il sait qu'ensuite, l'autre ne manquera pas de rapporter l'anecdote à tous ceux qu'il croisera. Ainsi se créent les légendes, à partir de petits riens.

À quatre-vingt-trois ans, Ortiz a fait du chemin depuis l'époque où il était un gamin forcé de parcourir cinq kilomètres à pied sur une route enneigée pour rentrer chez lui, ses chaussures à la main pour ne pas les abîmer. Parce que c'était sa seule paire. Entre leur cuir grossier et la peau de poulain qui recouvre à présent les sièges de son avion privé, aucune comparaison n'est possible.

Ortiz passe sa main sur l'accoudoir, avec une satisfaction non dénuée d'un certain malaise. Le cuir est exceptionnel, bien sûr. Cependant, même après toutes ces années, une telle débauche de luxe lui paraît incongrue. Comme si toutes ces choses ne lui appartenaient pas. C'est Carla, sa fille, qui a insisté pour qu'il fasse personnaliser les sièges avec ce cuir-là, assorti à celui du canapé Chesterfield de sa villa, qui l'accompagne depuis l'ouverture de sa première boutique, il y a quatre décennies.

Ramón a froncé les sourcils devant la dépense, qui ferait grimper la facture de l'avion – trente-cinq millions d'euros – à cent mille de plus. Mais avec Carla, il n'y a pas moyen de négocier. Toute discussion se clôt par un seul argument : « De toute façon tu seras l'homme le plus riche du cimetière. »

Évidemment, c'est la vérité. Quel que soit le lieu où il sera enterré.

— Une minute, monsieur, dit le pilote, qui a pour instruction de toujours prévenir son patron de l'instant où le soleil va faire son apparition.

Absorbé dans son travail, Ramón ne veut pas rater ça. Il sait que le pilote triche un peu, car l'avion remonte légèrement pour que la prédiction s'accomplisse avec précision. L'un des privilèges de l'homme le plus riche du monde est de pouvoir choisir l'heure à laquelle le soleil se lève.

Il ôte ses lunettes de lecture, qui retombent sur sa poitrine, retenues par la chaînette autour de son cou, et se cale dans son siège pour admirer le spectacle. Mais une vibration sur la table en acajou massif détourne son attention. C'est son téléphone portable personnel, qui dispose d'une couverture wifi grâce à la connexion satellitaire du Bombardier. Cinquante mille euros de frais supplémentaires, plus cinquante euros la minute de connexion. D'autres dépenses pour lesquelles il n'a pas eu son mot à dire.

— Pas question que tu rates un appel important quand tu seras en vol, a dit Carla.

Étant donné que très peu de gens connaissent ce numéro, Ramón sait que s'il sonne, c'est forcément important. À contrecœur, il détourne donc le regard du hublot.

C'est un appel FaceTime audio. La photo de Carla le salue depuis l'écran. Bizarre, elle n'est pas matinale, et encore moins du genre à appeler à une heure pareille.

Il décroche.

— Qu'est-ce que tu fais debout si tôt ?

La voix qui lui répond n'est pas celle de Carla.

— Bonjour, monsieur Ortiz.

— Qui êtes-vous ? Comment avez-vous eu ce numéro ?

Une voix grave, sèche, lui explique sans omettre un détail comment il l'a obtenu et pourquoi il appelle depuis le FaceTime de sa fille.

— Écoutez-moi bien, si vous osez lui faire du mal…

— Je lui ai déjà fait du mal, monsieur Ortiz. Et je lui en ferai encore. Vous ne pourrez pas m'en empêcher. Maintenant, taisez-vous.

Ramón Ortiz écoute. Quand le soleil apparaît dans tout son éclat, il ne le voit pas, car en lui, l'obscurité grandit. Et quand l'homme qui tient sa fille interrompt la communication, pour la première fois de sa vie, Ramón Ortiz reste là, sans savoir que faire.

— Cinq jours.

Ce sont ses derniers mots.

Cinq jours.

Pendant de longues minutes, Ramón Ortiz réfléchit intensément. Bouleversé, il n'est même pas conscient qu'ils ont atterri et que le pilote lui indique qu'il peut maintenant descendre de l'avion.

Ramón prend alors une décision. Dans son répertoire, il cherche un numéro. Un numéro auquel, comme le sien, très peu de gens ont accès.

Un numéro qu'il pensait ne jamais devoir utiliser.

16

Un lit d'hôpital

Grand-maman Scott est déçue.

Antonia s'en fiche.

— Je suis déçue, ma petite fille, dit la vieille femme.

— Je m'en fiche, répond Antonia sans cesser de manier la lime à ongles.

Elle se trouve dans la chambre 134 de l'hôpital de la Moncloa. L'iPad est posé sur la table, et Antonia tente de se faire les ongles comme elle peut. En matière d'éclairage, la chambre 134 n'offre qu'une alternative : pénombre d'avant l'invention de l'électricité ou pupilles brûlées. Heureusement, Antonia a pris les choses en main. Elle a apporté sa propre lampe de chevet. En fait, elle a apporté bien d'autres choses. À commencer par la quasi-totalité de sa garde-robe. Une commode, un fer à repasser, une cafetière Nespresso et une quantité indéterminée de produits de beauté et d'hygiène, qui occupent presque toute la surface du sol de la salle de bains. Y pénétrer revient à jouer au Démineur, version crèmes anticellulite et masques capillaires en guise de pièges.

En même temps, ce n'est pas comme si Marcos allait utiliser les lieux dans un futur proche.

— Tu as besoin de prendre l'air.

— On avait dit une soirée.

— Je ne note pas tout ce qu'on se dit, ment la vieille femme. Mais tu sais que rester repliée sur toi-même ne te réussit pas.

L'avantage d'avoir une discussion vidéo tout en se faisant les ongles est que l'on peut dissimuler ses yeux sans que l'autre y puisse rien.

— Je vais bien.

Son mantra depuis qu'elle est enfant. Il est assez ironique qu'une personne comme elle, qui a toujours perçu son environnement dans ses moindres détails (la froideur de son père, la maladie que sa mère lui a cachée jusqu'à ce qu'elle n'ait plus que ses yeux pour pleurer, le malaise de tous ceux qui croisaient cette fillette étrange et menue), ait toujours fait si peu d'efforts pour communiquer avec les autres.

D'un autre côté, c'est avec sa grand-mère qu'elle discute. Or bien peu de choses échappent à la sagacité de Mme Scott. Elle est si perspicace qu'elle est capable de déduire que le fait que sa petite-fille ait pratiquement emménagé dans la chambre d'hôpital de son mari comateux ; qu'elle n'ait aucun moyen de gagner sa vie ; qu'elle n'ait presque aucun interlocuteur hormis elle-même, est le contraire d'« aller bien ». Ça, elle l'a compris toute seule, sans l'aide de personne.

La sagesse des vieillards.

— Regarde-moi dans les yeux quand je te parle, ma petite.

— J'ai les ongles dans un état épouvantable, dit Antonia, qui manie toujours la lime et est à deux doigts d'attaquer l'os.

L'espace d'un éphémère instant béni, Antonia pense que sa grand-mère va laisser tomber. Erreur. Elle marquait juste une pause pour siroter son Darjeeling (avec trois sucres) et avaler un biscuit. Georgina est diabétique, mais vit suivant ses propres règles.

— Ça a assez duré. J'ai suffisamment supporté tes excuses, ton autoapitoiement, tes larmes. Maintenant, ça suffit. Tu as un emploi où tu es la meilleure, et qui te permet de changer les choses. Un emploi dans lequel tu ne t'ennuies pas.

Si seulement c'était aussi simple.

Sa grand-mère a tout de même raison sur un point. Ce qu'Antonia fait – faisait –, jamais elle ne l'aurait cru possible. Pour elle, les défis, comme elle l'a découvert à l'adolescence, se soldaient par des échecs. Toutes les disciplines, quelles qu'elles soient, finissaient par la lasser au bout de quelques semaines. À la différence des autres surdoués, qui optaient presque toujours pour la physique ou les mathématiques, où le raisonnement pur leur procurait une satisfaction intellectuelle, Antonia n'aimait pas les chiffres. Non qu'ils ne lui réussissent pas. Elle pouvait calculer une racine carrée à neuf chiffres en quelques secondes, sans papier ni crayon. Mais sans plaisir.

Bien des jeunes gens, à cet âge difficile où le corps change et le monde devient immensément vaste, croient qu'ils ne pourront jamais être aimés. Antonia appartenait à cette catégorie, évidemment. De plus, elle était persuadée qu'elle ne trouverait jamais rien qui l'intéresserait réellement, qui l'obligerait à mettre tout son esprit et ses sens au service d'une tâche.

La première certitude a été invalidée quand elle a rencontré Marcos.

La seconde, quand elle a rencontré Mentor.

Tous deux lui ont fait connaître l'affection, chacun à sa façon. Le premier lui a offert l'amour, le second, quelque chose à aimer. Bien sûr, là où il y a de l'attachement, il y a aussi d'immenses, d'innombrables souffrances.

Les vôtres, et celles des autres.

— Mamie, dit Antonia, reposant finalement lime et dissolvant. J'ai essayé, je te promets. Mais c'est dur. Ça te brûle les entrailles.

— Avant, tu y arrivais.

— Avant, c'était avant. Et maintenant, c'est maintenant.

— Ce qui est arrivé à Marcos…

— Ce n'est pas arrivé juste comme ça, mamie.

— C'est arrivé, dit Georgina Scott en agitant un doigt accusateur face à l'écran.

Manifestement, elle ne sait pas où se trouve la caméra, si bien que l'index impitoyable finit par pointer dans une autre direction et perd un peu de son effet.

— Ce n'est pas toi qui as fait feu.

— Mais ça reste moi la responsable.

— Non, c'est faux. Je peux comprendre que ça t'ait bouleversée. Mais tu dois aller de l'avant. Tu ne veux pas retourner là-bas ? Très bien. Alors cherche un autre emploi.

Antonia ne se voit pas servir des cafés dans un bar, ni ressortir son vieux diplôme de lettres – décroché dans le seul but de ne plus avoir son père sur le dos – pour devenir prof de lycée.

Ce qui nous laisse face à un magnifique dilemme.

Alternative, conflit, hésitation, choix cornélien, cul-de-sac. L'avantage d'avoir un diplôme de lettres, c'est de connaître un tas de synonymes pour désigner une situation de merde.

— Mamie… commence Antonia.

Puis elle se tait, car en réalité, elle n'a pas grand-chose à dire. Parce que aussi vaine que l'existence lui paraisse, elle doit vivre. Si seulement elle savait comment.

— Ça a assez duré, Antonia. Arrête de te cacher, assène-t-elle avant de couper la communication.

Son visage disparaît de l'écran de l'iPad, n'y laissant que celui d'Antonia, confus et désorienté. La dernière chose qu'elle veut voir à cet instant.

Elle éteint la tablette. Ces trois dernières années, ses relations avec son visage n'ont pas été très bonnes. Quand c'est possible, elle ne se regarde pas dans le miroir après la tombée de la nuit.

Ça a assez duré.

Antonia contemple l'homme allongé dans le lit. Ses traits, autrefois en lame de couteau, si tranchants qu'on pouvait s'y couper, sont maintenant un masque de cire, pâle et sans vie. Ses cheveux noirs, épais et longs en d'autres temps, sont aujourd'hui raides et si fins qu'un souffle d'air pourrait les disperser. Ses lèvres, ses lèvres qu'il lui suffisait d'effleurer pour se sentir *kilig* (en tagalog, l'inexplicable état d'excitation qui vous donne des papillons dans le ventre) sont sèches et gercées. Ses muscles, fermes et dessinés, ne sont plus qu'un lointain témoignage, un souvenir douloureux de ce qu'il fut et qu'il n'est plus.

Antonia lui prend la main et y trouve un réconfort.

Ses mains n'ont pas changé. Elles ne manient plus le ciseau, n'écartent plus de son visage sa frange indisciplinée, ne viennent plus se poser sur ses seins, ne replacent plus le drap sur son corps, la nuit, lorsqu'elle se découvre, mais elles sont toujours ses mains. Des doigts noueux, des paumes carrées. Des mains d'homme, de sculpteur.

De lui, du Marcos qu'elle aime et qui lui manque tant, ne restent que ces mains et un cœur solide. Un cœur qui continue de battre soixante-seize fois par minute. Parfois, elle fixe l'électrocardiogramme et son pénible *bip, bip, bip*, jusqu'à ce que l'épuisement prenne le dessus et qu'elle s'endorme sur le divan qui lui a servi de lit ces mille cent seize dernières nuits. Puis, pendant la journée, elle regagne son appartement, qu'elle a totalement vidé de ce qui lui rappelle son mari, pour être seule et accomplir son rituel. Le rituel qui la maintient saine d'esprit. Les trois minutes par jour, les seules pendant lesquelles elle se permet d'envisager de tout abandonner, la souffrance et la culpabilité, la prison dorée de son esprit surdoué.

Antonia Scott ne s'autorise à penser au suicide que trois minutes par jour. Après la nuit blanche de la veille, elle n'a ni la force ni l'envie de rentrer chez elle, puis de revenir dormir auprès de Marcos. Elle se résout donc à obtenir son maigre quota de paix sur place.

Elle ôte ses chaussures.

S'assied par terre, en position du lotus.
Ferme les yeux.
Vide ses poumons.
Quelqu'un frappe à la porte.

17

Un sandwich mixte

— Tu as une sale tête.

L'inspecteur Gutiérrez se tient sur le seuil de la chambre, un sourire aux lèvres et un gobelet de café à la main. Son élégant costume italien en laine de printemps est si froissé qu'il donne l'impression d'être encore à moitié sur le dos du mouton. Il a les cheveux en bataille et l'aspect général de quelqu'un qui a dormi dans sa voiture, ce qui est d'ailleurs bien le cas.

— Comment tu m'as retrouvée ? dit Antonia.

— Je ne suis peut-être pas l'homme le plus intelligent du monde, mais je reste un flic.

— Je veux juste être seule.

— Et moi, je veux juste te parler.

— Tu ne peux pas rester.

— Je ne comptais pas le faire. Je déteste les hôpitaux.

— Personne n'aime les hôpitaux.

Antonia lui ferme la porte au nez.

Jon est tenté de frapper à nouveau, mais il a assez de bon sens pour aller patienter sur un banc, près de la fontaine à eau. Il tue le temps en lisant un panneau rappelant – en Comic Sans – que les infections nosocomiales sont la troisième cause de décès en Espagne et invitant à utiliser le distributeur de gel hydroalcoolique mis à disposition. Jon presse la pompe du flacon qui, comme si ça ne suffisait pas, est vide.

Au bout de quelques minutes, Antonia fait son apparition. Elle a remis ses chaussures et porte son sac en bandoulière.

— On va à la cafétéria.

Jon descend derrière elle en silence. Les flics ont leurs petits trucs. L'un des plus utiles est de laisser les autres parler quand votre temps de sommeil moyen n'a pas dépassé trois heures quinze par nuit depuis quatre jours.

Antonia s'installe au comptoir. Le serveur l'accueille du sourire absent qu'il réserve aux habitués et, sans un mot, pose devant elle une canette de Coca light et un verre dans lequel nage un glaçon anémique.

— Et pour vous ? demande-t-il à Jon.

— La même chose, mais avec un verre propre, merci.

Le serveur lui lance un regard assassin et choisit avec soin le verre le moins net du lave-vaisselle.

— Tu nous mets deux mixtes avec supplément œuf, Fidel.

— Tu prends tes repas ici ? demande Jon.

— Le dîner, toujours. Le déjeuner, à la maison.

L'inspecteur se remémore les Tupperware vides de l'entrée avec une grimace de dégoût. Quand son sandwich arrive, Jon constate que même à l'hôpital, on respecte la tradition : le grill n'a pas dû être nettoyé depuis son installation.

— Un peu de légumes ne te feraient pas de mal.

Pour toute réponse, Antonia détaille d'un œil sarcastique les cent et quelques kilos de flic qui font grincer le tabouret, ce qui lui prend un certain temps.

— Je ne suis pas gros, je suis fort. Cela dit, je vais te faire un aveu, dit-il en baissant la voix comme s'il s'apprêtait à lui confier un grand secret. J'adore manger.

— Moi, ça ne me fait ni chaud ni froid. Je souffre d'anosmie.

Jon lève un sourcil, attendant qu'elle développe.

— Ça veut dire que je n'ai pas d'odorat. Je ne sens rien.

— Rien du tout ? Comme quand tu as le nez bouché ?

— C'est de naissance. Je peux juste percevoir les saveurs très prononcées, comme le sucré et le salé. À peu près tout le reste a un goût de carton.

— Et si tu coupes des oignons ? Tu ne pleures pas ?

— Je pleure comme tout le monde. Ça n'a rien à voir avec l'odorat, ce sont les molécules soufrées libérées par l'oignon qui réagissent avec l'humidité des yeux et produisent des dérivés acides.

— Quelle saloperie ! dit l'inspecteur.

Il est sincère. Spontanément, parce qu'il a bon cœur et que l'émotion l'empêche de réfléchir, il pose sa grosse main sur l'avant-bras d'Antonia et le serre doucement.

Jon n'est pas très fan des vidéos de chats, hormis une catégorie, qui l'amuse beaucoup : celle où les propriétaires placent un concombre derrière l'animal, qui, quand il se retourne, fait un bond d'un mètre, le corps en tension, prenant instinctivement le fruit pour un serpent.

C'est à peu près la réaction qu'a Antonia quand la main de Jon se pose sur son bras. Son tabouret se renverse dans un grand fracas, qui attire l'attention de la demi-douzaine de personnes présentes dans la cafétéria.

— Je suis désolé… commence Jon.

Il se baisse pour ramasser le tabouret et sa tête heurte celle d'Antonia.

Crétin, crétin, crétin. On t'avait pourtant dit de ne jamais la toucher.

— Ne me touche jamais, dit Antonia en se tenant le front. Bon sang, j'ai l'impression de m'être pris un mur.

— Chacun utilise sa tête à sa façon. La mienne, elle sert à défoncer les portes.

— Je ne te le fais pas dire.

Fidel fait son apparition avec des glaçons enveloppés dans un torchon. Juste pour elle, évidemment. Jon a mal aussi, mais il aurait trop honte d'insister et préfère laisser tomber.

L'incident ne semble pas avoir coupé l'appétit d'Antonia. La poche de glace plaquée sur son front d'une main, elle termine son sandwich de l'autre, ainsi que les chips servies en garniture, et se commande un deuxième Coca.

Manœuvre dilatoire. Elle cherche à gagner du temps en attendant que je l'ouvre. Elle peut toujours courir.

Jon reste donc muet, finissant son propre sandwich à petites bouchées, comme un garçon bien élevé.

— Bon, qu'est-ce que tu veux, au juste ? finit par demander Antonia, lassée d'attendre.

— Eh bien, pour être honnête, je veux rentrer chez moi retrouver ma mère, qui me harcèle sur WhatsApp pour savoir quand je reviens l'aider à déplacer sa commode. Chaque fois que je vois qu'elle est en train d'écrire un message, je sais qu'une demi-heure plus tard, ça va être ma fête.

— Elle a une maladie ? Un problème ?

— Attachement pathologique, c'est tout. Elle veut que je l'emmène au Bingo Arizona. Quand elle est seule, elle a trop honte de crier « bingo ».

— Étant donné que je ne vais pas continuer, tu ne vas plus lui manquer très longtemps.

Jon acquiesce avec un sourire fatigué.

— Ton copain le conspirateur m'a déjà rendu ma liberté, dit-il.

C'est la vérité. Mentor lui a dit qu'il n'était pas forcé de rester. Bien sûr, il a aussi ajouté autre chose. Un détail qui change tout.

Antonia le regarde avec méfiance.

— Alors pourquoi tu es venu ? Pour dire au revoir ?

— Non. Je suis venu pour savoir ce que tu veux, toi.

— Je te l'ai déjà dit. Rester ici avec mon mari. Et avant que tu dises quoi que ce soit, prévient-elle, lisant déjà la question dans ses yeux, sache que je déteste parler de ça.

— Je comprends. Et qu'est-ce qui va se passer avec Álvaro Trueba ?

Elle réfléchit pendant ce qui semble une éternité, puis porte le verre à ses lèvres, pour faire taire sa mauvaise conscience. Comme dans les films, sauf que là, c'est du Coca light.

— Ce n'est pas mon problème. Le gosse est mort, et on ne peut pas changer ça.

— Et le coupable se balade en liberté.

— On n'entendra peut-être plus jamais parler de lui.

Jon prend une profonde inspiration et regarde ailleurs.

— Eh bien, maintenant que tu le dis…

Il plonge la main dans la poche de sa veste et en sort la photo, qu'il pose sur le comptoir. Fausse blonde, grands yeux marron, pommettes saillantes. Plus proche de la trentaine que de la quarantaine. Une allure banale de jeune diplômée au début d'une belle carrière. Elle ne regarde pas l'objectif, et dans son sourire, on perçoit une légère timidité. Ainsi qu'une certaine chaleur humaine, encore plus discrète.

Antonia a l'impression de l'avoir déjà vue quelque part. Soudain, elle se rappelle. Une revue de papier glacé oubliée dans un couloir d'hôpital. Une femme, à cheval, en pantalon clair, le visage concentré.

— C'est qui je pense ?

— Carla Ortiz, confirme Jon à voix basse, après s'être assuré que le serveur est à l'autre bout du comptoir, absorbé par le match de foot que diffuse la télévision. L'héritière de l'homme le plus riche du monde.

Antonia cligne des yeux plusieurs fois, tandis qu'elle assimile l'information. Puis elle laisse échapper un soupir fatigué, censé conjurer l'inévitable, sans y parvenir.

— On l'a… On l'a trouvée… ?

— Non. Nous savons qu'elle a disparu, avec son chauffeur et sa jument préférée. Hier soir, elle a quitté

La Corogne en voiture, pour se rendre à Madrid, mais elle n'est jamais arrivée.

— Elle a peut-être eu un accident.

— Son père a reçu un appel du ravisseur tôt ce matin.

Derrière les yeux d'Antonia, une impressionnante machinerie se met en branle. Jon a déjà assisté à cela. Il la laisse faire.

— Ça pourrait être notre homme.

« Notre homme », voilà ce qu'elle a dit. Bingo !

Il n'a pas besoin de lui poser la question, mais il le fait quand même.

Et Antonia Scott lui donne la seule réponse possible.

DEUXIÈME PARTIE

CARLA

Mentiras que ganan juicio
Tan sumarios que envilecen
El cristal de los acuarios
De los peces de la ciudad[1]

Joaquín Sabina – Pancho Varona,
« Peces de Ciudad »,
Dimelo en la calle, 2002.

1. Des mensonges qui gagnent des procès
si expéditifs qu'ils salissent
le verre des aquariums
des poissons de la ville.

1

Un désagrément

— Nous devons réfléchir à la manière d'aborder la situation, dit Mentor.

Il leur a donné rendez-vous sur la place de París, dans les jardins qui jouxtent le Tribunal suprême. De jardins, ils n'ont à vrai dire que le nom, car en dehors de trois haies mal taillées, il n'y pousse que des pierres. Mentor est assis sur un banc près d'un lampadaire. Il fait nuit noire, et les seuls autres visiteurs du parc sont un homme et son chien, qui renifle le sol.

— Réfléchir à quoi ? râle Jon. On monte, on lui parle et on se met au boulot.

— J'ai bien peur qu'on doive affronter quelques désagréments.

— Ils ont mis quelqu'un d'autre sur le coup, dit Antonia.

Ce n'est pas une question.

Mentor a un mouvement d'exaspération.

— M. Ortiz a passé un coup de fil à son contact, qui nous a appelés, nous. Mais son avocat s'est affolé et l'a encore plus affolé. Du coup, l'USE[1] est là-haut, et maintenant, c'est moi qui suis à cran.

La brigade de la Police nationale spécialisée dans les enlèvements et l'extorsion, songe Jon avec une pointe d'envie. *Un corps d'élite. Des durs, des pros.*

— Alors quoi ? On leur laisse l'affaire et on rentre à la maison ?

— Nous allons travailler comme nous l'avons toujours fait avant que vous n'entriez dans nos vies, inspecteur Gutiérrez. Vous resterez bien tranquilles dans un coin, sans déranger. Et sans trop ouvrir la bouche.

— C'est censé vouloir dire quoi ? demande Jon, sur la défensive.

— Ça veut dire qu'on ne sait rien de l'autre affaire, explique Antonia.

L'affaire du gosse assassiné à La Finca n'existe pas, tout simplement. Pour une unité censée éviter la compétition et le secret entre les différents départements de la police, on est plutôt doué pour reproduire les vieux travers.

— Il n'y a pas d'autre affaire. *Uniquement* celle-ci, martèle Mentor. C'est compris ?

Antonia acquiesce, imitée, de mauvaise grâce, par Jon. Si ce qu'ils soupçonnent se confirme, et que la même personne est bien derrière la disparition de Carla Ortiz et le meurtre du jeune garçon, ils devront jouer selon les règles.

— Vous ne venez pas ? demande-t-il à Mentor.

— J'ai des coups de fil à passer. Amusez-vous bien, et pas de grabuge. Ah, à propos, Scott…

---

1. *Unidad de Secuestros et Extorsiones*, Unité des enlèvements et extorsions.

Antonia le regarde.

— … je suis content que tu sois revenue.

Antonia se retourne sans répondre. Quand elle s'éloigne, Mentor confie à Jon une petite boîte en métal.

— Qu'est-ce que c'est ? dit Jon en la secouant.

Ça fait un bruit de maracas.

— Gardez-la. Elles sont pour elle.

— Des gélules ? Quand est-ce que je suis censé les lui donner ?

Mentor lui adresse un clin d'œil.

— Quand elle le demandera.

L'appartement se trouve à deux minutes de marche, dans la rue du Général Castaños. Un penthouse de mille mètres carrés, entièrement rénové par le bureau d'architecte d'Enrique Barrera, comprenant un magnifique salon accueillant. Tout cela, Jon le vérifie avant même de monter, en quelques clics sur son portable, tandis qu'ils attendent devant l'interphone qu'on leur donne l'autorisation d'entrer. Toutes les photos sont sur le site d'un célèbre magazine people. Le reste se trouve sur le compte Instagram de Carla Ortiz.

La vie de ces gens est un spectacle permanent, pense Jon. *Chaque photo qu'ils postent est une porte ouverte à tous les cinglés. Ils ne le voient donc pas ?*

La dernière photo de son compte Instagram montre Carla Ortiz en compagnie de son fils, sur la terrasse de ce même appartement, derrière lequel on distingue parfaitement le bâtiment du tribunal. N'importe lequel de ses 228 000 *followers* doté d'un peu de jugeote et d'un accès à Google Maps mettrait moins de dix minutes à en situer l'adresse exacte.

L'enfant est de dos. Elle a au moins fait attention à ça.

Le portail s'ouvre. Jon et Antonia prennent l'ascenseur jusqu'au penthouse, passant devant un premier garde du corps qui les salue d'un bref signe de tête. Un deuxième est planté devant la porte – ouverte – de l'appartement, qui occupe tout l'étage.

Pour la sécurité, c'est un peu tard.

Cette fois, il n'y a pas de Rothko, mais c'est tout comme, pense Jon. Le sol est en béton ciré gris et les meubles, en bois lasuré de style industriel. Aux murs, des photos de paysages en noir et blanc, ainsi que quelques portraits de Carla et son fils. Sans hommes. L'entrée s'ouvre sur un immense salon, équipé d'une télévision de quatre-vingt-deux pouces. En face, une cheminée.

Un homme petit et costaud – *râblé* est le premier mot qui vient à l'esprit de Jon – fait nerveusement les cent pas de l'une à l'autre. Il porte son éternelle chemise blanche aux manches retroussées, si trempée de sueur aux aisselles que les taches se rejoignent presque sur sa poitrine. Quand ils entrent, il ne les salue pas et les regarde à peine, déjà indifférent à ce défilé d'inconnus.

Sur le canapé, avec ordinateurs et dictaphones en marche, se trouvent les agents de l'USE, qui s'identifient comme étant le capitaine José Luis Parra et le caporal Miguel Sanjuán. Parra – crâne rasé, bouc, poignée de main de mâle alpha – semble être le chef.

— Vous êtes les deux observateurs, dit-il. Mes supérieurs m'ont prévenu.

Le ton de sa voix est professionnel, mais son regard trahit son peu d'envie d'avoir de la compagnie.

— Nous ne vous dérangerons pas, dit Jon, adossé au mur. Continuez, je vous prie.

— M. Ortiz a fait sa déposition et est exténué, intervient un homme élégant aux cheveux blancs, qui se tient debout, bras croisés, au milieu du salon.

Il ressemble à Michael Caine, mais sans une once d'humanité. Jon n'a pas à trop réfléchir pour déduire qu'il s'agit de l'avocat.

— Monsieur Torres, je sais qu'il est tard et que vous êtes épuisés après cette terrible journée, mais croyez-moi, nous n'avons presque aucun élément auquel nous raccrocher. Si vous ne nous aidez pas à établir une liste de suspects, nous ne pourrons pas faire grand-chose.

— Ça va, dit Ortiz.

— Ramón, dit l'avocat en baissant la voix. Rappelle-toi ce que t'a dit le médecin.

Il parle juste assez fort pour que tout le monde comprenne bien que son client est un octogénaire qui se brisera si on le bouscule.

— Et moi, j'ai dit ça va. Tu as entendu ces messieurs. Les premières heures sont décisives.

— Nous avons besoin d'une liste exhaustive des personnes ayant un accès à votre fille, monsieur Ortiz, dit Parra. Et surtout, des noms des gens qui pourraient lui vouloir du mal.

— Et du côté de son ex-mari ? demande Sanjuán.

L'homme, qui porte une barbe fournie et des lunettes, mord avec insistance l'extrémité de son stylo Bic et regarde son supérieur avant d'ouvrir la bouche.

— Borja ? Non, ce n'est pas lui, répond Ortiz.

Le divorce du tennisman de second rang et de la fille du milliardaire après seulement trois ans de mariage avait fait les choux gras de la presse à scandale, même si Jon se rappelle avoir lu quelque part que les choses s'étaient terminées de façon plutôt cordiale et d'un commun accord.

— Comment pouvez-vous en être certain ?

— Parce que c'est une chiffe molle sans couilles. S'il n'a pas eu le cran de se battre pour ma fille quand ils étaient mariés, il serait bien incapable de faire une chose pareille.

— J'ai entendu dire qu'ils avaient signé un contrat de mariage.

— Oui, et plutôt lucratif. Cinq mille euros mensuels, à vie, pour partir et la boucler.

C'est ça, un commun accord ?!

— Ça lui semble peut-être un peu léger. Au bout du compte, votre fille est…

— Tout ce qu'il a à faire, c'est se rendre disponible un week-end sur deux pour voir mon petit-fils, le coupe Ortiz, qui n'a pas envie qu'on lui rappelle que sa fille va hériter de quatre-vingts milliards d'euros. Avec qui il s'entend d'ailleurs très bien. De toute façon, il avait un tournoi à Ibiza hier. Ce n'est pas lui.

Parra et Sanjuán se lancent un regard discret. Jon voit clair dans leur jeu. Ils savaient parfaitement que l'ex-mari n'avait rien à voir là-dedans, mais ont décidé de secouer un peu Ramón Ortiz pour voir s'ils peuvent en tirer quelque chose.

— Il a pu se faire aider par quelqu'un, tente Parra.

— Oh, bon Dieu, dit Ortiz en s'appuyant contre un fauteuil, le souffle court.

— Messieurs, dit Me Torres, accourant pour prendre son client par l'épaule.

Ortiz le repousse avec douceur, mais fermeté. Son visage est congestionné, mais il ne compte pas s'arrêter.

— Ce n'est pas lui ! L'homme qui m'a appelé n'était ni Borja, ni quelqu'un de son entourage.

— Ce serait peut-être bien que vous nous rapportiez la totalité de la conversation que vous avez eue avec lui, suggère Antonia, s'exprimant pour la première fois.

Tous se tournent vers elle.

— C'est déjà fait. Nous vous transmettrons un résumé de la déposition de M. Ortiz demain, dit Parra en désignant son ordinateur. Pour revenir à la liste des suspects…

— Ça permettrait d'avoir un regard neuf, intervient à nouveau Antonia.

— Madame… peu importe votre nom, proteste Parra, nous avons beaucoup de terrain à couvrir, et M. Ortiz est épuisé.

— Nous comprenons bien que rapporter encore une fois cette conversation demanderait un effort excessif à M. Ortiz, dit Jon d'un ton aussi innocent et respectueux que possible.

Parra le foudroie du regard, mais c'est trop tard.

— Pas du tout. Je suis juste fatigué, dit Ortiz. J'ai reçu l'appel à 6 h 47 ce matin.

— Par téléphone ?

— Par FaceTime audio. Carla l'utilise beaucoup, elle dit que c'est plus sûr. Je ne connais rien à tout ça.

— Que vous a-t-il dit ?

— C'était un homme avec une voix grave, qui m'a dit qu'il détenait Carla. Je lui ai demandé de ne pas lui faire de mal. Il m'a répondu qu'il lui en avait déjà fait, et que je ne pourrais pas l'empêcher de lui en faire encore.

— Il a dit autre chose ?

— Son nom. Il m'a dit qu'il s'appelait Ezequiel.

Carla

D'abord vient la douleur.

Un élancement aigu, intolérable, qui l'emplit entièrement. Qui la fait crier.

Elle hurle à pleins poumons pendant ce qui lui paraît une éternité. C'est un son déchirant, primal. La peur n'est pas encore là – elle viendra par la suite. Pour l'instant, il n'y a que l'impérieuse nécessité que cesse cette douleur.

Elle ne cesse pas.

Quand Carla parvient à se relever un peu, la douleur s'atténue. Elle était couchée face contre terre, les bras tendus, sans force. Quand elle bouge, elle sent, elle entend presque résonner en elle le son contre-nature des os de son nez cassé et de son front qui raclent le sol.

Elle ne voit rien. L'obscurité est épaisse.

La peur n'arrive toujours pas. La douleur aiguë a reflué, laissant place à son petit frère, le martèlement. Maintenant, son visage est comme la peau d'un tambour qui reçoit une percussion constante, sans pitié, irradiant cette douleur en direction de ses yeux, de la naissance de ses cheveux, de ses oreilles, de sa mâchoire, en vagues régulières.

Carla sanglote tout bas, à présent, tandis que son cerveau essaie d'assimiler d'où provient cette douleur et comment la gérer. Elle essaie de s'asseoir, mais le soudain afflux de sang vers sa tête accroît sa souffrance.

Calme-toi. Calme-toi.

Elle se rallonge, sur le dos cette fois, et a l'impression que le martèlement s'atténue. Pas beaucoup, mais il laisse un peu d'espace aux autres sensations.

Sa bouche est aride et amère. En séchant, le sang a scellé ses lèvres et les a collées à la face externe de ses dents.

Les séparer lui fait mal. Mais c'est une douleur ténue, supportable, qui lui fait oublier la première l'espace d'un instant. Comme quand le passage d'une souris dans une pièce détourne notre attention du tigre qui s'y trouve, lequel, sitôt le rongeur disparu dans une plinthe, se tourne vers nous avec un sourire vorace qui signifie « Où en étions-nous ? ».

Ce n'est pas le sang, cependant, qui donne ce goût amer à la bouche de Carla. Le goût de métal est présent, au bout de sa langue enflée, cotonneuse et sèche. Le reste – le palais, l'intérieur des joues – est envahi par une saveur chimique désagréable, étrangère.

J'ai quelque chose là-dedans.

Ses bras et ses jambes semblent ne plus lui appartenir. Ils sont devenus des régions indépendantes et engourdies qui exécutent ses ordres de mauvaise grâce. Son estomac est une minuscule boule d'acide, dont quelque chose lutte pour sortir. Carla émet un rot, sec et sonore comme un coup de feu, aux mêmes effluves étranges que ceux qui emplissent sa bouche. Après l'air, les vannes ouvertes laissent échapper le contenu de son estomac, c'est-à-dire pas grand-chose. Carla vomit un mélange de salive et de bile, sans pouvoir se retenir, deux, trois fois, jusqu'à ce que les crampes s'arrêtent.

Alors la mémoire lui revient. La déviation. L'homme au couteau. La poursuite dans le bois. La piqûre dans le cou, quand elle a abdiqué.

Non.

Non.

La réalité de sa situation s'ouvre devant avec une effrayante clarté.

Alors vient la peur.

2

Une évidence

— C'est tout ?

Ortiz ne répond pas tout de suite. Une fraction de seconde, il cherche l'aide de son avocat du regard, avant de se reprendre. Son mouvement n'échappe pas à Jon, qui sait reconnaître un menteur quand il en voit un.

— Oui. Ensuite, il a raccroché.

— Il n'a formulé aucune exigence ? Il n'a pas dit qu'il rappellerait ?

— Non, dit Ortiz, catégorique.

Trop catégorique.

— Il rappellera. Ils rappellent toujours, dit Sanjuán.

— Vous avez dit que ça ne pouvait pas être quelqu'un de l'entourage de l'ex-mari de votre fille, intervient Parra, décidé à ramener la conversation sur son terrain. Qu'entendez-vous par là ?

— C'était un homme avec une voix dure. Il avait l'air… implacable. Le contraire de Borja, disons.

Touchante, cette affection pour son ex-gendre.

— Votre fille ne connaît aucun dénommé Ezequiel, n'est-ce pas ?

— Non, pas que je sache. Et moi non plus.

— Nous allons donc partir de l'hypothèse qu'il s'agit d'un pseudonyme, et non de son vrai nom.

Voilà à quoi on reconnaît des flics d'élite.

— Vous avez d'autres questions à propos de l'appel, ou on peut reprendre là où on en était ? demande Parra en se tournant vers Antonia.

Celle-ci marmonne une excuse et quelque chose à propos de se rendre aux toilettes. Personne ne lui prête attention.

— Alors reprenons. Votre fille a disparu hier entre 22 heures et ce matin. La dernière certitude que nous ayons à son sujet est que son chauffeur…

— Carmelo, dit Ortiz en se remettant à faire les cent pas dans le salon. Il fait partie de la famille.

— Que son chauffeur, Carmelo Novoa Iglesias, s'est arrêté pour faire le plein à une station-service de Villanueva de los Caballeros, à Valladolid. La carte bancaire de Carmelo présente un débit de soixante-dix-huit euros. Essence, deux bouteilles d'eau et un paquet de réglisse. Nous avons demandé à la station-service les images de la vidéosurveillance, pour vérifier si Carla se trouvait bien à bord du véhicule à ce moment.

— Qu'est-ce que vous insinuez ?

— Depuis quand connaissez-vous Carmelo Novoa, monsieur Ortiz ? dit Parra en se penchant vers l'avant.

— J'y suis. Puisque vous ne pouvez pas mettre la main sur mon ex-gendre, vous vous rabattez sur Carmelo. Combien de fois vais-je devoir vous dire que le ravisseur est un inconnu ?

— Monsieur Ortiz… vous comprenez que nous devons d'abord chercher dans l'entourage de votre fille. Dans 88 % des affaires de disparition, le responsable appartient à l'environnement immédiat de la victime. Nous commençons donc par les proches avant d'élargir le cercle.

— Ce n'est pas une affaire de disparition. C'est un enlèvement.

— Un enlèvement sans quelconque demande des ravisseurs. Pour ce que nous en savons, ajoute Parra.

Celui-là, il flaire l'embrouille. Possible qu'il ait un brin de cervelle sous son crâne chauve, après tout.

— Nous présumons qu'ils poseront leurs exigences par la suite, intervient l'avocat, devant le silence de son client. Vous l'avez dit vous-mêmes.

— Oui. En effet, c'est ce que nous avons dit, oui. Vous confirmez donc que le chauffeur, Carmelo Novoa, est une personne de confiance ?

Il flaire l'embrouille, et il noie le poisson en attendant que le vieux commette une erreur. Il sait très bien qu'il ne lui raconte pas tout. Classique.

— Absolument.

— Nous avons demandé à un collègue de La Corogne de procéder à quelques vérifications au sujet de M. Novoa, dit Parra en désignant une conversation WhatsApp ouverte sur son portable. Il s'avère que votre chauffeur est un habitué du Casino Atlántico.

Ortiz ne répond pas.

— Vous le saviez ?

— Messieurs, mon client n'a aucune raison d'avoir connaissance de…

— Oui, je le savais, l'interrompt Ortiz. C'est sous contrôle.

— Apparemment, il s'y rend plusieurs soirs par semaine. Black jack, surtout.

— Je suis au courant.

— Et il a des dettes de plus de cent mille euros.

Surpris, l'avocat hausse les sourcils et lance un regard inquiet à Ortiz.

Celui-ci s'arrête et s'appuie contre la cheminée en se mordant l'ongle du pouce.

— Je ne souhaite pas évoquer ce sujet.

— Je comprends, monsieur Ortiz. Mais c'est important, insiste Parra.

Après une éternité à se ronger les ongles, Ortiz finit par répondre.

— Carmelo traverse une période difficile depuis la mort de sa femme. Trente et un ans de mariage. Il s'est mis à jouer.

— Il vous a demandé de l'aide ?

— Il y a quelques mois, oui. Je vous l'ai dit, il fait partie de la famille. Je suis le parrain de son petit-fils, bon sang.

— Vous lui avez donné de l'argent ?

— Bien sûr que non. Ç'aurait été une très mauvaise idée.

— Pour vous, la somme qu'il doit ne représente pas grand-chose, n'est-ce pas ?

— Le patrimoine de mon client n'a rien à voir là-dedans, capitaine Parra, intervient l'avocat.

— Sauf qu'en l'occurrence si, vous ne croyez pas ?

Ortiz prend l'un des bibelots qui ornent la cheminée – une boule en céramique, dans de délicats tons orange et chocolat, venant de l'une des boutiques de la branche « Décoration » du groupe – et le fracasse contre le sol. Le bruit de l'argile qui se brise en mille morceaux rompt la gêne qui s'est installée après l'affirmation de Parra, et la transforme en un silence glacial et palpable.

— Je suis riche, dit Ortiz, les traits défaits. J'ai de l'argent, énormément d'argent. J'aurais pu faire disparaître les problèmes de Carmelo d'un claquement de doigts, c'est vrai. Au lieu de cela, je lui ai offert mon soutien. Je l'ai aidé. Je lui ai dit qu'il continuerait à travailler avec nous jusqu'à la fin de sa vie. Comme n'importe quel membre de la famille. Carmelo fait partie de la famille.

— Votre refus de lui donner de l'argent – une somme ridicule à vos yeux – a pu lui apparaître comme une humiliation et faire naître de la rancœur chez lui. Pendant un trajet de six heures, les occasions ne manquent pas. Il lui suffisait de se garer sur une aire de repos sous un prétexte quelconque, de neutraliser votre fille, puis de demander à un complice de vous appeler.

Sa réticence à écouter le policier commence à céder. Mais Ortiz n'est pas homme à reconnaître ses erreurs. Il ne l'était pas à vingt ans, il l'est encore moins aujourd'hui.

— Autrement dit, c'est ma faute, dit-il dans un dernier sursaut d'indignation. Vous m'accusez d'être le responsable du malheur de ma fille.

— Je n'ai pas dit cela, monsieur Ortiz. Nous voudrions juste que vous acceptiez d'ouvrir les yeux devant l'évidence.

Ortiz ouvre les yeux et, devant l'évidence, ses épaules s'affaissent et l'air s'échappe de ses poumons. Il semble sur le point de fondre en larmes et ne cesse de masser son bras gauche de sa main droite.

— Je ne me sens pas bien, murmure-t-il.

L'avocat s'approche de lui et pose les mains sur ses épaules.

— Tiens bon, lui dit-il à l'oreille. Le médecin est là.

Et aux autres :

— Messieurs, cette réunion est terminée.

Parra et Sanjuán se lèvent à contrecœur. Ils ne semblent pas franchement ravis du tour que prennent les événements.

— Nous allons avoir besoin d'accéder à l'ordinateur de Carla, les mots de passe…

— Je ne dispose pas de ces informations, mais nous vous fournirons toute l'aide que nous pourrons, dit Torres en se plaçant entre les policiers et son client. Je m'en chargerai personnellement.

Antonia se débrouille pour franchir la barrière du corps de l'avocat et s'approcher d'Ortiz.

— Une dernière chose, monsieur. Où est votre petit-fils ?

Ortiz la regarde comme s'il essayait de comprendre qui est cette femme et ce qu'elle peut bien faire chez sa fille.

— Mon petit-fils a été emmené en lieu sûr, répond-il d'une voix lointaine. Hors d'Espagne. Je ne veux pas qu'il soit présent si la presse a vent de cette histoire.

— Le cas échéant, ça ne viendra pas de nous, monsieur Ortiz, dit Parra.

Et encore moins de nous, ajoute silencieusement Jon.

Carla

Un coup – métallique, assourdissant – interrompt les cris.

Elle a perdu la boussole un moment, elle ne sait pas combien de temps. Elle est vaguement consciente d'avoir cherché une issue à tâtons, sans la trouver. Terrorisée, elle a hurlé à l'aide jusqu'à se casser la voix, jusqu'à ne plus pouvoir émettre qu'un murmure étouffé. C'est alors que le coup a résonné, son écho sourd retentissant tout autour de Carla.

— Je n'aime pas quand tu cries, dit quelqu'un lorsque l'écho meurt.

La voix est grave. Une voix d'homme.

— Monsieur. Écoutez-moi, monsieur. J'ai besoin d'aide, dit Carla dans un filet de voix.

Silence.

— Monsieur… vous m'entendez ? insiste Carla, forçant sur ses cordes vocales au maximum.

On dirait un soufflet en bout de course.

— Je t'ai entendue. Je n'aime pas quand tu cries.

— Monsieur, il faut que je sorte d'ici. Vous devez me laisser partir, s'il vous plaît. J'ai peur du noir.

— Donne-moi le mot de passe de ta boîte mail.

Carla a la nausée. Il fait chaud, très chaud. Elle respire mal, il n'y a presque pas d'air. Elle doit absolument sortir de là.

— Laissez-moi sortir ! Je veux sortir !

Elle se jette en avant, à quatre pattes, cherchant une issue dans le noir, les mains tendues. Ses doigts rencontrent quelque chose de dur, en métal. Quand elle la pousse, la chose cède un peu, avant de revenir à sa position initiale.

Une porte. C'est une porte.

À genoux, appuyée contre le panneau, Carla cogne avec insistance. Les paumes de ses mains n'arrachent que de timides murmures au métal.

— Ouvrez ! Ouvrez, je vous en prie… !

La fin de sa supplique se brise en un faible soupir. Carla se laisse tomber contre la porte métallique, sans cesser de pleurer.

Alors survient le deuxième coup, qui fait vibrer la plaque où Carla s'appuie et retentit dans tout son corps. Ses tympans bourdonnent, son diaphragme se comprime, sa douleur au nez se démultiplie, elle se mord la langue en sursautant.

— Je n'aime pas quand tu cries, et je n'aime pas non plus quand tu pleures.

Carla voudrait crier de nouveau, son corps tout entier voudrait qu'elle crie, qu'elle demande, qu'elle *ordonne* à cet homme de la libérer *immédiatement*. Mais l'épuisement, la douleur et autre chose encore lui suggèrent d'attendre.

Elle obéit, en silence, serrant les poings pour ne pas hurler.

— Tu t'es calmée ?

— Oui, murmure Carla.

— Donne-moi le mot de passe.

Carla ouvre la bouche pour répondre et, une nouvelle fois, quelque chose la retient. Une voix qu'elle a entendue auparavant. Dans la forêt.

Ne dis rien.

Il va me tuer.

Ne dis rien. Si tu lui donnes le mot de passe, il aura accès à TOUT.

S'il me fait du mal, il l'obtiendra de toute façon.

Alors négocie. Il veut quelque chose ; demande-lui quelque chose en échange.

— Le mot de passe, répète l'homme.

— Non.

— Donne-moi le mot de passe ou j'entre et je te tue.

Sous la menace, Carla se recroqueville encore davantage. Sa respiration s'accélère.

Il bluffe.

— Vous n'allez pas me tuer. Si vous me tuez, vous n'aurez pas le mot de passe.

Silence.

— Je peux entrer et te faire du mal jusqu'à ce que tu me le donnes.

Je ne peux pas. Je ne peux pas. Il faut que je le lui donne.

Ne capitule pas aussi vite. Tu as toujours abandonné trop vite.

Carla serre les poings, penche la tête en avant puis en arrière, s'efforçant de réfléchir malgré la douleur.

Ça va. Ça va.

— Comment vous appelez-vous ? Je m'appelle Carla. Mon nom est Carla, répète-t-elle, car elle a entendu ou lu quelque part, ou bien vu dans un film, que dans ce genre de situation, il faut faire en sorte que le

Dis-le. Ravisseur. Violeur. Assassin. Choisis un mot.

que l'homme susceptible de vous faire du mal vous voie comme une personne. Qu'il vous humanise. Qu'il sache que vous n'êtes pas qu'un corps, que vous n'êtes pas un objet.

— Je sais comment tu t'appelles.

— Et vous ? Comment vous appelez-vous ?

Silence.

— Tu peux m'appeler Ezequiel.

— Ezequiel… Je m'appelle Carla. Laissez-moi sortir d'ici et je vous donnerai de l'argent. Je peux vous faire un virement tout de suite. Ensuite, vous me laisserez partir. Je vous jure que je ne dirai rien à personne.

— Je ne veux pas d'argent. Je veux le mot de passe.

— Très bien. Alors donnez-moi de l'eau.

Silence.

— Tu me donneras le mot de passe si je te donne de l'eau.

Ce n'est pas une question.

Après un long silence, Carla entend un grincement métallique à la porte.

— La voilà.

— Où ça ? Je n'y vois rien !

On entend un *clic*. Un rectangle de lumière se découpe dans l'obscurité, sur le sol, au pied de la porte. Au centre, il y a une bouteille d'eau d'un demi-litre.

L'éclat qui s'en dégage est irréel, comme un rappel qu'autour d'elle, il n'y a que les ténèbres. Carla se jette dessus. Le plastique crisse sous ses doigts avides quand elle ôte le bouchon et porte la bouteille à sa bouche. Elle en boit la moitié en deux longues gorgées, qui lui tombent sur l'estomac, vide et noué, comme des coups de poing. Les crampes reviennent, et Carla vomit la quasi-totalité du liquide sans pouvoir se retenir.

— Tu as eu ton eau. Maintenant, le mot de passe.

Carla s'approche du rectangle de lumière. Il ne doit pas mesurer plus de vingt centimètres sur quarante. À genoux, elle s'approche et aperçoit, de l'autre côté, une paire de bottes, éclairées par une lampe torche. La lumière lui fait mal aux yeux. Elle lève une main et tente de distinguer quelque chose entre ses doigts.

— Attendez une seconde. On peut discuter, on peut… je peux…

Le rectangle de lumière disparaît, avec un bruit métallique. Carla entend un claquement de l'autre côté. Un verrou, peut-être.

Non. Non.

— Laissez-moi sortir ! dit-elle en se remettant à tambouriner.

— Tu as demandé de l'eau en échange du mot de passe. Donne-le-moi.

Carla pleure, désespérée, perdue.

Ne le lui donne pas. Si tu le lui donnes, tu n'auras plus aucun levier de négociation.

— Je vous en prie…

Cette fois, ce sont trois coups successifs, rapides, furieux, qui viennent assourdir l'univers de Carla.

Le bruit résonne dans ses tympans, la porte s'agite. Carla se recroqueville au sol, les genoux serrés, les mains plaquées sur les oreilles.

En larmes, elle commence à réciter le mot de passe.

3

Un massage

Antonia et Jon tentent une sortie discrète par l'ascenseur, mais au rez-de-chaussée, ils se heurtent à l'un des hommes de la brigade Enlèvements, qui bloque la porte.

— Vous ne comptez pas nous laisser passer, c'est ça ?

Le policier fait non de la tête, désigne un point derrière eux et croise les bras. Quand ils se retournent, ils voient Parra, le visage en feu. Il vient de dévaler l'escalier quatre à quatre.

— On peut savoir d'où vous sortez ? demande-t-il, planté devant Jon.

— On se calme, capitaine. Ici, on est tous dans le même camp, dit Jon en sortant sa plaque de sa poche pour la mettre à la hauteur des yeux de l'autre.

Parra ne prend pas la peine de la regarder.

— Je sais qui vous êtes, inspecteur Gutiérrez. Ce que je ne sais pas, c'est comment un flic de troisième zone se retrouve à fourrer son nez dans une affaire de premier niveau. Mon affaire, soit dit en passant. Et celle-là, c'est qui ?

Antonia se raidit un peu devant l'agressivité du capitaine. Elle ne peut pas bouger, l'autre policier a fait un pas en avant et la bloque par l'arrière.

— Celle-là, comme vous dites, ne vous avisez pas de lui parler. Et vous, dégagez de là, menace Jon, ou ça va mal se passer.

L'autre recule d'un ou deux millimètres.

— Je vous ai demandé qui c'est.

— Qu'est-ce que ça change ? On vous a prévenu qu'on venait, non ? dit Jon, esquivant la question.

— Ceux d'en haut me l'ont dit, oui. Que deux observateurs allaient venir.

— Eh bien, voilà, c'est ce qu'on fait : observer. Ça ne vous plaît pas, qu'on vous regarde ?

Jon met dans ses derniers mots la dose suffisante de douceur et de vacherie pour que le très hétéro capitaine José Luis Parra, père de famille et fier possesseur d'un polo au blason de l'Espagne brodé sur la manche, en soit déstabilisé.

— Écoute-moi bien, petite tapette…

Jon se raidit, prêt à recevoir la beigne qu'il voit se former dans les yeux de Parra, mais qui ne vient pas. Au lieu de cela, il entend la voix d'Antonia.

— Capitaine Parra, je suis Antonia Scott. Je travaille pour Interpol sur l'analyse de crimes graves.

Jon reste pétrifié. La voix d'Antonia ruisselle de miel et son sourire étincelle. La concorde faite femme. Elle tend même la main à Parra. Elle, qui fuit tout contact physique comme un inspecteur des impôts, la main tendue.

Par chance pour elle, Parra ne semble pas disposé à serrer des mains. Il baisse la tête vers elle – du haut de ses trente centimètres de plus –, incrédule.

— Interpol ? On aura tout entendu !

Antonia plonge la main dans son sac et en sort une carte d'identification. Cette fois, le capitaine Parra la prend et l'observe avec curiosité.

— Bon, dit-il en se tapotant la paume avec la carte d'Antonia. Et on peut savoir ce qu'Interpol fout ici, ma jolie ?

— Nous faisons partie d'un grand projet qui s'organise à l'échelle mondiale. Nous traquons les criminels sortant des schémas habituels et développons de nouvelles manières de les appréhender. Ça fait longtemps que je demande à travailler avec vous et les professionnels de l'USE. Quand nous avons su que vous travailliez sur une disparition de cette importance, j'ai pris le premier avion à destination de Madrid.

S'il y a bien une chose qu'un mâle alpha comme celui-là adore, c'est un bon massage de l'ego, pense Jon.

— Étudier vos méthodes nous donnera des renseignements très précieux qui profiteront aux polices du monde entier, poursuit Antonia. Ce n'est pas tous les jours qu'on a l'occasion de travailler avec une brigade qui a eu 87 % de réussite ces six dernières années.

Quels doigts de fée.

Parra se mordille la lèvre inférieure avec circonspection, tenté d'y croire.

— 88,3 % de réussite, en fait. Et lui ? dit-il en désignant Jon.

— L'inspecteur Gutiérrez m'a été assigné comme contact. Il se trouve actuellement dans une phase de transition professionnelle.

— Mis à pied sans solde, plutôt. Des nouvelles de la petite pute, au fait, Gutiérrez ? Elle vous a pris sous votre meilleur profil.

Jon a différentes répliques sur le bout de la langue, impliquant la mère, la femme et la sœur – si elle existe – du capitaine Parra. Mais c'est le moment de les ravaler.

— Elle m'a baisé. Et me voilà à jouer les nounous.

— Je sais que notre présence est un peu incongrue, capitaine, mais croyez-moi, nous souhaitons seulement vous voir à l'œuvre. Et peut-être apporter notre petite pierre à l'édifice.

Parra acquiesce, très sérieux, tentant de rétropédaler en dissimulant sa satisfaction.

— Une minuscule pierre, alors. Au moindre faux pas, je vous botte le cul, Interpol ou pas. Et pas question de parler aux témoins derrière mon dos et en l'absence d'un de mes hommes, compris ?

— Bien entendu, dit Antonia.

Parra se tourne vers Jon, qui lui fait des yeux de biche.

— Comme dit la dame.

— Bon, OK, maintenant au lit, dit le capitaine, comme s'il s'adressait à des enfants de deux ans. Passez me voir demain, je vous assignerai quelqu'un pour la journée.

Ezequiel

Je suis, fondamentalement, une bonne personne, écrit l'homme dans son cahier. Il le garde toujours avec lui. Rien de particulier. C'est un simple cahier d'écolier, 3,95 euros au supermarché.

J'ai fait des erreurs, comme tout le monde. Je ne suis pas parfait. Parfois, je me laisse entraîner par mes pulsions. Je commets des actes impurs, en pensée, presque toujours, quelquefois en vrai. Quand je ne peux pas me retenir, quand je n'ai pas le choix, parce que la chair est faible quels que soient nos efforts pour la contenir. Quand cela arrive, je me sens aussitôt sale et honteux, et il m'arrive de perdre les pédales. Je sens une tension dans mes mains, mon visage, et je dors mal. Je suis irritable.

L'homme arrache la feuille, la pose sur le cendrier et met le feu à un coin. Le papier commence à brûler, lentement d'abord, puis plus vite lorsque la flamme atteint le bord supérieur. Chaque fois, la langue avide cherche à lécher ses doigts. Elle n'y parvient jamais.

L'enfer a soif de ma chair, écrit l'homme sur une nouvelle feuille. *Mais il existe des moyens de s'y soustraire. La confession, qui nettoie notre âme et nous prépare pour le ciel, où Jésus nous attend les bras ouverts. Mais la confession, les sacrements ne suffisent pas. Il faut être déterminé à se repentir et à accomplir la volonté de Dieu sur la Terre. Et être une bonne personne. Je suis une bonne personne.*

Il cesse d'écrire, car il ne parvient pas à se concentrer. Son tracé, toujours net, rond et clair, est aujourd'hui brouillon, en pattes de mouche. Il n'arrive pas à ressentir la joie simple de pouvoir transcrire tout naturellement, sincèrement, ses pensées par la grâce de sa calligraphie. Pas plus, évidemment, qu'il ne peut apaiser son esprit. Quand il était enfant, Père lui a appris à le faire. C'était un homme fruste, dur, mais c'était aussi un sage. Il connaissait le moyen de nettoyer l'âme des actes impurs quand on n'avait pas de curé sous la main. Il suffisait de les noter sur une feuille et de l'offrir à Dieu, comme Abel avait offert son sacrifice. Et la fumée s'élevait droit vers le ciel.

Père écrivait et brûlait une feuille chaque soir. Parfois même nu, les jointures tuméfiées, se rappelle-t-il. *La sérénité qu'exprimait son visage, quand le péché partait en fumée...*

Il voudrait écrire davantage sur ce souvenir, mais n'y parvient pas.

Carla Ortiz a recommencé à hurler.

Voilà un parfait exemple d'égoïsme et d'ingratitude. Il lui a donné l'eau qu'elle réclamait, même si rien ne l'y obligeait. Il aurait pu lui soutirer le mot de passe de l'ordinateur à coups de poing. Les coups, ça le connaît.

L'homme abhorre la violence : ce n'est pas un comportement de bonne personne. Il déteste l'utiliser, et quand il s'y résout – quand il n'a pas d'autre choix – il fonce noircir une page de confession juste après. Il a voulu éviter la violence en cherchant une solution pacifique, et voilà le résultat. Il n'y a pas de bonne action sans châtiment.

Il se lève et cogne la porte avec une clé serre-tube. Deux fois. Sa prisonnière se tait aussitôt.

Il retourne à sa table, content de lui.

Cette fois, il n'a pas commis d'erreur. L'homme n'est pas un criminel, il ne l'a jamais été. Il a toujours eu un travail honnête. Il ne ferait pas cela si on ne l'y avait pas contraint. Si on lui avait laissé le choix.

Voilà pourquoi il est content de ne pas avoir commis d'erreur.

La partie la plus difficile, dans un enlèvement, est toujours la communication avec les familles. Les téléphones portables, les mails, tout peut être tracé. Mais il a suivi les étapes qu'on lui a indiquées avant d'appeler le père. Utiliser un serveur VPN anonyme qui masque son adresse avant de se connecter au Web, déconnecter immédiatement l'ordinateur. Le reste de l'opération a été du gâteau. La seule difficulté a été de tuer la jument pour que ses hennissements n'attirent pas l'attention. Il n'aime pas faire du mal à un animal innocent. C'est pourquoi il a détourné le regard quand il lui a sectionné la moelle épinière. Ensuite, il a planqué le véhicule parmi les arbres et détaché la remorque.

C'est alors qu'il réalise l'erreur qu'il a commise. Une très grave erreur.

Une erreur qu'il va devoir réparer au plus vite, sur-le-champ.

4

Un argument

Antonia marche quelques mètres devant Jon, en direction de la voiture, garée en double file dans la rue Geneva, presque à la hauteur de la place de Colón. Il n'essaie pas de la rattraper. De toute façon, c'est lui qui a la clé. Et il sait reconnaître une femme en colère à de menus détails, par exemple le fait qu'elle a l'air de piétiner un sol couvert des crânes de ses ennemis.

Ils montent en voiture et bouclent leur ceinture. Jon prend le volant, les mains à 10 h 10, et observe la circulation qui s'écoule de la Castellana au Paseo de Recoletos. À presque 3 heures du matin, il n'y a pas grand-monde.

Sur les femmes, Jon sait aussi que lorsqu'elles sont particulièrement mutiques et furieuses, elles ont besoin qu'on leur demande pourquoi elles sont aussi mutiques et furieuses.

— Qu'est-ce que tu as ?

Jon s'attend à un « rien », réponse classique à cette question, au lieu de quoi il obtient une réaction sincère.

— Je déteste les combats de coqs.

Jolie façon de me remercier.

— Le coq, c'est lui, chérie. Les poules, je te rappelle que c'est pas mon truc.

— Les hommes sont tous pareils, qu'ils aiment les poules ou pas.

Jon garde le silence, jure intérieurement, fait son examen de conscience, se gratte les cheveux. Sans rien trouver qui justifie la colère d'Antonia.

— Fallait bien que je te défende, non ? J'allais pas laisser ce connard rouler des mécaniques pour impressionner ma collègue.

— S'il en a envie, Parra peut nous rendre les choses très difficiles.

— Je sais. Mais si on s'écrase devant lui, on finira au mieux coursiers, au pire hors du coup. Ces super-flics, ils se croient au-dessus de Dieu.

— La solution, c'était la diplomatie.

— La solution ?… Tu crois vraiment qu'il a gobé tout ça ? Ton numéro a fait son petit effet, OK, mais attends qu'il redescende. Ça ne lui plaît pas de nous avoir dans les pattes.

— J'ai l'habitude de travailler comme ça.

— Bah, pas moi. C'est ma première fois. Et j'ai encore moins l'habitude des cachotteries.

— Raison de plus pour ne pas les laisser nous mettre sur la touche.

— Et pourquoi on ne dit pas tout au capitaine Malabar ? Qu'on pense que la personne qui a enlevé Carla Ortiz a déjà kidnappé et tué auparavant, et qu'ils sont complètement à côté de la plaque ?

Jon imagine déjà la tête du capitaine Parra.

— Nous n'allons rien lui raconter du tout.

— Pourquoi ?

— Parce que Mentor nous a dit de ne pas le faire.

— Mentor, le type qui t'a entraînée dans ce bourbier contre ton gré, pour te forcer à faire quelque chose que tu n'as aucune envie de faire ?

Antonia cligne des yeux, surprise.

— Oui, lui, dit-elle, toujours aussi imperméable au sarcasme.

Jon souffle, exaspéré.

— Ce que je veux dire, c'est que tu n'es pas obligée d'entrer dans son jeu.

— Il a ses raisons.

— Ces conneries à propos de faire justice au gosse assassiné ? Laisse tomber. Ça passait quand le seul enjeu, c'était de protéger la famille du gamin et d'éviter le scandale. Mais plus maintenant. À présent, il y a des vies en jeu. Celle de Carla Ortiz et celle de son chauffeur aussi. On dirait qu'il n'y a qu'elle qui a disparu, bordel ! dit Jon en frappant le volant.

C'est un bon argument ; Jon observe la façon dont Antonia l'absorbe et l'assimile lentement. L'inspecteur se met à compter les voitures qui défilent dans les deux directions. Des gens pressés, des gens qui vont quelque part, où d'autres personnes les attendent.

Bon sang, je suis épuisé.

Onze voitures allant vers le nord et six vers le sud plus tard, Antonia répond.

— On ne peut rien dire pour l'instant. Ce que Parra a découvert à propos du chauffeur est un motif plausible. Il avait le mobile, les moyens et l'occasion de l'enlever. Mieux vaudrait qu'on procède à des vérifications de notre côté avant de leur raconter quoi que ce soit à propos du meurtre de La Finca. Même si on était tentés de le faire.

— Ce qui n'est pas ton cas.

Antonia hausse les épaules.

— Il se trouve que généralement, quand on fait appel à moi, c'est que la situation est si délicate que les autres ont de fortes chances de tout faire foirer.

Elle a raison sur un point. S'il y a une chose qui peut faire bander le capitaine Malabar, c'est une photo de lui à la une, sauvant l'héritière de la plus grosse fortune du monde des griffes de je ne sais pas qui. Un coup de fil opportun au bon moment. La question n'est pas de savoir si l'enlèvement de Carla Ortiz va être rendu public, mais quand il le sera. Et si en prime on ajoute une seconde affaire...

— OK, moi non plus, je ne fais pas confiance à Parra, mais c'est toi qui as dit que sa théorie à propos du chauffeur était plausible. Tu crois vraiment qu'il a pu enlever Carla Ortiz ?

— C'est ce qu'on doit vérifier avant d'aviser pour la suite. Cela dit, si le chauffeur est encore en vie à cette heure-ci, je te paie un autre sandwich avec supplément œuf, fait Antonia avec un sourire lugubre.

— Donc qu'est-ce qu'on fait ? dit Jon en tournant la clé.

— Pour l'instant, on mange. Je crève de faim.

— Il est 4 heures du matin.

— Alors, démarre.

Carla

Quand Ezequiel s'en va, quand le silence revient, le temps disparaît.

Nous sommes tellement absorbés par notre routine quotidienne – travailler, manger, sortir, dormir – que nous tenons le temps pour acquis. Le passage des jours, les petits défis, les joies, les frustrations, constituent la totalité de notre horizon. Le temps est un calmant qui nous fait oublier la seule vérité irréfutable : tout ce que nous sommes, ce que nous touchons, mangeons, possédons, baisons, tout le mal que l'on nous fait et tout le mal que nous faisons aux autres, n'existe qu'en un ici et maintenant que nous créons de toutes pièces. Comme Carla est privée du temps, cette réalité cruelle est tout ce qui lui reste.

Vous n'êtes que cela, il n'y a que cela.

C'est une réalité si dure à assumer que nous passons notre vie à l'éluder. La société, la culture et le cerveau humain sont les trois pièces d'une machinerie consacrée à cette seule fin : esquiver l'inéluctable vérité de la chair. Une prison vouée à l'effondrement.

Vous priver du passage du temps, c'est ôter le voile que vous avez devant les yeux.

C'est inacceptable.

Ça le serait pour n'importe qui dans sa situation. Pour Carla Ortiz, petite fille élevée comme une princesse, avec la certitude qu'elle deviendrait reine, ça l'est encore plus.

Si bien que Carla, toujours en position fœtale, les mains plaquées sur ses oreilles, s'installe dans le déni.

C'est une demeure relativement confortable.

Elle est Carla Ortiz, l'héritière de l'homme le plus riche du monde. Dans quelques années – le plus tard possible, elle aime tant son père, mais la vie est ainsi faite – son tour viendra d'être la femme la plus riche du monde. Il est inconcevable qu'à trente-quatre ans, la femme la plus riche du monde ait été privée de temps.

Elle n'est pas là, tout simplement. Rien de tout cela n'est en train d'arriver.

Elle se trouve à un concours hippique, et s'apprête à entrer en piste. Comme toujours, elle vérifie les sangles de Maggie, deux fois. La bride, les bottes. Avant de monter, elle donne deux coups de talon sur le sol. Pour se porter chance.

Non, tu n'es pas là-bas. Où sont tes bottes, ta bombe, ta cravache ?

Non, elle est au bureau, en train de boucler son dossier. Le dossier important. Le dossier qui montre qu'elle a bien travaillé. Que cette année encore, elle a bataillé dur pour gagner l'approbation de son père, qui tarde à venir.

Non, tu n'es pas là-bas. Où sont ta souris, ton ordinateur, l'écran ?

Non, elle est chez elle, avec son fils. La nuit est tombée, et il veut voir un autre épisode du *Monde incroyable de Gumball* ou de *Bob l'éponge* ou des *Rexcatadores*. « Un dernier, et au lit. — Et après, une histoire, maman. — D'accord, après, une histoire. »

Non, tu n'es pas là-bas non plus.

C'est alors que vient la colère. Parce qu'elle ne porte pas ses bottes, qu'elle ne commente pas une présentation PowerPoint depuis la grande table d'acajou de la salle de réunion, ni ne respire l'odeur des cheveux fraîchement lavés de son fils – le meilleur parfum du monde.

Je suis Carla Ortiz ! Ça ne peut pas m'arriver !

Ouvre les yeux. C'est bien en train de t'arriver.

Ce n'est pas juste. Je suis une bonne mère, je m'occupe bien de mon fils. Je suis une bonne fille, une grande professionnelle. Je suis quelqu'un de bien. Depuis que je suis née, j'ai toujours fait de mon mieux, je me suis bien comportée avec les gens qui m'entourent. Ce n'est pas juste.

La vie n'est pas juste.

J'ai un tas de choses à faire. Je dois diriger une entreprise, je dois élever un enfant. J'ai toute la vie devant moi. Ce genre de choses arrive à... d'autres.

À qui ?

Carla voudrait ignorer la voix qui lui parvient – si nette, si proche d'elle. La voix qui conteste chacune de ses pensées. Mais elle ne peut s'empêcher de répondre à cette question-là.

— À d'autres, pas à moi, murmure-t-elle.

Et pourtant, tu es là.

Ça devrait arriver à quelqu'un d'autre.

À quelqu'un de plus vieux ? Quelqu'un de pauvre ? Quelqu'un de moins… important ?

Carla pleure, de rage et de dégoût d'elle-même. Parce que la réponse est oui. À cet instant, elle échangerait sa place avec n'importe qui. N'importe quel inconnu. La pensée est si vive, si puissante, que l'espace d'un instant, elle se voit revenue à La Corogne, marchant sur le Paseo Marítimo. Une marée humaine avance vers elle, et Carla se fraye un chemin parmi la foule, choisissant *qui*. Qui elle enfermerait dans le noir, pour retrouver sa vie, libre et heureuse. Intacte. Toutes les personnes qu'elle croise tournent la tête vers elle. Une bonne sœur, une mère, un cycliste, un retraité qui tient son petit-fils par la main. Tous la regardent, avec leurs yeux vides et leurs petites vies insignifiantes, qu'elle n'hésiterait pas une seule seconde à prendre en échange de la sienne. Elle essaie de saisir le bras de l'un d'entre eux, puis d'un autre, pour le tirer, pour le *pousser* vers les ténèbres qui avancent, qui viennent à elle. Tous l'évitent, et elle continue de marcher, et tous disparaissent, jusqu'à ce qu'il ne reste que Carla, dans l'obscurité.

Elle, et la voix.

Tu n'es pas spéciale. Tu te crois *spéciale. Mais personne ne l'est.*

Si, elle est spéciale. Elle est Carla Ortiz. Elle supervise des milliers de personnes et, dans quelques années – le plus tard possible, elle aime *tant* son père, mais la vie est ainsi faite –, ce sera des centaines de milliers. Quand elle sort, des *paparazzi* l'attendent à la porte.

Chacun de ses gestes, chacun de ses mots, chaque vêtement qu'elle porte génère des articles, des photos, des commentaires. Son père est un homme puissant, qui connaît des gens importants. En ce moment, sa disparition occupe sans doute tous les journaux de la planète et les réseaux sociaux. #OùEstCarla, ou peut-être #BringBackCarla. Toute l'Espagne retient son souffle, à l'affût de la moindre piste. Un pays entier aux côtés de l'armée que son père a déjà dû lever pour la retrouver.

Un court instant, son fantasme devient une réalité. C'est une question d'heures, peut-être même de minutes, avant qu'un bataillon d'hommes en uniforme débarquent dans cet endroit, arrachent cette porte métallique, la ramènent à son fils. Son père l'attendra dehors, avec les journalistes. Carla aura les traits tirés, mais le regard serein et la tête haute. Elle les saluera d'un sourire timide, mais courageux. Pour qu'il soit bien clair qu'on ne l'a pas brisée. La photo fera le tour du monde. Et dans quelques mois, le moment venu, elle donnera sa première interview, un entretien soigneusement préparé, avec une journaliste de confiance, à qui elle racontera son épreuve. Et ce sera une formidable publicité pour ses marques, que portent les femmes fortes du monde entier, les ventes grimperont en flèche, et son père l'aimera enfin davantage que sa demi-sœur.

C'est une question d'heures. Peut-être de minutes.

5

Un mot de passe

Antonia entraîne Jon jusqu'à un café proche du rond-point d'Embajadores. Dehors, un congrès de taxis. Dedans, un troupeau de chauffeurs affamés. L'endroit est un infâme boui-boui, dont la fermeture par les services d'hygiène ne tient qu'à un cafard. Même *Cauchemar en cuisine* refuserait de tourner ici, pense Jon. Mais alors, sa commande arrive, et adieu les *a priori*. Le serveur pose devant l'inspecteur Gutiérrez une bière et une gigantesque entrecôte aux poivrons qui le réconcilient avec l'humanité. Antonia se contente d'un sandwich jambon-fromage et d'une vieille *tortilla* réchauffée au micro-ondes.

Cette fille mange n'importe quoi. Vu sa minceur, c'est sa tête qui consomme tout le carburant.

— Au fait, dit Jon quand ils terminent leur repas. C'était quoi, cette plaque que tu lui as sortie ?

— Une vraie. Enfin, aussi vraie que peut l'être un bout de plastique qui ne signifie rien. Mentor m'en a procuré plusieurs.

— C'est une pochette surprise, ton copain.

— C'est un connard.

Mais...

— ... mais ce qu'il fait, ce qu'on a fait... a servi à quelque chose. Chaque fois. Quel qu'en ait été le prix, dit Antonia en se rembrunissant.

Le son de la télé – Canal 24 Horas en boucle – occupe l'espace pendant un moment.

— Rien que tu veuilles me raconter.

— C'est personnel, esquive Antonia, qui éclate soudain de rire.

— Il y a quelque chose de drôle ?

— Rien. Tout à l'heure, tu m'as appelée ta collègue. Je ne suis plus un boulet dont tu es pressé de te débarrasser ?

Jon croise les bras. Bonne question, qui mérite une réponse approfondie. Oui, Antonia Scott est insupportable, renfermée, autoritaire, imprévisible et vraisemblablement folle à lier, ou pas loin, en plus de manger n'importe quoi.

Mais.

— Je crois bien. On est embarqués dans cette galère, et la moindre des choses, c'est que je t'aide jusqu'au bout. C'est pas non plus comme si on m'attendait à bras ouverts à Bilbao. À part ma mère, avec son bingo et ses *cocochas*.

— Et ton équipier ? Tu n'en avais pas ?

— Il a pris sa retraite il y a trois mois. Un bon gars. Très marrant. Le Cristiano Ronaldo du Scrabble. Il me manque.

— Un petit copain ?

— Pas en ce moment. Et toi ?

— Un mari. Et tu sais où il est.

— Ça fait combien de temps ?

— Trois ans.

— OK. Et tu as trente combien ?

— Trente et c'est pas tes affaires, dit Antonia en froissant sa serviette en papier.

— Ça ne doit pas être facile toutes les nuits, à cet âge-là.

Antonia rougit aussitôt. L'effet est étonnant : en une seconde, ses joues virent au grenat. Jon n'a pas vu ça depuis *Heidi*, et encore, c'était un dessin animé.

— Te fatigue pas, mademoiselle Scott… Tout le monde a le droit de se faire du bien. À la tienne, dit Jon en levant sa bière vers elle.

Antonia ouvre la bouche pour protester, mais se rend compte de la futilité de son geste.

— Il n'y a rien à fêter. Je n'en suis pas fière, dit-elle sèchement.

— Ma belle, le corps a des besoins.

— Ce dont j'ai besoin, moi, c'est qu'on se mette au travail.

Jon la regarde, agacé, consulte sa montre puis regarde à nouveau Antonia, encore plus agacé.

— Je croyais qu'on allait se reposer un peu. Ton copain Mentor m'a réservé une chambre dans un quatre étoiles. C'est peut-être un connard, mais il a de la classe. Et je suis claqué.

— Tu te trompais. Prends ta bière, on va au fond.

Jon la suit, le plus loin possible des autres clients. Antonia s'essuie les mains aux fesses de son pantalon avant de sortir son iPad.

— Il y a autre chose, Jon. Notre discussion avec Ramón Ortiz m'a paru étrange. J'ai vu de la peur dans ses yeux.

— Il a peur pour sa fille. C'est logique, dit Jon, qui veut savoir où elle veut en venir.

— C'est logique, répète Antonia.

Elle se tait.

— Ça veut dire quoi selon toi ?

— Je ne suis pas la meilleure interprète des émotions humaines.

— C'est rien de le dire. Mais…

— Mais dans une affaire comme celle-ci, la peur se manifeste généralement de trois manières chez les victimes : anxiété, incertitude et surtout traumatisme. Mais là, il y avait autre chose dans le regard d'Ortiz.

— On ne parle pas d'une personne normale. On parle d'un milliardaire qui emploie des centaines de milliers de personnes.

— Je sais. Mais il reste le père de cette femme.

Jon prend une longue gorgée de bière.

— Tout ça, tu l'as lu dans un livre, non ?

Antonia hoche lentement la tête.

— Eh bien, moi, j'ai pas lu grand-chose, pourtant mon intuition m'amène exactement à la même conclusion. Que ce type nous a menti.

— Il cache quelque chose. Le plus important.

— Et selon toi, on doit faire quoi ?

— Prendre un peu d'avance sur Parra et les autres, avant de tirer des conclusions. Je suggère qu'on utilise la localisation du portable de Carla comme point de départ.

— C'est tout ? Pas besoin d'être surdoué pour obtenir ça. J'imagine que la première chose qu'a faite Parra a été d'appeler Apple pour avoir l'info.

— Et Apple va mettre plusieurs jours à la lui donner. Parra doit être en train d'essayer d'accéder à l'appli depuis l'ordinateur de Carla, mais pour ça, il a besoin du mot de passe de son cloud. Qu'il n'a pas.

— Bien sûr, et donc toi, tu vas le trouver ? dit Jon en terminant sa bière.

— Je peux essayer.

Elle allume son iPad et se met à pianoter.

— C'est absurde, Antonia. Il y a des millions de combinaisons possibles.

— Six cent quarante-cinq billions. Et des poussières.

— Bien, vu que ça risque de te prendre un petit moment, je vais me commander une autre bière.

— Sans alcool, tu vas devoir reprendre le volant.

Tu parles, le seul endroit où je vais aller, c'est au pieu.

Il récupère sa bière – plus quelques olives rabougries généreusement offertes par la maison – et retourne à la table. Antonia a arrêté de pianoter et l'attend, les bras croisés.

— Tu as laissé tomber ?

— Non. J'ai trouvé.

De surprise, Jon manque de renverser sa bière. Mais en bon Bilbayen, il la rattrape au dernier moment.

— Je ne te crois pas.

Antonia tourne l'iPad vers lui, pour lui montrer qu'elle a bel et bien craqué le compte de Carla Ortiz.

— Comment tu as fait ?

— Un peu de psychologie élémentaire, dit Antonia avec le plus grand sérieux. Tu étudies la personne dont tu veux trouver le mot de passe et tu réfléchis aux mots clés les plus évidents qu'elle pourrait utiliser. Avant ou après, tu ajoutes son année de naissance, celle de son fils, de son père, l'année de son bac… Tu as les combinaisons de base. Quelques essais, et voilà.

Jon, qui était déjà bouche bée, a maintenant besoin d'une grue pour tracter sa mâchoire. Et il serait resté ainsi si Antonia n'avait pas ajouté :

— Elle l'avait noté sur un Post-it collé dans le tiroir de son bureau. Je l'ai trouvé quand j'ai demandé à aller aux toilettes. Allez, viens, on va voir si on peut localiser son portable.

Carla

Le problème, c'est que personne ne vient.

Carla voit défiler les heures, les minutes, les mois. Il est impossible de le savoir, car le temps a disparu.

Il n'y a qu'un maintenant, qui se résume aux ténèbres.

Et personne ne vient.

Personne ne va venir.

— C'est juste une question de temps. Je vais me tenir tranquille, sans bouger, encore cinq minutes, murmure-t-elle.

Carla laisse passer un siècle. Ou une minute. Impossible de le savoir. Puis elle se met à pleurer. La tristesse surgit soudainement, aussi puissante, aussi intense que la rage et le déni. Carla ressent une immense peine pour Carla, une peine incontrôlable. Quelle que soit l'erreur qu'elle a commise, la faute qui lui vaut ce châtiment, tout est fini. Le ciel brûle sans flammes, la lumière s'est effondrée et brisée. La musique, les caresses, la justice, le rire, tout a été dévoré, et il n'en reste que des cendres. De l'autre côté de cette plaque métallique, il n'y a rien. Le monde a disparu. Ailleurs, dans d'autres villes, d'autres pays, il n'y a plus de gens qui travaillent, qui jouent, qui mangent, qui rient et font l'amour. Dans le cas contraire, Carla devrait les haïr. Mieux vaut croire que la vague a tout balayé et se laisser emporter à son tour.

Ça suffit, bonne à rien, idiote.

Laisse-moi.

Lève-toi.

Je ne peux pas.

Tu ne peux pas, comme tu n'as pas pu empêcher Borja de s'en taper une autre ? Tu ne peux pas, comme tu ne peux pas être à la maison à temps pour coucher ton fils ? Tu ne peux pas, comme tu ne peux pas faire en sorte que ton père t'aime plus que ta demi-sœur ?

Ça suffit, maman !

Carla pleure. Mais ce ne sont pas des larmes de chagrin, ni de rage ou de déni. Elle ne sait pas d'où viennent ces larmes, qui peinent à se former tant ses yeux sont secs et son corps déshydraté et en sueur.

Lève-toi.

Carla obéit. Pour la première fois depuis qu'Ezequiel est parti, elle tente de se redresser. Les muscles de ses bras et de ses jambes ne répondent plus, ils sont paralysés. Elle sent de fortes crampes, et la douleur au nez l'atteint de plein fouet, comme si elle n'avait pas disparu quelques heures – mois ou minutes. Avec la douleur lui reviennent des bribes de conscience et de volonté, qui suffisent à la faire se relever. Elle n'y parvient pas complètement ; ses épaules heurtent le plafond.

Il est en pierre. Froid au toucher. Rugueux. Menaçant.

Carla se laisse retomber au sol. Découvrir le plafond si proche a provoqué une nouvelle crise de panique qu'elle met plusieurs minutes à surmonter. Quand elle se reprend, elle remarque que sa culotte et l'intérieur de ses cuisses sont trempés. Elle s'est pissé dessus. C'est le dernier de ses soucis. Le premier :

Je n'y vois rien.

Si on lui avait demandé, la semaine précédente, de quoi elle avait peur, Carla aurait listé des craintes d'adulte : la vieillesse, les peines de cœur, l'incompétence des gouvernants. Mais jamais elle n'aurait admis publiquement ce qu'elle a avoué – par pure terreur – à Ezequiel il y a des jours, des heures ou des mois.

Carla a une peur viscérale du noir.

Quand elle avait trois ans et que sa mère éteignait la lumière de sa chambre, elle hurlait jusqu'à ce qu'elle vienne la rallumer. Elle a dormi avec une veilleuse jusqu'à ses treize ans. Si on la lui enlevait, elle était incapable de trouver le sommeil.

Cette année-là, sa demi-sœur est entrée une nuit dans sa chambre et a débranché la veilleuse.

— Tu n'es plus un bébé, a-t-elle déclaré.

Rosa n'est pas méchante, au fond. Mais entre elles, ça n'a jamais été le grand amour. La mère de Rosa est morte quand celle-ci avait huit ans. Son père s'est remarié, et Carla est arrivée juste après. Rosa a vécu les deux événements comme une trahison de la mémoire de sa mère. Cela explique peut-être sa sourde cruauté à l'égard de sa sœur. Ou peut-être est-ce seulement l'antipathie, physique, qu'elles ont toujours éprouvée l'une envers l'autre. Rosa, avec son strabisme et son corps trapu, sa coupe de cheveux ringarde, son amour des livres et sa démarche bizarre, lourde, qui a toujours rappelé à Carla le pas d'un animal blessé. Rosa, qui regardait toujours de travers cette fillette aux longues jambes et aux boucles blondes, que tout le monde aimait, à qui tout le monde voulait faire plaisir.

Évidemment, il y avait de la froideur dans ses yeux quand elle a débranché la veilleuse.

De la haine, peut-être.

Carla a protesté, supplié, en vain. Sa mère s'est montrée compréhensive. Pas son père. Il élevait Carla pour qu'elle devienne son héritière, un rôle que Rosa ne voulait pas endosser. Rosa faisait des études de médecine. Le textile, ce n'était pas son truc. Pour Ramón, tout ce qui pouvait endurcir sa cadette était bon à prendre.

Carla ne s'est pas endurcie, du moins pas de ce côté-là. Elle balançait des objets par terre pour se justifier au cas où son père entrerait et trouverait les lumières allumées. « Comme ça, si je me lève, je ne trébucherai pas », disait-elle. Par la suite, elle a appris à placer une serviette sous sa porte pour que la lumière ne filtre pas en dessous.

Dans le noir guettaient les monstres. Des formes mouvantes aux dents pointues, affamées de chair, prêtes à bondir pour sucer la moelle de vos os. Peut-être ne voyez-vous pas les monstres, mais eux vous voient.

Carla l'a toujours su.

Et il s'avère qu'elle avait raison.

À présent, il lui faut affronter l'obscurité qu'elle redoute tant. Elle doit trouver un moyen d'y faire face, de s'habituer à son environnement. Mais son esprit ne semble pas prêt à coopérer. Les formes mouvantes sont revenues, mais cette fois, elles ont revêtu un nouvel aspect. L'homme au gilet réfléchissant, l'homme au couteau. Elle l'imagine de ce côté de la porte en métal, tapi dans l'ombre, attendant qu'elle tende la main pour y planter sa lame.

Commence par un mouvement simple. Mets-toi à genoux.

Carla essaie de tenir compte de ce que lui dit la voix. Que pourrait-elle faire d'autre ?

Elle tremble, mais parvient à tourner son corps, toujours en position fœtale, jusqu'à ce que ses genoux touchent le sol. Puis ses paumes. Finalement, elle se redresse.

Elle lève le bras, si lentement qu'elle le sent à peine bouger. Quand ses doigts atteignent le plafond – un léger frôlement du bout des ongles –, elle retire aussitôt sa main, comme si la pierre était brûlante. Elle essaie de nouveau, et cette fois, elle parvient à toucher le plafond du bout des doigts. Troisième essai. Elle palpe. Agenouillée, elle l'estime à une vingtaine de centimètres de sa tête. Un mètre vingt en tout, peut-être ?

Maintenant vient le plus difficile.

Maintenant, elle doit bouger.

Inutile d'attendre que la voix le lui dise. Elle le sait. Elle doit savoir où elle se trouve, s'il y a un quelconque outil à sa disposition. Il lui faut une éternité pour déterminer comment s'y prendre. Finalement, elle choisit d'avancer à quatre pattes. D'abord, elle localise la planche métallique qui sert de porte à sa prison. Elle pose une main par terre – essayant de ne pas penser au genre de créature qui pourrait courir ou ramper sur le sol – et lève l'autre devant elle. Les doigts tendus. Cherchant. Palpant.

C'est ainsi qu'elle parvient à trouver le bord de la porte. Dans la partie supérieure, il y a une sorte de soupirail, une myriade de petits trous. Elle tente d'y coller un œil, mais ne voit rien. Pourtant, un filet d'air frais, léger, mais perceptible, passe à travers.

Carla estime que la porte doit faire environ deux mètres de long.

Il faut explorer le reste. Carla en a conscience, mais a du mal à s'éloigner de la porte qu'elle a, d'une certaine façon, identifiée comme une issue. Elle met un temps infini à se décider.

Tu dois continuer. Tu dois savoir où tu es.

Elle finit par s'y résoudre, en suivant la même méthode. Le dos plaqué au mur, elle tend le bras. C'est vite fait. Le mur qui fait face à la plaque de métal n'est qu'à un mètre cinquante de distance. Son univers tout entier se réduit désormais à une zone de trois mètres carrés.

Dans un coin, Carla repère une sorte de bouche d'évacuation au niveau du sol.

Je crois que je viens de trouver la salle de bains.

Il y a un million d'années, durant son voyage de noces avec Borja, elle a crié cette même phrase depuis le fond d'une villa de mille cinq cents mètres carrés aux îles Fidji, pendant qu'à l'autre bout, l'homme qu'elle venait d'épouser donnait un pourboire excessif au bagagiste pour s'en débarrasser.

La dissonance entre son souvenir et sa réalité actuelle est si abyssale que Carla éclate de rire. Un rire hystérique, irrépressible. Tonitruant. Entrecoupé de sanglots.

C'est alors qu'elle entend une voix l'appeler depuis l'autre côté du mur.

6

Une localisation

L'inspecteur Gutiérrez n'a jamais été un couche-tard. Il est plutôt du genre à s'endormir en pyjama sur le canapé, vers minuit, devant une série, pour finalement aller se coucher en traînant les pieds quand démarre l'épisode suivant et que le logo de Netflix s'affiche, accompagné de son *tou-doum* sonore. Malheureusement, les vilaines personnes choisissent généralement de faire leurs vilaines choses la nuit. Le métier qu'il a choisi impose donc d'être un oiseau de nuit.

Sauf que ce n'est pas moi qui l'ai choisi, mais lui qui m'a choisi.

À la fin du lycée, au moment d'entrer dans la vraie vie, Jon avait peur. Cette partie-là, qu'il a racontée à Mentor, est véridique. Mais il y avait aussi quelque chose en lui, un feu dont il subsiste davantage que des braises, et qu'il serait réducteur de vouloir nommer. Il a donc dépensé 874 pesetas pour s'inscrire au concours. Il s'y est présenté, a passé les épreuves physiques – non sans mal –, et s'est retrouvé à l'académie d'Ávila, puis une arme à la main, en uniforme, et enfin dans la rue pour protéger ses concitoyens. Un an à Pampelune, et deux à La Rioja. Il a même réussi à se débarrasser de la corvée des cartes d'identité, même s'il racontait le contraire à sa mère, qui faisait semblant de le croire. Finalement, il est revenu à Bilbao, où il est devenu inspecteur. À quarante ans et quelques, il a toujours le métier dans la peau, malgré toutes les horreurs qu'il a pu voir.

C'est ce feu intérieur qui nourrit l'inspecteur Gutiérrez, épuisé après trois interminables journées, quand il regagne la voiture avec Antonia et démarre. L'application Localiser mon iPhone de Carla Ortiz a indiqué un point sur la carte, vers lequel ils se dirigent.

— Son téléphone est éteint, dit Antonia. Et il y a un truc qui me chiffonne. Quelqu'un comme Carla Ortiz possède forcément un ordinateur portable.

— Qu'est-ce qu'elle avait chez elle ?

— Un iMac Pro. Le plus cher de chez Apple.

— Elle est toujours en déplacement professionnel. Logiquement, elle devrait avoir un portable de la même marque.

— Et qui devrait être localisable *via* son cloud, comme les autres appareils.

Jon, qui a toujours été plus PC que Mac, n'a jamais bien compris comment fonctionne tout ça.

— J'ai jamais bien compris comment fonctionne tout ça.

— Tu achètes l'appareil et tu l'associes à ton compte. Si on te le vole ou que tu le perds, tu te connectes à ton compte depuis n'importe où, en utilisant ton mot de passe, et tu peux voir où il est. Ou, comme ici, où il a été localisé pour la dernière fois. Si l'appareil se rallume et se connecte au Web, il actualise l'information dans le cloud.

— Et l'ordinateur portable n'y est pas ?

— Non. Donc soit elle n'en a pas, ce qui m'étonnerait, soit quelqu'un l'a effacé du cloud. Mais pour ça, il faut avoir le mot de passe.

— Donc soit c'est Carla qui l'a fait, soit quelqu'un l'a forcée à lui donner son code.

— Voilà. Donc il est probable qu'elle soit encore en vie.

Une bonne nouvelle. Un peu de combustible pour le feu.

— On arrive, dit Jon.

Le trajet leur a pris moins de vingt minutes. Il n'est pas encore 6 heures, et la M-30 est pratiquement déserte, si bien que Jon a pu appuyer un peu sur l'accélérateur. Pas trop, il n'est pas fou de vitesse. Mais le temps joue contre Carla Ortiz et c'est la première piste solide qu'ils tiennent.

— Pas de panique si je monte à cent quarante, a-t-il dit à Antonia, qui n'a pas réagi, et ils sont arrivés aussitôt.

Ce qu'ils ne savent pas trop, c'est où ils sont arrivés. Jon arrête la voiture quand le GPS leur annonce qu'ils ont « atteint leur destination ». Ils se trouvent sur une route isolée.

— Et maintenant ?

— Ces dispositifs ne sont pas toujours très précis, surtout dans les zones inhabitées, dit Antonia. En ville, ils ont une précision de cinquante mètres. Ici, en pleine campagne, le rayon peut monter à deux cents mètres, voire plus.

— Et si l'Ezequiel en question a balancé le téléphone par la vitre de la voiture ? Ça veut dire qu'on est censés chercher un truc de dix centimètres dans une zone de combien ? Je suis nul en maths.

— Environ 125 664 mètres carrés, dit Antonia en clignant des yeux. En arrondissant.

— En arrondissant… On va devoir revenir de jour. Et avec du renfort.

— Ne baisse pas les bras si vite. Regarde, il y a quelque chose là-bas.

Ce n'est pas un bâtiment, mais plutôt un ensemble d constructions, cerné par un mur. À l'entrée, une lumière brille. C'est un portail couleur vert bouteille, avec une guérite de sécurité.

Jon s'arrête à côté, descend de la voiture et donne deux coups à la vitre.

— On dirait qu'il n'y a personne, dit Antonia.

— Heureusement que la porte est ouverte, se réjouit Jon en se baissant et en sortant quelque chose de sa poche.

Un soir, sept ou huit ans plus tôt

Jon en avait jusque-là du petit voyou qui courait devant lui. Pour la quatrième fois, Luis Miguel Heredia lui filait entre les pattes. Ses jambes légères d'adolescent contre celles de Jon, plus faibles et plus lentes – non pas qu'il soit gros. Le gosse gagnait en assurance et prenait un malin plaisir à asticoter celui qui n'était encore que le sous-inspecteur Gutiérrez. Exultant, il se retourna, sans cesser de courir, pour lui adresser un double doigt d'honneur. Hélas – ou tant mieux, selon le point de vue –, il termina sa course dans un panneau Cédez le passage, avec un *clong* retentissant.

Jon le rattrapa un certain nombre de secondes plus tard. La bouche en sang, « Luismi el Rata » commençait à revenir à lui.

— Alors, on fait moins le malin, hein, Luismi ? dit Jon, les mains appuyées sur les cuisses, le souffle court.

Il fut tenté de lui balancer un coup dans les parties pour s'assurer qu'il resterait bien sage. Très tenté, à en croire le fourmillement qui lui chatouillait le pied droit.

Au lieu de ça, il se baissa et l'aida à prendre appui sur le panneau qui avait interrompu sa course.

Pendant que Jon le relevait, le sang coula sur son T-shirt publicitaire, recouvrant presque le numéro de téléphone d'Échafaudages Atxukarros, S.L.

— Putain, c'était ma seule fringue propre, dit-il en aspergeant son pantalon et celui du flic.

— Finies les conneries, dit Jon, tirant un mouchoir de sa poche pour lui comprimer le nez et arrêter l'hémorragie. Refais-moi cavaler une seule fois et je te pète la gueule.

— Cause toujours, essaya-t-il de dire, ce qui, sous le mouchoir qui comprimait son nez, donna plutôt *cauzdoujour*.

— T'es vraiment le roi des cons. Forcer des portes à Otxarkoaga, c'est quoi l'idée ? Dépouiller des prolos ?

Note que comparé à son quartier, c'est la gloire.

— Où tu veux que j'aille bosser ?

— Va donc à Abandoibarra ; au moins, j'aurai la paix. Là-bas, si tu te fais choper, au pire, tu finis au frais.

Luigi fit non de la tête – dans la mesure où la main de Jon le lui permettait.

— J'ai pas les moyens de me payer le métro. Et puis les portes sont plus solides.

— Ici, y a pas grand-chose à gratter. (Jon ôta le mouchoir, l'hémorragie s'était arrêtée.) Allez, on y va.

Luismi se raidit, prêt à partir en courant, mais les bras de Jon, qui pesaient chacun la totalité de son poids, le maintinrent sur place.

— Hors de question. Demain, j'ai un exam et j'ai pas révisé.

— Un examen ? Un examen de quoi ?

— Je passe le FP[1].

— Tu me fais marcher.

— Je te jure.

Il fouilla dans son sac et tira un bloc-notes, enfoui sous une dizaine de téléphones portables qui n'avaient pas l'air de sortir d'une boutique.

— Allez, laisse-moi partir. De toute façon, ils me garderont pas, je suis mineur.

Jon se gratta la tête et finit par lâcher Luismi, qui, en échange, promit de lui apprendre à forcer des portes.

— C'est rien du tout, même pour un vieux *txakurra*[2] comme toi.

Jon n'espérait rien du gamin, pas même que son histoire de diplôme soit vraie – allez savoir si le bloc-notes n'avait pas été volé comme le reste. Mais deux mois plus tard, Luismi débarqua au commissariat de Gordóniz et demanda à le voir. Il avait son diplôme sous le bras et un petit cadeau pour Jon.

— Finis les cambriolages, dit-il. Viens, on va chez toi.

— Pas chez moi, il y a ma mère.

Il l'emmena à un bâtiment désaffecté d'Artxanda, où Luismi lui apprit à utiliser les minuscules outils sur toutes les serrures qu'ils trouvèrent.

— Tout est dans le doigté. Dès que tu sens les petites vibrations, hop, c'est bon.

— Toi, un de ces jours, tu sauras faire plaisir aux femmes, dit Jon sans cesser de remuer le crochet.

— C'est clair, mec. Tu sais combien ça gagne, un serrurier ?

---

1. Diplôme de formation professionnelle.
2. Chien de berger basque, qui désigne aussi les flics.

7

Un club hippique

— Ça y est, dit Jon quand il parvient à aligner les pièces du mécanisme, qui tourne avec un claquement sec.

Avec un pincement au cœur, il se rappelle l'âge qu'avait Luismi le jour où il s'est pris le panneau. Il ne devait pas être tellement plus vieux que le gosse retrouvé saigné à mort à La Finca. Des vies opposées.

Il se relève pour céder le passage à Antonia.

Depuis la guérite, une porte équipée d'un simple verrou mène à l'intérieur de la propriété. De l'autre côté, une gigantesque cour et un silence de plomb. Face à eux, un bâtiment de plain-pied. À droite, un autre. Partout, l'obscurité.

— Ils mettent des chevaux, là-dedans, dit Jon.

— Comment tu le sais ?

— À l'odeur. Tu ne sens pas ?

— Non.

— Ah oui, c'est vrai. Désolé, lâche Jon, se souvenant du problème d'Antonia.

Soudain, le faisceau d'une lampe torche leur éclaire le visage. Instinctivement, Jon vient se placer devant Antonia.

— Pas un geste ! Mains en l'air !

— Calmos, mec, dit Jon en s'exécutant au cas où. On est de la police.

Le gardien baisse la lampe et dirige le faisceau vers le sol. Il doit avoir à peine vingt ans. Et pas de pistolet. Il leur a fait lever les mains avec une simple lampe torche et beaucoup de volonté.

— Comment vous êtes entrés ?

— La porte de la guérite était ouverte. Qui a eu cette brillante idée ?

— C'est ma première semaine. Vous n'auriez pas dû entrer.

— On a frappé, il n'y avait personne.

— J'étais aux toilettes.

— Tu as de la paille sur l'épaule, intervient Antonia, désignant la chemise du vigile.

— Bon, OK, j'ai piqué un petit somme derrière l'écurie, sur les bottes de paille. J'ai bientôt fini mon service. La dernière heure, c'est la plus dure.

— Ce n'est pas comme ça que tu vas te faire prolonger pour une deuxième semaine. Et comment tu sais qu'on est vraiment de la police ? Tu ne nous as même pas demandé nos papiers.

Le jeune homme réfléchit un instant.

— Pourquoi vous m'auriez dit que vous êtes de la police si c'était pas vrai ?

Argument imparable.

— Je me suis dit que vous aviez peut-être oublié quelque chose, poursuit le gardien. Vos collègues ont passé la soirée ici. Ils sont partis quand je suis arrivé. Ils cherchaient une jument volée, un truc comme ça. Mon chef leur a fait visiter tout le club, mais ils n'ont rien trouvé.

Antonia et Jon se regarde.

— À qui appartenait la jument ?

— Aucune idée. On nous raconte jamais rien, à nous. Je suis juste le veilleur de nuit. Tout ce que je sais, c'est qu'une jument devait arriver hier et qu'elle n'est toujours pas dans son box.

— Tu nous excuses une seconde, dit Jon, prenant Antonia à part.

— Ça doit être l'endroit où Carla emmenait sa jument pour le concours de demain, dit-elle. Le club vient d'être construit, il n'apparaît même pas encore sur Google Maps.

Jon allume la lampe de son portable et éclaire une affiche, au mur, qui annonce « l'inauguration du Club hippique Las Rozas, sport club et spa ». Le lendemain, précisément. Sur la liste des participants se trouvent Carla Ortiz et sa jument Maggie.

— La voilà. À la vue de tout le monde.

— Allons faire un tour, propose Antonia.

— Les gars de l'USE ont dû tout ratisser.

— Je sais. Mais son portable se trouve dans un rayon de deux cents mètres. Et où il pourrait bien être, à part à l'endroit où… ?

Antonia s'interrompt au beau milieu de sa phrase. Elle se retourne, et court vers le gardien.

— J'ai besoin d'une échelle.

— Une échelle ? Peut-être dans le local technique…

— Laisse tomber.

Près de l'entrée, il y a deux conteneurs à ordures vert bouteille, qui paraissent presque noirs dans l'obscurité. Antonia s'approche de l'un d'eux et grimpe sur le couvercle. Puis elle tente de se hisser sur le mur, mais il est trop haut pour elle.

— Tu comptes m'aider ou quoi ?

Jon, qui contemple l'opération avec perplexité, s'avance vers le conteneur. Il ne sait pas ce qu'il contient, mais il n'a aucune envie d'aller le vérifier. Évidemment, Antonia ne s'inquiète pas de ce genre de détails.

— Si tu crois que je vais monter sur ce tas de merde, tu te fourres le doigt dans l'œil. Ce costume vient de chez Tom Ford.

— Ce n'est pas un Tom Ford. C'est trop cher pour ce que tu gagnes.

— Bon, d'accord, mais c'est une copie presque parfaite. Et depuis quand tu sais ce que je gagne ?

— Tais-toi et monte. Je t'offrirai un Tom Ford, un vrai.

— Sauf que t'as pas un radis. Tu bouffes grâce à tes voisins.

— Monte, et je te dirai combien Mentor va te donner si tu m'aides.

Jon tente de suivre le même chemin qu'elle, sans parvenir à grimper sur le couvercle – non pas qu'il soit gros.

— Toi, ramène-toi et donne-moi un coup de main, lance-t-il au gardien.

Ce dernier s'approche et croise les mains à la hauteur de ses genoux pour lui faire la courte échelle.

— Merde, je me demande ce que vous pouvez bien fabriquer.

— Moi aussi, je me le demande, petit.

Le gosse n'a peut-être pas inventé l'eau tiède, mais il est costaud et parvient à supporter le poids de l'inspecteur Gutiérrez, qui se hisse sur le couvercle graisseux du conteneur. Avec peu d'élégance et aucune dignité. Mais il monte.

— Combien tu disais que j'allais être payé ?

— Un peu de patience. Aide-moi.

À son tour, Jon lui fait la courte échelle, et Antonia atteint enfin son but. D'abord elle s'assied à califourchon sur lui, puis pose les pieds sur le haut du mur. Coup de chance qu'il n'y ait pas de tessons de verre. Jon essaie de ne pas trop y penser. Il est suffisamment occupé à s'assurer qu'Antonia ne tombe pas – en évitant de la toucher – et à garder l'équilibre sur ce foutu couvercle, qui ploie dangereusement sous ses cent kilos et des poussières.

Bon sang, grouille-toi.

8

Un mur

Debout sur le mur, Antonia scrute l'obscurité, qui commence à se diluer dans l'indigo qui précède le jour. Il fait froid et il reste une grosse demi-heure avant le lever du soleil, mais la silhouette encore floue des pins se découpe déjà sur le ciel, qui vire du noir au gris. Le vent arrache des murmures à la pinède, et le chant des cigales divise le temps en intervalles pénibles. Au fond, on devine la route principale plus qu'on ne la voit. À ses pieds débouche la route secondaire, à peine plus qu'un chemin, pas encore asphalté.

Antonia ne sort pas l'iPad pour s'orienter. L'écran l'éblouirait, et elle a besoin que ses yeux se fassent à la pénombre.

Elle a une meilleure méthode.

Elle se remémore la carte du secteur, qu'elle a étudiée pendant le trajet. Mentalement, elle la superpose au paysage qui s'étend devant elle. Le club hippique se trouve au sommet d'une colline, sur un dénivelé de vingt mètres, entourée de deux pinèdes qui n'en forment plus qu'une derrière le complexe.

Quelqu'un a volé de nombreux hectares à la nature pour que les riches puissent monter à cheval, pense-t-elle, s'efforçant aussitôt d'écarter toute distraction pour se concentrer sur sa tâche.

Ici. Maintenant.

Sur sa carte mentale se configure la position du club, à laquelle s'ajoute le point où le service de localisation a situé la dernière connexion du téléphone de Carla. Elle trace un périmètre et en calcule la position relative par rapport au lieu où elle se trouve.

À l'intersection opposée.

Quoi qu'on cherche, ce n'est pas dans le club hippique.

Maintenant, elle visualise sur cette carte la voiture de Carla Ortiz, et lui fait parcourir le trajet de la route principale jusqu'au club. La ligne s'interrompt au point où elle a mentalement tracé l'intersection.

Sur sa droite, la pente s'accentue ; la pinède, relativement plane, devient une colline. Ce n'est pas un endroit auquel on peut accéder en voiture. Dans l'autre direction, sur sa droite, l'inclinaison est plus douce.

Bien qu'elle ne puisse le voir, Antonia sait qu'au milieu des arbres, il y a un chemin.

— Il doit être par là-bas.

Carla

Au début, Carla croit que ce qu'elle a entendu est la voix qui résonnait dans sa tête. La voix qui n'existe pas. La voix qui ressemble à celle de sa mère, mais qui ne peut pas être celle de sa mère, parce que sa mère est morte il y a onze mois. Alors, elle entend :

— Hé oh ? Il y a quelqu'un ici ?

Le bruit lui parvient, étouffé, de l'autre côté du mur.

Ils arrivent. Ils viennent me chercher !

Le cœur de Carla pompe un maximum de sang, son taux d'adrénaline explose. Enfin. Elle savait qu'elle devait tenir le coup. Elle savait que ce n'était qu'une question de temps. Elle avance jusqu'au mur, sur lequel elle se met à tambouriner.

— Oui ! Je suis là ! Aidez-moi, je vous en prie, aidez-moi !

De l'autre côté, il y a un silence. Pesant.

— Hé ? Vous m'entendez ? insiste Carla.

— Toi aussi, il t'a attrapée, répond l'autre.

C'est une voix de femme, douce, avec un accent madrilène qui perce sous sa désillusion.

L'émotion de Carla se change en déception. Elle ne s'adresse pas à l'un de ses sauveurs, mais à une autre victime. Le sanglot remonte et se bloque dans sa gorge ; au prix d'un gros effort, elle parvient à le faire redescendre dans son ventre.

— Comment tu t'appelles ? demande-t-elle.

— Je… je ne sais pas si je dois te le dire.

— Pourquoi ?

— Parce que je ne sais pas qui tu es.

L'autre femme a l'air effrayée. Paradoxalement, sa peur n'est pas communicative, mais redonne du courage à Carla.

— Je m'appelle Carla, dit-elle, s'interrompant juste à temps pour ne pas donner son patronyme.

— Moi, c'est Sandra, répond l'autre après une éternité.

— Tu sais où on est, Sandra ?

— Non.

Elle semble près de fondre en larmes.

— Tu sais qui nous a enlevées ?

— Un grand type. Il est monté dans ma voiture. Il avait un couteau.

— Il t'a dit son nom ?

— Ezequiel. Il m'a dit qu'il s'appelait Ezequiel.

— Il t'a fait du mal, Sandra ?

C'est alors qu'elle s'effondre. Durant de longues minutes, on n'entend plus qu'un faible gémissement désespéré. Le son est amorti par l'épaisseur de la paroi qui se dresse entre elles.

Mais pas l'angoisse.

L'angoisse, elle, filtre à travers le mur de briques, comme une fine brume toxique qui s'introduit dans les poumons de Carla. Car elle sait, elle pressent que le destin de Sandra est aussi le sien.

— Il t'en a fait, dit Carla quand elle parvient à se calmer.

— Je ne veux pas en parler.

Carla, elle, *veut* en parler. En fait, de toute sa vie, aucun sujet ne l'a jamais autant intéressée que de savoir ce qu'Ezequiel a fait à Sandra.

Elle avale sa salive et se force à ne pas insister. Il ne faudrait pas que l'autre se ferme. Lui revient alors à l'esprit – l'esprit, quelle chose étrange – sa professeure de négociation, à Brompton. *Ne montrez jamais que vous voulez absolument obtenir une information, ne vous laissez jamais gouverner par vos émotions.* Miss Rathe. Quelle peau de vache, toujours à leur mettre la pression. *Un jour, ce que vous aurez appris vous sauvera la vie*, disait-elle. Si seulement Carla pouvait se le rappeler.

Détourner l'attention. Changer de sujet. Faire le tour de l'obstacle pour mieux revenir au point de départ.

— Tu fais quoi, dans la vie ?

— Chauffeure de taxi. C'est comme ça qu'il m'a eue, dit Sandra. Et toi ?

— Commerciale. Pour une marque de vêtements.

— Laquelle ?

Carla lui dit le nom.

— J'ai des trucs de chez vous, dit la femme. J'achète surtout en soldes. Même s'il n'y a pas toujours ma taille.

Bien sûr que non, puisque leur modèle économique repose sur le renouvellement rapide des collections et l'épuisement des stocks, pour obliger les clientes à revenir tous les dix jours. Telle a été l'idée géniale de son père, sur laquelle il a bâti sa fortune.

— J'y suis allée la semaine dernière, poursuit Sandra. J'avais repéré un petit haut qui me plaisait bien. Bleu, à fleurs blanches. Mais il était trop cher, même soldé.

Carla voit très bien de quel haut il s'agit. C'est l'un des succès de la saison. Pourtant, au départ, elle n'était pas convaincue par l'article.

— Sandra, je te promets que quand on sortira d'ici, je t'emmènerai personnellement dans une boutique et que tu pourras prendre tout ce que tu voudras.

— Tu ferais ça ?

— Bien sûr.

— Si on sort.

Toutes deux gardent le silence.

— Comment… ? Comment tu as atterri ici ?

— Je finissais mon service, la nuit. Il a garé sa camionnette à côté de ma voiture et m'a sauté dessus. J'ai senti une piqûre dans mon cou. Je crois qu'il m'a droguée. Je me suis réveillée ici. Depuis, je me sens mal.

— Qu'est-ce que tu as ?

— J'ai tout le temps sommeil. Je crois qu'il met quelque chose dans mon eau. Elle a un drôle de goût, un peu amer. J'ai du mal à rester éveillée, dit-elle, d'une voix effectivement de plus en plus éteinte.

Soudain paniquée, Carla palpe sa propre bouteille d'eau, dont il reste à peine un tiers. Elle dévisse le bouchon, prend une petite gorgée. Elle n'a ni saveur ni odeur.

Quoi que veuille Ezequiel, il ne les traite pas de la même façon.

— Ne bois rien.

— Il fait chaud, j'ai très soif. Avant de partir, il m'a dit de finir mon eau, sinon…

— Partir ? Comment ça, partir ?

Où est-il parti ? Les a-t-il laissées seules ? L'idée est effrayante, à double tranchant. Elle lui inspire une forme de soulagement, mais aussi une terreur indéfinissable. Et s'il lui arrivait quelque chose ? Et s'il avait un accident, et que personne ne retrouvait plus jamais leur trace ? Carla n'imagine pas de destin plus atroce que de mourir de faim et de soif dans cette obscurité. Elles ont besoin d'Ezequiel pour les garder en vie. Et il faut qu'elle sache comment Sandra peut être sûre qu'il est parti.

Celle-ci ne répond pas.

— Sandra. Écoute-moi. Tu dois rester éveillée. Sandra.

— Je n'y arrive pas.

Sa voix est presque inaudible.

— Comment tu sais qu'il est parti ? Comment tu le sais, Sandra ?

Le silence dure une éternité.

Il s'interrompt un instant…

— Il y a… un trou.

Et puis c'est le néant.

9

Un chemin

— Il doit être par là-bas, dit Antonia, onze secondes après avoir escaladé le mur.

— Quoi ?

— Un chemin, entre les arbres.

— Tu arrives à le voir ? Dans le noir ?

— Je le vois dans ma tête. Aide-moi à redescendre, j'ai peur de tomber.

— Pardon ? Tu veux que je te prenne dans mes bras ?

— Tu devrais y arriver.

— Ma grande, je peux en soulever quatre comme toi.

Peut-être même cinq, juge Jon en prenant Antonia par la taille pour la faire descendre. Comparée aux trois cents kilos qu'il soulève le week-end, cette fille si mince que le vent pourrait l'emporter lui paraît légère comme une plume.

— Je croyais que tu ne supportais pas qu'on te touche.

— Je ne supporte pas. Mais quand je suis prévenue, c'est plus facile.

Ils regagnent la voiture après avoir pris congé du gardien, qui se contente de leur demander de ne rien dire au sujet de la porte de la guérite.

— T'inquiète, dit Jon, on sera des tombes.

— Prends par le chemin et roule le plus lentement possible, indique Antonia quand Jon s'installe derrière le volant. Et mets pleins phares.

Les phares au xénon de l'Audi A8 – assez puissants pour alerter des justiciers masqués – transforment l'aube en plein jour, tandis qu'Antonia descend le chemin, devant la voiture. Regard fixé sur le côté droit, sac en bandoulière, elle avance à petits pas. Si petits que Jon doit garder le pied sur la pédale de frein pour ne pas risquer de la renverser. L'Audi, qui n'est pas faite pour avancer comme une vieille dame désœuvrée, proteste et piaffe sous les coups de frein.

— On peut savoir ce que l'on cherche ? demande Jon, passant la tête par la fenêtre.

Antonia le fait taire en agitant la main, sans se retourner.

Deux minutes plus tard, le GPS indique qu'ils sont arrivés à destination.

— On a atteint le point que tu avais renseigné, dit Jon, toujours par la fenêtre de la voiture.

Dix mètres plus loin, Antonia s'arrête et se penche près des broussailles qui bordent le chemin, disparaissant une seconde de sa vue. Quand elle se relève, elle traîne quelque chose.

Jon se redresse et constate qu'elle déplace les buissons, qui ne sont pas sagement retenus au sol par leurs racines, comme il se doit, mais entassés là n'importe comment.

Avec de grands gestes, Antonia lui indique de manœuvrer. Jon constate alors que les buissons en question dissimulaient un chemin de terre entre les arbres, guère plus qu'un sentier poussiéreux. Un reflet, à sa droite, attire son attention et le pousse à descendre de voiture.

— Je crois que j'ai vu un truc, dit-il.

Dans les broussailles, ils découvrent un objet réfléchissant. Quand il finit par le dégager, Jon émet un sifflement.

— Je crois que je commence à comprendre ce qui s'est passé ici.

Antonia redresse le panneau et ôte quelques feuilles mortes collées sur l'inscription « Déviation pour travaux ».

— Il est pratiquement neuf.

— Il a sûrement été volé.

— Pas forcément. On en trouve sur Internet pour même pas vingt euros.

— Comment tu sais ça ? s'étonne Jon en la regardant du coin de l'œil.

— Comme presque tout le reste : par curiosité.

— Tu es en train de me dire que n'importe qui peut acheter un panneau de signalisation officiel et barrer une route pour le prix d'un steak-frites ?

— Tu peux même le personnaliser avec le nom de ta ville, si tu veux, déclare Antonia en désignant le coin du panneau, où l'on peut lire clairement : « Municipalité de Las Rozas ».

— Et personne ne te demande aucun papier ?

— Non. Ils suivent la même logique que notre ami veilleur de nuit : pourquoi tu dirais que tu travailles pour une ville si c'était pas vrai ?

Eh bien, si tu es un psychopathe, pour attirer dans un coin isolé quelqu'un que tu comptes enlever, par exemple, songe Jon. *Décidément, on trouve de tout sur le Web. Non seulement n'importe quel taré a ton adresse et ton numéro à disposition, mais en prime, il peut s'acheter le matériel pour t'assassiner.*

— Suivons-le. On verra bien où ça nous mène.

Jon retourne à l'Audi et s'engage dans le sentier, tandis qu'Antonia reprend sa marche, attentive au tracé. Vu le nombre de nids-de-poule et de virages, cette fois, Jon ne se plaint pas d'avancer au pas. Quarante ou cinquante mètres plus loin, le chemin s'élargit. Les arbres laissent place à une clairière d'environ vingt mètres de diamètre.

Antonia s'arrête. Quelque chose, par terre, vient d'attirer son attention.

Jon descend de la voiture et la rejoint. Sur le sol caillouteux, il y a une tache, large et sombre, presque noire à la lueur de l'aube, qui n'a pas encore tout à fait percé. Antonia se baisse, prend une poignée de terre noire et sèche, et l'approche de son nez.

— Sens ça.

Jon se détourne.

— Pas la peine, je sentais l'odeur d'ici. C'est du sang, Antonia.

— Beaucoup de sang, dit-elle. Qui que ce soit, personne ne survit à une hémorragie pareille.

— Probablement une plaie au cou par arme blanche, dit Jon, qui a vu des taches similaires auparavant.

Une bagarre entre toxicos, dans le quartier de la Cortes, pour un billet de cinquante euros. Le gagnant a remporté un aller simple pour Basauri, tous frais payés.

Le perdant a laissé une flaque sombre, pas très différente de celle-ci.

— Éclaire par ici, demande Antonia en désignant un point, un peu plus loin.

Avec la lampe de son portable, Jon aperçoit une trace au sol, juste quelques marques, à peine visibles, là où le terrain devient plus régulier.

Un peu plus loin, la trace se perd parmi les arbres, à l'écart de la clairière et du sentier.

L'inspecteur Gutiérrez déboutonne sa veste, laissant voir son pistolet.

— Mets-toi derrière moi et éclaire-nous, dit-il en lui tendant le portable.

— Tu dramatises. Celui qui a fait ça a dû partir il y a des heures.

Jon a toujours eu un instinct de protection envers les autres, depuis qu'il est enfant. Question de taille sûrement – de son corps et de son cœur aussi. *Et puis merde, c'est comme ça. On est comme on est.* D'une main, il agite son portable sous le nez d'Antonia, et de l'autre, il la repousse gentiment vers l'arrière.

— Tu fais comme je te dis.

Antonia prend le portable.

— On aurait dû emprunter la lampe du gardien.

Ou emporter une Maglite en état de marche, pense Jon, qui en a toujours une. Dans sa voiture. Qui se trouve à Bilbao, garée à deux pâtés de maisons du commissariat.

Lorsqu'ils passent sous les arbres, pour suivre la piste, les aiguilles de pin craquent sous leurs pieds, trahissant leur présence dans le silence absolu qui règne autour d'eux.

Jon ressent un étrange fourmillement dans le cuir chevelu. Une sensation qu'il a déjà éprouvée, en de très rares occasions. Chaque fois, les choses ont mal tourné. Jamais, au cours de sa carrière, il n'a eu à se servir de son arme – comme d'ailleurs l'immense majorité de ses collègues. Mais il a dû la sortir quelques fois. Et cette électricité – ces milliers d'insectes qui grouillent à la surface de son crâne – était toujours présente.

Il porte la main à son pistolet et l'ôte de son étui.

— Marche doucement.

— Je t'ai dit qu'on n'avait rien à craindre. Et encore moins de celui-là, dit Antonia en éclairant le bas-côté à sa gauche.

Dans le cercle de lumière, il y a une main.

La peau, pâle et grisâtre, irradie d'un éclat spectral.

En s'approchant, ils constatent que la main est reliée au reste du corps de Carmelo Novoa Iglesias. Il repose, sur le dos, parmi les dernières fleurs d'un buisson de ciste. Les yeux vides du chauffeur paraissent chercher, dans la cime des arbres, des réponses au mystère de sa mort. Il ne les trouve pas. Les gouttes de rosée qui scintillent sur ses cils semblent en témoigner.

Le corps de Carmelo affiche un double sourire de perplexité. Le rictus de la mort, et celui de ce qui l'a causée : une bouche cruelle, ouverte sur le côté de son cou.

— Je crois que tu me dois un sandwich, dit Antonia.

Malgré les années, Jon éprouve encore des haut-le-cœur face à cette puanteur caractéristique et doit serrer les dents pour ne pas rendre le seul repas décent qu'il a fait en deux jours.

— On dirait bien que l'hypothèse de Parra sur la culpabilité du chauffeur vient de tomber à l'eau, dit-il quand il parvient à se reprendre.

— À moins qu'il ait été complice et que celui qui se fait appeler Ezequiel ait voulu effacer ses traces. Mais ça me semble trop tiré par les cheveux. Je me suis trompée, Jon. Tu avais raison. On aurait dû parler à Parra du meurtre de La Finca.

— Ohé, ohé. Arrêtez tout. Antonia Scott s'est trompée.

— Ça va, grandis un peu. Et puis il fallait bien qu'on…

Jon l'interrompt, une main levée.

— Tu as entendu ça ?

Un son rauque, suivi d'un ronronnement. Le bruit inimitable d'une voiture qui démarre. Puis le rugissement menaçant d'un moteur tournant à fond, une fois, deux fois. Dans le silence du bois au petit matin, le son semble venir de partout et nulle part à la fois.

Jon et Antonia regardent autour d'eux, troublés.

— Que… ?

Alors, les phares de la Porsche s'allument, et il se passe trois choses en même temps.

Le conducteur lâche le frein et la voiture, poussée par la force du moteur de cinq cents chevaux, se rue sur Antonia Scott comme un gigantesque fauve noir.

Antonia, éblouie, reste clouée sur place. Les pieds ancrés dans le sol, elle ne peut pas bouger. Le temps – une seconde et demie, peut-être deux – qu'il faut aux deux tonnes de métal pour parcourir la distance jusqu'à son corps paralysé, elle comprend un phénomène qui l'a toujours fascinée. Pourquoi les biches et les lapins ne fuient-ils pas devant la voiture qui va les écraser ?

La réponse, c'est son propre système nerveux qui la lui fournit : face à une menace, la réaction naturelle du corps d'un mammifère aveuglé est de rester sur place. Comme dernière pensée avant de mourir, on a vu pire.

Soudain, au mépris absolu de son intégrité physique et avec un courage qui va au-delà du devoir, l'inspecteur Gutiérrez se jette sur Antonia et la plaque au sol avant que le pare-chocs de l'énorme 4 × 4 haut de gamme ne heurte sa poitrine à une vitesse de cinquante kilomètres à l'heure, soit l'équivalent d'une chute du cinquième étage.

Quel con, des fois, pense Jon, toujours au-dessus d'Antonia.

— Debout, dépêche ! dit celle-ci en se dégageant comme un lézard.

Jon se redresse et lève son pistolet, à temps pour voir les feux de position de la Porsche qui zigzague entre les arbres, sur le chemin. Il adopte la position isocèle – pieds écartés, genoux souples, main gauche soutenant la droite – et tire.

La balle destinée au pare-brise arrière s'enfonce dans le coffre. Il manque de pratique. Sans compter que la Porsche tressaute sur le terrain irrégulier comme une bille sur un tambour.

La seconde balle reste dans le chargeur, car Antonia s'est interposée dans son champ de vision.

— Putain, mais tu vas où, espèce de dingue ? Dégage de là !

Elle ne répond pas. Et fonce droit vers la voiture.

Cette fille va me tuer, pense Jon en s'élançant à sa suite. *Sinon, c'est moi qui la tue.*

10

Une autoroute

Jon Gutiérrez n'aime pas les poursuites à grande vitesse.

Ce n'est pas une question esthétique. Au ciné, c'est magique. Le montage accéléré, les changements de plans, la musique, le son Dolby qui voyage dans la salle pour vous donner la sensation de mouvement.

Ce que Jon n'aime pas dans les poursuites à grande vitesse, c'est devoir jouer les copilotes.

Il a rejoint la voiture de justesse, alors qu'Antonia avait déjà démarré et entamait son demi-tour dans la clairière. Profitant d'une seconde d'inertie du véhicule, il a ouvert la portière et s'est glissé à l'intérieur, tandis qu'Antonia mettait la marche avant pour s'engager dans le chemin.

— On peut savoir quelle mouche t'a piquée ? dit Jon en bouclant sa ceinture. J'aurais pu te tirer dessus !

Antonia ne répond pas. Elle roule à près de quatre-vingt-dix kilomètres-heure dans un espace si étroit que la vitesse recommandée serait au pas, et de préférence avec un panier de pique-nique. Les côtés du pare-chocs arrachent les broussailles au passage. Mais Antonia ne se laisse pas impressionner.

Elle a cette expression que Jon a déjà vue et qu'il a appris à reconnaître. Les yeux vitreux, la mâchoire tendue. Cette expression qui indique que son cerveau tourne à plus grande vitesse que la normale, qu'il est en surrégime. Son esprit doit jongler entre deux problèmes complexes et s'emploie à les résoudre en même temps.

Vitesse maximale de l'Audi A8 (225 km/h).

Position du cadavre.

Distance entre les arbres.

Vitesse maximale de la Porsche Cayenne Turbo (elle l'ignore et se maudit de ne pas l'avoir vérifiée).

La plaie au cousansblessuresdéfensivessurlesmains-jenepeuxpastoutenmêmetemps...

De nouveau, elle suffoque. À cette vitesse, ce n'est pas une bonne idée. Quand Antonia s'adresse finalement à son compagnon, c'est pour s'avouer vaincue. Une fois de plus.

Juste cette fois. La dernière.

— Mentor t'a donné quelque chose pour moi ? dit-elle en tendant la main.

Au début, Jon ne comprend pas de quoi elle veut parler ; il est trop absorbé par son rôle de copilote. Il désigne le chemin devant eux.

— Attention !

Encore un virage, ils sont presque sur la route non goudronnée qui relie le club hippique à l'autoroute. Antonia lutte pour contrôler la partie arrière du véhicule sur la surface caillouteuse, tournant le volant en sens inverse. L'Audi parvient à rejoindre la route, sans plus de dégâts qu'une portière cabossée par l'arbre qu'ils ont heurté.

Aucune trace de la Porsche. C'est un 4 × 4 – de branleur, certes, mais sur ce genre de terrain, il a l'avantage.

— Mentor t'a donné quelque chose pour moi ? insiste-t-elle en lui tapant sur l'épaule.

Jon comprend enfin ce qu'elle veut. Il fouille ses poches, priant pour ne pas avoir perdu la petite boîte métallique. Finalement, il la trouve dans son gilet, en lieu et place de la montre que son père ne lui a jamais offerte.

Il ouvre la boîte, qui est divisée en deux parties.

— Laquelle ?

— La rouge, dit-elle en ouvrant la paume. Vite.

Jon lui donne la gélule, qu'elle porte à sa bouche. Il peut entendre le bruit de ses dents brisant la gélatine, et voit sa langue bouger, avec l'habileté acquise par l'expérience. Jon a vu ce genre de précision gestuelle auparavant, chez des types maigres aux dents marron.

— Tiens le volant, ordonne-t-elle.

Et elle ferme les yeux. Elle ferme les yeux, sans décoller le pied de l'accélérateur.

— Tu vas nous tuer ! dit Jon, détachant sa ceinture pour saisir le volant.

Au moins, la route est droite, mais à cette vitesse et sur ce terrain, il pourrait arriver n'importe quoi.

Son assistance à la conduite dure exactement dix secondes. Jon le sait, car Antonia compte à voix basse, leur position faisant qu'elle lui murmure à l'oreille. Elle ne va pas jusqu'au zéro (ça ferait onze secondes), mais se contente de dire :

— Voilà.

Et elle reprend le volant.

Jon retourne sur son siège et cherche désespérément sa ceinture. Ce n'est qu'une fois celle-ci bouclée qu'il ose penser à l'engueuler. Mais il renonce à son projet, parce qu'en elle, quelque chose a changé. Sa posture est droite, ses épaules plus hautes. Ses yeux vitreux sont devenus deux rayons laser.

— Bordel de merde, lâche Jon.

— J'espère que ça ne t'embête pas si je monte à deux cents, dit-elle en passant le véhicule en mode séquentiel avant d'effleurer les vitesses.

Pour l'instant, elle ne va qu'à cent, le double de la vitesse autorisée. Les roues de l'Audi ne sont pas faites pour la terre.

Putain, quand je lui ai demandé si elle aimait les voitures, je ne m'attendais pas à ça.

Le tronçon non asphalté se termine deux cents mètres plus loin. Et devinez qui est en train de s'insérer sur l'autoroute ? Leur suspect. À moins bien sûr que quelqu'un d'autre ait décidé de rouler à toute berzingue sur cette route déserte en Porsche Cayenne noire.

Maintenant que son objectif est en vue, Antonia écrase l'accélérateur.

— J'ai besoin que tu cherches sur Internet la vitesse maximum à laquelle peut monter cette voiture, dit-elle à Jon d'une voix parfaitement calme.

— Tu veux que je tape sur mon portable maintenant ? dit Jon, qui s'agrippe des deux mains à la poignée latérale.

— Et toi, tu veux quoi ? Finir centenaire ?

— Figure-toi que c'était dans mes projets.

— Demande à Siri, dit Antonia en rétrogradant pour prendre le virage sans verser.

Peu convaincu, Jon lâche une main et presse le bouton de son iPhone.

— Siri, à combien monte une Porsche Cayenne ?

Après un instant de réflexion, Siri répond aimablement :

— *Voilà ce que j'ai trouvé sur le Web à propos de « Manger des piments de Cayenne ».*

Jon décide que Siri ne comprend pas l'accent de Bilbao et se contente de chercher sur Google.

— Dans les 286 kilomètres-heure.

Antonia serre les lèvres, mi-contrariée d'apprendre que l'autre voiture est capable de leur mettre soixante kilomètres-heure dans la vue, mi-concentrée sur la route. À présent, tous ses sens sont au service de la conduite de l'énorme véhicule. Quand les pneus touchent l'asphalte, elle abandonne toute prudence. Pour autant qu'elle s'en soit souciée jusque-là.

— Accroche-toi.

— Plus fort ? dit Jon, dont les jointures blanchissent encore.

Coup de bol que la poignée soit bien fixée.

— Appelle Mentor. Dis-lui que le suspect se trouve sur l'A-6 en direction de Madrid.

La circulation est encore modérée. Il n'est pas tout à fait 7 heures et le jour vient juste de se lever. Antonia peut donc monter à cent soixante et commencer à doubler les voitures, à gauche et à droite, au mépris des lois de la physique et du bon sens. Deux minutes plus tard, elle aperçoit, au loin, la Porsche Cayenne. Il s'en est fallu d'une seconde.

— Elle vire ! crie Jon.

— La sortie de la M-50.

Une seconde de plus et ils la perdaient de vue. Antonia appuie plus fort sur l'accélérateur. Elle connaît la route en question. Elle est bien moins fréquentée que l'A-6, et jalonnée de sorties. Si elle n'arrive pas à réduire la distance qui les sépare, le suspect disparaîtra.

Durant cinq interminables secondes, elle doit céder le passage aux voitures qui ont pris la voie de sortie avant elle. L'Audi est trop grosse pour s'insérer. Quand le dernier véhicule prend enfin la sortie – à la vitesse d'une tortue –, Antonia le double par la droite. Elle laisse loin derrière eux le son du klaxon de l'automobiliste, et se contente d'ignorer le flot d'insultes qu'il est sans doute en train de lui adresser.

— Allez. Allez.

Devant elle, il y a une immense ligne droite. Sur la file de gauche, elle fait monter le véhicule à deux cents kilomètres-heure. Elle pousse le moteur au maximum de ses capacités, pied au plancher. Peu à peu, elle parvient à le faire accélérer et à le rapprocher de la Porsche. Cent mètres. Quatre-vingts. Soixante.

— Attention !

Une autre voiture, une Volkswagen Passat, est en train de doubler une Fiat. Antonia la laisse terminer sa manœuvre puis s'insère entre les deux véhicules. Le pare-chocs arrière de l'Audi est à moins de trente centimètres de celui de la Fiat, qui se déporte, sous l'effet de l'air que déplace Antonia, et donne un coup de frein. Sans une seconde d'hésitation, Antonia double la Passat et une autre voiture, qui freine à son tour.

Jon marmonne quelque chose entre ses dents.

— Qu'est-ce que tu dis ?

— À toi, rien. Je prie saint Christophe, le patron des automobilistes, pour qu'il me laisse retourner au Bingo Arizona.

— Tous les soutiens sont bons à prendre.

Un nouveau dépassement. Le dernier.

La Porsche est devant eux, à moins de quarante mètres, sur la route dégagée.

— Il nous a vus.

— Merde, bien sûr qu'il nous a vus, on roule à deux cents et quelques. Et il ne ralentit pas.

Le moteur de l'Audi n'en peut plus, mais l'appel d'air du monstrueux 4 × 4 permet à Antonia de s'en rapprocher. Les deux véhicules sont pratiquement collés l'un à l'autre.

S'il freine maintenant, on est morts, pense Jon. Dans sa poitrine, son cœur fait des claquettes comme un danseur de flamenco sous amphétamines.

— Dis-moi qu'il n'y a personne de ton côté, demande Antonia.

— La voie est libre !

D'un coup de volant sec et précis, Antonia quitte le sillage de la Porsche et vient se placer à sa hauteur. Le brutal appel d'air ralentit l'Audi et Antonia doit lutter pour rester au coude à coude avec le surpuissant 4 × 4.

Encore quelques centimètres. Elle appuie sur l'accélérateur, talon au plancher, le mollet raidi par l'effort.

— Le portable, Jon ! Prends une photo quand on sera à sa hauteur !

Jon bataille pour déverrouiller l'iPhone et enclencher l'appareil photo.

Encore un effort.

Les vitres s'alignent. Ezequiel est là. Grand, à moins que ce ne soit la taille du véhicule qui donne cette impression. Des bras puissants. Des yeux intenses, qui brillent de haine derrière une cagoule noire. Un troisième œil, celui d'un pistolet, fixe Antonia, prêt à tirer.

Le hurlement de Jon est la première chose qui leur sauve la vie.

— Freine ! Freine !

La balle réduit en miettes la vitre de la Porsche, mais se perd au loin. Il y a un poids lourd, sur la même voie que l'Audi, à moins de deux cents mètres. Antonia lève le pied de l'accélérateur juste à temps et presse délicatement le frein pour venir se placer à nouveau derrière la Porsche. Mais cette fois, Ezequiel ne compte pas la laisser profiter de l'appel d'air pour avancer et donne un coup de volant. Il coupe la route à Antonia, qui se voit forcée de réduire considérablement sa vitesse pour ne pas lui rentrer dedans. Le temps qu'elle s'en rende compte, le camion est presque sur elle.

Antonia doit choisir entre heurter la glissière de sécurité ou s'encastrer dans trente tonnes de métal.

Facile.

À cette vitesse, l'Audi traverse l'alliage d'acier et de zinc comme une feuille de papier. La deuxième chose qui leur sauve la vie est qu'à cet endroit, le terrain descend en pente douce qui – hasard d'un destin favorable – coïncide presque exactement avec la trajectoire que décrit le véhicule dans les airs. Les pneus n'éclatent pas en touchant le sol, et l'inertie leur accorde une cinquantaine de mètres de sursis avant de se rappeler leur existence et s'apercevoir qu'ils auraient dû faire quelques tonneaux. Quand le pneu avant gauche éclate, la friction et la gravité se sont déjà chargées de ralentir l'élan pour que la voiture se contente de verser côté conducteur et de parcourir les derniers mètres ainsi, avant de s'arrêter complètement au beau milieu d'un champ en friche.

Jon – à un angle de 90 degrés par rapport au sol – se palperait des pieds à la tête pour vérifier qu'il est entier s'il n'était prisonnier d'un amas d'airbags – frontaux, centraux, latéraux et genoux. Trente secondes plus tard, quand ils sont suffisamment dégonflés, il parvient à s'en libérer et à détacher sa ceinture de sécurité. Il appelle Antonia, qui ne répond pas. Il se bat avec l'airbag central qui les sépare – la voiture vaut bien son prix – jusqu'à voir son visage. Antonia a les yeux clos ; un filet de sang s'échappe de sa narine et coule le long de sa joue.

Non. Non.

Jon pose la main sur son cou pour chercher son pouls, ce qui, avec la nervosité, lui prend une éternité. Quand il le trouve enfin, il respire à nouveau. Le pouls est fort et régulier. Elle est peut-être seulement dans les vapes à cause du choc contre l'airbag.

— Me touche pas, je t'ai dit, marmonne-t-elle.

Pouls normal, mode bitch *enclenché.* Check*, tout va bien.*

— Et moi, je t'ai dit de ne pas nous tuer sur la route.

— Non, tu ne me l'as pas dit, s'étonne-t-elle, toujours aussi peu sensible au second degré.

— C'est une règle de base de la vie en société.

Jon se hisse pour sortir de l'habitacle – le monde est si lent maintenant, si immobile, la surface du champ est si stable, si régulière – et aide Antonia à s'en extraire à son tour.

— Eh bien, on l'a perdu.

— On dirait bien, dit Antonia en donnant un coup de pied dans le caillou le plus proche.

Encore un peu sonnée, elle rate son geste.

Ezequiel

De retour à la planque, il a les poumons en feu et de l'acide de batterie dans l'estomac.

Crétin, crétin, crétin.

C'est la deuxième erreur qu'il commet en très peu de temps. Il aurait pu tout foutre en l'air en quelques secondes. Tout. Pour une simple négligence.

Pour avoir oublié un principe de base.

Ne pouvant manipuler le couteau avec les gants, il les avait ôtés. Quand la fille s'était enfuie en courant, il avait perdu l'équilibre et s'était rattrapé à la vitre, juste un instant. Sur le moment, il s'était dit qu'il devrait passer un coup de chiffon, effacer ses traces, mais dans le feu de la poursuite, son pense-bête mental s'était envolé. La traque dans la forêt s'était révélée plus difficile qu'il ne l'aurait cru et lui avait procuré une satisfaction animale, primitive et immorale, même s'il ne lui avait fait aucun mal. Elle était plus précieuse en vie. Plus que tout le reste.

Voilà pourquoi il avait pris tous ces risques pour la capturer.

Crétin, crétin. Trop proche.

Il aurait préféré attendre, surtout que le précédent boulot était encore tout frais. Le premier chapitre de son œuvre. Celui-là n'avait présenté aucune difficulté. Il l'avait maîtrisé sans lui faire de mal et l'avait traité avec humanité. Le gosse s'était mis à crier, ce qui fait qu'Ezequiel avait dû le bâillonner, c'est vrai, mais juste parce qu'il était effrayé. Quand le délai qu'il avait donné à sa mère avait expiré et que l'inéluctable était arrivé, il lui avait parlé d'une voix douce et donné des calmants. Il n'avait pas souffert plus que nécessaire.

Je suis, fondamentalement, une bonne personne.

Ç'avait été des mois et des mois de dur labeur. Sans parler de la touche finale, quand il avait livré son œuvre aux parents. Un calvaire. Il aurait préféré prendre un peu de repos avant d'attaquer le chapitre suivant. Mais l'occasion d'enlever la femme s'était présentée et il ne pouvait pas la laisser passer. Elle était tout en haut de sa liste.

Et l'erreur, son erreur stupide, avait bien failli tout gâcher.

Il s'assied devant son cahier pour tenter de se calmer et commence à écrire.

Père disait toujours : faute d'un clou, le fer fut perdu ; faute d'un fer, le cheval fut perdu ; faute d'un cheval, le cavalier fut perdu ; faute d'un cavalier, la bataille fut perdue ; faute d'une bataille, la g...

Rien à faire. Impossible de se concentrer. Il arrache la feuille et, contrairement à son habitude, la lance contre le mur humide et sale, sans la brûler. Soigneusement, il repose sur la table le cahier et le crayon. Puis sa colère éclate, comme une déferlante, et d'un mouvement du bras, il envoie valser tout ce qui se trouve sur la table. Le cendrier se brise par terre en mille morceaux.

Il a besoin de son exutoire. Il en a besoin maintenant. Le cahier, seul, ne peut pas l'aider. Il le reprendra tout à l'heure, quand il aura obtenu ce qu'il veut.

Il n'y a qu'une chose qui puisse l'aider, pour l'instant.

Ezequiel se lève et traverse le couloir, enjambant les traces brunes qui maculent le sol, puis s'arrête devant l'endroit où il retient la femme.

De l'autre côté de la porte, il peut entendre sa respiration haletante. Il approche la main de la corde qui permet de soulever la lourde plaque de métal, qu'il a lui-même coupée et nouée avec tant de soin. Un simple mouvement, et la corde se lèverait. Ce serait si facile.

Non. Non, pas avec elle.

Il avance encore jusqu'au bout du couloir pour se procurer ce dont il a besoin.

Carla

De l'autre côté du mur, elle entend des sons diffus. Des sons effrayants.

Des sons que son imagination transforme en actes concrets et identifiables.

Carla sait qu'elle devrait crier, protester, défendre Sandra. Tenter quelque chose, ne serait-ce que faire du bruit. Elle le sait, aussi clairement qu'elle connaît les vingt-quatre appellations existant pour désigner les différentes robes des chevaux. Ce qui, d'ailleurs, n'est strictement d'aucune utilité dans sa situation.

Le bruit ne cesse pas. Il traverse toujours la paroi et infecte son cœur, de peur et de honte.

Carla décide de faire quelque chose.

Elle plaque les mains contre ses oreilles, et commence à réciter à voix basse.

— Alezan. Pie. Noir. Rouan. Bai…

Le son se glisse dans l'espace entre les mots. Ce son ignoble. Carla accélère le rythme.

11

Un os

Mentor arrive une demi-heure plus tard, plutôt mal disposé. Il les trouve tous deux assis dans la fourgonnette de la Garde civile.

— Chapeau, Scott. Ça faisait longtemps que tu ne m'en avais pas bousillé une, dit-il en désignant l'Audi couchée sur le côté.

On est à deux doigts du clash.

— Tu aurais dû voir l'état de l'autre, dit-elle.

— Eh bien, justement, j'aurais bien aimé la voir, l'autre, répond Mentor, exaspéré. Si c'était pour faire un tel cirque, tu aurais au moins pu avoir la délicatesse d'arrêter le suspect.

— Sa voiture était plus puissante que la nôtre, dit Antonia dans un haussement d'épaules. On pourrait avoir un Cayenne ?

— Je me contenterais que vous leur demandiez de nous détacher, dit Jon en indiquant ses bras dans le dos.

Leurs accréditations n'avaient servi à rien. Sitôt la Garde civile arrivée – lentement, ils roulent en Toyota Prius – sur les lieux de l'accident, ils s'étaient retrouvés menottés, soumis à un dépistage de diverses substances qui n'avait rien donné. À ce stade, les gardes avaient sérieusement envisagé d'appeler un psychiatre, tout en insistant lourdement sur le fait que c'était un miracle qu'ils s'en soient si bien tirés.

« Non, mais vous avez vu mon nez ? » avait lancé Antonia.

Il était enflé, et elle avait de l'ouate dans les narines.

« Il n'est même pas cassé. Normalement, vous auriez dû y passer », avait rétorqué le garde.

Auquel cas, Mentor se serait probablement moins énervé.

— Vous savez ce que ça va me coûter, de couvrir vos conneries ? dit ce dernier.

Antonia regarde dans la direction opposée. Jon, qui a mal partout, une faim de loup et envie de dormir, hésite entre l'étrangler et prendre sa défense. Il choisit l'option B.

— Au moins, Antonia a pu localiser le cadavre du chauffeur.

— Ah oui, d'ailleurs votre copain, le capitaine Parra, se trouve en ce moment même sur la scène de crime que vous avez trouvée. Et irrémédiablement saccagée.

— Parra ne doit pas être très content, dit Jon, réprimant un sourire.

— À votre avis, inspecteur ? Non seulement vous avez démoli sa théorie, massacré la scène de crime, agi de votre côté sans prévenir personne, laissé échapper un suspect… mais vous l'avez aussi fait passer pour un con.

— On n'a pas eu à trop forcer.

Mentor remue la tête.

— Ajoutez à ça une poursuite à deux cents à l'heure sur l'autoroute, sous les yeux de centaines de civils. Et la presse qui débarque… À propos, la version officielle, c'est « une course-poursuite illégale, qui n'a heureusement fait aucun blessé ».

— Tu as vu mon nez ? dit Antonia.

— Il n'est même pas cassé. Inspecteur, j'aimerais m'entretenir un moment avec vous en privé.

Jon se tourne pour que Mentor lui retire ses menottes, et tous deux se dirigent vers la carcasse de la voiture.

— Sincèrement, j'attendais bien mieux de vous, dit Mentor lorsqu'ils sont suffisamment éloignés d'Antonia.

— Si j'avais reçu un euro chaque fois qu'on m'a dit ça…

— Vous étiez censé protéger Scott.

— Y compris d'elle-même ?

— Surtout d'elle-même.

Jon baisse la tête. Rien à dire. Il avait un tas de « mais » et d'excuses possibles, mais la vérité, c'est qu'il aurait pu bien mieux gérer la situation.

— Ce n'est pas facile.

— Je sais.

Mentor sort un paquet de Marlboro de sa veste, en tire une, qu'il tapote deux fois sur la photo dissuasive. Le modèle a l'air d'un figurant de *The Walking Dead*.

— Vous n'étiez pas censé avoir arrêté ?

— Faites pas chier, inspecteur. J'ai suffisamment de problèmes comme ça.

La voiture, qui gît comme un animal agonisant, offre son flanc au soleil du matin. Jon pose la main sur une des roues.

— J'ai eu la peur de ma vie.

— Vous auriez pu l'empêcher de prendre le volant.

— Le fait est que cette dingue est plus douée qu'un pilote de Formule 1.

— Oui, c'est vrai, confirme Mentor. Si la voiture d'Ezequiel avait été moins puissante, il serait en ce moment même au commissariat en train de passer aux aveux.

— Eh ben, c'est raté. Et maintenant, on fait quoi ?

Mentor allume sa cigarette avec un Zippo Iron Maiden. Jon hausse un sourcil. Il n'imaginait pas Mentor en fan de Bruce Dickinson.

Plutôt d'un quatuor de musique de chambre avec balai dans le cul.

— Maintenant, l'affaire Carla Ortiz est close.

— Pardon ?

— C'est la seule solution. Votre statut d'observateur était une concession de la part de Parra. Il y a dix minutes, il m'a dit que s'il vous recroisait une seule fois, il vous coupait les couilles.

— Vous, les hétéros, vous avez de ces obsessions !

— Pour tout vous dire, il comptait vous signaler aux Affaires internes.

Jon pâlit. Aucun flic, jamais, en aucun cas, ne menace un autre flic de le balancer à la police des polices. Le bâtiment anonyme de la rue Cea Bermúdez qui abrite leur QG est le dernier endroit au monde qu'un policier a envie de visiter. Ceux qui travaillent là-bas sont haïs et méprisés par les soixante-dix mille autres fonctionnaires de police que compte l'Espagne. Mais s'il existe un être plus méprisable encore, c'est un flic qui dénonce l'un de ses collègues.

Durant toutes ses années de service, et Dieu sait s'il en a vu des vertes et des pas mûres, jamais il n'a entendu proférer une menace pareille. Bordel de merde.

— Sérieusement ?

— Et comment ! Parra est accro au pouvoir et aux honneurs. Entre ses mains, l'enlèvement de Carla Ortiz est une bombe à retardement.

— Lui qui avait l'air d'un garçon si modeste.

— Croyez-moi, j'aurais préféré vous voir résoudre l'affaire, mais c'est trop tard. L'essence même du projet Reine rouge, c'est qu'il n'existe pas. Désormais, Ortiz est entre les mains de Parra et de l'USE.

— Je ne suis pas sûr qu'elle le prenne très bien, dit Jon en désignant Antonia de la tête.

Assise dans la fourgonnette, elle ne les quitte pas des yeux.

— À votre avis, pourquoi ai-je voulu vous parler en privé ? Elle sait parfaitement ce que je suis en train de vous dire. (Mentor écrase sa cigarette et tourne le dos à Antonia.) À propos, elle lit aussi sur les lèvres. Je ne sais pas si nous sommes assez loin, je pense que oui, mais au cas où, tournez-vous.

Jon obéit.

— Mon père avait un chien, poursuit Mentor. Il s'appelait Sam, un boxer, adorable. Doux et obéissant. Des amis nous avaient offert un jambon Bellota, que mon père m'a demandé de porter chez le boucher pour qu'il le tranche et le désosse. Par mégarde, en revenant, j'ai laissé les os sur le plan de travail. Le chien les a pris.

Il allume une autre cigarette, avec le même minutieux rituel, et reprend.

— On a passé presque trois heures sans pouvoir entrer dans la cuisine. Le chien était devenu complètement fou, menaçant. Il refusait de lâcher l'os et grognait quand on l'approchait. Il n'a pas arrêté avant d'avoir fini. Essayez de lutter contre une bestiole avec deux cents kilos de pression par centimètre carré dans la gueule.

— Votre père s'en est débarrassé ?

— Le lendemain. Il m'a forcé à l'emmener chez le vétérinaire. « Tu as merdé, tu assumes. » Voilà ce qu'il m'a dit. Ce n'était pas un poète. J'ai pleuré pendant tout le chemin. Le chien était tout heureux. Avec une diarrhée pas possible, mais tout heureux.

Jon acquiesce lentement. Il voit où Mentor veut en venir.

— Je tiendrai Antonia à l'écart de l'affaire Ortiz.

— Non, vous ne le ferez pas. Vous ne le ferez pas parce que vous ne le pourrez pas, tout comme je n'ai pas pu persuader Sam de lâcher son os.

— Dans ce cas, je vous laisse vous en débarrasser.

— Elle ne lâchera pas son os, mais on peut lui en donner un autre à ronger. Vous oubliez Ortiz, mais vous pouvez vous remettre sur l'affaire Trueba. Les deux chemins mènent au même objectif. Contentez-vous de la tenir à distance de Parra et ses hommes, d'accord ?

Bruno

Il fut un temps où être journaliste voulait dire quelque chose.

Bruno Lejarreta aime bien sortir ce genre de formules de temps à autre. Quand il passe à côté d'un stagiaire assez con pour respecter un vieux reporter de soixante-trois ans, légende vivante autoproclamée de la rédaction du *Correo de Bilbao*. Avec ses gilets sans manches et ses T-shirts noirs, ses bagues (dont une au pouce), ses jeans et ses bottes, ses rides et ses cheveux bruns (teints, car il refuse d'admettre qu'il vieillit) attachés en catogan, Bruno a toujours fait figure de gourou de l'ancien monde pour les gamins imberbes qui débarquaient, éblouis, à la rédaction.

Ce genre de stagiaires, c'est du passé. Aujourd'hui, les jeunes ne jurent que par YouTube, Twitter ou Instagram, et ne s'intéressent plus qu'au nombre de clics que génèrent leurs articles. « *Les dix choses que vous ignoriez sur [insérez ici le nom d'une célébrité quelconque récemment décédée].* » Résultat, dix pages à cliquer, dans le seul but d'augmenter le nombre de vues et de servir aux annonceurs l'éternel bobard : nous existons, nous intéressons encore les lecteurs. À votre bon cœur !

De son temps, c'était autre chose, se rappelle-t-il, profitant de ce qu'il est seul pour poser les pieds sur son bureau. La rédaction est vide. De nos jours, plus personne ne vient travailler aussi tôt le matin. Personne ne vient plus tout court, d'ailleurs, avec cette nouvelle mode du télétravail. Il n'y a que lui, qui n'a rien d'autre à faire que de tuer le temps. Dix heures du matin. À cette heure-là, quand il était jeune, les rédacteurs tapaient déjà leurs articles comme des forcenés, les iconographes s'activaient aux archives, les photographes entraient et sortaient de la salle de rédaction, et balançaient leurs pellicules dans les pneumatiques. L'époque du papier. Les années quatre-vingt, quatre-vingt-dix. La grande époque. L'époque des grands.

En ce temps-là, être journaliste, c'était le top. Les flics, les politiques vous tuyautaient, vous étiez dans le feu de l'action. Pendant les années de plomb, vous ne saviez plus où donner de la tête. Aujourd'hui, s'imagine Bruno, on lui demanderait de traiter ces infos façon *millennial* : *Combien de morts a faits le dernier attentat d'ETA ? La réponse va vous surprendre !*

Désormais, la presse n'intéresse plus personne. Et c'est d'autant plus vrai pour la rubrique « Faits divers », où Bruno s'est retrouvé placardisé, comme une plante verte ou un ex-Premier ministre. Non, les faits divers, tout le monde s'en fout. Tout ce qui intéresse les gens, c'est le dernier clash entre un people quelconque et un homme politique. Sauf, éventuellement, si le meurtre est un féminicide.

Encore un foutu effet de mode. Maintenant, on s'en offusque. Avant, on y consacrait juste un entrefilet. Pourtant il y en avait autant, voire plus, qu'aujourd'hui.

Le journal aimerait bien que Bruno Lejarreta prenne sa retraite. Mais Bruno Lejarreta n'y compte pas, et l'a fait savoir au journal.

« Je n'ai rien de mieux à faire », leur a-t-il dit.

« Tu pourrais enfin profiter de ton temps libre », ont-ils répondu, avec une remarquable correction. (Le contrat de Bruno a été signé bien avant notre entrée dans l'ère de la servitude moderne.)

« Si je me tire maintenant, je toucherai des clopinettes, a-t-il argumenté. Si vous voulez me virer, payez-moi une indemnité. »

Et le journal n'a pas payé, parce que avec tous ses trimestres validés, l'indemnité aurait atteint les six chiffres. Bruno continue donc à toucher son salaire de trois mille euros mensuels, le plus élevé du journal après celui du directeur, pour – si l'on résume vulgairement – se gratter les couilles. Reste à voir lequel des deux dinosaures mourra le premier, la presse papier ou Bruno Lejarreta. Bruno ne boit quasiment pas, ne fume pas et ne fréquente aucune femme de mauvaise vie – par respect pour la sienne, qu'il aime sincèrement. Il n'a pas non plus d'enfants pour lui causer d'ulcères ou d'infarctus. Les chances sont donc de 50-50.

Cependant, Bruno rêve de trouver *le* sujet à traiter. Sa dernière chevauchée vers l'horizon, dirait-il s'il était fan de westerns, ce qui n'est pas le cas. Ce qu'il aime, lui, c'est l'odeur de l'encre du premier exemplaire sorti des rotatives à 1 heure du matin. Celui qui salit les mains, celui dont la une rendra quelqu'un furax. Le reste, c'est juste de la communication.

Mais aux faits divers, cette ultime occasion ne se présentera jamais.

Du moins c'est ce qu'il pensait il y a trente-quatre secondes.

Avant de lancer un regard distrait à la télévision, Bruno Lejarreta était un vieux journaliste au rancart, prêt à affronter une nouvelle journée d'ennui. C'est alors qu'il a vu le reportage aux infos du matin.

— … une course-poursuite illégale, qui n'a heureusement fait aucun blessé. Dans ce spectaculaire accident, aux environs de Madrid…

Bruno écoute à peine ce que dit la présentatrice. Ce qui l'intéresse, c'est ce qu'il *voit*. Ni plus ni moins que l'inspecteur Gutiérrez, à côté de la voiture. La caméra filme à grande distance, et le zoom extrême fait trembler l'image comme un promoteur immobilier devant une commission d'enquête. Mais c'est bien lui. Avec son costume élégant et sa silhouette robuste. Non pas qu'il soit gros.

Le flair de Bruno Lejarreta se met en alerte, son regard s'affûte.

Aux dernières nouvelles, l'inspecteur Jon Gutiérrez était sous le coup d'une enquête pour faute grave. La vidéo où on le voyait planquer l'héroïne dans le coffre du maquereau était devenue virale – bon sang, ce qu'il peut détester ce mot – du jour au lendemain, et puis *paf*, l'affaire s'était évaporée. Comme par magie.

Bruno et Gutiérrez se connaissent, à leur grand déplaisir. Ils ne s'apprécient pas, depuis qu'ils ont eu des mots à propos d'une histoire que l'un voulait rendre publique et pas l'autre. « Putain de facho », et autres amabilités du genre. Entre eux, c'est même épidermique. En fait, ils ne peuvent tout simplement pas se blairer. De sorte que Bruno s'est réjoui, et pas qu'un peu, en apprenant que l'inspecteur Gutiérrez avait merdé dans les grandes largeurs. Il a lui-même rédigé l'article à propos de l'héroïne, avec la joie malsaine de planter le dernier clou dans le cercueil du voisin plutôt que dans le sien.

Au mieux, Gutiérrez peut envisager de finir sa carrière derrière un bureau. Comme lui.

Il se passe un truc, là.

Il y a trente-quatre secondes, Bruno Lejarreta était un vieux journaliste au placard. À présent, il a flairé quelque chose. Il ignore ce que fabrique l'inspecteur Gutiérrez à Madrid, sur les lieux d'un accident de voiture, mais il a très envie de le savoir.

Il téléphone à sa femme – WhatsApp, c'est pour les mauviettes – pour prévenir qu'il va s'absenter, palpe la poche de sa veste pour vérifier qu'il a ses clés de voiture et regarde sa montre. En faisant vite, il sera à Madrid pour l'heure du déjeuner.

Mais avant, un arrêt à Santutxu. Un arrêt essentiel, songe-t-il. Et il sourit. De toutes ses dents.

Il ne prend congé de personne en partant, parce que personne n'est encore arrivé. Il ne demande pas non plus l'autorisation à quiconque. De toute façon, il doute fortement qu'on remarque son absence.

12

Un subterfuge

Dans l'après-midi, après quelques heures de sommeil – enfin –, Jon retrouve Antonia au Gran Clavel, le bar de l'hôtel De Las Letras, où Mentor lui a pris une chambre. Un drôle d'endroit, à l'angle de Gran Vía, entièrement vitré. Rempli de livres. Que les clients ne touchent pas, mais ça fait joli.

— On n'est plus sur l'affaire Ortiz, dit Jon, avant de lui raconter.

Antonia ne le prend pas bien.

— Il y a une femme, enfermée quelque part, dans un trou à rats. Elle est peut-être dans une cave, un entrepôt, ou une pièce insonorisée avec des boîtes à œufs.

— Je croyais que les boîtes à œufs, ça ne servait à rien.

— Ça ne sert à rien. Mais tous les dingues ont vu ça dans les films. Et puis elle est seule. Sans sa famille, sans ses amis. Sans avoir pu embrasser une dernière fois son fils. Peut-être qu'on l'a attachée, qu'on lui a fait du mal, ou même pire… Et ce… cet homme… ce Parra…

Puis elle s'interrompt, car elle vient de découvrir une vérité universelle qu'elle oublie chaque soir en se couchant. Le monde est gouverné par les médiocres, les égoïstes et les crétins. Particulièrement par ces derniers. Or le capitaine Parra semble être une intéressante combinaison des trois.

Jon se surprend à le défendre.

— Il ne fait que son travail.

Et il se déteste, mais Antonia doit comprendre que les règles ont changé.

— Son travail, c'est nous qui l'avons fait. Il y a huit flics, dans son unité. Huit. Ils ont des bases de données, des voitures avec des gyrophares, des armes, des équipes de renfort. Mais ils sont incapables de réfléchir.

Antonia s'interrompt à nouveau. Sans réussir à retrouver son calme, parce que, face à la bêtise, on ne peut rien. Soit on l'accepte, soit on se suicide. Option à laquelle elle n'a pas eu le loisir de penser ces temps-ci. Parce qu'elle était occupée à traquer un suspect.

— Peu importe, dit-elle, sa voix revenue à son calme glacial habituel. Nous allons retrouver Carla Ortiz. Pas parce qu'elle est milliardaire. Mais parce que c'est une mère qui voudrait prendre son fils dans ses bras et que quelqu'un l'en empêche.

L'affirmation, aussi innocente qu'incontestable, fait sourire Jon. Pour être naïve, elle n'en est pas moins vraie. L'assurance irradie d'Antonia comme la chaleur d'un four.

Ah, le feu.

— On va le faire. Mais on va le faire intelligemment. Pas comme un éléphant dans un magasin de porcelaine.

Elle aimerait répondre autre chose, mais s'incline.

— Très bien.

Parce que, au bout du compte, l'essence même de son travail est le subterfuge. Vous ne pouvez pas dire aux autres que vous êtes plus intelligent qu'eux.

— Au fait, qu'est-ce qu'il y a dans les gélules que tu prends ? demande Jon, l'air de rien.

En réalité, le sujet le préoccupe réellement.

— Ce qu'il y a dedans, je n'en sais rien, ment Antonia.

— Bon, alors, elles font quoi ?

— Elles m'aident à filtrer l'excès de stimuli dans les moments critiques. Elles me calment, en fait.

— Tu en as besoin ? Tu es accro ?

Antonia ignore l'injure. Parce que la question est trop importante. Elle est même essentielle.

— Je préfère me dire que non. D'ailleurs ça ne marche pas à tous les coups.

Jon ne fait aucun commentaire. Il est mal placé pour juger qui que ce soit. Lui aussi a ses addictions, auxquelles il se promet régulièrement de renoncer. Comme tomber amoureux, par exemple. Chacun se débrouille pour avancer comme il peut. Tant qu'il sait que ça ne posera pas de problème, il s'en contente.

— Tant que je sais que ça ne posera pas de problème, je m'en contente, dit-il. Du moment que ça n'affecte pas ton travail et ton jugement.

— Connard rancunier, dit-elle en reconnaissant ses mots.

— C'était une vraie question.

— On verra ça.

Il faudra bien s'en contenter.

— L'autre jour, à La Finca, avant que tu descendes du fourgon…

Il s'abstient d'ajouter : en larmes, comme une boule de nerfs.

— Oui. Je les avais prises. Et non, je ne veux pas en parler.

— C'est pas ça. Tu as dit que le tueur n'avait pas pensé à tout.

Jon tente d'établir un point de départ. Ce qui n'est pas chose facile. Normalement, une enquête mobilise une dizaine de flics pendant plusieurs semaines. Les flics, Carla Ortiz les a, mais pas les semaines. Quant à Álvaro Trueba, il n'a plus qu'eux.

— Je pense qu'on a deux fils à tirer. Le *comment* et le *pourquoi*.

— Développe.

Antonia commande un autre thé accompagné de scones (habitude issue de son ascendance britannique, à laquelle elle ne compte pas renoncer), et s'explique.

— Dans cette affaire, rien n'est normal.

— J'avais compris.

— On va se mettre à sa place. Imagine que tu es un kidnappeur, qui a réussi à enlever le fils de la présidente de la plus grande banque d'Europe. Qu'est-ce que tu fais ?

— Je demande de l'argent. Une monstrueuse quantité d'argent. Tout ce que je peux.

— Exactement. Tu as enlevé un membre de la famille d'un célèbre industriel, comme Revilla, tu te rappelles cette affaire ? Un milliard de pesetas. Comment tu récupères un montant pareil ?

— Tout ce fric, ça doit peser son poids, dit Jon en se remémorant l'affaire.

À l'époque, en 1988, il n'avait que douze ans, mais cette affaire était au programme à l'Académie de police d'Ávila.

— Un peu plus d'une tonne. C'est pour ça qu'on parle d'un « kilo » pour désigner un million de pesetas, quoique en réalité ce soit plutôt un kilo cent.

Jon, qui le savait, acquiesce poliment pour ne pas l'interrompre. Parfois, avec Antonia, mieux vaut jouer les idiots et la laisser dérouler son raisonnement.

— Si tu es une organisation terroriste et que tu réclames une rançon à un fabricant de saucisson, tu vas avoir du mal à la récupérer, poursuit-elle. Dans un enlèvement, il y a toujours deux obstacles majeurs : communiquer avec la famille et récupérer la rançon. Aujourd'hui, le premier est presque résolu.

— N'importe quel crétin peut utiliser Internet pour dissimuler son identité.

— Et récupérer une rançon auprès d'une banquière dont l'entreprise engrange des milliards par an, c'est une formalité. Il suffirait qu'elle vire l'argent sur un compte à Bahrein ou dans les îles Marshall, ou dans n'importe quel paradis fiscal.

— Pour quelqu'un comme Laura Trueba, ce serait un jeu d'enfant.

— Quel que soit le montant. Dix millions d'euros, cent millions, un milliard… Ça lui prendrait cinq minutes. Ensuite, elle n'aurait plus qu'à remettre l'argent sur les comptes.

Jon se gratte la tête, comme chaque fois qu'il ne parvient pas tout à fait à accoucher d'une idée.

— Je crois que je vois où tu veux en venir. Dans cette affaire, rien *n'aurait dû* mal tourner.

— Exactement. La mère a des fonds gigantesques à sa disposition, et la remise de la rançon ne représentait aucun risque pour Ezequiel.

— Rien *ne pouvait* mal tourner.

— Et pourtant, ça a mal tourné.

— Tu penses qu'il a vu son visage et que c'est pour ça qu'il l'a tué ?

— Non, je ne crois pas. Ezequiel a l'air méticuleux. D'ailleurs, quand on l'a vu, il portait une cagoule. En parlant de ça, tu as pu le prendre en photo ?

Jon sort son téléphone et lui montre le résultat. C'est une prise en rafale, car il a laissé le doigt sur le bouton.

— Je les ai envoyées à Mentor pour qu'il les transmette à Parra. On ne pouvait pas se les garder.

— Tu as bien fait.

Antonia ouvre le dossier et fait défiler les clichés. Sur les soixante-treize photos, les deux tiers montrent la vitre et le côté de la Porsche. Les autres sont coupées ou floues. Deux seulement se révèlent à peu près exploitables, sans pour autant mériter le Pulitzer. Elles sont très similaires, à cette différence près que sur l'une, Ezequiel tient le volant des deux mains tandis que sur l'autre, il se tourne vers eux et commence à sortir son pistolet.

Son visage n'apparaît sur aucune des deux.

Antonia les transfère sur l'iPad pour mieux les voir.

— Mentor les a déjà envoyées à Aguado.

— Parfait. Peut-être qu'elle verra autre chose. Attends une seconde…

Antonia agrandit l'image au maximum. Un détail, sur le bras droit d'Ezequiel, attire son attention. Il porte un pull noir et des gants, mais sur la photo où on le voit dégainer son arme, sa manche est légèrement relevée.

Dessous, il y a quelque chose.

— On dirait un tatouage, dit Jon en se penchant sur l'écran.

Il est à peine visible, l'essentiel est caché sous le pull.

— Appelle Aguado et dis-lui de se concentrer là-dessus, si elle ne l'a pas déjà fait. Ils ont les logiciels pour ça.

Un tatouage, ce n'est pas grand-chose, mais c'est *quelque chose*. Et pour l'instant, c'est peut-être l'unique espoir de Carla Ortiz.

La seule branche à laquelle s'accrocher.

Quand Jon coupe la communication après avoir discuté avec la légiste, tous deux ont la même idée en tête.

Le temps écoulé entre l'enlèvement d'Álvaro Trueba et le moment où on a découvert son cadavre.

Six jours.

— Si rien n'a mal tourné, si Ezequiel n'avait aucune raison de tuer le gamin, alors pourquoi il l'a fait ?

— Pas pour l'argent, ça, c'est clair. Je ne pense pas non plus qu'il l'ait fait par plaisir. Ce n'est pas un psychopathe, du moins pas un psychopathe classique.

— Tu as dit que tu n'avais jamais rien vu de pareil.

— Ni moi ni personne. Je crois qu'Ezequiel kidnappe et tue pour une raison bien précise. Qui a à voir avec le pouvoir.

— Avec le fait de semer la peur, aussi, dit Jon. Manifestement, Ramón Ortiz était terrorisé.

— Et il nous a menti. Il ne nous a pas raconté tout ce qu'Ezequiel lui a dit. Pour quelle raison un père cacherait-il à la police une information susceptible de sauver la vie de sa fille ?

Ils se creusent la tête, sans trouver de logique au comportement de l'homme d'affaires.

— L'essentiel, maintenant, c'est de trouver cette pièce manquante.

— On ne nous laissera jamais accéder à Ortiz.

— Je sais. Mais la clé, pour résoudre cette affaire, c'est d'abord de comprendre le *pourquoi*. Si on découvre pourquoi Ezequiel tue, on remontera jusqu'à lui.

Parra

Le capitaine Parra est un homme d'action.

À peine reçoit-il l'appel qu'il mobilise tous les moyens à sa disposition. La police scientifique, le légiste, le juge d'instruction pour la levée du corps.

— En toute discrétion, c'est bien clair ?

Ils commencent à arriver aux abords du club hippique un peu avant 9 heures. À 11 heures, ils ont monté le barnum complet, ne manquent que les colombes et les éléphants. L'entrée du complexe est bloquée par trois voitures de patrouille, plusieurs véhicules banalisés, un convoi de deux unités de police montée – il faut tenir compte du terrain. Il y a même le LAE, le Laboratorio de Actuación Especiales, l'équivalent du MobLab de la Dr Aguado. En moins bien équipé. Mais en plus grand. Blanc et bleu, avec le drapeau espagnol et le mot « Police » peint en énormes lettres sur le flanc.

La discrétion à l'état pur.

À midi, les premiers participants au concours équestre font leur apparition. Des personnes au profil socio-professionnel élevé, dirons-nous. Des personnes possédant des smartphones et un compte Instagram. Des personnes qui s'invitent à ce grand carnaval et prennent des photos depuis leur voiture.

Qui donc aurait pu anticiper cela ?

Eh bien, le capitaine Parra, par exemple.

Et c'est le cas, naturellement. José Luis Parra est un grand professionnel. Qui excelle dans son travail. À la tête de l'USE depuis six ans, avec des résultats spectaculaires. Au moment où nous parlons, il a enquêté sur plus de deux cents affaires d'enlèvements, dont 88,3 % se sont soldées par un heureux dénouement.

Quand on l'a chargé de monter l'unité, Parra s'est attaché à recruter des hommes doués pour la négociation, qu'il a envoyés se former – et lui avec – auprès des meilleurs. À New York et à Quantico, au siège du FBI. Ils se consacrent corps et âme à leur travail. Un soir, le capitaine Parra a ainsi passé sept heures d'affilée sous la pluie, en plein hiver, à tenter de convaincre un type de déposer son arme, braquée sur la tête de sa femme et son fils. Le projet du type était de les flinguer avant de se faire sauter la cervelle. Parra voulait simplement qu'il intervertisse les étapes. *Toi d'abord, eux ensuite, ducon.* Il ne l'a pas dit à voix haute. Les négociateurs ne disent jamais de telles choses. Ils parlent avec une grande douceur.

Depuis six ans, le capitaine Parra enchaîne les succès. Le problème, c'est qu'il est si bon que personne ne veut le faire monter en grade. Mais Parra, lui, pense le mériter. Il veut devenir commissaire, parce qu'il en a plein le cul de passer des heures assis à discuter avec des cinglés. Et parce qu'il toucherait quatre cents euros de plus par mois. Ce qui fait la différence, pour un père de famille nombreuse, entre manger des pâtes tous les soirs à partir du 20 du mois et s'alimenter normalement. Le capitaine Parra est un adepte de la protéine, avec un bon paquet de muscles dans chaque bras. Et quelques piqûres dans les fesses, aussi, avouons-le. Mais pour ressembler à Dwayne Johnson, il faut bien souffrir un peu.

Pour monter en grade aussi, c'est évident. Pour qu'il obtienne une promotion, il faudra bien que quelqu'un souffre, dans tous les cas. Parra a donc fait le calcul. S'il parvient à secourir Carla Ortiz à temps, c'est la gloire assurée. Mais s'il échoue, ce ne sera pas un drame non plus. L'essentiel est que l'histoire fasse du bruit. Si ses supérieurs avaient la tentation de l'écarter de son poste sous la « pression populaire » – euphémisme s'il en est –, ce serait nécessairement pour lui faire monter un échelon. Avec son bilan de 88,3 % de réussite, si l'affaire Carla Ortiz tombe dans le pourcentage d'échecs, ce ne sera pas la fin du monde.

Ça pourrait arriver, bien sûr que ça pourrait arriver. De fait, il a fallu moins de douze heures pour que sa théorie sur la culpabilité de Carmelo Novoa s'effondre totalement.

Parra a débarqué sur la scène de crime – en disant « Qu'est-ce qu'on a ? » comme les flics de la télé –, pour constater que son principal suspect ressemblait plutôt à une victime collatérale. Avec la gorge tranchée et tout le bazar.

Le fait est que Gutiérrez et l'autre idiote d'Interpol lui ont rendu service. Il ne sait pas comment ils ont pu localiser la voiture aussi vite, mais ils leur ont fait gagner des heures de recherche et épargné bien des explications gênantes. Malgré tout, il est furieux. Parce que s'ils n'avaient pas agi de leur côté, à l'heure qu'il est, l'un des ravisseurs se trouverait en garde à vue et le sauvetage de la victime ne tiendrait plus qu'à quelques heures d'interrogatoire et à un bottin – qui ne laisse pas de marques – soigneusement balancé dans les côtes. Mais c'est trop tard, puisque ces sombres crétins ont préféré faire cavalier seul. Quoi qu'il en soit, il ne les a plus sur le dos, et tant mieux. Si besoin, il dispose même de deux boucs émissaires pour le prix d'un.

Maintenant qu'ils savent que l'enlèvement de Carla Ortiz a un mobile pécuniaire, ils n'ont plus qu'à coller au train du père et s'assurer d'être présents lorsque son téléphone sonnera. Et quand il remettra la rançon. Parce que le père paiera, c'est évident. L'argent, ce n'est pas ce qui lui manque.

De toute façon, le capitaine Parra est conscient que chacun de ses gestes sera scruté au microscope dès que l'affaire éclatera au grand jour, et qu'il doit donc se couvrir.

C'est donc le branle-bas de combat. L'identité de la victime n'a pas encore été rendue publique, mais il sait que ces photos, que tous ces bourges sont en train de poster sur les réseaux sociaux, atterriront tôt ou tard dans les médias. Il veut s'assurer que le moment venu, il soit bien clair qu'il n'a pas ménagé ses efforts. Depuis la pinède, tandis que les BMW et les Mercedes défilent sur le chemin d'accès au club hippique, Parra sourit.

Intérieurement, bien sûr.

Extérieurement, il donne des ordres et gesticule, parfait dans son rôle d'homme d'action.

13

Une huile

À la réception, Mentor leur a laissé les clés d'une autre Audi A8, identique à la précédente, si ce n'est que la nouvelle est bleu marine au lieu de noire. Il a même poussé la délicatesse jusqu'à glisser un petit mot manuscrit sous l'essuie-glace.

Vous serez gentils de ne pas détruire celle-ci.
M.

Jon lit le message à voix haute, avant de passer le papier à sa voisine. Antonia en fait une boule, qu'elle balance sur la banquette arrière.

— Tu devrais me laisser conduire, dit-elle.

— Non, merci bien.

— Tu es de son côté, maintenant ?

— Je tiens juste à ma vie. On va où ?

— On retourne à La Finca.

— J'imagine que c'est là que se trouve le premier fil que tu veux tirer.

— Dis-moi, à ton avis, pourquoi il a choisi cet endroit ? Il aurait pu abandonner le corps d'Álvaro Trueba dans un terrain vague. Mais non, il l'a laissé dans l'une des propriétés familiales, et pas n'importe laquelle. Ils en possèdent plus d'une dizaine, Ezequiel n'avait que l'embarras du choix. Il a opté pour celle qui se trouve dans le domaine prétendument le mieux protégé d'Espagne.

Jon hoche la tête, lentement, savourant son bonheur de rouler sur Gran Vía. Toujours en travaux. Toujours aussi bondée qu'à l'heure de pointe. À cette vitesse, ils devraient atteindre la place de Cibeles dans une quinzaine de jours.

— Et il ne l'a pas fait n'importe comment. Il s'est donné beaucoup de mal pour mettre en scène le cadavre et le décor. Il voulait nous envoyer un message.

— Non, pas à nous. Nous, on ne l'intéresse pas.

— Alors à qui ?

— Je ne sais pas, répond Antonia, frustrée, après un long moment de réflexion. C'est bien ce qui me déroute. Si c'était un meurtrier en série, il prendrait plaisir à tuer et tiendrait à ce que tout le monde sache ce qu'il a fait. Si c'était un ravisseur, il réclamerait de l'argent et ne laisserait pas de message. Si ça ne concernait que la famille Trueba…

— Il n'aurait pas préparé une mise en scène aussi élaborée, termine Jon. Il n'aurait pas non plus enlevé Carla Ortiz.

— Ensuite, il y a les connotations religieuses. Toute la scène de crime évoque le psaume vingt-trois.

Jon sursaute sur son siège en entendant ça.

— Mais bien sûr… « Tu oins d'huile ma tête et ma coupe déborde. » Comment j'ai pu ne pas m'en apercevoir plus tôt ?

— Je ne te croyais pas si chrétien, inspecteur, s'étonne Antonia.

— Des années de catéchisme, ma belle. Ça laisse des souvenirs, en plus de *Trouver dans ma vie ta présence.*

Une présence dans sa vie, c'est justement ce qu'il cherchait. Au collège, Jon s'était inscrit au catéchisme pour les mêmes raisons que d'autres prennent l'option théâtre à l'université. Cependant, il y avait découvert, en même temps que son homosexualité, l'amour tout relatif que l'Église pouvait lui porter. Il avait du mal à croire en une Église qui ne croyait pas en lui, mais peu importait, car il était convaincu que Jésus lui-même ne croyait pas en sa propre Église.

Antonia, naturellement, était une fervente athée. Une autre forme de religion, sans les inconvénients.

— Pendant qu'on dormait, la Dr Aguado m'a envoyé la composition de l'huile qu'Álvaro Trueba avait dans les cheveux, dit Antonia en ouvrant sa boîte mail. Huile d'olive aromatisée à la myrrhe. Apparemment, ça s'appelle de l'« huile d'onction sainte ».

— Extrême-onction. Les prêtres en versent quelques gouttes sur le front et les mains des mourants.

— Et c'est censé faire quoi ?

— Les préparer à leur rencontre avec Dieu. C'est un peu comme graisser le chameau pour le faire passer par le chas de l'aiguille.

Tous deux essaient de ne pas penser aux derniers moments d'Álvaro et à ce qu'il a dû subir. Sans succès.

— Au moins, si l'huile en question n'est pas facile à trouver, ça nous aidera peut-être à remonter jusqu'à Ezequiel, fait remarquer Jon, optimiste.

— Non, j'ai déjà vérifié. Ça se vend sur Internet pour moins de cinq euros. Tu peux même en acheter au Corte Inglés. Sans parler de toutes les boutiques ésotériques de Madrid.

— Il y a un marché pour ce genre de truc ?

— Ça s'utilise en aromathérapie et autres pièges à gogos.

Jon se laisse toujours surprendre par la nature humaine, à commencer par la sienne. Chaque découverte d'un univers complet dont il ne soupçonnait pas l'existence est un émerveillement renouvelé. *Il faut de tout pour faire un monde.* Puis il s'étonne de sa propre surprise.

— Alors tu crois qu'on a affaire à un fanatique religieux ?

— Pour être honnête, j'espère que non. J'aurais bien plus de mal à me mettre dans sa tête.

Antonia porte tout le poids du monde sur ses épaules. Sur son visage sombre, les cernes forment deux hamacs violets sous ses yeux. Elle a fait de l'arrestation d'Ezequiel et du sauvetage de Carla Ortiz une affaire personnelle. Autrement dit, la formule idéale pour aller droit dans le mur. Mais il serait vain de le lui signaler. Si bien que Jon se contente de déclarer :

— Tu n'es pas seule sur ce coup-là, tu sais ?

Jon résiste à la tentation de lui donner une tape sur l'épaule et se rabat sur le dossier du siège, assez près de sa cible pour qu'elle saisisse l'intention.

Et – qui l'eût cru ? – Antonia sourit.

— Merci.

Un mot gentil. Les miracles ne s'arrêteront donc jamais ?

Elle se tait durant les – nombreuses – minutes qu'ils mettent à quitter le centre-ville pour atteindre la M-40. À mi-chemin de La Finca, elle sort de son silence.

— Non, je ne pense pas qu'il s'agisse d'un fanatique religieux. Dans cette affaire, les éléments chrétiens ne sont que du décorum. Un vernis de dernière minute.

— Donc on n'est pas plus avancés pour comprendre le pourquoi.

— La scène de crime ne nous l'apprendra pas. Ce qu'on va chercher là-bas, c'est le comment. Comment Ezequiel a-t-il réussi à entrer ?

— OK. C'est ton premier fil. Et quel est le deuxième ? Comment on arrive au pourquoi ?

— Tu vas trouver que c'est de la folie.

— Étonne-moi.

Antonia le lui dit.

Et en effet, c'est de la folie.

Carla

Sandra ne répond pas.

Carla insiste, appelle son nom à plusieurs reprises – une fois qu'elle est certaine que le danger est passé. Mais Sandra ne répond pas. Carla est seule.

Oublie cette femme. Inquiète-toi de ta propre survie.

La voix lui parle, mais elle a perdu de sa force, de son autorité. D'une certaine façon, savoir qu'elle n'est pas seule, qu'il y a quelqu'un de l'autre côté du mur, a changé la donne.

Mais Sandra ne répond pas.

Des heures passent, peut-être des années.

Carla dort, s'éveille. Se rendort. Elle voltige autour du sommeil comme un papillon près de la flamme d'une bougie. Chaque moment où elle cède à la pesanteur de ses paupières et se laisse porter par le courant est une bénédiction empoisonnée. Car ensuite, des mois ou des minutes après, Carla s'éveille. La brève sensation de paix est aussitôt balayée par l'effroyable réalité.

Durant l'un de ces intervalles, Carla croit entendre la trappe s'ouvrir. En tâtonnant près de la porte, elle découvre une nouvelle bouteille d'eau et une barre chocolatée. Elle boit un peu, urine du côté de la bouche d'évacuation, mais ne veut pas manger. Elle n'a pas faim, son estomac reste envahi d'une sensation acide, et dans la bouche, elle a encore un goût de fer.

Il y a autre chose.

Elle a peur qu'il ait mis quelque chose dans la barre chocolatée.

Il faut que tu manges.

C'est peut-être empoisonné.

Tu es à sa merci. Il peut te tuer quand il veut. Si tu ne manges pas, si tu ne prends pas de forces, tu n'auras aucune chance de t'en sortir.

La voix a regagné en assurance et en présence, occupant le vide laissé par le silence de Sandra. Maintenant, elle l'entend plus clairement qu'auparavant, pas seulement dans sa tête, mais aussi dans l'air vicié autour d'elle.

Carla déchire l'emballage de la barre chocolatée et en croque une bouchée, s'efforçant de satisfaire la voix. À présent, elle ne ressemble plus à celle de sa mère. Elle est différente. Plus jeune. Plus nette.

Plus implacable.

— Qui es-tu ? demande-t-elle à la voix.

Tu sais qui je suis.

— Non, je ne sais pas.

La voix ne répond pas.

Carla mange encore un peu. Le sucre et les fruits secs rééquilibrent ses niveaux de glucose, rendent à son corps épuisé un peu de son énergie.

Tu dois trouver quelque chose à faire. Ou bien tu vas devenir folle.

Et c'est une voix dans ma tête qui me dit ça, pense Carla.

Mais la voix a raison. Elle reprend donc son exploration de l'espace alentour. Avec plus de soin, cette fois. Elle étudie les détails de sa cellule, palpant attentivement le sol et les murs.

Sur les côtés, elle ne trouve pas grand-chose, sinon du béton nu.

Le mur opposé à la trappe métallique, cependant, est couvert de petits carreaux de dix centimètres de côté. Dans le coin où se trouve le trou d'évacuation, le dernier carreau bouge un peu. Il dépasse de quelques millimètres, et cède légèrement, avec un craquement doux et sableux, quand elle le touche.

Si elle pouvait passer les doigts entre le carreau et le ciment, elle parviendrait peut-être à le décoller.

Et à quoi ça te servirait ?

À rien, pense Carla, sentant revenir l'impitoyable élancement du désespoir.

14

Un sac en papier

À La Finca, l'accueil n'est pas très chaleureux.

Il n'y a pas de danseuses, de confettis ou de tapis rouge.

Jon Gutiérrez n'a jamais été du genre à alimenter la traditionnelle rivalité entre agents de sécurité et policiers. Son credo, c'est vivre en paix et laisser les autres en faire de même. Chacun sa vie, chacun son boulot. Ce en quoi il est plutôt l'exception à la règle. Ça se comprend. Quand vous êtes un flic zélé, dévoué corps et âme au panier à salade, constamment sur le pont pour un salaire de misère, la tentation est grande de regarder par-dessus l'épaule du voisin. C'est la nature humaine : mépriser ceux d'en bas et haïr ceux d'en haut, jusqu'à ce que vous montiez une marche, et le cycle recommence.

Les agents de sécurité, toujours aussi méfiants, ignorant la nature tendre et sensible de l'inspecteur Jon Gutiérrez sous son aspect robuste et son air menaçant, ne se montrent pas plus coopératifs que le premier soir.

Jon gare l'Audi le long de la guérite. Ils descendent. Les gardiens se tiennent près de la barrière. Cigarette dans une main, l'autre dans la boucle de leur ceinture. Posture Classique n° 1 enseignée à l'école.

— En quoi puis-je vous aider ?

Traduction : tu veux quoi, putain ?

— Bonsoir, je suis l'inspecteur Gutiérrez, de la Police nationale. Et voici ma collègue. Nous étions ici avant-hier soir, je ne sais pas si vous vous rappelez.

— Avant-hier soir, j'étais pas de service.

Mensonge, évidemment, puisque même dans le noir, Jon les reconnaît. En particulier celui qui vient de parler. Barbe de trois jours, boucle d'oreille qu'il retire pendant son service, la petite cinquantaine. Il ment, comme il lui a menti la dernière fois, lorsqu'il lui a dit qu'il ne travaillait pas quand le cadavre d'Álvaro Trueba a été découvert.

— Nous avons besoin d'avoir accès aux images des caméras de sécurité d'il y a trois nuits.

Le vigile croise les bras, les pieds en dehors (Posture Classique n° 2), et donne cette réponse inattendue :

— Naturellement, inspecteur, nous serons ravis d'accéder à votre demande.

Jon sourit.

— Dès que nous l'aurons fait parvenir au responsable de la société, par écrit, en indiquant le nom du fonctionnaire demandeur et la référence des enregistrements sollicités, et en spécifiant que cette demande entre dans le cadre d'une enquête criminelle. C'est la loi de protection des données, voyez.

Bien sûr que je vois. Sauf que Carla Ortiz ne peut se permettre d'attendre que j'envoie une demande écrite à propos d'un crime qui est censé n'avoir jamais existé.

— Écoutez, nous sommes un peu pressés. Vous pourriez peut-être nous éviter la paperasserie, petite faveur entre professionnels.

— De combien, la petite faveur ?

Jon se gratte la tête, puis la poche. Tout ce qu'il a dans son portefeuille. Cinquante euros.

— Cinquante euros. C'est tout ce que j'ai sur moi.

— Eh bien, revenez quand vous en aurez cinq mille, dit l'agent de sécurité, qui sait parfaitement qu'aucun flic n'aura jamais une somme pareille dans sa chienne de vie.

L'inspecteur évalue sérieusement les conséquences de lui mettre son poing dans la gueule. Puis il dit :

— Bon, tant pis, on va y aller. Merci beaucoup.

— De rien, mes chéris.

***

Dans la voiture. Jon roule, furax, et parle, tout aussi furax.

— … et cet abruti, il m'a pas dit « De rien, mes chéris » ? Exactement ce que je lui ai sorti l'autre soir quand il nous braquait sa putain de lampe dans les yeux. Histoire de faire le malin pour qu'on sache bien que c'était lui. Crétin. Connard. Je ne sais pas pourquoi Mentor n'a pas demandé les enregistrements lui-même, et pourquoi c'est à nous de le faire, et… on peut savoir ce que tu fabriques ?

Antonia ne l'écoute pas, occupée à programmer le GPS de la voiture. Une adresse apparaît. Dix-neuf minutes.

— On va où ?

— Ne me dérange pas, dit Antonia. (Elle cherche des informations sur l'iPad, ouvre une page Web et se met à lire.) Je n'ai que dix-neuf minutes pour apprendre.

***

Lorsqu'ils arrivent à l'adresse qu'Antonia a entrée sur le GPS, Jon n'en croit pas ses yeux.

— Tu veux aller là maintenant ?

— J'ai besoin de tes cinquante euros.

— C'est mon dernier billet. Je te rappelle que je suis suspendu sans solde.

— Je te les rends tout de suite.

Jon lui tend le billet. Antonia le prend, sort sa carte d'identité de son sac à main, qu'elle laisse sur le siège passager.

— Attends-moi là. Et verrouille la portière. Je ne voudrais pas qu'on me le vole si tu t'endors.

Jusqu'à ce soir, Jon n'aurait jamais cru possible de passer quatre-vingt-quatorze minutes d'affilée à jurer, pourtant c'est bien ce qu'il fait la quasi-totalité du temps qu'Antonia Scott passe dehors.

Quand elle revient, elle tient un modeste sac en papier dans une main, et un billet de cinquante euros dans l'autre.

— On retourne à La Finca.

***

Jon se gare le long de la guérite, épisode deux.

Température de l'accueil : inférieure à zéro.

— Inspecteur, si vous apportez la demande écrite, je dois vous informer que mon superviseur est actuellement en congés. Nous traiterons votre requête la semaine prochaine avec plaisir.

Antonia tend le sac en papier à Jon, qui le tend à son tour au gardien. Un sac kraft tout simple, avec un logo représentant la déesse Cybèle imprimé en noir. En dessous, en très petits caractères : Casino Gran Madrid. Le vigile le regarde sans quitter la Posture Classique n° 2.

— C'est quoi, ça ?

Il fronce le nez, comme si le sac contenait des couches usagées.

— Faveur entre professionnels.

La curiosité est plus forte que l'arrogance. Le gardien tend la main et prend le sac. Le soupèse. L'ouvre. Regarde à l'intérieur. Prend sa lampe. Regarde encore à l'intérieur. Regarde Jon. Regarde son collègue.

— Je ne savais pas si c'était cinq mille au total ou par tête, donc pour être sûrs, on a pris dix mille, explique Jon.

Pendant que les deux gardes discutent dans leur coin – en ouvrant le sac toutes les trois secondes –, Jon et Antonia murmurent entre leurs dents sans cesser de les regarder en souriant.

— Comment tu as eu une idée pareille ?

— En entendant l'histoire du chauffeur de Ramón Ortiz, l'autre jour.

— Et tu as appris à jouer au black jack en dix-neuf minutes ?

— Non, apprendre le jeu, ça m'a pris une minute. Les dix-huit autres, j'ai appris à compter les cartes.

15

Une guérite

Dix mille euros plus tard, Tomás et Gabriel, ainsi se nomment les gardiens, se révèlent absolument charmants. Tomás, le quinquagénaire à la barbe de trois jours, les invite à entrer dans la guérite, tandis que Gabriel reste à l'extérieur, préposé à la barrière. La guérite, exceptionnellement vaste, n'est que l'antichambre de l'endroit auquel Jon et Antonia souhaitent accéder.

— Par ici, je vous prie, dit-il en ouvrant une porte au fond.

Un escalier les mène au niveau inférieur, sous l'entrée, où ils découvrent des casiers, une zone de repos, des douches et une petite salle de sport.

— Je vous sers un café ?

Jon en prendrait bien un petit, volontiers. Antonia un thé, si possible. C'est possible. Tomás prépare les boissons sur une machine similaire à celle qu'on trouverait dans la salle de petit déjeuner d'un hôtel cinq étoiles.

— À vrai dire, on n'a pas à se plaindre. Ici, c'est tout confort. Avant, je travaillais dans un hypermarché.

Tous les jours, c'étaient les mêmes embrouilles avec des gitans pour vol à l'étalage. Moi j'ai pas de problème avec les gitans, hein, j'ai des amis gitans, mais…

Jon l'interrompt avant qu'il continue de s'enfoncer.

— Vous avez un bon poste, ici.

— J'aurais pas pu trouver mieux. Surtout à mon âge.

— Je comprends que vous ne vouliez pas risquer de le perdre.

Tomás leur tend les deux tasses fumantes et se sert un autre café.

— Je suis trop vieux pour trouver autre chose. Et j'ai deux fils étudiants.

— Vous savez ce qui s'est passé, l'autre jour, à la villa Los Lagos ?

Tomás détourne le regard.

— Le deal, c'était que je vous montre les images. Point.

— J'ai besoin de votre aide, Tomás.

En vingt années de service, Jon a interrogé de nombreuses personnes. Il en a vu de toutes les couleurs, de toutes les formes, de toutes les tailles. Ceux qui ont trop peur pour parler, ceux qui se ferment comme des huîtres et font du silence une question d'honneur, ceux qui mentent pour se débarrasser d'un poids… et ceux qui meurent d'envie de parler. Ces derniers vous sortent des phrases comme :

— Je ne sais pas si je peux vous faire confiance.

Alors pour prouver votre bonne foi, vous devez leur donner quelque chose en échange.

Jon regarde Antonia. Demande son autorisation. Elle acquiesce de la tête.

— Tomás, nous ne sommes pas des policiers ordinaires…

— Je ne comprends pas, dit l'homme, déconcerté. J'ai vu votre plaque, c'est une vraie.

— Mais nous ne sommes pas comme les autres flics.

— Ça, j'avais remarqué. Les autres flics ne donnent pas des liasses de billets de cent.

— Rien de ce que vous nous direz ne sera utilisé contre vous. Ça n'apparaîtra nulle part. Il y a quelqu'un qui a besoin d'aide. Et quelqu'un à qui nous devons rendre justice. Vous savez ce qui s'est passé ici, Tomás.

Le vigile baisse la tête. Il s'avère que, dès qu'il renonce aux Postures Classiques numéros 1 et 2, Tomás se trouve être un brave type. Qui a honte de ce que ses supérieurs lui ont demandé de faire. À savoir se taire, regarder ailleurs, faire semblant de ne pas se souvenir de vous et prétendre qu'il ne s'est rien passé. Nettement plus facile à dire qu'à faire. Tout se paie.

— Oui, je le sais.

— Qui d'autre le sait ?

— Gabriel et moi. Notre superviseur. Et la gouvernante des Trueba. C'est elle qui a découvert le gosse en entrant dans le salon.

— Puis elle vous a appelés. Et vous avez appelé votre superviseur.

Tomás hoche la tête.

— Je finissais mon service.

— Et c'est normal ? demande Jon. C'est normal qu'une employée vous appelle vous, et pas la police ?

L'homme se tait, gêné. Son visage est rouge, ses mains s'agrippent à sa tasse comme à une bouée de sauvetage.

— Tomás, dit doucement Jon, l'encourageant à poursuivre.

— Dans cet endroit, on fait les choses autrement. C'est un domaine très sûr, les promoteurs ont bien veillé à ne pas vendre à n'importe qui. Les acheteurs doivent être complètement transparents sur la provenance de l'argent. Des Russes et des Colombiens ont voulu investir. Ils leur ont dit non. Mais même ainsi, les gens qui vivent ici sont spéciaux. Et ils ont des besoins spéciaux.

— Il y a eu des incidents, dans le passé ?

— Jamais aussi grave que celui-ci. Loin de là. Mais la consigne a toujours été : tais-toi et ne pose pas de questions.

— Et c'est ce que vous avez fait.

— Je ne suis pas payé pour m'occuper de ça.

Non, pense Jon. *Celui qui est payé pour s'occuper de ça, c'est moi. Et c'est toi qui mets la main à la poche, comme tous tes concitoyens.*

— Il y avait quelqu'un, cette nuit-là, dans la villa Los Lagos ?

— Non, les propriétaires ont fini de construire la maison il y a six ou sept mois, mais ils ne s'y sont pas encore installés. Ils ont à peine mis les pieds ici. J'ai entendu dire qu'ils vivaient dans une villa, à Puerta de Hierro.

— Vous savez s'ils avaient prévu de déménager ?

Tomás secoue la tête.

— D'habitude, les résidents donnent une grande réception pour leur installation. On est toujours au courant, évidemment. On doit avoir les noms et les numéros de plaque des non-résidents. Sinon, ils n'entrent pas.

— Et vous n'avez pas vu la famille par ici ?

— Pendant mon service, jamais. Mais je travaille de 20 heures à 8 heures du matin. Une fois, une assistante est passée avec l'architecte d'intérieur, pour changer le sol de la cuisine, parce que la couleur ne leur plaisait plus, je crois. Ils sont venus très tôt, c'est pour ça que je m'en souviens.

Posséder une maison à vingt millions d'euros et ne jamais y mettre les pieds. C'est ça, le pouvoir.

— Et le service de ménage ? Il passe souvent ?

— Tous les jours, affirme Tomás. La maison doit être impeccable, même si personne n'y vit. Ils arrivent à 7 heures du matin, je ne sais pas quand ils repartent. Vers 15 heures, j'imagine, c'est la durée habituelle, ici.

— OK. Revenons à cette nuit-là. Vous n'avez rien remarqué de particulier ? N'importe quoi qui sorte de l'ordinaire ?

— Non, j'ai bien peur que non.

— Très bien, dit Jon. Je suppose que vous avez la liste des entrées et des sorties pendant votre service. J'aurai besoin de la consulter, ainsi que les enregistrements.

Le système de surveillance est une pure merveille. Une véritable œuvre d'art de haute technologie. Tout le périmètre de La Finca est équipé de détecteurs de mouvement.

— Évidemment, ils sont désactivés, dit Tomás. Sinon, ils se déclencheraient tout le temps. À cause des lapins.

En plus de la zone de repos et des divers espaces à disposition du personnel, le sous-sol abrite une salle de contrôle. Dix moniteurs font alterner les images de quarante caméras de surveillance. Il y en a deux autres sur le bureau, dont l'un traite les données des détecteurs de mouvement (éteint, donc).

— Il y a beaucoup de lapins ?

— Énormément. Avant, tout ça, c'était des champs.

— Si les détecteurs de mouvement étaient désactivés, ça ne va pas nous aider.

— Ils ne servent à rien. On a déjà les infrarouges. Et ceux-là, ils envoient une alerte visuelle, pas une alarme qui détruit les tympans. En plus, ils sont réglés pour réagir à des intrus de plus de vingt kilos.

— Mais cette nuit-là, aucune alerte infrarouge ?

— J'ai bien peur que non. D'après le système, il n'y a eu aucune intrusion ce soir-là.

— Les caméras sont toutes dirigées vers l'extérieur, n'est-ce pas ? demande Antonia, qui n'a presque rien dit depuis leur arrivée.

— Bien sûr. Toutes les rues de l'intérieur du domaine sont privées. On n'a pas le droit de filmer.

— Alors le seul enregistrement dont on a besoin est celui de l'accès au domaine.

— Mettez celui-là, s'il vous plaît, Tomás, dit Jon en se tournant vers Antonia pendant que le gardien cherche le disque dur correspondant. Pourquoi pas les autres ?

— Si Ezequiel était entré en sautant par-dessus les barrières avec le cadavre d'Álvaro sous le bras, il aurait forcément déclenché l'alarme infrarouge.

— Et si le système n'a pas fonctionné ?

Antonia hausse les épaules.

— Quarante caméras, à raison de cinq ou six heures d'enregistrement chacune. Ça nous prendrait dix jours à la suite sans manger ni dormir pour les visionner.

— On n'a pas tout ce temps, dit Jon.

Carla Ortiz n'a pas tout ce temps.

— On va donc miser sur celle-là. D'après Aguado, la victime est décédée entre 20 heures et 22 heures.

— On sait qu'il a dû déplacer le cadavre. Vingt heures, c'est un bon début.

Antonia demande à Tomás de diffuser l'enregistrement sur les dix moniteurs, à des heures distinctes. Celui qui se trouve le plus haut démarre à 20 heures, le suivant à 21 heures, et ainsi de suite. Le dernier commence à 5 heures du matin.

Ce qui donne :

20 | 21 | 22 | 23 | 00
01 | 02 | 03 | 04 | 05

— Chaque fois qu'une voiture apparaît sur l'un des moniteurs, on met sur pause et on vérifie le registre des entrées, explique-t-elle aux autres.

— Très bonne idée, dit Tomás. Au lieu de dix heures, ça ne nous en prendra qu'une.

En réalité, ça les occupe bien plus d'une heure, car chaque entrée implique une pause et une vérification dans le registre des entrées, ce qui prend du temps. Et il y en a des dizaines, surtout entre 20 heures et 23 heures.

Ils cherchent une anomalie. Un élément inhabituel. Ils ne trouvent rien. Hormis quelques taxis et divers Uber, toutes les voitures sont celles des résidents ou d'amis des résidents, que ceux-ci ont autorisés à entrer. Il faudrait vérifier individuellement chacun des noms, ce qui demanderait des jours et du personnel.

Voilà pourquoi il est si difficile d'enquêter sur des crimes.

Trois heures plus tard, la ligne temporelle de l'enregistrement touche à sa fin. Et ils sont épuisés. Sur les moniteurs d'en haut, des gens arrivent encore, après leur journée de travail ou leur dîner à l'extérieur. Sur ceux d'en bas, il n'y a presque plus de mouvement.

Soudain, Antonia se redresse et désigne le moniteur au centre de la rangée du bas.

— Là. Ce taxi.

C'est une Skoda Octavia, le modèle de taxi le plus commun dans la ville de Madrid. Le dispositif lumineux du toit affiche le chiffre zéro. Habituellement, ça signifie qu'il va chercher quelqu'un à grande distance.

Sur l'écran, on voit le taxi approcher et Gabriel le laisser passer, sans rien demander.

Le code temporel indique 03:52.

— Qu'est-ce qu'il a de spécial ?

— On a déjà vu ce taxi, dit Antonia. 9344 FSY. Il est arrivé à 22 h 30. Il venait déposer quelqu'un.

C'est effectivement le cas. Une rapide vérification permet de voir le taxi arriver, le compteur sur 2. Cette fois, on aperçoit Tomás qui se penche pour demander quelque chose au chauffeur, puis qui le laisse passer. L'image, en plongée, empêche de lire la licence imprimée sur le côté.

— Vous vous rappelez ce taxi, Tomás ?

Le gardien les regarde, perdu.

— Non… Je ne me souviens de rien. J'ai dû me pencher pour lui demander où il allait, il a dû me donner une adresse et c'est tout. C'est ce qu'on fait toujours avec les taxis. Surtout aux heures de pointe.

C'est la vérité. Les images montrent la dizaine de voitures qui attendent à l'entrée de La Finca, tandis que Gabriel et Tomás, débordés, font ce qu'ils peuvent. Les riches n'ont jamais brillé par leur patience.

Ce que les images ne montrent pas, en revanche, c'est le chauffeur et son passager.

— Il y a une autre question importante. Qui conduisait le taxi ? dit Jon à Antonia. Est-ce qu'il a un complice, ou c'est juste quelqu'un qui passait par là ?

Ni Tomás ni Gabriel ne se souviennent du conducteur. Un taxi parmi d'autres, anonyme, invisible. Qui franchit impunément la barrière, comme des dizaines chaque jour. Peut-être ont-ils découvert la manière dont Ezequiel est entré. Ou peut-être n'est-ce qu'une coïncidence.

En d'autres termes, ils n'ont rien.

Et pour Carla Ortiz, l'horloge continue de tourner.

16

Une mauvaise nuit

Jon dépose Antonia à l'hôpital.

Le reste de la nuit passe très lentement.

Il est trop tard pour appeler sa grand-mère et elle est trop excitée pour dormir. Elle est incapable de déconnecter de l'affaire ; d'ailleurs, elle n'y tient pas. Inlassablement, elle se repasse le film de l'enquête, sous tous les angles. Rien à faire. Elle a donné à Mentor le numéro d'immatriculation du taxi pour qu'il le transmette à Parra – comme d'habitude, il prétendra que ça vient de quelqu'un d'autre, les services secrets ou je ne sais quoi –, mais Antonia sait d'avance que ce sera une impasse. Elle approche donc le fauteuil du lit, s'accroche à la main droite de Marcos, comme durant les pires nuits, et se contente de fixer le mur, concentrée sur le son de l'électrocardiogramme.

À 3 heures du matin arrive un e-mail de la Dr Aguado.

À : AntoniaScott84@gmail.com
De : r.aguado@europa.eu

Scott,

D'après la distance entre le coude et le poignet, et considérant la hauteur de l'habitacle de la Porsche Cayenne, j'en déduis qu'Ezequiel est un homme mesurant entre 1 m 75 et 1 m 85. Yeux marron, âge indéterminé. Appelez-moi quand vous le pourrez, j'aimerais qu'on en discute.

J'ai aussi pu améliorer suffisamment la photo prise par l'inspecteur Gutiérrez pour isoler le tatouage. Vous le trouverez en pièce jointe. C'est une partie d'une sorte de blason ou de symbole, que je ne parviens pas à identifier.

Bien à vous,

Dr Aguado

Antonia l'appelle aussitôt.

— Je ne m'attendais pas à vous entendre à cette heure-ci.

— Je n'avais rien de mieux à faire.

Aguado lui explique qu'elle a envoyé la photo du tatouage à une centaine d'établissements spécialisés du pays.

— La probabilité est très mince. Je leur ai demandé de m'aider à identifier le motif, en prétendant que c'était une affaire de viol. Ça risque d'en rebuter certains, mais beaucoup d'artistes tatoueurs sont des femmes. L'une d'elles acceptera peut-être de coopérer.

La manœuvre est si désespérée qu'elle ose à peine s'y raccrocher. Mais ce n'est pas comme s'ils avaient le choix.

— Je voulais aussi vous parler d'autre chose, poursuit Aguado. Je ne l'ai pas mis par écrit, ça ne me paraissait pas professionnel. Je n'ai pas pu tirer grand-chose de concret du cliché, c'est pour ça que j'ai noté « âge indéterminé ». Mais plus je regarde la photo, plus je pense qu'il s'agit d'un homme d'une cinquantaine d'années.

— Sur quoi vous basez-vous ?

— Rien de scientifique. La posture, la constitution physique… C'est pour ça que je préférais en parler de vive voix. L'intuition n'a jamais été considérée comme une preuve à part entière. Mais il y a certaines choses que l'on *sait*, tout simplement. Or si je ne me trompe pas, si c'est bien une personne de cet âge, ce serait très étrange.

Antonia réfléchit quelques instants au pressentiment de la Dr Aguado.

La majorité des tueurs en série débutent leur macabre carrière avant l'âge de trente ans. C'est la conséquence naturelle de leur plongée progressive dans la violence. Il existe d'innombrables ouvrages sur la question, des dizaines de films, de séries, qui ont forgé un archétype de méchant, avec toute une mythologie que le grand public connaît par cœur : enfance brisée, torture d'animaux, fascination pour le feu, besoin de satisfaction sexuelle. On retrouve parfois tous ces éléments chez les tueurs en série, mais la plupart du temps, non. Cette simplification est le résultat de l'incompréhension de la société, qui préfère transformer en caricature une réalité autrement plus banale. À elle seule, l'Espagne compte plus d'un million de psychopathes. Très peu d'entre eux iront jusqu'à tuer, la plupart mèneront une vie en apparence normale. Heureux à leur poste de directeur des ressources humaines, de ministre, de patron de café. S'ils en viennent à faire du mal à quelqu'un, ce sera à petite échelle. Pas de quoi en faire un film.

De beaucoup d'autres, nous ne saurons rien. Ou bien ils seront démasqués quand il sera trop tard. Luis Alfredo Garavito avait quarante-deux ans lors de son arrestation. Il a fallu qu'un SDF le chasse à coups de pierres alors qu'il tentait d'enlever un mineur. Il en avait déjà tué plus de cent soixante-dix en seulement six ans.

La triste réalité, c'est que la science commence tout juste à entrevoir l'entrée du tunnel qu'est le fonctionnement du cerveau humain. Une galerie qui s'étend sur des kilomètres.

La triste réalité, c'est que nous ne les comprenons pas.

— Vous êtes toujours là, Scott ?

— Toujours. Je me disais que c'est un âge très avancé pour manifester ce genre de comportement.

— Je sais. C'est le plus étrange. À moins d'avoir connu une montée en puissance particulièrement lente, ou très bien cachée, à son âge, il devrait déjà avoir exprimé des manifestations de violence extrême.

— Ce ne serait pas la première fois qu'une personne apparemment modèle commet un crime inimaginable. Pensez aux parents de cette petite fille, à Saint-Jacques-de-Compostelle.

— C'est vrai. Mais je pense qu'Ezequiel n'entre dans aucune typologie connue.

— Vous décelez des traits psychopathiques dans sa manière d'agir ?

— Des indices de sociopathie, certainement. Narcissisme. Sadisme. Mais j'essaie encore de comprendre pourquoi tous les médias ne sont pas en train de parler de lui.

C'est l'aspect qui déconcerte le plus Antonia. Qu'Ezequiel n'ait pas rendu ses actes publics. C'est ce que ferait un kidnappeur. Un tueur en série, narcissique, par définition, prendrait plaisir à entendre son nom sur toutes les radios et les télévisions. Avec l'attention du pays et de la planète à portée de clic, de tweet, pourquoi ne réclame-t-il pas son dû ?

— Il y a quelque chose qui nous échappe, dans tout ça. Un élément clé.

— Le tatouage pourra peut-être nous aider, dit Aguado. Désolée de ne pas avoir pu faire mieux. Je vous promets de continuer sans relâche.

— Merci, docteure.

Le téléphone sonne presque aussitôt après qu'elle a raccroché. Mentor.

— J'ai vérifié la plaque 9344 FSY. Il n'existe aucun taxi immatriculé sous ce numéro. Elle appartient à une Renault Mégane d'il y a deux ans. D'après le fichier de gestion des immatriculations, la propriétaire est une jeune femme de vingt-trois ans.

— Une doublette des plaques.

— Une voiture peu utilisée. Un tournevis plat. Des rivets blancs (trois euros la boîte de cinquante). Un marteau. Cinq minutes pour changer les plaques. Et la victime peut mettre des jours à s'en apercevoir, parce que qui regarde sa plaque avant de monter en voiture ?

— Ça y ressemble. On va chercher la voiture, ça nous mettra peut-être sur la piste du taxi.

— Ce qui signifie que la personne au volant du taxi savait ce qui se passait. Ce qui signifie qu'Ezequiel n'agit pas seul.

— Chez un tueur psychopathe, c'est une caractéristique encore plus rare.

Antonia raccroche, et contemple de nouveau le mur. Dans son immense mémoire, elle passe en revue les dizaines d'affaires de tueurs en série qu'elle connaît, leurs motivations, leur *modus operandi*, cherchant un parallèle qu'elle ne trouve pas.

En elle, il y a tout, hormis le silence.

Bruno

Jon Gutiérrez n'aime pas les journalistes.

Bruno Lejarreta le devine en approchant de sa table, au bar de l'hôtel De Las Letras. Il n'est que 6 h 45, mais l'inspecteur Gutiérrez est déjà tiré à quatre épingles, douché, parfumé, et en train de prendre son petit déjeuner. Œufs au bacon, orange pressée, six toasts et ce qui ressemble à une piscine de café.

Ce barbare a confondu sa tasse avec le bol de céréales.

Que l'inspecteur Gutiérrez n'apprécie pas les journalistes en général et Bruno Lejarreta en particulier, ça ne fait aucun doute : lorsque ce dernier apparaît, Jon a l'air prêt à lui casser la gueule. Poings serrés, regard noir. Bruno Lejarreta, légende autoproclamée du journalisme basque, se délecte de la haine que suscite sa présence, comme d'autres admireraient *La Joconde* ou la chapelle Sixtine.

— Putain, qu'est-ce que tu fous là ?

— Bonjour, inspecteur, ravi de vous voir aussi.

Lejarreta s'installe face à l'inspecteur Gutiérrez. Il doit pousser l'une des assiettes débordant de nourriture pour faire une petite place à son calepin, son stylo et son dictaphone. Jon contemple les objets comme si l'autre venait de poser une seringue usagée et six grammes d'héroïne sur la table.

— Range ça.

— Je travaille.

— Moi aussi.

Bruno désigne les œufs au bacon auxquels, soudain, l'inspecteur cesse de faire honneur.

— Petit déjeuner aux frais des contribuables, inspecteur ?

— Petit déjeuner aux frais de ta mère, ducon.

Le train de vie s'est amélioré, dans la Police. Naguère, les frais étaient limités à cent euros par jour. La moindre chambre dans cet hôtel doit coûter le triple.

— En parlant de mères, inspecteur. La vôtre vous passe le bonjour.

***

En réalité, il n'a eu aucun mal à le trouver.

Begoña Iriondo, la mère de l'inspecteur Gutiérrez, est une femme sans histoires. Confiante. C'est l'avantage, quand votre fils est un agent de police. Du moins aujourd'hui. Dans le temps, pendant les années de plomb, il fallait marcher sur des œufs. Un mot de trop chez le boucher, et c'était la catastrophe. Il y avait des mouchards partout. Aujourd'hui, c'est le contraire. Aujourd'hui, elle est intouchable. À 23 heures, Begoña sort du métro Santutxu et rentre tranquillement chez elle à pied. Une bande de jeunes la repère, l'un des gars s'écarte, les yeux fixés sur son sac à main, un autre l'attrape par le coude et le remet à sa place en lui donnant une tape à l'arrière du crâne. C'est la mère d'un *txakurra*, crétin. Essaye donc de la braquer, tu riras moins quand ils débarqueront à quatre pour te refaire les dents derrière une poubelle. Et tu l'auras pas volé.

Oui, aujourd'hui, tout le monde sait où vit Begoña Iriondo, et personne n'aurait l'idée de venir lui chercher des noises. Ça, c'est le bon côté des choses. Le mauvais, c'est que *tout le monde sait* où vit Begoña Iriondo, si bien qu'il ne faut à Bruno Lejarreta qu'une demi-heure, dix euros et un paquet de L&M – presque plein, merde – pour la localiser et sonner à l'interphone.

Begoña, qui est une femme naïve et confiante, lui dit que non, son fils n'est pas là, il travaille à Madrid sur je ne sais quelle affaire importante ; ça alors, madame ; comme je vous le dis, et il me laisse toute seule, voyez, ces jeunes, ils ne respectent plus rien ; et vous ne sauriez pas où il loge, par hasard ; et pourquoi voulez-vous le savoir ; pour écrire un article sur lui, madame ; on peut dire que ça tombe bien, la presse n'a pas été très tendre avec lui, ces temps-ci, et vous m'avez l'air d'un brave homme.

C'est ainsi que Bruno Lejarreta débarque à l'hôtel De Las Letras, gagne la confiance du gardien, lui donne son numéro de téléphone – n'hésitez pas à me contacter par WhatsApp –, lâche cinquante euros – les prix, à la capitale, vous savez ce que c'est – et le voilà à la table de l'inspecteur Gutiérrez.

Que l'allusion à sa mère n'amuse pas du tout.

— Touche à un seul cheveu de ma mère et tu es mort.

— Si quelqu'un lui manque de respect, c'est vous. La laisser seule là-bas, à la maison, franchement. Mais bon, d'après elle, vous êtes sur une grosse affaire.

— Je suis ici en vacances.

— Bien sûr, on a tous besoin de décompresser de temps en temps. Dites-moi, qu'est-ce que vous faisiez hier sur la M-50, au juste ? Sur les lieux de cet accident.

L'inspecteur Gutiérrez ne bronche pas.

— Je crois que vous faites erreur.

— Je ne fais pas erreur. Je vous ai vu à la télé, dans votre costard en laine gris. Il était tout froissé. Pas comme celui-ci. Vous êtes toujours tiré à quatre épingles.

L'inspecteur Gutiérrez ne répond pas. Mais il ne desserre pas les poings.

Bruno adorerait qu'il perde son sang-froid, en soi ça ferait un bon article. Enfin, il adorerait métaphoriquement, vu la taille des poings de l'autre. Et des bras qui vont avec. Des bras de leveur de pierre. À Bilbao, il y a un dicton : par ordre croissant, bras de Schwarzenegger, bras de joueur de pelote, bras de *harrijasotzaile*.

Tout bien réfléchi, mieux vaut qu'il garde son sang-froid.

— Comprenez-moi, inspecteur. Ce qui m'intrigue, c'est que votre mère dise que vous êtes sur une affaire importante, alors qu'au commissariat de Gordóniz, on m'affirme que vous êtes mis à pied sans solde. Autrement dit, d'après le Statut de… attendez voir, je l'ai par ici, dit-il en consultant ses notes, d'après le

Statut général de la fonction publique, vous êtes « privé de l'exercice de vos fonctions et de tous les droits inhérents à votre condition ».

— Eh bien, c'est une chance que je sois en vacances.

— Oui, c'est une chance, parce qu'un inspecteur qui continuerait de travailler dans le cadre d'une mise à pied se rendrait coupable d'un grave délit.

L'inspecteur Gutiérrez est solide. Très solide. Il encaisse le coup comme un chêne. Ou presque. Son teint s'altère un peu. Il perd deux tons. Du sain rubicond habituel, il vire couleur chewing-gum. Bruno sait qu'il ment. Et il sait aussi qu'il a bien fait de venir à Madrid.

— Bon, inspecteur, je vous laisse profiter de votre petit déjeuner. (Gutiérrez a posé sa serviette sur la table, il semble avoir perdu l'appétit.) Moi aussi, je suis en vacances. On se verra peut-être par ici.

— J'espère que non.

Oh, si. Et plus tôt que tu l'imagines, pense Bruno.

17

Un bison

— Ça ne va pas être facile, dit Jon.

— Rien ne l'est, répond Antonia.

Elle vient de raccrocher. Convaincre Mentor de leur décrocher ce rendez-vous lui aura pris près d'une heure au téléphone, durant laquelle il y a eu des cris, des murmures, des menaces voilées, des rappels de vieilles dettes impayées et une animosité ambiante.

— Tu ne te rends pas compte de ce que tu me demandes, a commencé par dire Mentor.

Avant de se résoudre à accepter.

Garés devant le siège de la banque, Jon et Antonia attendent, dans l'Audi, que Mentor appelle pour leur confirmer qu'ils peuvent monter. Antonia ne doute pas qu'il va y arriver. Il dispose des bons outils. Ce qui arrivera ensuite, là-haut, c'est une autre histoire.

Antonia baisse la vitre et se penche. Même en tordant le cou, elle ne peut embrasser la totalité du bâtiment.

Cent mille tonnes d'acier, de béton et de verre, au beau milieu du Paseo de la Castellana.

Difficile de croire que tout ça a commencé avec un bison.

***

L'arrière-arrière-arrière-grand-père d'Álvaro Trueba suivait une routine scrupuleuse. Il se levait relativement tard, petit-déjeunait d'une tasse de chocolat et de pain grillé dans la véranda de son manoir de Puente de San Miguel, puis lisait la presse en fumant. *La Voz de Cantabria*, un petit cigare. *El Adelantado de Santander*, un petit cigare. *El Imparcial* et *La Correspondencia de España* – survolés de l'œil suspicieux réservé à la presse libérale –, un petit cigare entre les deux.

L'après-midi, après le déjeuner et la sieste obligatoire, don Marcelino Trueba donnait l'ordre au cocher de préparer la voiture et partait inspecter ses propriétés. Il fallait s'assurer que les paysans fassent bien leur travail et la tournée, d'une heure et demie, était une obligation certes pesante, mais indispensable. Une partie du siège étant mal rembourrée, le derrière de don Marcelino finissait parfois un peu contusionné, mais sans cela, comment empêcher les journaliers de paresser ?

Après la promenade et le bain chaud, le majordome l'aidait à s'habiller pour le dîner. Une tenue formelle de rigueur pour un gentilhomme. Lui, présidant la table, son épouse à l'extrémité opposée, six mètres plus loin. Leur fille, au centre, qui avait l'âge d'utiliser correctement ses couverts, sans confondre la fourchette à huîtres et la cuillère à caviar. Après le dîner, don Marcelino se retirait dans son bureau, pour se consacrer à ses travaux de botanique et de géologie, domaines dans lesquels il avait certaines connaissances. « Un gentilhomme doit être éclairé, disait toujours son père. Mais sans excès. »

La routine scrupuleuse caractérise aussi l'homme bien né, le distinguant de la brute suante. C'est pourquoi quand, un matin, Modesto Cubillas, métayer de l'un de ses domaines, se présenta dans la véranda, don Marcelino se sentit mal à l'aise. Ce n'était pas son heure.

Faisant honneur à son nom, Modesto ôta son chapeau, le tordant entre ses doigts tannés et calleux.

— J'ai trouvé quelque chose qui pourrait bien vous intéresser, don Marcelino.

Marcelino hésita. L'intrusion était inacceptable, mais la presse, ce matin-là, s'annonçait assommante ; il décida donc de partir à l'aventure avec son métayer, *à la manière*[1] de ces romans français qu'affectionnait son épouse – et que lui-même dévorait en secret. Le dernier, tout juste publié, *Le Tour du monde en quatre-vingts jours*, racontait les exploits d'un gentilhomme et de son domestique. Se sentant un peu l'âme d'un Phileas Fogg, il se précipita dans les champs à la suite de Modesto Cubillas.

Le métayer le conduisit jusqu'à une grotte, à une heure de marche. Le reste est entré dans l'histoire. Marcelino fut fasciné par les sublimes peintures polychromes qu'il découvrit sur les parois et publia ses conclusions l'année suivante. Don Marcelino reçut bien peu d'appuis, malheureusement. Personne, ou presque, dans la communauté scientifique, ne crut que

1. En français dans le texte.

les peintures d'Altamira pouvaient être des vestiges préhistoriques – certains allèrent jusqu'à l'accuser de les avoir peintes lui-même.

Cela fit tant de bruit que la reine Isabel II en personne, à l'occasion d'un séjour thermal à Puente Viesgo, manifesta son intérêt pour la grotte en question. Si bien qu'un groupe de Santanderiens se présenta un matin au manoir, interrompant le petit déjeuner de don Marcelino. Celui-ci ne broncha pas, parce que c'étaient des nobles et qu'il était en affaires avec eux.

— La reine souhaite visiter cette grotte, sur tes terres, Marce, dit l'un d'eux.

— Je serai très honoré de recevoir Sa Majesté, répondit Marcelino, gonflé d'orgueil.

— Puisqu'on en parle, dit un autre, tu pourrais en profiter pour lui toucher un mot au sujet de la banque.

La banque. Une question accessoire, insignifiante. Bien pâle comparée à la perspective de se voir réhabilité. Don Marcelino s'empressa d'accepter.

La reine arriva deux semaines plus tard. C'est alors que les mauvaises langues se mirent à s'agiter. Isabel II ne fut jamais un modèle de vertu, hormis la chasteté, et encore. Toujours est-il qu'on raconte qu'en voyant don Marcelino, ses favoris rejoignant sa moustache et sa belle allure, la reine exigea une visite privée des grottes. À ce qu'il paraît, pendant la visite, qui dura un bon moment, elle réclama à grands cris, depuis l'entrée, qu'on lui fasse porter du vin et des gâteaux, pour reprendre des forces.

Don Marcelino ressortit des heures plus tard, avec le col moins amidonné et la promesse – arrachée au dernier moment, presque en passant – que le ministre de l'Économie donnerait l'autorisation aux commerçants santanderiens de se constituer en entité bancaire.

La reine, depuis sa voiture, lui envoya deux baisers – un par joue – et disparut dans la poussière du chemin. Un mois plus tard, la banque était constituée, avec cinq millions de réaux comme capital et les exportations de blé *via* le port de Santander comme objectif principal.

Concernant sa découverte archéologique, don Marcelo mourut en disgrâce – quelle ironie –, mais encore plus riche. Depuis lors, la famille Trueba fait croître la banque. Avec seulement deux mots d'ordre. Premièrement, ne jamais discuter avec le gouvernement en place, roi, président ou généralissime – au final, ce n'est qu'un intérimaire. Deuxièmement, la banque doit grandir à petits pas.

Cent ans et des poussières plus tard, la direction avisée des Trueba et d'innombrables petits pas ont permis de bâtir ce bâtiment de cent mille tonnes, avec un actif de 1,5 billion d'euros. La plus grande banque d'Europe, et parmi les vingt plus grandes du monde.

***

Le téléphone sonne sur le kit mains libres de l'Audi.

— Vous pouvez monter, dit Mentor. Laissez-moi simplement vous rappeler une chose à chacun. Scott, j'ai dû demander un certain nombre de faveurs pour vous obtenir cet accès. Et vous, inspecteur Gutiérrez, vous êtes responsable d'elle.

Il raccroche.

Bien sûr. Parce que c'est un jeu d'enfant, de contrôler Antonia Scott, pense Jon en verrouillant la voiture à distance, avant de se mettre à trotter pour la énième fois derrière la jeune femme, qui se dirige déjà vers la porte vitrée.

Ni l'un ni l'autre ne repère la silhouette – blouson de cuir et jean, casque sur la tête – qui les prend en photo depuis le trottoir d'en face.

Carla

La voix de Sandra la tire de son sommeil.

Elle répète son nom.

— Je suis là, dit Carla. Tu vas bien ?

— J'ai très sommeil.

— Il t'a fait du mal ?

Cette fois, Sandra ne sanglote pas. Cette fois, elle répond aussitôt.

— Je ne veux pas en parler.

— J'ai entendu, Sandra.

— Tu n'as rien entendu.

Carla ne répond pas. Elle-même a connu il y a peu – des mois, des heures, peut-être – son propre épisode de déni.

— Tu n'as rien entendu, parce qu'il ne s'est rien passé. Et puis si tu as entendu quelque chose, pourquoi tu n'as rien dit ? Pourquoi tu n'as pas crié, pour m'aider ?

Parce que j'avais peur.

Parce que je ne voulais pas partager ton sort.

Parce que je me suis contentée de me boucher les oreilles et de réciter des noms de robes de chevaux, comme je le faisais quand ma sœur prenait ma veilleuse et que je me retrouvais seule dans le noir.

— Tu as raison, reconnaît Carla. Il ne s'est rien passé.

Sandra s'enferme dans un long mutisme. Carla veut lui poser des questions sur le trou, le trou par lequel elle espionne Ezequiel, qui pourrait avoir un meilleur usage. Signaler sa présence à l'extérieur, par exemple, ou peut-être obtenir des informations. Mais pour l'instant, elle n'ose pas prendre l'initiative.

— Il y avait un garçon, dit Sandra au bout d'un moment.

Carla se redresse légèrement.

— Quel garçon ?

— Un garçon. À ta place.

Carla sent un vide dans son estomac et dans sa poitrine, comme si son corps s'était séparé en deux moitiés distinctes. La première, ses jambes et sa tête, conserve une consistance physique, plus lourde que de coutume. La seconde moitié, l'espace situé entre ses jambes inutiles et sa tête hagarde, appartient à un autre territoire, celui du cauchemar. Grâce à cette seconde moitié, Carla comprend, Carla sait ce qu'est en train de lui dire Sandra.

Elle demande, malgré tout.

— Que lui est-il arrivé ?

— Il criait beaucoup. Il avait peur. Et ensuite, il a cessé de crier.

Jusque-là, la cellule, avec ses murs rapprochés, ses confins impraticables, s'était transformée, pour Carla, en quelque chose de compréhensible, à défaut d'être familier. Elle était là. Elle avait été capturée. Elle ne pouvait pas s'échapper ni communiquer avec qui que ce soit. Elle considérait donc les frontières de sa cellule comme les nouvelles limites de son univers. Au cours de ces heures – ces mois, peut-être –, son corps avait appris à vivre dans ce minuscule domaine. Ses yeux, habitués à ne pas voir, ne lui suggéraient plus d'images fantasmagoriques. Ses doigts étaient capables d'identifier d'imperceptibles reliefs dans le sol, lui indiquant où elle était. Ses tympans s'étaient habitués à ce que le moindre frôlement de peau, de tissu, chaque son que produisait son corps, soit magnifié et démultiplié. La cellule était devenue un château où elle avait établi son bastion, la frontière où s'organiserait l'ultime défense de sa vie et de sa dignité. L'espoir, s'il existait, se limitait à cela. Tant qu'Ezequiel la laissait seule, tant qu'il ne franchissait pas cette ligne, l'attente lui paraissait supportable. C'était le prix à payer pour être secourue et libérée.

Les mots de Sandra viennent de détruire cette chimère avec la même efficacité brutale que l'éléphant assèche une flaque d'un pas distrait.

— Qu'est-il arrivé à ce garçon, Sandra ? Qui était-il ? Sais-tu s'il a pu être sauvé ?

— Tais-toi. Il est revenu. Et il ne veut pas que nous parlions.

Silence. Dehors, peut-être, des pas. Carla n'en est pas certaine, parce qu'à cet instant, le seul bruit qui lui parvient est celui de son cœur qui s'emballe.

— Allez, tu dois me raconter, dit-elle, désespérée. J'ai besoin de savoir.

— Il criait beaucoup.

Puis c'est le silence.

18

Un bureau

Le pouvoir est une chose étrange, songe Jon.

Il a ses symboles. Un immense bureau au dernier étage d'un immeuble, avec une vue à couper le souffle. Diverses antichambres, chacune avec sa secrétaire, pour que vous soyez bien conscient de franchir des barrières. De la moquette au sol. Un ascenseur à clé. Un garde du corps à la porte.

Mais tous ces signes extérieurs ne sont qu'un avant-goût. Une mise en bouche. Quand vient le plat de résistance, il se doit d'être à la hauteur de vos attentes.

C'est peu dire que Laura Trueba est à la hauteur ; elle est bien au-delà. Elle les contemple de très haut, comme un faucon.

Elle est grande, beaucoup plus qu'il n'y paraît sur les photos. Sèche, peau mate, cheveux bruns, regard d'acier. Elle porte un tailleur rouge, comme sur les photos qui sortent presque quotidiennement dans la presse.

Un tailleur, d'accord... Mais rouge, après avoir perdu son fils ?

Petite concession à la coquetterie, un élégant foulard, noué à son cou, dissimule les rides qui trahissent son âge. L'unique signe de faiblesse dans une allure étudiée au millimètre et répétée jusqu'à l'épuisement.

— Bonjour. Asseyez-vous, je vous prie, dit-elle en contournant son bureau pour les emmener vers une partie de la pièce meublée de canapés et d'une table basse surmontée d'un portrait d'elle et de son époux.

Pour arriver jusque-là, il faut prendre une correspondance.

— Madame, monsieur, puis-je vous proposer un café ? Un thé ? s'enquiert la secrétaire.

— Madame et Monsieur s'en vont tout de suite, répond sa patronne, coupant Jon, qui avait déjà commencé à en commander un double.

Il pleure encore celui que Bruno Lejarreta lui a gâché le matin même à l'hôtel. Une présence toxique. Une présence dont il n'a pas encore parlé à Antonia. Mais ne sachant pas comment aborder le sujet, il préfère attendre.

Ce n'est peut-être pas bien grave.

Fameuse épitaphe.

Pas de café.

La secrétaire a parfaitement saisi le ton de la voix de sa patronne et les laisse seuls.

Sauf que je n'y crois pas. Ce petit numéro du café était préparé à l'avance, pense Jon. *Mais pourquoi ?*

— J'aimerais que vous sachiez, dit Laura Trueba quand la porte se referme derrière la secrétaire, que je me suis vue contrainte à accepter ce rendez-vous. Dans une période comme celle-ci, je préférerais être seule.

— Nous en sommes conscients, madame Trueba. Nous savons que vous traversez une terrible période. Mais je présume aussi que vous souhaitez que justice soit rendue à votre fils.

— Je n'en vois pas bien l'intérêt maintenant, dit-elle, tranchante. Je sais que c'est votre travail. Mais vous devez aussi savoir que vos supérieurs et moi sommes arrivés à certains… arrangements.

— Que ne ferait-on pas pour préserver la banque, n'est-ce pas ? dit Antonia.

Jon, assis à côté d'elle, ne peut lui donner le coup de pied de rigueur sous la table. Mais ce n'est pas faute d'en avoir envie. Tout comme Laura Trueba, d'ailleurs. Elle a encaissé le coup avec dignité, mais son visage s'est altéré.

— Êtes-vous mère vous-même, madame Scott ?

Antonia prend son temps pour répondre.

— Oui. Oui, je suis mère.

— Alors vous pourrez mesurer mieux que personne l'ampleur du sacrifice auquel j'ai été contrainte. Tout cela, dit-elle en embrassant la pièce d'un geste de la main, malgré les apparences, tout cela n'est rien. Enlevez-nous nos bureaux demain, démolissez nos agences, la banque demeurera intacte. Parce que la banque, madame, monsieur, est une idée.

— Une idée qu'il faut protéger à tout prix, insiste Antonia.

— Je ne m'attends pas à ce que vous me compreniez, et encore moins à ce que vous ne me jugiez pas. Vous l'avez fait à la première seconde, en entrant dans ce bureau. Vous jugez une mère, mais une femme dans ma position n'est pas que cela. La mère a perdu son enfant. À présent, la présidente de la banque fait en sorte de limiter les dégâts.

— Vous n'êtes pas la seule à avoir perdu votre enfant, madame Trueba, dit Jon. Carla Ortiz a disparu il y a deux jours.

La nouvelle tombe sur Laura Trueba comme une pierre au milieu d'un lac. L'onde parcourt son visage jusqu'à sa main gauche, qui tremble un instant de manière visible, alors qu'elle la porte à sa bouche pour étouffer une exclamation.

— C'est impossible.

— J'ai bien peur que si.

— Est-ce la même… personne ?

— C'est ce que nous avons besoin que vous nous aidiez à vérifier. Nous savons que vous souhaitez par-dessus tout éviter le scandale, mais maintenant, il y a une autre vie en jeu. Une vie qu'il est encore temps de sauver.

Laura Trueba se lève et s'éloigne en direction de la fenêtre. Du verre, du sol au plafond, douze mètres de long, il y a de quoi faire. Elle reste là de longues minutes, les bras croisés. La vue, saisissante, par-delà les toits, laisse deviner, dans le lointain, le Palais royal et le parc de l'Ouest. Mais la banquière est perdue dans son propre paysage intérieur, bien plus fermé. Semé d'épines et de replis.

Lorsqu'elle revient vers eux, ses yeux sont rougis, mais secs. Il y a une différence entre avoir envie de pleurer et pouvoir le faire.

— Ce que je vais vous dire est strictement confidentiel. Vous devrez le garder pour vous et ne pas l'utiliser publiquement. Est-ce bien clair ?

— Oui, madame, dit Jon.

Trueba se tourne vers Antonia, qui acquiesce, lentement.

— Je ne sais pas si vous le savez, mais nous n'existons même pas.

— Si vous ne respectez pas cet accord, vous le regretterez, dit Trueba d'une voix aussi froide que la surface d'une patinoire.

Jon ne doute pas un instant qu'avoir cette femme pour ennemi soit la pire perspective qu'on puisse imaginer.

— L'enfant a disparu dans l'après-midi. Nous ne le savions pas, nous l'avons appris par l'appel du ravisseur. Ce n'est pas moi qui ai décroché. Quand j'ai pris le téléphone, le… cet homme s'est présenté sous le nom d'Ezequiel.

Jon et Antonia se redressent en même temps, et se tournent l'un vers l'autre. Laura Trueba ferme les yeux et serre les lèvres. Elle a déchiffré le sens de leur regard.

— Il m'a dit qu'il tenait l'enfant, puis il a exigé de moi quelque chose d'impossible.

L'inspecteur Gutiérrez réprime la tentation de regarder de nouveau Antonia. La question leur brûle les lèvres, et chacun espère que l'autre va la poser. Finalement, Jon se lance.

— Avec tout le respect que je vous dois, madame, que vous a-t-il demandé que vous n'ayez pu lui donner ?

Laura Trueba, la femme la plus puissante d'Espagne, présidente de la plus grande banque d'Europe, respire profondément, détourne les yeux et garde le silence. Un silence qui suinte une culpabilité presque palpable.

— Nous avons besoin de connaître les motivations de l'assassin, madame.

— Dans ce cas, posez la question à Ramón Ortiz. Est-ce qu'il vous a dit ce que lui avait demandé Ezequiel ?

Maintenant, ce sont Antonia et Jon qui restent silencieux.

— C'est bien ce que je pensais.

Jon perçoit différents sentiments qui frappent à sa porte : confusion, colère, tristesse. Il la ferme à double tour et met la clé au fond de sa poche. Il doit continuer. Trouver un indice, n'importe lequel, si ténu soit-il.

— Vous devez bien avoir quelque chose à nous raconter.

— Pratiquement rien. Après avoir posé son exigence impossible, il m'a dit que j'avais cinq jours pour la remplir. Puis il a ajouté : « Les enfants ne doivent pas payer pour les péchés de leurs parents. » Et il a raccroché.

— Et ensuite ? Il n'a pas repris contact avec vous ?

La femme regarde le sol.

— Tout ce que nous avons su par la suite, c'est qu'on avait retrouvé le cadavre.

Jon et Antonia échangent un nouveau regard. Ce sont de mauvaises nouvelles. Le contact entre le ravisseur et la famille est primordial. Ce fil invisible est l'une des armes les plus efficaces dont dispose la police contre les criminels.

— Pendant tout ce temps, rien ?

Trueba éclate d'un rire sec, amer, sans joie.

— Des nuits blanches, à regarder ma montre, mon téléphone. L'angoisse absolue, la culpabilité, la souffrance. Vous pouvez appeler cela « rien ». Moi, j'appelle cela l'enfer.

— Je suis désolé.

— Il y a des décisions impossibles à prendre. Des choix que personne ne devrait être amené à faire. Maintenant, je vous prierai de partir.

Jon se lève. Pas Antonia. Jon lui effleure doucement l'épaule, ce qui la fait enfin réagir. Laura Trueba reste assise sur son siège, immobile, le regard perdu, tandis que ses visiteurs se dirigent vers la porte.

— Inspecteur, dit-elle.

— Madame.

— Êtes-vous armé ?

— Oui, madame.

— Si vous mettez une balle dans la tête de ce salopard, je vous promets que ni vous ni aucun membre de votre famille ne manquerez jamais de rien.

Elle attend qu'ils soient partis pour s'autoriser à pleurer.

Sans y parvenir.

Parra

Le capitaine Parra est épuisé.

Le ratissage de la scène de crime, au club hippique, a été exténuant. Sans compter les nombreuses demandes d'interviews de la part de journalistes ayant reconnu l'héroïque patron de l'USE sur les photos que divers people et autres personnalités du monde de l'équitation ont postées sur Instagram ou sur Twitter.

Parra, bien entendu, n'y a pas répondu. Il se doit de donner l'apparence d'un homme occupé, dont l'attention est focalisée sur l'affaire comme un rayon laser. C'est d'ailleurs le cas, mais, comme la femme de César, il a l'obligation d'être au-dessus de tout soupçon.

Le moment viendra où ils apprendront ce qui se passe. Mais de la bonne façon, pense-t-il. Il se targue d'être un grand stratège, un maître marionnettiste.

Le capitaine n'a pratiquement pas dormi. Il est rentré tard, pour s'allonger aux côtés de son épouse, qui n'a pas bougé un orteil. Après dix années de mariage, à bosser jusqu'à pas d'heure, il a appris à ne plus faire ondoyer le matelas. Levé avant tout le monde, il a jeté un œil à la chambre des enfants, paisiblement endormis dans le silence béni du petit matin. L'aube le surprend dans son bureau du deuxième étage de la direction générale de la police. Un lieu d'une triste couleur saumon.

Il passe en revue les indices – peu nombreux, mais il y en a.

J'ai les panneaux de travaux.

Dès que l'entreprise de Murcie qui les commercialise ouvrira, dans quelques minutes, il demandera le nom de l'acheteur. Parra a déjà appelé plusieurs fois, mais il n'y a personne pour l'instant.

J'ai la photo du suspect en fuite prise par l'autre tapette et la débile d'Interpol.

Sur laquelle on ne distingue absolument rien, à part un type impossible à identifier. Et qu'ils ne peuvent pas rendre publique, étant donné le contexte particulier de l'affaire.

J'ai l'autopsie du chauffeur.

Qui l'a privé de son principal suspect, et dont le rapport préliminaire indique seulement que l'assassin est droitier et que l'arme utilisée est un couteau doté d'une lame d'une douzaine de centimètres, extrêmement aiguisée.

Autant dire que je n'ai rien.

Mais le ravisseur de Carla Ortiz rappellera.

Cette fille vaut un paquet de fric.

D'ailleurs, il se demande combien. Le sauvetage le plus cher de l'histoire espagnole est celui de Revilla, un milliard de pesetas, soit environ quatorze millions d'euros. Ce qui reste modeste comparé au montant de la rançon la plus élevée de l'histoire récente, les soixante millions de dollars payés par le père de Jorge et Juan Born pour leur libération, en 1974.

Parra mord le bouchon du stylo – il vient d'arrêter de fumer – et recule sur sa chaise en se remémorant les détails de l'enlèvement en question. Un commando de *Montoneros*, organisation révolutionnaire péroniste, avait coupé l'artère principale de Buenos Aires, l'avenue Libertador, en se faisant passer pour des ouvriers réparant une conduite de gaz. Quand la voiture des Born est passée, ils l'ont criblée de balles avant d'embarquer les deux frères. Le père – première fortune du pays, producteur et exportateur de céréales – a refusé de payer pendant neuf mois, jusqu'à ce que Jorge le persuade de mettre la main à la poche. Ils ne s'en sont jamais remis.

Ces soixante millions de dollars équivaudraient, aujourd'hui, à deux cent cinquante millions d'euros. Le père de Carla Ortiz a de quoi payer cette somme, et bien plus encore. Il pourrait leur verser un milliard, deux milliards. Tout ce qu'ils voudront. *Ce sera le kidnapping le plus rentable de l'histoire.* Le plus long, aussi, parce que les ravisseurs exigeront beaucoup, et qu'il faudra du temps au père pour rassembler le montant en liquide.

Ils rappelleront. Alors, on les chopera.

Les téléphones d'Ortiz sont sur écoute. J'ai accès à toutes ses communications. Tôt ou tard...

Satisfait, Parra ferme les yeux. Il n'a plus qu'à attendre leur coup de fil. Parce qu'ils finissent tous par rappeler.

Qui raterait une occasion de palper autant de pognon ?

19

Une barrière

Ni l'un ni l'autre ne prononce un mot.

Dans la voiture, Antonia se contente de programmer le GPS, puis se concentre sur la vitre. Jon sait qu'elle est près d'éclater en sanglots, car lui-même n'en est pas loin.

Il se contente de conduire, sans poser de questions.

Ils sont tout proches de leur destination. Huit minutes plus tard, ils se garent devant l'entrée d'une école. Au mur, un drapeau anglais.

Antonia descend de voiture. Puis elle frappe à la vitre.

— Tu viens ?

La porte, fermée, s'ouvre avec un déclic à leur approche. À l'accueil, une femme salue Antonia avec un sourire distant.

— Ils sont dans la cour, lui dit-elle en anglais. Ils viennent juste de sortir.

— Merci, Megan, répond Antonia dans la même langue. Je vais à l'endroit habituel.

Antonia guide Jon à travers les couloirs jusqu'au deuxième étage. Une porte-fenêtre donne sur la cour.

Elle ouvre les deux battants et s'appuie au rebord. Près d'elle, il reste une place libre que Jon hésite à occuper. Finalement, il se décide à approcher. Il pense, à raison, que si sa présence la dérangeait, elle ne l'aurait pas invité à l'accompagner.

Il y a environ un million de petits monstres en pull vert, polo blanc et pantalon gris.

— C'est lui, là-bas, dit-elle en désignant un petit garçon avec une balle entre les mains.

Il doit avoir quatre ans. Cheveux bruns, sourire à tomber. Reconnaissable entre tous.

— Comment il s'appelle ?

— Jorge. Jorge Losada Scott, récite-t-elle, gonflée d'orgueil.

— Il te ressemble.

— Il ressemble surtout à son père.

— Il a ton sourire.

— C'est ce que dit ma grand-mère.

— Les grands-mères sont des sages.

— La mienne l'est. J'aimerais que tu la connaisses. Tu lui plairais.

— Toutes les grands-mères m'adorent, ma belle. La question, c'est de savoir si elle me plairait à moi.

Antonia réfléchit un instant.

— Je crois que oui. Elle aime passionnément la vie et c'est une tête de mule. Comme toi. Et vous aimez tous les deux le vin et la laine anglaise. En fait, je pense même que vous vous entendriez à merveille.

La question suivante est si éprouvante qu'il n'y a pas de bonne façon de la formuler. Jon fait du mieux qu'il peut.

— Jorge ne vit pas avec toi, c'est ça ?

Les minutes avancent avec des semelles de plomb. Jon se demande s'il l'a blessée, alors même qu'elle commençait à s'ouvrir. Il sait combien Antonia a dû se faire violence pour lui accorder le privilège d'apercevoir son fils. Il a envie de se donner des baffes pour se punir de sa maladresse. Puis elle répond.

— Jorge avait un an quand c'est arrivé. Je… n'ai pas bien réagi. Je faisais des crises d'angoisse. J'ai laissé tomber le projet Reine rouge. Je ne quittais pas le chevet de Marcos.

L'une des maîtresses sonne la fin de la récréation. Les enfants courent se mettre en rang. Les rangées sont séparées par des lignes peintes au sol et symbolisées par des animaux. Jorge vient se placer derrière un dessin de lion.

— Ma grand-mère et mon père ont tenté de me faire réagir, mais je me suis repliée sur moi-même.

Les enfants commencent à disparaître à l'intérieur de l'école. Rang après rang, le bâtiment les absorbe. Celui de Jorge est l'avant-dernier à être avalé par les portes de couleur rose.

— Mon père m'a retiré la garde de mon fils. Je n'ai même pas protesté. Sur le moment, je crois que je l'ai vécu comme un soulagement. Tout ce que je voulais, c'était me vautrer dans ma souffrance et mon sentiment de culpabilité. Aujourd'hui encore, trois ans après, ça reste ma solution de facilité.

Antonia contemple la cour déserte. Comme toutes les cours d'école, elle est devenue un endroit gris et déprimant maintenant que les enfants sont partis.

— Je ne peux pas le voir plus d'une fois par mois, et jamais seule. Avant de me faire confiance, mon père exige que je suive une psychothérapie. Je ne lui en veux pas. Par chance, l'école accepte que je vienne le regarder d'ici, à condition que mon père n'en sache rien.

— Ils ont peur de lui ou quoi ? Qu'est-ce qu'il ferait ?

— Eh bien, pour commencer, il leur retirerait leur licence.

Jon éclate de rire.

— Il est quoi ? Ministre de l'Éducation ?

— Pire. Ambassadeur de Grande-Bretagne à Madrid. Et c'est une école anglaise…

— Putain. Enfin au moins, tu peux le voir.

— À un moment, ça me suffisait.

— Qu'est-ce qui a changé ? demande Jon, quoique en réalité, sa question signifie :

Qu'est-ce qui a changé pour que tu me racontes tout ça ?

Qu'est-ce qui a changé pour que tu m'amènes ici ?

Qu'est-ce qui a changé pour que tu ressembles soudain à un être humain ?

Antonia secoue la tête. Cet endroit est sacré.

— Je ne veux pas parler de ça ici.

20

Une tortilla

Jon Gutiérrez a toujours aimé cuisiner.

Ils meurent de faim ; Antonia propose donc d'aller déjeuner quelque part même s'il est encore tôt. Jon objecte qu'ils peuvent toujours courir pour se faire servir à une heure pareille à Madrid ; Antonia répond : c'est ce que tu crois ; Jon réplique : depuis quand tu t'y connais en cuisine ; Antonia : c'est le meilleur restau à la ronde ; Jon : qu'est-ce que t'en sais, pour toi tout a un goût de carton.

Après s'être rendus dans un premier restaurant où on leur a indiqué que la cuisine n'était pas encore ouverte, ils se rabattent sur l'appartement d'Antonia, et font un arrêt préalable au supermarché du coin pour acheter un filet de pommes de terre, une bouteille d'huile d'olive et six œufs plein air.

Jon retire sa veste, retrousse ses manches, se lave les mains et se lance. Peler les pommes de terre et les trancher en fines lamelles, en les cassant légèrement. Mettre l'huile à chauffer en vérifiant qu'elle ne brûle pas et y ajouter les pommes de terre, pour vingt minutes. Pendant ce temps, couper l'oignon et le faire revenir dans une poêle à part, jusqu'à ce qu'il soit translucide. Ôter les pommes de terre du feu, les égoutter et les laisser reposer jusqu'à ce qu'elles refroidissent. Puis faire chauffer l'huile comme les flammes de l'enfer, et y balancer les pommes de terre. La double friture, c'est le secret. Ensuite, foncer. Battre les œufs en omelette, sans s'arrêter. Sortir les pommes de terre, croustillantes et légèrement grillées. Les égoutter et les sécher doucement à l'aide de papier absorbant. Attendre qu'elles soient à température pour les mélanger aux œufs battus, en les pressant un peu pour les humidifier. Mettre le mélange dans la poêle. Quand les bords sont cuits, la retourner dans une assiette. Moment critique. Ça se passe bien. Servir.

Antonia coupe un morceau de tortilla, qui coule légèrement comme de l'or liquide. Parfaite.

— Ça a un goût de carton, dit-elle, la bouche pleine.

— Va te faire foutre, Scott.

Toujours est-il que c'est évidemment la meilleure tortilla aux pommes de terre qu'Antonia a mangée de sa vie. Même si avec son anosmie, elle ne le sait pas. Mais Jon le sait pour deux, c'est pourquoi il mange les trois quarts du plat, sans se priver de saucer. Debout dans la cuisine, ils picorent chacun à leur tour dans l'assiette.

Ils finissent assis par terre, dans le salon, avec un Nespresso. Le soleil de l'après-midi filtre par la petite fenêtre. Un million de grains de poussière dansent dans le rayon qui les sépare.

— C'est très accueillant, chez toi, dit Jon en désignant les murs nus, l'absence de meubles.

— Après ce qui est arrivé à Marcos, je me suis débarrassée de tout, explique Antonia d'une voix faible. Je n'ai gardé que le strict nécessaire.

Elle semble plus fragile et plus vulnérable que d'habitude.

— Vous étiez très unis.

— Très. Marcos, c'est quelqu'un de spécial. Il est sculpteur, tu le savais ? Toujours gentil, tendre…

— Comment vous vous êtes rencontrés ?

— À l'université. J'étais en lettres. Lui en art. On a fait connaissance à l'anniversaire d'une amie commune. On a commencé à discuter, et ça ne s'est jamais arrêté. J'ai emménagé chez lui une semaine plus tard.

— L'immeuble lui appartient, c'est ça ?

— Un héritage. Ça lui permettait de se concentrer sur sa carrière de sculpteur. Il avait décroché quelques expositions, dans des galeries. Il commençait à percer quand…

Elle ne termine pas sa phrase. Jon désigne l'espace autour de lui.

— Pourquoi avoir redécoré comme ça ?

Antonia hausse les épaules.

— Mon cerveau… n'est pas normal. Je peux faire des choses que les autres ne peuvent pas faire.

— Ça, je m'en étais aperçu, dit Jon, prenant une gorgée de café. Comme par exemple ?

— Je peux te dire quel jour de la semaine tu es né…

— Quatorze avril 1974.

— Dimanche. Quand je lis quelque chose, je ne l'oublie jamais.

— Voyons ça, la défie Jon en sortant un paquet de chewing-gums de sa poche, qu'il lui envoie.

Elle le regarde, haussant un sourcil.

— Je ne suis pas un singe savant.

— Allez, fais-moi plaisir. On est entre nous.

Antonia retourne le paquet, lit la composition et le lance à Jon. Elle récite de mémoire :

— Édulcorants (sorbitol, isomalt, sirop de maltitol, maltitol, aspartame, acésulfame K), gomme base, agent de charge (E170), arômes, humectant (E422), épaississant (E414), émulsifiant (E472a, lécithine de tournesol), colorants (E171, E133), agent d'enrobage (E903), antioxydant (E321).

— Waouh. Tu pourrais te faire du fric, avec ça.

— Ah, et n'oublie pas qu'une consommation excessive peut produire des effets laxatifs.

— Je ne demande pas mieux.

— Tu manges trop de viande rouge.

— Parce qu'il y en a d'autres ? Bref, je ne vois toujours pas le rapport entre ta mémoire et ton absence de meubles.

— La plupart des gens finissent par tout oublier, ou leurs émotions s'atténuent, avec le temps. Moi, j'ai une mémoire presque parfaite. Quand un souvenir m'affecte, ça peut me faire beaucoup de mal. C'est pour ça que je n'ai plus rien qui puisse me rappeler Marcos.

— Hormis Marcos lui-même… signale Jon.

— Je passe toutes mes nuits dans sa chambre. Ça les rend un peu plus supportables. Mais pendant la journée, j'essaie de prendre mes distances. Je viens ici, je travaille sur… un projet personnel. Et je tiens comme je peux.

— Ça a toujours été comme ça ? Ta mémoire ?

Antonia ne répond pas tout de suite.

Durant ce silence de trois secondes, le temps devient un océan traversé de typhons, de houle et de puissants tourbillons.

— Non, finit-elle par répondre. Pas toujours.

— Qu'est-ce qu'ils t'ont fait, ma petite ?

Antonia soupire. *Ma petite*. Elle s'abstient de lui dire que c'est comme ça que sa grand-mère l'appelle. Elle ne lui dit pas non plus que sa grand-mère lui a posé mille fois la même question.

— Je ne peux pas te le dire.

Ce qu'ils ont d'abord fait

La pièce est noire et pleine de lumière. Les murs et le plafond sont tapissés d'un matériau isolant, si épais qu'il ne laisse passer aucun son. Quand Mentor parle à travers les haut-parleurs, sa voix semble venir de partout en même temps.

Antonia est assise au centre, en position du lotus, simplement vêtue d'un T-shirt blanc et d'un pantalon noir. Elle est pieds nus. L'air de la pièce est froid, même si cela peut changer à tout moment. Mentor contrôle la température à sa guise, pour compliquer un peu les choses.

— 1997. Un Serbe appelé Dejan Milkiavich prend le contrôle d'un avion à destination de Barcelone. Pour libérer les cent quatorze passagers, il exige qu'on lui remette un sac contenant un million de dollars et deux parachutes. L'avion atterrit, et l'homme laisse partir tous les passagers. Puis il ordonne au pilote de redécoller et de mettre le cap sur le désert de Monegros.

Quand il survole le désert, l'homme saute de l'avion avec un seul parachute. Pourquoi ?

— S'il en avait demandé un seul, les autorités auraient su qu'il était pour lui et auraient pu lui donner un modèle défectueux. En en demandant deux, il savait qu'ils ne prendraient pas le risque de tuer le pilote, répond Antonia du tac au tac.

— Facile. Maintenant, regarde l'écran.

Antonia observe l'énorme moniteur installé devant elle. Le noir laisse place à un instantané représentant un groupe de personnes nues, face à l'objectif.

— Où sont-ils ?

Les yeux d'Antonia scannent l'image à toute allure et trouvent aussitôt ce qui cloche.

— Au paradis.

— Pourquoi ?

— Il y a un homme et une femme sans nombril.

— Trop facile et trop lent.

Sous le moniteur se trouve un chronomètre, qui mesure le temps avec une précision d'un millième de seconde. Les chiffres rouges indiquent 02.437. Deux secondes et quatre cent trente-sept millièmes.

— Tous les soirs, tu me dis quoi faire, et tous les matins je fais ce que tu m'as dit. Et pourtant, tu t'énerves contre moi. Qui suis-je ?

Antonia est fatiguée, elle n'a presque pas dormi cette nuit. Mentor a exigé qu'elle travaille sa mémoire, résultat, elle a passé presque six heures d'affilée à réciter des nombres premiers.

— Le réveil.

Les numéros s'arrêtent sur 01.055.

— Trop lent. Tu ne progresses pas assez vite.

— J'ai juste besoin de respirer un peu.

Ses paupières sont lourdes, un étau lui enserre le crâne. Mentor joue à nouveau avec la quantité d'oxygène de la pièce. Elle se dit qu'elle ferait mieux de laisser tomber tout ça. De passer plus de temps avec Marcos. Même s'il se montre très compréhensif et qu'il accepte ses absences, car il sait qu'elle aime son travail, qu'elle en a besoin.

Ou du moins, c'est ce qu'elle croit. Parfois, quand elle est fatiguée à ce point, elle ne sait même plus pourquoi elle est là.

Chaque jour, Mentor lui rabâche qu'elle est près d'atteindre son plein potentiel.

— Tu peux aller plus loin. Tu peux aller là où personne n'est allé avant toi. Ça te plairait ?

Ça lui plairait.

— Il y a un moyen, mais ça fera mal. Ça fera très mal. Et tu seras différente.

Antonia accepte, sans trop réfléchir. Elle signe tous les papiers qu'on lui donne, s'engage à passer quelques mois loin de sa famille. Sur le moment, elle éprouve même un certain enthousiasme. Elle pressent qu'elle va pouvoir franchir un cap dont, pour la première fois, elle n'est pas capable d'anticiper la nature.

Les jours passant, elle est de moins en moins sûre d'elle.

Antonia a toujours été différente. Depuis qu'elle est enfant.

Vers la fin, une pensée se fraie un chemin dans sa tête, comme une affreuse fissure dans le plafond.

Peut-être qu'elle ne veut pas être différente. Peut-être que ce qu'elle désire, en réalité, c'est être moins différente.

Moins différente et plus heureuse.

— Mentor, je… commence-t-elle.

Elle ne termine pas sa phrase. Il est trop tard pour les regrets. La porte s'ouvre sur trois personnes vêtues de combinaisons bleues. Antonia se tourne, effrayée, mais n'a pas le temps de protester. Un homme lui immobilise les épaules, en la maintenant des deux bras, et la renverse, tandis qu'un autre lui plaque la tête au sol.

La troisième personne est une femme, qui tient une seringue à la main.

Lorsqu'elle entre dans le champ de vision d'Antonia, celle-ci ravale un hoquet d'horreur. Elle a une peur viscérale des aiguilles. La douleur sous toutes ses formes la terrifie, mais sur son podium personnel de l'horreur, les seringues remportent l'or haut la main.

On appelle ça la trypanophobie. Pas que le nom change grand-chose.

Les incroyables capacités cognitives d'Antonia s'évanouissent devant la perspective de la douleur.

La peau est le plus grand organe du corps humain, même si la plupart du temps, nous ne pensons pas à elle en ces termes, mais comme à une simple enveloppe protégeant nos organes vitaux. Deux mètres carrés couverts de terminaisons nerveuses. Des millions de récepteurs sensoriels, de la tête aux pieds.

S'ils se mettent à crier tous à la fois, sous l'effet du stress, ils peuvent faire beaucoup, beaucoup de bruit.

Dans la cabine d'observation – ils ne se trouvent plus à l'université Complutense, mais dans un lieu moins grand et plus discret –, Mentor converse avec un octogénaire ratatiné, tremblant, chauve et à moitié aveugle, vêtu d'une veste en tissu écossais. Il n'a pas l'air en forme. À vrai dire, il a plutôt l'air d'avoir un pied dans la tombe et l'autre sur une peau de banane.

Mais ne nous arrêtons pas à son âge. Il est peut-être le neurochimiste le plus génial de sa génération. Son nom pourrait figurer sur la liste du Nobel, s'il n'était un tantinet déséquilibré.

— N'allez pas croire que je suis très à l'aise avec ça, docteur Nuno.

Le médecin pose sur la vitre une main striée d'un réseau de veines variqueuses, qui ressemblent à des éclairs dans un ciel d'orage. Il tapote le verre du bout des doigts – ses ongles, longs et durs, produisent un bruit rythmique désagréable – et regarde la femme introduire l'aiguille dans le bras d'Antonia.

— Elle a signé les papiers, non ? De toute manière, il faut que ça se passe comme ça. La peur et l'angoisse du sujet stimulent la production de noradrénaline dans la médullosurrénale. La substance n'en sera que plus efficace.

Les cris d'Antonia résonnent à travers l'interphone, que Mentor finit par déconnecter.

— Bien sûr, ça revient à écraser une mouche au marteau-pilon. Il suffirait d'injecter une seule goutte dans l'hypothalamus du sujet, mais étant donné qu'il doit être éveillé durant l'opération, et que la moindre maladresse dans l'injection suffirait à le tuer, nous préférons écarter d'emblée cette option. Surtout avec un sujet aussi peu coopératif que celui-là.

Face à eux, Antonia se débat, agite les jambes, essaie de se libérer. La femme en a terminé avec la première seringue et sort la deuxième. Les coups de pied s'intensifient.

— Vous êtes absolument certain que le procédé est sans danger ? dit Mentor en détournant les yeux.

On pourrait penser qu'ayant réalisé cette même intervention dans une bonne dizaine de pays et donné une centaine de fois les mêmes explications, Nuno se serait lassé. Bien au contraire, il prend une inspiration et débite d'une traite :

— La substance de mon invention est le point culminant d'une vie consacrée à la neurochimie.

Ce type est amoureux de sa propre voix, pense Mentor, qui sait reconnaître ses congénères.

— Elle n'augmentera pas l'intelligence du sujet, poursuit le Dr Nuno. Aucune substance ne peut le faire. En revanche, elle peut modifier légèrement le fonctionnement de l'hypothalamus, de sorte que celui-ci produise une plus grande quantité d'histamine. De manière, disons, permanente.

— Et pour que je comprenne bien ?

Mentor connaît l'action du composé du Dr Nuno, car il a lu le rapport de près de trois cents pages qui y est consacré, mais tout ce qu'il veut, c'est que le vieux continue de parler pour lui faire oublier ce qui se passe derrière lui.

— Le supplément d'histamine permet au sujet de se trouver dans un état d'alerte permanent. Ses capacités cognitives s'en trouvent augmentées. Son attention, la perception de son environnement, sa mémoire et sa capacité à résoudre des problèmes seront toujours à leur niveau maximal. Purement et simplement.

— Purement et simplement, répète Mentor d'une voix lugubre.

Il se retourne. Dans la pièce, la femme en a fini avec les seringues. Les deux hommes lâchent Antonia et se retirent. Antonia n'est pas consciente de ce qui se passe. D'ailleurs, elle se rappellera à peine combien son corps et sa liberté ont été malmenés. Plus tard, peut-être lui reviendront des bribes de souvenir, des images. Pour l'instant, elle se contente de rester par terre, les bras repliés sur son torse, le regard perdu, une jambe agitée de spasmes lents.

— Cependant, étant donné l'intelligence particulière du sujet et la grande quantité de noradrénaline qu'elle a produite en réaction au stress, les résultats pourraient être modifiés, dit le médecin en tapotant à nouveau du bout des ongles sur la paroi vitrée. Ils seront certainement… intéressants.

— En avons-nous terminé ? demande Mentor, pressé de rentrer chez lui.

Nuno rajuste ses lunettes sur le bout de son nez et esquisse un sourire plein de sous-entendus. Il tire de sa mallette une enveloppe kraft qu'il tend à Mentor.

— Moi, oui. Pour vous, cher monsieur, cela ne fait que commencer.

Mentor ouvre l'enveloppe. À l'intérieur se trouve un classeur. Tandis qu'il en parcourt le contenu, son visage perd ses couleurs.

— Est-ce que tout cela est vraiment… indispensable ?

Le Dr Nuno arbore un nouveau sourire, que Mentor voudrait voir disparaître.

— Si vous voulez que ça marche, c'est le seul moyen.

21

Une réponse claire

Jon regarde fixement Antonia.

— Tu ne peux pas ou tu ne veux pas me raconter ?

Antonia détourne le regard.

Elle ne va pas lui parler des bribes de souvenir.

Des images qui lui viennent encore à la tombée de la nuit.

— Je ne peux pas. Et je ne veux pas.

Ce qu'ils ont fait ensuite

La salle de tests a changé.

À présent, elle est plus vaste. Le siège est fixé au sol par des vis de douze centimètres de long. Des sangles de nylon noir pendent du plafond. La plus large est destinée à la taille. Les quatre autres, aux poignets et aux chevilles. Chacune se termine par une électrode, au bout du velcro de fixation. Cette électrode peut envoyer des décharges de trente volts.

Aujourd'hui, c'est le jour des sangles.

Antonia n'a que faire des électrodes. À vrai dire, elle ne se rappelle pas grand-chose des séances d'entraînement. Elle commence par s'asseoir à la table. Face à elle se trouvent un verre d'eau et deux gélules. D'abord, elle prend la rouge, avec la moitié du contenu du verre. La bleue est réservée à la fin de la séance. C'est celle qui efface les souvenirs.

Le souvenir, par exemple, qu'une minute après qu'elle a pris la gélule, deux hommes en combinaison bleue l'attachent par les sangles, la tête en bas.

La voix de Mentor résonne dans les haut-parleurs.

— Quel était ton visage avant ta naissance ?

Antonia respire profondément et ferme les yeux. Elle tente de vider son esprit de tout bruit, de faire taire les singes qui sautent d'une branche à l'autre. Peu à peu, à mesure que la drogue produit son effet, elle obtient quelque chose qui ressemble à du silence.

Dans cette obscurité croissante, elle se concentre sur le *kōan*. Une question insoluble que les maîtres zen soumettaient à leurs disciples, il y a des siècles, et que Mentor lui pose désormais avant chaque session.

Et dans le silence, elle découvre quel était son visage avant sa naissance.

Elle ouvre les yeux.

La séance commence.

Une image s'affiche devant elle, sur l'écran. Six sujets alignés, qui regardent l'appareil. La photo reste moins d'une seconde sur le moniteur.

— Qui porte son foulard autour du cou ?

— Le numéro trois.

— Qui est la femme la plus grande ?

— La numéro six.

— De quelle couleur est le foulard du numéro deux ?

— Rouge.

Antonia tombe dans le piège, avant de comprendre que le numéro deux ne portait pas de foulard. La décharge lui paralyse les mains et les pieds et change son diaphragme en tambourin.

Les sangles s'élèvent, jusqu'à ce que le dos et les talons d'Antonia frôlent presque le plafond.

Une nouvelle image apparaît à l'écran. Cette fois, ce sont des chiffres. Sept lignes de onze chiffres chacune.

Le chronomètre démarre sous le moniteur, au moment où les chiffres disparaissent. Antonia commence à les énoncer, le plus vite possible.

Le chronomètre s'arrête.

06.157

— Aucune erreur. Bien.

Les sangles descendent de vingt centimètres.

Les règles sont claires. Une réponse correcte, vingt centimètres. Quand elle touche le sol, l'entraînement se termine. Si elle commet une erreur, si elle ne répond pas assez vite, elle reçoit une décharge et remonte au plafond, perdant tout le bénéfice de ses progrès.

— Plus tu en fais, plus tu en laisses derrière toi.

— Des pas.

Antonia sourit. La sueur qui coule sur son front lui brouille la vue.

Plus que deux mètres et demi avant de toucher le sol.

Ce n'est pas un sourire heureux.

22

Un prophète

Jon ressent une immense peine pour Antonia ; il voudrait la réconforter pour les nuits éternelles, pour le froid, la solitude et la douleur qu'il perçoit en elle. Il voudrait tendre une main vers elle, la prendre dans ses bras. Il n'en fait rien, car il sent que, d'une certaine façon, ce serait encore pire.

— Au travail, tranche Antonia.

— Une dernière question. Tout à l'heure, tu m'as dit que les choses avaient changé. Que ça ne te suffisait plus de voir ton fils une fois par mois depuis un balcon. Pourquoi ?

— Laura Trueba.

Jon la comprend. La déposition minutieuse, aseptisée, de la présidente de la banque a été un coup de massue pour eux deux. Il n'est pas surpris qu'Antonia ait eu envie de foncer voir son fils.

— Une salope glaciale et sans cœur.

— Peut-être. Tout ce que je sais, c'est que je ne comprends pas ce qui a pu se passer. Je n'ai aucune idée de ce qu'Ezequiel a pu lui demander et qu'elle n'a pas pu lui fournir. Mais nous devons essayer de le découvrir.

L'inspecteur Gutiérrez reste pensif un instant.

— Cette phrase qu'elle a dite… « Les enfants ne doivent pas payer pour les péchés de leurs parents. » Cherche sur l'iPad. Ça vient de la Bible.

Antonia s'exécute et lui montre le résultat.

> « L'âme qui pèche, c'est celle qui mourra. Le fils ne portera pas l'iniquité de son père, et le père ne portera pas l'iniquité de son fils. […] Ce que je désire, est-ce que le méchant meure ? dit le Seigneur, l'Éternel. N'est-ce pas qu'il change de conduite et qu'il vive ? »

— Ézéchiel, chapitre dix-huit, dit Antonia. Tu avais raison.

— Comme dirait le capitaine Malabar, « on va partir de l'hypothèse que c'est un pseudonyme ». Notre tueur a pris le nom d'un prophète.

Antonia se lève et s'adosse au mur.

— Allez, le spécialiste du catéchisme, développe un peu pour moi qui suis athée. C'était qui, ce barbu ? Parce que j'imagine qu'il portait la barbe.

— Tous les prophètes portaient la barbe, ma jolie. Ézéchiel était un prêtre juif, qui a vécu à l'époque de la conquête babylonienne, alors que son peuple était opprimé par un tyran. Ézéchiel et Jérémie évoquent la justice en ces temps troublés. Le sens de tout ça, c'est que chacun est responsable de ses actes.

— Sans être théologienne, il me semble que notre homme a compris la citation de travers.

— On a un kidnapping, une exigence impossible et la phrase « Les enfants ne doivent pas payer pour les péchés de leurs parents ».

— Je me demande bien quel genre de péché a pu commettre la présidente d'une banque, dit Antonia.

— Alors ça, aucune idée.

Antonia le regarde avec étonnement.

— J'essayais de faire de l'ironie.

— Ça te réussit autant que la théologie, dit Jon en réprimant une envie de rire.

— Donc le mobile de l'enlèvement est le chantage, reprend Antonia. Ezequiel a enlevé Álvaro Trueba et exigé quelque chose de sa mère en échange de sa libération. Elle a refusé. Il n'y a pas eu de négociation, de pression ou de nouveaux échanges téléphoniques.

— Maintenant, il exige la même chose de Ramón Ortiz. Une chose qui ne fait pas appel à ses sentiments paternels, mais à son statut de chef d'entreprise.

— Et qu'Ortiz refuse de nous révéler. Pourquoi ?

— Peut-être pour qu'on ne le juge pas.

— Notre jugement, on a vu ce que Laura Trueba en faisait. Non. S'il n'y a pas de lieu d'échange, s'il ne rappelle pas… comment il envisage le *paiement* de la rançon ?

— Ça doit être quelque chose qu'il sait qu'Ortiz a fait. Une confession publique.

C'est la seule possibilité, pense Jon.

— Voilà pourquoi Ortiz a tellement insisté pour garder ça secret. Tout comme Trueba. Parce que si ça venait à se savoir…

Jon se gratte la tête.

— Antonia, tu avais raison. Le soir où on était chez Ortiz. Tu as dit que son comportement était anormal. Qu'il avait peur, mais pas pour sa fille. Maintenant, on sait ce qu'il redoutait.

Antonia hoche la tête, lentement.

— Il avait peur de nous.

Jon regarde sa montre.

— Il ne reste pas beaucoup de temps à Carla Ortiz.

— Un peu plus de quarante heures et demie, répond Antonia.

2 436 minutes pour être exact. Le temps nécessaire pour que son cœur batte cent soixante-dix mille fois avant qu'Ezequiel ne le fasse s'arrêter, comme punition pour les péchés de son père.

— Alors en route, dit Jon en se levant.

C'est la seule solution, et tous deux le savent.

Sans pistes, dans l'impasse, ils n'ont qu'un endroit où aller – qui est précisément celui dont on leur a interdit l'accès.

23

Un père

Il y a deux gardes du corps en faction devant chez Ramón Ortiz.

Au lieu de rentrer à La Corogne, le milliardaire a préféré annuler son programme de travail et rester à Madrid, dans son appartement de la rue Serrano. Ils n'avaient pas son adresse, mais il a fallu moins de deux minutes à Antonia pour la localiser en consultant les blogs et la presse people. Le dernier étage d'un luxueux immeuble, à moins de cinquante mètres du Corte Inglés.

L'inspecteur Gutiérrez gare la voiture à un emplacement parfaitement interdit – la station de taxis d'en face –, sans s'apercevoir qu'une moto monte sur le trottoir un peu plus loin derrière.

Après quelques minutes, il descend de l'Audi, prêt à une confrontation qui s'annonce aussi brève que désagréable. Il présume que les gardes du corps ont été prévenus qu'ils sont *persona non grata* dans les parages d'Ortiz.

Il présume bien. En le voyant approcher, les gorilles bombent le torse. Deux pantins en costume-cravate noir, l'air d'avoir marché dans un truc répugnant. Sauf que le truc en question n'est pas collé à leur semelle, mais se dirige vers eux avec un sourire éclatant.

— Bonsoir, messieurs, dit l'inspecteur Gutiérrez.

Antonia s'est livrée à des conjectures, elle aussi. Ayant présumé que le café – d'une célèbre franchise au nom français imprononçable –, en bas de l'immeuble, devait disposer d'une sortie réservée au personnel, elle est descendue de voiture un peu avant Jon et a fait le tour du pâté de maisons. Maintenant, elle entre dans le café et passe derrière le comptoir sans demander la permission. Elle frôle la serveuse, occupée à servir des clients chargés de sacs de boutiques de luxe. La serveuse se tourne vers elle, lui dit quelque chose, mais Antonia ne s'arrête pas pour l'écouter, continue d'avancer vers la porte battante – avec œil-de-bœuf réglementaire – et entre en cuisine.

Ça sent l'amande grillée et le pain frais, bien que l'odeur émane des viennoiseries fabriquées dans une zone industrielle, que des employés sous-payés sont occupés à réchauffer dans un four vertical où s'empilent les plateaux. Deux jeunes gens regardent Antonia avec étonnement, mais elle ne s'arrête pas. Elle franchit une autre porte battante, et passe à côté du gérant, penché sur son ordinateur, si absorbé par sa feuille de calcul qu'il ne remarque pas immédiatement la présence d'Antonia. De l'autre côté du bureau se trouve un couloir.

Antonia n'a pas le temps d'y mettre un pied que l'homme se lève et se met à crier.

Elle l'ignore, car elle a un atout en sa faveur. Personne ou presque ne réagit de manière immédiate à une intrusion comme celle-ci. Il faut un certain temps pour comprendre et analyser la situation avant de pouvoir réagir lorsque l'on voit une personne commettre un délit.

— Madame ? Madame, stop, arrêtez-vous !

Antonia enfile le couloir d'un pas décidé. Il y a différentes portes, or Antonia n'a pas le temps de toutes les ouvrir, elle dessine donc une carte mentale – position de la rue, premier virage au comptoir, deuxième dans la cuisine –, dont elle conclut qu'elle doit prendre la porte du fond. En arrivant, elle constate qu'elle a fait le bon choix, c'est la seule munie d'un verrou. Elle tente de le tourner, mais il résiste.

— Vous n'avez pas le droit d'être ici.

Elle entend dans son dos la voix du gérant, qui est pratiquement à sa hauteur.

— Je suis en retard. Je suis en retard, répond Antonia sans se retourner, dans sa meilleure imitation du lapin blanc d'*Alice au pays des merveilles*. Je suis en retard chez le dentiste.

La porte s'ouvre, juste à temps, alors que les mains de l'homme frôlent déjà son épaule. Antonia se glisse par la porte entrouverte, qu'elle claque derrière elle.

— Putain de tarée.

La voix lui parvient étouffée, inoffensive. Elle se tient prête à courir au cas où le gérant déciderait de la poursuivre, mais il semble que son imitation du lapin blanc ait produit son effet. Le claquement du verrou derrière elle lui indique que l'homme a jugé que le problème était résolu.

Pour Antonia, en revanche, les problèmes ne font que commencer. Par la porte de l'immeuble, elle aperçoit Jon, en grande discussion avec les deux gardes du corps. Elle n'entend rien, mais l'inspecteur Gutiérrez gesticule comme un bonimenteur de foire. Mauvais signe. Si ça commence vraiment à chauffer, Parra ou l'un de ses larbins ne tardera pas à débarquer. Rectification. Pas *si* ça chauffe. Mais *quand* ça chauffera.

Antonia estime disposer de dix à quinze minutes, dans le meilleur des cas.

Complication : l'ascenseur se met en route. L'un de ces ascenseurs ouverts d'il y a cent ans, du type Stigler, avec cabine en acajou descendant à cinquante centimètres par seconde. Installé par Jacobo Schneider en personne en 1919, peut-on lire sur la grille en fer forgée.

Autre complication : les gardes du corps ont ouvert la porte. L'un d'eux pousse Jon Gutiérrez à l'intérieur.

Ils n'ont pas encore vu Antonia, mais ça ne va pas tarder. Cela réduit ses possibilités.

Antonia choisit de monter à pied, au cas où les gardes d'en bas auraient appelé en renfort, en toute logique, leurs collègues d'en haut. Son intuition se vérifie lorsqu'elle croise la cabine à la hauteur du deuxième étage. La panoplie de l'homme en costume-cravate noir se complète d'un câble en spirale relié à une oreillette. Antonia se colle contre le mur, essayant de se rendre invisible, hélas, Jacobo Schneider, légendaire installateur d'ascenseurs, a eu le mauvais goût de tapisser la cabine de miroirs. Des quatre côtés.

Le regard de Garde du corps n° 3 croise celui d'Antonia. Cette dernière s'élance vers l'étage supérieur.

Ses dix minutes d'avance se sont réduites comme une peau de chagrin.

Elle atteint le cinquième étage à bout de souffle – elle est en mauvaise forme – et sonne à la porte. Parfois, il ne reste qu'à espérer une bonne surprise.

Celui qui ouvre n'est autre que Ramón Ortiz en personne. Dans ses bons jours, l'octogénaire paraît dix ans de moins. Ce n'est pas le cas aujourd'hui. Il a les yeux cernés, la peau grisâtre.

— Qui… ?

Puis il reconnaît Antonia. Il tient la porte entrouverte devant lui, comme un bouclier.

— Je n'ai pas beaucoup de temps, monsieur Ortiz. Et votre fille non plus.

Dans l'escalier – en marbre, avec moulures –, les pas de Garde du corps n° 3 résonnent, de plus en plus proches.

— Je ne suis pas censé vous parler, dit Ortiz, hésitant.

S'il lui claque la porte au nez, ce qui est l'option la plus probable, la partie sera terminée. Antonia joue son va-tout.

— Vous étiez censé dire la vérité à la police à propos de ce que vous a demandé Ezequiel.

Ramón Ortiz se fige sur place. Le seul mouvement perceptible est la couleur de sa peau, qui passe de gris cendre à blanc coupable.

— Je vous en prie. C'est peut-être notre dernière chance, supplie Antonia.

Six secondes. Le temps qu'il reste avant que Garde du corps n° 3 la rattrape.

Pour certaines personnes, six secondes ne sont qu'un minuscule laps de temps.

Pas pour Ramón Ortiz.

En six secondes, Ramón Ortiz voit défiler sous ses yeux les conséquences des deux options qui s'offrent à lui : faire entrer Antonia et admettre qu'il a menti à la police, ce qui le rendrait coupable d'obstruction à la justice et ouvrirait la voie au déballage publique de toute la vérité ; ou la laisser à la porte et s'en tenir à sa première version. Durant ces six secondes, il voit aussi sa fille Carla – petite, faisant tomber sa crème glacée sur le tapis persan ; puis adolescente, rentrant tard le soir, en larmes, après s'être fait larguer par son premier petit copain.

Garde du corps n° 3 rattrape Antonia, et la neutralise facilement, par une clé de bras. Antonia n'oppose aucune résistance – quand bien même elle le ferait, il pèse trente kilos de plus qu'elle. Durant toute l'opération, son regard ne quitte pas celui d'Ortiz.

— Je vous en prie, répète Antonia, le cou tordu pour conserver le contact visuel.

Il vous suffit de faire un geste pour mettre fin à toute cette folie, disent ses yeux. *Un seul mot de vous peut tout changer*.

Le milliardaire détourne le regard et ferme la porte, lentement.

Francis Ford Coppola lui-même n'aurait pas mieux fait.

Bruno

Voilà ce que c'est, le vrai journalisme, pense Bruno Lejarreta. Personne ne s'est jamais aimé autant ni aussi intensément que Bruno à cet instant.

Revenons un peu en arrière.

La moto qu'il a louée la veille lui coûte un bras – cent vingt-neuf euros par jour –, mais se révèle un formidable investissement. Grise, discrète, avec top-case et tout ce qu'il faut. Le casque suffit à transformer le journaliste basque en un coursier parmi les milliers d'autres qui circulent dans Madrid. Il le rend invisible. Du moins dans le rétroviseur de l'inspecteur Gutiérrez, qui ne s'est pas aperçu qu'il l'a suivi toute la journée. Son petit déjeuner englouti, la grosse brute est montée en voiture sans voir Bruno, posté dans la rue. Le trajet s'avère particulièrement intéressant. D'abord, un immeuble à Lavapiés, quartier que le politiquement correct actuel qualifierait de multiethnique, et que Bruno surnomme affectueusement *bougnoule land.* Des rues étroites à sens unique, où Bruno doit faire beaucoup d'efforts pour ne pas se faire remarquer. Là, Gutiérrez récupère une fille, qui monte trop vite pour que Bruno puisse distinguer son visage.

Puis direction la Castellana, au siège de la plus grande banque d'Europe, rien que ça. Bruno prend quelques photos depuis le trottoir d'en face. Après ça, une école. Bruno est complètement paumé. Retour à l'immeuble de Lavapiés, où ils restent un bon moment. Bruno n'ose pas entrer dans un café faire une pause déjeuner, en partie pour ne pas les rater, en partie par peur de choper une saloperie. Serrant les dents, il s'achète un gâteau industriel chez un chinois, qui lui vaut bientôt des brûlures d'estomac. On est toujours puni par où on a péché.

Bruno Lejarreta, légende autoproclamée du journalisme basque, dont le flair lui a valu des unes mémorables dans les années quatre-vingt, qui a parcouru quatre cents kilomètres jusqu'à la capitale et fait chauffer sa Visa pour louer une moto sur une simple intuition…

Et par rancune, pour tout dire.

… en a présentement plein le dos de cette filature. Les fesses en compote, l'estomac à l'envers, il attend désespérément que l'inspecteur Gutiérrez se décide enfin à faire *quelque chose.*

Ou peut-être qu'il devrait d'abord prendre un Maalox ?

La vieillesse est un naufrage.

L'inspecteur et sa copine ressortent finalement de l'immeuble. Bruno relève la béquille et met les gaz. Un quart d'heure plus tard, ils sont dans la rue Serrano, et alors il se passe *quelque chose.* Il se passe que la demi-portion descend de voiture à un coin de rue et se met à courir. Et que Gutiérrez roule encore quelques mètres, et se gare sur une place interdite. Une station de taxi face à une entrée d'immeuble. Se garer n'importe comment, il l'a fait toute la journée, Bruno peut en témoigner. L'inspecteur Gutiérrez n'est pas en intervention puisqu'il est officiellemcnt mis à pied, mais bon, pour le coincer, c'est un peu léger.

Fais quelque chose, Gutiérrez.

Comme s'il l'avait entendu, Gutiérrez descend de voiture et se dirige vers l'entrée de l'immeuble.

Fut un temps où la protection rapprochée était un secteur florissant à Bilbao, si bien que Bruno sait reconnaître un garde du corps de loin quand il en voit un.

Les deux gorilles postés à l'entrée s'énervent, bloquent le passage, main sur la poitrine, me touche pas, qu'est-ce que vous faites là. Gutiérrez agite les bras comme s'il dirigeait le Philarmonique de Vienne, ce qui rend superbement bien sur les photos que Bruno continue de prendre depuis le trottoir d'en face. Et les gardes du corps le poussent brutalement dans l'entrée, non sans avoir préalablement tripoté leur oreillette – appuyer pour parler, lâcher pour écouter – pour demander des instructions ou des renforts.

Bruno reste au même point. Il n'a toujours rien. Mais il se dit – car il n'est pas une légende autoproclamée du journalisme basque pour rien – qu'il pourrait essayer de savoir qui habite l'immeuble en question. Il est exclu de jeter un œil à l'interphone, mais de nos jours, on trouve tout sur Internet. Il faut à Bruno Lejarreta, soixante-trois ans, quinze bonnes minutes pour découvrir à qui appartient le dernier étage de l'immeuble.

Bon sang.

Il commence à devenir nerveux, comme tout bon journaliste qui flaire le scoop. *On dit « scoop », pas « exclusivité », ou « primeur ». Un scoop*, songe Bruno, qui est, nous l'avons dit, de la vieille école. Mais gros comment, allez savoir.

Bruno attend que l'inspecteur ressorte.

Gutiérrez ne sort pas, mais un autre type débarque. Il descend d'une voiture banalisée, mais entre son gilet pare-balles et sa tronche de flic, c'est une précaution dont il aurait pu se passer. Baraqué, crâne rasé. Bruno Lejarreta l'a déjà vu quelque part, il en est absolument certain. Si seulement il pouvait se rappeler…

Soudain, sa mémoire fait *clic*, et tout s'emboîte à la perfection, comme les pièces d'un Tetris.

José Luis Parra, capitaine de la brigade de la Police nationale spécialisée dans les enlèvements et les extorsions. Devant la porte de Ramón Ortiz, l'homme le plus riche du monde.

Ding, ding, ding, ding, le jackpot.

***

Voilà ce que c'est, le vrai journalisme, pense Bruno Lejarreta, sans cesser de mitrailler. Personne ne s'est jamais aimé autant ni aussi intensément que Bruno à cet instant.

Il reste encore deux minutes, attendant que Parra ou quelqu'un d'autre émerge de l'entrée. Mais personne ne sort.

Il descend de moto et se dirige vers le cœur de l'action. Il n'a aucun plan, il veut juste savoir, il a besoin de savoir.

Alors ils sortent. Tous en même temps. L'inspecteur d'abord, puis la fille et en dernier, Parra.

— Tu t'es vautré dans les grandes largeurs, Gutiérrez, dit le capitaine.

— Si tu pouvais t'enlever la merde des oreilles et m'écouter une seconde… Il faut que tu vérifies le coup du taxi. Juste ça, OK ?

— Il n'y a rien à écouter. Tu étais prévenu, je t'avais dit de ne pas t'approcher, non ? J'ai été réglo, même avec un tocard comme toi.

— Très réglo, avec les Affaires internes, oui. (Gutiérrez lui fait face et le pointe du doigt.) Faut être un vrai salaud pour faire un truc comme ça, Parra. Un vrai salaud.

— Profite bien de ta suspension définitive, *inspecteur*.

Gutiérrez se retourne et lui assène une baffe, une baffe ultime, une baffe de compétition. Du plat de la main. Retentissante comme un pétard dans une boîte de conserve.

Parra ne la voit même pas venir.

Contrairement à Bruno Lejarreta, et bientôt à beaucoup plus de monde, car il filme toute la scène avec son portable haute définition, caché derrière un abribus. Qui affiche, comble de l'ironie, une publicité pour la société concurrente de celle d'Ortiz.

Une gifle pareille aurait fait tomber n'importe qui sur le cul, ou provoqué une réaction immédiate chez toute personne moins maîtresse d'elle-même.

Parra – la moitié du visage couleur écrevisse – se contente de sourire sans broncher, car il sait qu'il a gagné.

Gutiérrez le sait aussi. Il s'en va, humilié.

Bruno se demande s'il doit le suivre, mais décide que non. Gutiérrez est fini, ne serait-ce que par ricochet. Il compte pour du beurre, maintenant. Parce que Bruno a un scoop, *le* scoop, à portée de main. Cette même main de laquelle il salue l'inspecteur quand il passe à côté de lui en voiture. Gutiérrez fait semblant de ne pas le voir.

Le journaliste laisse à Parra une seconde pour redescendre – il ne voudrait pas que le capitaine se venge de l'ex-inspecteur sur lui –, puis l'aborde lorsqu'il se dirige vers sa voiture, téléphone à la main.

— Excusez-moi, capitaine. Je peux vous parler un instant ?

Parra se retourne soudainement, des éclairs dans les yeux. Sa rage est loin d'être passée ; le journaliste fait un pas en arrière. Ou deux. Les bras levés, dans une posture conciliatrice.

— Vous êtes qui, putain ?

— Je m'appelle Bruno Lejarreta, capitaine. Je crois que vous et moi avons beaucoup de choses à nous dire.

24

Un e-mail

Sur ses papiers d'identité, elle est Laura Martínez, mais si vous l'appelez comme ça, elle ne se retournera pas.

À dix-sept ans, elle a cessé d'utiliser ce nom. C'était il y a trois ans. Maintenant qu'elle est une femme mûre, bien dans sa tête, elle est libre de se faire appeler comme elle veut. Et c'est ce qu'elle fait.

Ladybug.

Son nouveau nom, elle se l'est tatoué elle-même sur l'avant-bras droit, avec une remarquable dextérité. Spectre l'a un peu aidée à tenir le transfert, puis ça a été un jeu d'enfant. La coccinelle, sur le phylactère qui contient le lettrage, est l'un de ses meilleurs boulots ; elle en est fière. Une artiste tatoueuse se doit de graver son talent sur sa peau.

Ce soir, elle est crevée. Dans l'après-midi, ce ne sont pas un ni deux, mais trois TDB (Touristes Débiles Bourrés) qui ont débarqué, ensemble – la clochette de l'entrée a fait tout un foin – pour réclamer un tatouage en chinois. Ils ont fait leur choix sur le catalogue.

— Ça veut dire quoi ?

— Liberté, a dit Ladybug, sans ciller, avant de leur demander de régler d'avance.

Les débiles ont poussé des cris de putois dès que l'aiguille a touché leur peau, mais ils ont tenu le coup, conformément à ce principe imparable : un mâle imbibé ne se débine pas devant ses copains. Tous les trois sont repartis avec le mot « moquette mouillée » tatoué sur l'épaule. De fait, le véritable idéogramme pour « liberté » est beaucoup moins classe. On dirait une commode à côté d'une fenêtre. C'est pour ça qu'elle ne l'a pas mis au catalogue.

Après les TDB, c'est le calme plat. Excepté Spectre, qui passe voir s'il n'aurait pas une chance de la sauter.

Par désœuvrement, Ladybug l'entraîne derrière le paravent. Il l'embrasse, puis s'attaque à ses seins, baisse son T-shirt et tripote son téton gauche, qui devient dur comme de la pierre, assorti à son érection. Elle l'embrasse et le caresse par-dessus son jean, ce qu'elle regrette presque aussitôt. C'est toujours pareil, quand ils se chauffent au studio. Impossible de faire des trucs ici, en tout cas rien de vraiment satisfaisant pour elle. Pas avec son père dans l'arrière-boutique. Si c'est pour finir frustrée, elle préfère arrêter les frais.

— C'est bon.

— Meuf, tu peux pas me laisser comme ça, dit-il en pressant la bosse de son jean contre son entrejambe.

— Ben faut croire que si.

— Allez, fais-moi une branlette, au moins.

— Laisse tomber. T'as qu'à te la faire toi-même. Je passe chez toi demain.

Spectre râle un peu, mais finit par renoncer.

— Tout à l'heure, dit-il en écartant une mèche verte qui tombe sur ses yeux.

— On verra, répond-elle en lui faisant au revoir de la main.

Mais elle sait qu'elle ne viendra pas, parce qu'elle est au fond du trou, avec un début de mal de ventre. Quand elle va avoir ses règles, elle est toujours comme ça, à la fois excitée et irritable. Si elle se pointe chez Spectre, elles tomberont pile au mauvais moment.

Et alors, ce sera le Mordor.

Le vrai nom de Spectre, c'est Raúl, mais quand elle a décidé de changer le sien, il a fait pareil. Au début, elle a trouvé ça plutôt romantique, mais à force, elle se rend compte que Raúl est juste un gothique en carton. Il se fringue en noir et écoute 45 Grave, The Wake et Diva Destruction, mais juste pour faire comme elle. Et ça la saoule. Avec la maturité, elle s'aperçoit qu'elle est en train de devenir un cliché ambulant, qu'elle va finir par lourder Spectre. Ou pire, que sa plus grande terreur va se réaliser : épouser un électeur de Ciudadanos avec cravate et MBA. L'enfer sur terre.

Plutôt crever.

En plus, elle doit s'occuper de son père. Depuis son AVC, il ne peut plus tenir la boutique et passe ses journées dans la réserve, à mater des vieux films à la télé. Il peut juste bouger le bras gauche, mais ça lui suffit pour changer de chaîne. Pour tout le reste, il dépend de sa fille. Ladybug lui fait la cuisine, le couche, le douche et le fait manger, sans jamais se plaindre, ni auprès des autres ni en pensée. Il a toujours été un bon père. C'est eux deux contre le monde entier. Si le monde leur cherche la merde, il risque de le regretter.

Et puis il va mieux, pense Ladybug avec un sourire.

C'est vrai. Il progresse, dit le médecin. Sauf nouvelle crise dans les mois qui viennent, il pourra peut-être même reparler. Marcher, ça risque d'être compliqué, mais parler, peut-être. Il est jeune, quarante-neuf ans seulement.

Un « peut-être », c'est tout ce dont Laura, pardon, Ladybug, a besoin pour se lever chaque matin avec le sourire.

« C'est mon père, bordel. Alors ta gueule ou je te les coupe », menace-t-elle quand Spectre lui demande si elle n'en a pas marre de s'occuper de lui jour et nuit.

Puis elle lui serre les couilles pour lui montrer qu'elle ne plaisante pas, et l'embrasse pour le calmer.

En plus *bis*, elle adore son boulot. En ce moment, elle gagne sa vie grâce aux TDB, qui n'apprécient pas son talent à sa juste valeur, mais de temps en temps, elle a un vrai client. Quelqu'un qui croit en l'Art. Alors, la peau nue devient la toile de son prochain tableau, et le monde est un peu plus beau.

C'est l'heure de remballer. Elle clique sur la pomme pour éteindre la bécane. En se dépêchant, elle peut peut-être passer chez Spectre, après tout.

Elle fourre ses affaires dans son sac, mais constate que la machine ne s'éteint pas. *Mail a empêché la fermeture de l'ordinateur.* C'est quoi ça ?

Sûrement un e-mail resté bloqué dans sa boîte, ça arrive tout le temps en ce moment. Bingo. Un message en cours de téléchargement, daté d'hier soir. Ladybug l'ouvre, et s'apprête à le supprimer, quand quelque chose l'en empêche.

Il contient une demande étrange.

Identifier le tatouage d'un violeur.

Elle envisage la possibilité que ce soit une arnaque, mais l'adresse semble authentique, et la demande provient d'une femme. Elle clique donc sur la photo. Comme toutes les femmes de son entourage, elle a subi la violence des hommes, à différents degrés. *Mais les choses changent. Maintenant, entre sœurs, on se serre les coudes*, pense Ladybug.

L'image n'est pas très nette et ne montre qu'un fragment du tatouage, un petit fragment, mais certains traits sont identifiables. C'est la partie inférieure d'un blason, aucun doute. D'un côté, on dirait un serpent qui s'enroule…

Non. C'est autre chose.

Tu es douée pour les formes, Laura, lui disait son père quand elle était petite. Sous ses crayons, les personnages des *Avengers* devenaient des figures géométriques – un carré vert, un rond bleu et un triangle rouge – à un âge où les gosses dessinent des mains à huit doigts ressemblant à des araignées difformes. Son père avait raison. Elle lisait les formes comme d'autres lisent des livres. Ce don, elle l'a encore.

La chose qui s'enroule autour du blason n'est pas un serpent.

C'est une queue-de-rat.

Qu'elle pense avoir déjà vue quelque part.

Son cœur s'accélère, parce que soudain, elle se rappelle où. En répondant au mail, elle éprouve une certaine exaltation, mais aussi un léger malaise, quoique sans rapport avec la question.

Et merde, mes règles.

Parra

Le capitaine Parra est un homme avisé.

Il se réjouit que Gutiérrez se soit passé tout seul la corde au cou. Avec l'aide inattendue de son nouveau copain, le journaliste basque. Un vieux débris, mais il faut avouer qu'il sait filmer. La vidéo qu'il lui a montrée – c'est vraiment pas de bol, inspecteur, d'abord la pute, maintenant ça – a certes achevé de serrer le nœud coulant autour de la nuque de Gutiérrez, mais maintenant, il a le fouille-merde sur le dos.

D'un autre côté... Ce n'est pas plus mal.

Il faudra bien que l'information sorte tôt ou tard, alors autant que quelqu'un en ait la primeur et ajoute un peu de piment à l'histoire. Un peu de sensationnel. La bonne perspective, l'angle adéquat. Ensuite, les autres médias suivront, comme des moutons.

Et en parlant d'information.

Dans la voiture, en retournant au bureau, Parra appelle Sanjuán.

— C'est quoi cette histoire de taxi, bordel ? Pourquoi je ne suis pas au courant ?

— Je ne pensais pas que c'était important…

— C'est moi qui décide ce qui est important ou pas.

Sanjuán déglutit. Au bout du fil, Parra peut presque le voir rentrer la tête dans les épaules comme un chiot effrayé. Pas bien, Sanjuán, vilain.

— On a reçu un mail du CNI[1].

Parra s'insère sur la place de Cuatro Caminos. Il laisse passer la voiture qui le précède et met son clignotant en tournant sur le rond-point – même si ce n'est pas obligatoire –, parce qu'il est courtois au volant.

— Bordel de merde ! Le CNI ?

— Je ne sais pas comment ils ont su, reprend Sanjuán. Ils demandent qu'on enquête sur la possible implication dans l'enlèvement d'un taxi volé avec une doublette des plaques d'immatriculation.

— Donc tu reçois un mail du CNI et tu te dis que c'est pas important.

— C'était ce matin, et aujourd'hui, tu sais…

— Sanjuán, sur la tête de ma belle-mère, qu'elle repose en paix, je vais te péter la gueule.

Pendant que Sanjuán lèche ses plaies en regardant le téléphone avec tristesse, Parra tente de démêler la situation. Il a déjà eu affaire aux gars du CNI, des connards sans scrupule qui font cavalier seul. Mais s'ils tombent sur un os dont ils ne veulent pas, il arrive qu'ils le donnent à ronger aux chiens.

---

1. *Centro nacional de inteligencia*, Centre national de renseignements, le contre-espionnage.

— Il faut creuser la piste du taxi. Mais restons prudents. *Timeo Danaos et dona ferentes*, et toutes ces conneries.

— Timeo quoi ?

— Sanjuán, merde. Me fais pas honte.

Quand il arrive au bureau, Sanjuán l'attend à la porte, avec un épais dossier et des yeux de cocker.

— Le commissariat de Canillas a reçu un appel anonyme ce midi. Il y a un taxi dans le terrain vague, en face du centre commercial Gran Vía de Hortaleza. À moitié brûlé. On a dû y mettre le feu tôt ce matin, parce qu'il n'y avait plus de fumée. Les collègues n'y ont pas fait plus attention que ça. La fourrière allait le récupérer quand je leur ai dit qu'on prenait le relais.

Parra soupire. S'il ne lui avait pas donné l'ordre d'enquêter, le véhicule serait en route pour la casse.

— Tu as envoyé la scientifique sur place ?

— Ils sont en route. Mais regarde la photo que m'a envoyée l'un des agents qui a vu le taxi.

Parra regarde la photo. Puis son second.

— Tu l'as montrée à son père ?

— Il l'a reconnue.

— Bravo, mon Sanjuán, c'est bien.

Il croirait voir Sanjuán remuer la queue.

25

Un crapaud

Jon Gutiérrez n'a presque plus envie de pleurer.

L'après-midi s'est écoulé, long et morose, dans ce café près de la place des Cortes, rue Cedaceros. Ni l'un ni l'autre ne touche à sa boisson. Ils n'échangent pas un regard.

Antonia s'est contentée de raconter ce qui s'est passé sur le palier d'Ortiz. D'un ton mécanique, sans inflexions, sans émotion.

Les faits parlent d'eux-mêmes.

a) Ramón Ortiz refuse de coopérer

b) Sur les quarante heures qu'il reste à Carla Ortiz, ils en ont utilisé cinq. À quoi faire ?

c) À finir de ruiner la carrière de l'inspecteur Gutiérrez.

Antonia est furieuse contre lui. Une rage blanche, froide.

— Tu n'aurais pas dû le frapper. Tu l'as laissé gagner.

Jon ne répond pas. Elle a raison, il ne le sait que trop bien. Au moins, Antonia ne s'est pas aperçue de la présence de Lejarreta. Jon, lui, l'a vu lui faire coucou depuis le trottoir d'en face quand il quittait la station de taxis pour s'insérer dans la circulation de la rue Serrano.

Ce salopard a dû nous suivre toute la journée.

C'est une très, très mauvaise nouvelle. Qu'il va devoir lui apprendre.

Antonia contemple la fenêtre. Allez savoir ce qu'il y a dans sa tête.

Jon voudrait lui demander pardon et lui raconter l'histoire du journaliste, se libérer de ce poids, enfin. C'est un crapaud vert et venimeux, qui grimpe le long de sa gorge, tente de sortir par sa bouche, mais l'orgueil contraint Jon à serrer les dents aussi fort qu'il le peut, à le garder en lui. Qu'il retourne d'où il vient et continue de lui dévorer les boyaux.

Je mérite au moins ça.

Un faible châtiment en comparaison de celui qui attend Carla Ortiz.

La serveuse s'approche, stylo et calepin à la main, leur demande s'ils désirent *autre chose*, d'un ton qui signifie « J'ai besoin de la table, donc vous consommez ou vous dégagez ». Jon lève les yeux et reconnaît Carla Ortiz. Il l'a aussi vue à la table d'à côté, et dans la rue, avant d'entrer. Maintenant, elle est partout où son regard se porte. Il doit se retenir de foncer la chercher dans la rue, n'importe où. Il sait que c'est le désespoir qui le pousse, qui trompe son cerveau. Le désespoir de celui qui tente de se raccrocher à quelque chose et dont les doigts ne rencontrent que de l'air.

— Rien d'autre, merci, dit-il en regardant la serveuse, qui n'est plus Carla Ortiz, mais une femme corpulente, proche de la cinquantaine.

Elle doit lire quelque chose dans ses yeux, car elle n'insiste pas. Elle tapote le stylo contre le calepin – *clic-clac*, mine dehors, *clic-clac*, mine dedans –, et dit :

— Prenez votre temps.

Dans ce monde désolé et étouffant, Jon accueille cette gentille attention comme une bouffée d'air pur. Il est si reconnaissant à la femme qu'il laisse dix euros de pourboire sur la table. Maintenant, la serveuse est plus riche que lui.

Ce bref répit que l'univers lui a concédé lui donne la force de se lancer.

— Scott, je dois te… commence-t-il.

Antonia lève une main pour l'interrompre et porte l'autre à sa poche. Son portable vient de sonner.

— Pourvu que ce soit de bonnes nouvelles.

L'expression de son visage change tandis qu'elle écoute Aguado. Ce n'est pas exactement de la joie, mais un soulagement certain.

Elle rapporte à Jon ce que vient de lui dire la légiste.

— Je vais chercher la voiture, propose-t-il.

— Pas la peine. À pied, on y est en dix minutes.

26

Un western

L'enseigne au néon du studio luit au coin de la rue. TATOO, en énormes lettres orange. Ladybug a décidé de laisser la boutique ouverte, puisque la dame du mail, le Dr *jesaispasquoi*, lui a demandé d'attendre ses collègues policiers. À cette heure-là, rester ouvert signifie se coltiner plus de TDB et leurs symboles chinois à la con. Il y a un quadra hollandais, blond et flasque, allongé sur la table – attendant qu'elle lui tatoue le mot « force » dans le cou – quand les flics débarquent.

Ladybug passe la tête derrière le paravent.

— Asseyez-vous, dit-elle en désignant de l'aiguille les chaises de la salle d'attente. J'ai presque fini.

Le Hollandais émerge du paravent en puant le désinfectant, suivi de la jeune gothique. Elle porte un haut et un jean noirs. Il a le cou rouge, et deux idéogrammes fraîchement tatoués sous l'oreille. La jeune femme sort une compresse d'une boîte sous le comptoir – le tatouage est petit, inutile de gâcher un bandage – qu'elle applique sur la zone enflammée.

— Pourquoi « tique » ? dit Antonia en désignant le cou du Hollandais.

L'homme regarde la tatoueuse sans comprendre.

— *What does she says ?*

— *She says you are strong*, dit Ladybug en faisant mine de gonfler son biceps.

— *Ha ha. Tique strong*, dit le Hollandais, ravi de son effet.

Il sort les cinquante euros du tatouage et en ajoute cinq en pourboire, puis s'en va. Lorsque le vacarme des clochettes s'est calmé, la jeune femme se tourne vers Antonia.

— Vous avez failli ruiner mon business.

Antonia sourit – pour la première fois de la journée. Et Jon sourit en la voyant sourire.

— J'espère qu'il n'ira pas manger chinois dans les prochains jours, dit Antonia en désignant la porte.

— Ne vous inquiétez pas pour ça. Les Chinois adorent voir des *laowai* avec des mots marrants tatoués en mandarin. Ils ne cracheraient jamais le morceau. Je suis Ladybug, dit-elle en tendant une main couverte de bagues.

Jon et Antonia se présentent à leur tour.

— Si vous voulez bien m'excuser…

Elle retourne le panneau FERMÉ – qui indique maintenant OUVERT à l'intérieur, ce qui est un peu perturbant, si on y pense – et tourne le verrou.

— Tu parles aussi mandarin ? murmure Jon.

— Je le lis mieux que je ne le parle, répond Antonia avec modestie.

Ladybug les rejoint.

— Vous avez fait vite.

— On n'était pas loin, explique Jon. Vous avez dit à notre collègue que vous aviez des informations sur le tatouage que l'on cherche ?

— Exact. Attendez une seconde.

Elle disparaît derrière le rideau de perles qui sépare le studio de l'arrière-boutique et revient avec un épais classeur noir. Sur la couverture, il y a un autocollant Dymo jaune indiquant 1997-1998.

Ladybug le pose sur la table et l'ouvre. Le classeur est rempli de Polaroïd collés sur du bristol et protégés par un film transparent.

— Il est par là… dit-elle en tournant les pages, en commençant par la fin.

Elle s'arrête aux trois quarts, et tourne l'album. La page ne contient qu'une photo.

Quatre bras droits, sous la lumière du flash. Leurs propriétaires disparaissent dans la pénombre floue alentour. Les quatre bras portent des tatouages identiques. La peau autour, cramoisie, laisse deviner une musculature puissante.

Le tatouage est élégant, d'un style plus proche de la bande dessinée que du réalisme. Un rat aux dents pointues tient un blason qui recouvre son corps. Le blason porte une inscription illisible, en caractères gothiques. La photo est de mauvaise qualité, on distingue à peine les lettres.

Jon tente de calmer son pouls, lancé dans une course folle. L'un de ces hommes pourrait être Ezequiel. L'un de ces bras a tué Álvaro Trueba, enlevé Carla Ortiz et leur a tiré dessus depuis la Porsche Cayenne.

— Nous aurions besoin des factures. Des livres de comptabilité. De quelque chose. Nous devons identifier ces personnes, mademoiselle.

— Madame, inspecteur. Mademoiselle, c'est sexiste. Et j'ai bien peur qu'on ne puisse pas vous aider sur ce coup-là. On n'a plus rien de cette époque. Je n'étais pas née, et mon père a toujours été nul pour tenir des registres.

Putain de millenial. *Qu'elle essaie donc d'appeler ma mère « madame », on verra si c'est sexiste.*

— C'est votre père qui a réalisé ces tatouages ? intervient Antonia.

— Oui. Il débutait, mais il était déjà plutôt bon.

— Nous aimerions lui parler.

Ladybug soupire avec une certaine langueur gothique, qui évoque moins Winona Ryder dans *Dracula* qu'une bouée qui se dégonfle.

— Moi aussi, croyez-moi. Allez, venez.

Elle les entraîne derrière le rideau de perles, à travers un couloir, jusqu'à une pièce qui sent la sueur et la naphtaline. On y trouve : un homme pâle au corps tordu ; un fauteuil roulant ; une télé trente pouces ; un western. L'unique lumière provient de l'écran, et *Règlement de comptes à OK Corral* découpe des ombres sur le visage de l'homme.

— Papa. Ces personnes sont venues te voir.

L'homme assis garde le regard fixé sur la télévision, où Kirk Douglas explique à Burt Lancaster qu'il ne va pas aux mariages, seulement aux enterrements.

— Papa, insiste Ladybug.

Elle se penche près de lui et lui prend la main gauche. Elle la caresse doucement, avec tendresse.

L'homme serre la main de sa fille.

— C'est tout ce que j'obtiens de lui en ce moment, dit-elle. Il a eu un AVC il y a un an et demi, et depuis, il remonte la pente progressivement. Très progressivement.

Les visages d'Antonia et de Jon expriment tout le désespoir qui les accable. Alors qu'ils tiennent enfin leur première piste solide sur l'identité d'Ezequiel… leur seul témoin est un légume.

Dieu a un humour très cruel.

— Est-ce qu'on peut essayer de l'interroger ? dit Antonia.

Ladybug réfléchit en mordillant ses lèvres peintes en noir, ce qui fait s'agiter son piercing nasal.

— J'imagine que vous ne perdez rien à essayer. Mais mieux vaut que ce soit moi qui pose les questions.

Antonia lui demande de lui montrer la photo.

— Est-ce qu'il se rappelle avoir fait ce tatouage ?

Pas de réponse.

— Est-ce qu'il se souvient de ces personnes ?

Pas de réponse.

Ni à celle-là, ni aux sept questions suivantes.

— Inutile d'insister, dit Ladybug. Dans ses bons jours, il peut tout juste montrer du doigt. Vous ne savez pas ce que c'est…

Jon imagine qu'Antonia le sait très bien. Il se doute qu'elle sait ce que c'est de vivre avec quelqu'un qui parle, qui rêve, qui plaisante, mange, rit, chante. Quelqu'un de bien vivant, d'heureux, de fort, de tendre. Une présence aimante, une source de joie pour ceux qui l'entourent. Qui, soudainement, devient tout autre chose. Un souvenir, une ombre réclamant une attention de tous les instants, n'offrant en retour que de la souffrance, de la frustration et des obligations. Un trou noir, absorbant les souvenirs, la chaleur et le bonheur, avec pour seule contrepartie la vague satisfaction du devoir accompli.

Antonia ne dit rien.

Antonia continue de réfléchir. Essayant de trouver comment contourner cet obstacle inconcevable. Il y a un *kōan*, sur lequel Mentor la faisait parfois méditer avant ses séances de

(torture)

formation.

« Que se passe-t-il quand une force irrésistible rencontre un objet immuable ? »

Comme tous les *kōan*, celui-là n'a pas de réponse.

Mais ça ne veut pas dire que nous devons cesser de la chercher, pense Antonia.

— Vous disiez qu'il peut montrer du doigt ?

— Je crois qu'on ferait mieux de le laisser tranquille, maintenant, dit Ladybug en se redressant.

Elle voudrait qu'ils s'en aillent.

— Je vous en prie. C'est important, écoutez-la, dit Jon, avant d'ajouter : « madame ».

La jeune femme le regarde avec méfiance, mais se tourne vers Antonia.

— Oui, parfois il y arrive.

— Nous avons besoin de savoir ce qui est inscrit sur le blason. Ça pourrait nous aider.

Ladybug réfléchit un instant. Puis elle se dirige vers le présentoir de l'entrée. Elle pose le catalogue par terre et en extrait deux pages.

Il contient un alphabet, au graphisme surchargé. On peine à distinguer les lettres parmi les feuillages, les poignards, les runes et les têtes de mort.

— Papa, tu te rappelles ce que tu as écrit sur le tatouage de ces types ? demande-t-elle avec douceur.

Elle lui montre à nouveau la photo, où les caractères gothiques ne forment qu'une tache floue.

Pas de réponse.

Sa fille tient les deux feuilles au niveau de ses yeux, sans lui boucher la vue sur la télé, pour ne pas le contrarier.

Sur l'écran, Kirk Douglas crache du sang, porte un mouchoir à sa bouche, et se nettoie le menton à la célèbre fossette.

Sur le fauteuil roulant, l'homme bouge la main gauche. Très lentement.

Le silence est total. Antonia et Jon, de l'autre côté du papier, ne peuvent voir les lettres qu'il désigne, tandis que les minutes s'écoulent avec une insupportable lenteur.

— N. B. Q. C'est ça, papa ? NBQ ?

La main de l'homme serre celle de sa fille.

Antonia et Jon échangent un regard.

Juste trois lettres.

Qui changent tout.

Ils attendent d'être sortis de la boutique, après avoir chaleureusement remercié la jeune femme et son père pour leur aide inestimable.

Puis elle dit à voix haute :

— C'est un flic.

27

Trois lettres

Jon Gutiérrez a encore des amis.

Pas beaucoup, mais il en compte encore quelques-uns. Celui qui décroche est un collègue navarrais, Txema Barandiarán, installé à Madrid depuis une éternité. Vingt ans, au bas mot. Ils étaient ensemble à l'académie d'Ávila et se sont croisés quelques fois depuis, aux réunions d'anciens élèves de leur promotion. Txema. Un type sympa. Il a assez mal pris le coming out de Jon, parce qu'ils avaient pris des douches ensemble et qu'il aurait pu le prévenir, mais c'est du passé.

Bref, toujours est-il que Txema est une encyclopédie vivante. Un intello. Du genre à s'user les yeux sur des livres. Mais pas des romans, de la poésie ou ce genre de conneries. Son truc, c'est l'histoire de la police. Il bosse aux ressources humaines, à la préfecture. Il connaît plein de choses.

Txema lui raconte.

Tout a commencé en 1937, à Lisbonne, un matin où, comme tous les dimanches, le Premier ministre et dictateur portugais Oliveira Salazar se rendait à la messe dans une chapelle privée. Connaissant son itinéraire, les terroristes, je sais plus lesquels, posèrent une bombe dans les égouts et l'activèrent.

Leur projet fit long feu. La bombe était mal placée et ne causa que quelques dégâts matériels. Mais cela créa un précédent.

La première unité de Police du Sous-sol fut créée à Madrid, en 1958. Trente-sept hommes issus des rangs de l'armée. Officiellement, leur mission consistait à prévenir les délits sous terre : détournement de câbles électriques, vol de matériel de traitement des eaux, creusement de tunnels pour braquer des banques ou des bijouteries. Mais en réalité, ils passaient le plus clair de leur temps à surveiller les projets d'attentats contre Franco.

Les dictateurs se doivent d'être attentifs à ce genre de détails.

Ce n'était qu'une question de temps avant que quelqu'un ne tente de poser une bombe sous les pieds du Généralissime. Quelques années, en l'occurrence. Le 20 décembre 1973, précisément, quand trois terroristes – qui se trouvaient appartenir à l'une des organisations les plus sanguinaires de l'histoire récente – propulsèrent Luis Carrero Blanco dans la stratosphère, tuant au passage son chauffeur et l'inspecteur de police qui se trouvait dans la voiture, et blessant grièvement une fillette de quatre ans. Ces trois salopards avaient placé la bombe dans un tunnel, sous la voiture de celui qui était alors le président du gouvernement. Ils s'étaient montrés plus malins que leurs prédécesseurs portugais, dont ils avaient étudié à fond l'attentat manqué contre Salazar. Les terroristes se doivent de faire attention aux détails, eux aussi. Ils placèrent des sacs de sable pour que l'onde de choc se diffuse dans la bonne direction, ouvrant un cratère de huit mètres de diamètre dans la rue Claudio Coello.

La voiture atterrit dans la cour d'une école jésuite accueillant deux cent cinquante élèves, qui se trouvaient habituellement, à cette heure-là, à l'endroit précis où sont retombés les 1 800 kilos de tôle. Le hasard voulut que les vacances aient débuté deux jours plus tôt que prévu, chose que les terroristes – qui s'intéressent moins à ce genre de détails – ignoraient. Ha, ha, ha, hilarantes, les blagues sur l'attentat contre Carrero Blanco, pas vrai ?

L'unité de Police du Sous-sol avait manqué de discernement, ce matin de 1973, mais elle grandit et s'installa durablement dans le paysage. Quand l'Espagne devint une démocratie, les menaces contre les politiciens et d'autres personnalités continuèrent. La ville de Madrid grossissait, et avait besoin que quelqu'un surveille ce qui se passait sous le niveau de la mer, comme disaient les membres de l'unité. Avec le temps, les défis devinrent plus complexes. En 1996, la Police nationale créa une nouvelle unité au sein de la Police du Sous-sol. L'unité NBQ. Des experts en explosifs, mais aussi en risques nucléaire, biologique et chimique. Au départ, elle était composée de quatre hommes.

— Des machines, conclut Txema. Parmi les meilleurs que la police ait jamais comptés.

Et je parie qu'ils se sont fait tatouer au moment de la formation de l'unité, pense Jon.

— Tu sais ce qu'ils sont devenus ? Les quatre hommes de cette première unité ?

Txema prend quelques instants de réflexion. Jon a l'impression de l'entendre taper sur son clavier ; peut-être cherche-t-il des informations sur son ordinateur, mais il n'en est pas sûr. Quoi qu'il en soit, voici ce qu'il lui répond :

— Deux d'entre eux sont toujours en activité. Un autre a quitté l'Espagne, je crois qu'il vit au Mexique.

Pause.

— Et le dernier ?

— Le dernier est mort, Jon. D'après la version officielle, il aurait été tué par une explosion dans un tunnel. Mais ça ressemble plutôt à un suicide. Il était dévasté par la perte de sa fille, morte dans un accident de la route, six mois plus tôt.

Un de moins. Il en reste trois.

Avant de raccrocher, Txema ajoute une dernière chose.

— Hé, gros (surnom dont Jon a hérité à Ávila, allez savoir pourquoi). Ici, tout le monde ne parle que de ça. Les vautours vont venir te chercher demain matin.

Les vautours. Les Affaires internes. Donc Parra a fini par le balancer. Pourquoi ça ne l'étonne pas ?

S'ils l'embarquent demain matin à Cea Bermúdez pour lui braquer une lampe au visage, c'est la fin. Ils vont lui tirer les vers du nez à propos de l'histoire du maquereau, et rien qu'avec ça, ils feront des dégâts. Mais quand ils s'intéresseront à son emploi du temps des trois derniers jours, Jon devra donner beaucoup d'explications. Ce qui impliquera de trahir Antonia.

Je vais devoir choisir entre elle et la prison.

— Merci, Txemita.

— Fais gaffe à toi.

Jon rejoint Antonia qui patiente sur un banc, rue Huertas. Il ne lui raconte que la partie positive de la conversation. Celle qui confirme leurs soupçons.

Le crapaud vert qui le dévore de l'intérieur s'est transformé en l'Incroyable Hulk.

Antonia ne voit pas Jon serrer les dents pour empêcher le crapaud de sortir. Elle se concentre sur leur première vraie piste depuis le début de cette histoire de fous. L'un des quatre hommes est forcément Ezequiel. Ce qui expliquerait sa capacité à ne pas laisser de traces sur la scène de crime, et son effarante maîtrise du volant lors de leur course-poursuite sur la M-50. Ce style de conduite qu'Antonia se remémore avec une pointe de jalousie (car oui, elle est humaine).

Elle demande le numéro de téléphone du capitaine Parra à Mentor, qui le lui donne à contrecœur. Il n'est pas content.

— Je ne suis pas content, dit-il.

Antonia l'ignore. Elle n'a pas de temps à perdre avec des poussées d'ego et des chamailleries. Tout ce qui importe, ce sont les trente-deux heures qui restent avant la fin du compte à rebours. Ils peuvent encore sauver Carla Ortiz.

Elle compose le numéro de Parra et dit :

— Capitaine, j'ai des informations à vous transmettre au sujet d'Ezequiel.

Parra

— Qui êtes-vous ? dit Parra avant de comprendre. Ah, oui. La mascotte que Gutiérrez se trimballe partout. Miss Interpol de mes couilles. Si j'avais le temps, je vérifierais ce que vous trafiquez, tous les deux.

— Capitaine, je sais que vous ne nous tenez pas en haute estime, mais ce que j'ai à vous dire est plus important que vous et moi.

— Que je ne vous tiens pas… (Le capitaine éclate d'un rire sec, qui tient plus de l'aboiement que de l'amusement.) Avec vos conneries, vous avez failli foutre en l'air toute mon enquête.

— Qui sait, nous aurions peut-être dû vous appeler avant de nous rendre au club hippique. Cela dit…

— *Qui sait, qui sait, qui sait*, se moque Parra, de sa plus belle voix de crooner. Ne me dites pas que « cela dit » vous avez fait une découverte fondamentale pour l'enquête.

— Et pourtant, c'est le cas. Nous avons de très fortes raisons de penser qu'Ezequiel est un…

Nouvel aboiement. Mais celui-ci témoigne d'une certaine joie. Mauvaise.

— Flic ? Vous retardez sacrément, Interpol. Ezequiel s'appelle Nicolás Fajardo. Membre de l'unité du Sous-sol. Enfin, ex-membre. Laissé pour mort il y a deux ans. Sauf qu'il a commis une erreur. On a relevé ses empreintes sur le volant d'un taxi volé la semaine dernière. Il l'avait nettoyé à fond et aspergé d'eau de Javel avant d'y mettre le feu, mais l'empreinte en question lui a échappé… Et devinez ce qu'on a trouvé en déplaçant la voiture ? Une chaussure de Carla Ortiz. Avec leurs empreintes à tous les deux.

Au bout du fil, il y a un silence empli de frustration.

— Rappelez-moi qui vous a mis sur la piste du taxi, capitaine.

Comment elle sait, pour le CNI ? Une alarme sonne dans un coin de la tête de Parra, trop occupé par l'opération qu'il est sur le point de lancer pour lui accorder de l'importance.

— Je ne sais pas de quoi vous parlez. Ce que je sais, c'est qu'on s'apprête à débarquer chez Fajardo. Il est peut-être mort, mais il paie ses factures d'eau et d'électricité depuis deux ans. Et vous savez quoi ? Il habite un demi-sous-sol. Allez, je vous laisse. Transmettez mon meilleur souvenir à l'inspecteur.

Parra raccroche. Aussitôt après, il songe qu'il aurait pu ajouter quelque chose comme « Dites-lui de se coucher tôt, demain une rude journée l'attend », pour enfoncer le clou. Putain d'esprit d'escalier. Pourquoi les meilleures répliques lui viennent toujours après coup ? Ou en pleine nuit, quand il se lève pour aller pisser et qu'il vise la cuvette comme un zombie ?

Bref.

Le fourgon – blanc, sans signe distinctif – est garé au coin de la rue, avec l'USE au complet à l'intérieur. Parra les a tous réquisitionnés.

Il y a Cleo, la seule femme de l'équipe et la plus endurcie, qui tient à démontrer qu'on peut être une mère de famille et une dure à cuire.

Il y a Ocaña, le plus intelligent, avec un bagout que Parra lui envie. Son meilleur négociateur.

Il y a Giráldez, l'ancêtre, qui va sur ses cinquante ans et en a plus sous le capot que tous les autres réunis. Miguel Ríos avec un flingue.

Il y a Pozuelo, le gamin, frais émoulu de l'école de police, vert comme un bourgeon, mais avec des couilles en titane.

Il y a Cervera, l'affranchi, occupé à renifler et à se frotter les gencives. Il s'est fait une ligne avant de monter, ce qui déplaît fortement à Parra. La police, c'est sérieux. Un instant, il pense à le foutre dehors, mais ça risquerait de nuire au moral des troupes. Il lui passera le savon qu'il mérite plus tard. Il faut savoir faire les choses dans l'ordre.

Et bien sûr, il y a Sanjuán, son second, son bras droit. Toujours dans son ombre. Son lèche-cul préféré.

Ils s'insultent, rigolent, mâchent du chewing-gum, tapent du pied par terre. S'insultent encore. Dans leur langue secrète. Un code qui dissimule l'amour qu'ils se portent les uns aux autres.

Il les aime tous. À crever. Ce sont ses gosses, putain. Sa famille. La chair de sa chair, son sang. Il donnerait sa vie pour eux, et réciproquement.

Ils le regardent, dans l'expectative, attendant qu'il donne l'ordre.

C'est encore trop tôt. Il veut s'assurer qu'il n'y a pas de danger. Sixto, le huitième larron, fait le tour du pâté de maisons, avec son chien. Un type lambda, qui promène son labrador après sa journée de boulot. Vêtu comme tout le monde : bermuda et tennis, T-shirt. L'uniforme de base dans un quartier comme Lucero.

Sixto va mettre dix ou quinze minutes à revenir. Dès qu'il lui confirmera que tout est en ordre, Parra lancera l'opération.

Il tente de réfléchir à une phrase mémorable, inspirante, qu'il pourrait leur sortir avant de descendre du fourgon.

Rien ne lui vient.

Putain d'esprit d'escalier.

Carla

Carla appelle Sandra toutes les trente secondes. Au début, elle murmure. Elle prononce son nom, compte jusqu'à trente, recommence.

Petit à petit, l'angoisse lui fait donner de la voix. Maintenant, elle crie, elle hurle, elle cogne le mur. Mais elle n'obtient rien d'autre que trois coups sur la porte métallique, qui explosent à ses tympans et l'envoient valser à l'autre bout de la cellule, recroquevillée dans sa morve, ses larmes et sa peur.

Il ne s'est écoulé que quelques secondes, ou peut-être quelques heures, lorsque Sandra répond enfin.

— Je t'ai dit qu'il ne voulait pas qu'on se parle. Tu as réussi à le mettre en colère.

À présent, c'est Carla qui ne répond pas. Elle sanglote, les jambes repliées, se couvrant le visage de ses mains.

Les nouvelles frontières du royaume : la distance entre ses bras et sa poitrine. Quelques centimètres où elle trouve un peu de réconfort.

— Il est parti, dit Sandra. Mais quand je te dirai qu'il est là, tu devras te taire. Ce sont les règles.

Carla s'essuie les yeux du bout des doigts, renifle un grand coup.

— Je m'en fiche. Il n'a qu'à me tuer, qu'on en finisse.

— Je me doutais que tu dirais ça.

Carla tire nerveusement sur sa robe déchirée, tripote sa bretelle.

— Qu'est-ce que tu veux dire par là ?

Sandra hésite un instant.

— Eh bien, parce que c'est toi.

— Comment ça, moi ? Je suis qui, moi ? s'énerve Carla.

De l'autre côté du mur, il y a un silence hostile.

— Sandra ?

— Si c'est pour me parler sur ce ton, je préfère que tu ne dises rien. J'ai assez de problèmes comme ça.

Au secours. La fille est prisonnière d'un psychopathe, et son problème, c'est que je lui parle mal.

Mais elle ne dit rien. Parce qu'elle ne veut pas se mettre Sandra à dos. Elle ne veut pas être seule. Elle se rend compte qu'à cet instant précis, c'est sa pire terreur. Mourir seule, dans le noir.

Peut-être que Sandra n'est pas très maligne, ou peut-être qu'elle est complètement dépassée par les événements.

Moi aussi, putain.

Mais pour le moment, Sandra est tout ce qu'elle a.

— Désolée si j'ai été désagréable.

— C'est bon, répond Sandra après un silence. J'imagine que c'est normal.

— C'est-à-dire ? Je ne comprends pas.

— Les gens comme toi, ils n'ont pas l'habitude de demander pardon. Les riches, je veux dire.

Carla respire profondément.

— C'est lui qui te l'a dit ?

C'est une bonne nouvelle. Si Ezequiel sait qui elle est, c'est qu'il doit vouloir obtenir quelque chose. Quelque chose qui n'a rien à voir avec son corps.

— Il m'a comparée à toi. Il m'a dit que, *toi*, tu es importante. Ça explique sûrement qu'il ne vienne pas te voir. Pour ça, il m'a, moi.

Carla déglutit, lentement, choisissant ses mots avec le plus grand soin.

— Sandra, je…

Elle s'interrompt. Elle ne peut pas répondre à ce que Sandra vient de lui dire. C'est tout simplement impossible.

Parce que c'est ce qu'elle pense.

Parce que c'est la vérité.

Carla est l'héritière de l'homme le plus riche du monde.

Sandra conduit un taxi.

Peut-être que sur Twitter, un indigné de service déclarerait – non sans raison – que leurs deux vies se valent, mais ici, entre les murs de cette prison, l'affirmation ne tient pas.

— On va sortir d'ici toutes les deux, je te le promets, dit Carla.

Maintenant, elle comprend mieux l'attitude passive-agressive de Sandra. Jusque-là, elles étaient des victimes, à égalité. Mais même dans la tanière d'un assassin, toutes les victimes ne se valent pas.

— Ne fais pas de promesses que tu ne pourras pas tenir. J'imagine que moi, je ne sers qu'à l'occuper, dit Sandra. Pour toi… il a d'autres projets…

Carla attend qu'elle termine sa phrase, mais elle ne le fait pas.

Ce silence, ce territoire inconnu, est peuplé de dragons.

— Quels projets, Sandra ? Si tu le sais, tu dois me le dire. Dis-le-moi, je t'en prie, supplie Carla.

— Chut. Tais-toi. Il est revenu, et il est en colère. Je crois qu'il se passe quelque chose, dit la femme.

28

Un souvenir

Antonia ferme les yeux.

Elle n'a aucun mal à trouver, dans sa collection de mots, celui qui décrit le mieux son état d'esprit. *Ajunsuaqq*. Dans la langue inuite, ça signifie « mordre le poisson et n'y trouver que des cendres ».

Après tous ces efforts, il ne lui reste rien dont elle puisse se réjouir ou se sentir fière. Mais qu'importe, si ça leur permet de sauver Carla Ortiz.

Jon est assis près d'elle, sur un banc, dans la rue. Exceptionnellement silencieux. Quand elle lui a rapporté ce que lui a dit Parra, il s'est contenté d'acquiescer. Des gens passent devant eux, mais Antonia ne les voit pas. Elle est occupée à chercher dans les archives en ligne des journaux. Il n'y a pas grand-chose, la nouvelle est passée inaperçue.

Une explosion de gaz, dans le sous-sol de la rue Narváez. Une seule victime à déplorer. L'officier de police Nicolás Fajardo. Une inspection de routine. Fajardo ne laisse aucune famille connue.

Aucune mention du suicide.

Jon avait évoqué autre chose. Ah oui, une fille.

L'information est un peu plus facile à trouver. Ça remonte à six mois avant la mort de Nicolás Fajardo.

Accident mortel sur la M-30. Une voiture heurte les piles du pont de la M-30. Pas de trace de freinage. La police pense qu'il s'agit d'un suicide. La victime est une femme de vingt ans, qui a pour initiales « S. F. ».

Elle agrandit les photos. Les pompiers s'affairent autour du véhicule accidenté. Il n'y a pas grand-chose à faire. La moitié de la voiture a disparu, compressée et aplatie comme une bouteille en plastique vide. Il faut rouler très vite pour faire autant de dégâts.

Le téléphone sonne.

— Allô ?

— Madame, c'est Tomás.

Antonia cligne des yeux ; son cerveau est si absorbé par les archives qu'il doit lutter pour revenir à la réalité. Alors ça lui revient. Tomás. Le vigile de La Finca.

— Vous nous avez laissé votre numéro, l'autre soir, au cas où on se souviendrait de quelque chose. J'ai d'abord essayé le numéro de votre collègue, mais c'était occupé, alors j'ai décidé de tenter le vôtre.

Elle émet un grognement approbateur, un *ha ha* ou *hum hum*, car elle reste concentrée sur la photo de l'accident. Sur un détail qui ne colle pas tout à fait. Quelque chose qu'elle devrait voir sur le cliché, et qui ne s'y trouve pas.

— Donc aujourd'hui, quand on a pris notre service, Gabriel et moi, on discutait, et tout à coup, un taxi s'est présenté. Cette fois, on a mieux regardé, voyez, depuis ce qui est arrivé, on regarde bien l'intérieur des taxis, on ne les laisse plus passer juste comme ça.

Nouveau *hum hum*.

— Et donc le chauffeur, c'était une femme. Bon, maintenant on est habitués, ça se remarque moins, mais il y a quelques années, c'était impensable. Chauffeur de taxi, c'est un métier d'homme. Vous imaginez ? Trimballer des inconnus, allez savoir où, en pleine nuit… Enfin bref, Gabriel et moi, on a bien regardé et tout à coup, ça nous est revenu. C'est pas incroyable, comment ça marche, le cerveau ? Vous vous souvenez de rien, votre collègue non plus, et d'un coup, *paf*, ça vous revient, en même temps. Ça doit être un genre d'associations d'idées. Comme le rouge et le sang. Le bleu et le ciel. Je disais justement à Gabriel que…

Antonia réussit à l'interrompre.

— Qu'est-ce qui vous est revenu, Tomás ?

Le vigile s'éclaircit la voix.

— Eh bien, cette nuit-là, le chauffeur de taxi, c'était une femme.

Carla

De nouveau, elle essaie de dormir. Elle se sent de plus en plus faible, de plus en plus épuisée. Elle fait un rêve, un rêve où l'obscurité s'évanouit et laisse place à un gigantesque mur de lumière, blanc et splendide, qui emplit tout.

Alors, dehors, elle entend le bruit et les voix.

Des voix d'hommes qui crient : « Police ! »

Qui crient son nom.

Elle savait qu'ils viendraient. Elle savait que ce n'était qu'une question d'heures. De minutes, peut-être. Et maintenant ils sont là. Ils l'ont enfin retrouvée.

Son cœur bondit dans sa poitrine, elle essaie de se lever, oubliant la hauteur sous plafond, se cogne la tête et se fait une entaille qui saigne abondamment, mais qu'elle ignore. Elle parvient à ramper jusqu'à la porte, donne des coups, essaie de crier à travers le soupirail.

— Ici ! Ici ! Je suis ici !

29

Un mot aborigène

Antonia s'arrête.

Le monde aussi.

— Qu'est-ce que vous dites ?

— C'était une femme, répète Tomás. D'ailleurs en y repensant, c'est bizarre qu'une femme soit en service aussi tard, ou aussi tôt, comme je dis toujours, ça dépend comment…

Antonia ne l'écoute plus.

Murr-ma.

Une expression en wagiman, une langue aborigène australienne désormais parlée par moins de dix personnes dans le monde, qui traduit ce qu'elle était en train de faire jusque-là.

Murr-ma.

Marcher dans l'eau en cherchant quelque chose avec les pieds.

Ce qui est particulièrement difficile, car tous vos autres sens tentent de coopérer, tout en ne faisant que vous gêner.

— Allô ?

Antonia a raccroché. Elle a besoin de ses deux mains.

Elle agrandit au maximum l'une des photos de l'accident.

C'est une Mégane jaune.

On distingue mal la plaque. Antonia fait une capture d'écran, qu'elle transfère sur l'application Photoshop Express, et applique le filtre Accentuation.

Alors le numéro apparaît.

9344 FSY.

Murr-ma. Une recherche à l'aveuglette. Mais quand vous frôlez quelque chose du gros orteil – et pas avant –, alors vous pouvez plonger le récupérer. Les pièces du puzzle s'assemblent, le compte est bon.

En quelques fractions de seconde, Antonia rassemble tous les éléments dont elle dispose :

– La fille de Fajardo s'est tuée dans un accident sur la M-30.

– Son immatriculation resurgit deux ans plus tard, sur le taxi qu'utilise Ezequiel pour transporter le corps d'Álvaro Trueba.

– Le taxi est retrouvé brûlé et aspergé d'eau de Javel dans un terrain vague, à un kilomètre d'un commissariat.

– Son emplacement est signalé par un appel anonyme.

– L'homme, qui a effacé toutes ses traces jusque-là, laisse deux empreintes :

a) une sur la chaussure de Carla Ortiz ;

b) l'autre sur le volant.

– Volant qu'Ezequiel n'a pas touché, puisque le taxi était conduit par une femme.

La conclusion jaillit, claire comme de l'eau de roche.

Antonia saisit la manche de la veste de Jon pour le sortir de ses pensées.

— Qu'est-ce qui se passe ? dit Jon, revenant d'on ne sait où.

— Il faut qu'on les prévienne. Il faut qu'on les prévienne tout de suite.

— Les prévenir de quoi ?

— Ils sont où, Jon ?

Ils n'en ont aucune idée.

Antonia compose le numéro de Parra.

Une sonnerie.

Deux sonneries.

Répondeur. « *Vous êtes bien sur la boîte vocale de...* »

Antonia ne laisse pas de message. Elle le hurle.

— Parra, écoutez-moi. N'entrez pas, je répète, n'entrez pas. C'est un piège !

Parra

Ils ont pris position devant la porte de l'appartement, située un niveau sous l'entrée principale. C'est l'unique demi-sous-sol de l'immeuble.

Les hommes de l'USE occupent le palier et l'escalier, armés de fusils d'assaut MP5. Les fenêtres du demi-sous-sol donnent sur la rue San Canuto, mais elles sont étroites et grillagées. Personne ne peut sortir par là. Au cas où, ils ont laissé Sixto dans le fourgon, avec le journaliste.

Il faudra que quelqu'un relate ce sauvetage héroïque. Et c'est ce gars-là qui a décroché le gros lot.

Ça, c'est fait, pense Parra, après s'être repassé mentalement le déroulement de l'opération. Sa principale crainte est que Fajardo s'en prenne à l'otage quand il se sentira acculé, mais c'est là qu'intervient Ocaña, le beau parleur. Qui serait capable de vendre du sable dans le désert.

Il s'inquiète aussi que le type leur tire dessus. En fin de compte, dingue ou pas, c'est un flic. Parra ne compte pas le sous-estimer, et il s'y est préparé. Ils sont tous armés de fusils d'assaut et équipés de gilets pare-balles. Cleo, qui ouvre la marche, a un bouclier balistique derrière lequel ils pourront s'abriter si les choses tournent mal. Un mètre d'acier et de kevlar, infranchissable.

Quelque chose se met à vibrer sur la jambe de Parra. Il se rend compte qu'il n'a pas coupé son portable. Un oubli qu'il ne pardonnerait à aucun de ses hommes. Il presse discrètement le bouton à travers le tissu de son pantalon jusqu'à ce que l'appareil s'éteigne.

Allez, on y va.

Il s'apprête à donner l'ordre, mais il manque un dernier détail. Il plonge la main dans son cou pour en sortir une chaîne, d'où pend une médaille. Un ange étend ses ailes sur une fillette, qui pénètre dans la forêt. C'est le Protecteur, le saint patron des policiers. Il embrasse la médaille, sans en ressentir aucune gêne. Pozuelo, à côté de lui, fait le signe de croix. Et pourtant, sa seule référence en matière de religion est un film avec Morgan Freeman. Le mouvement se propage dans la file.

Maintenant.

Le capitaine fait un signe à son second, qui manie le bélier. Quatorze kilos d'un dense alliage de plomb et de fer, capables de défoncer une porte d'un seul coup même entre les mains d'un gringalet comme Sanjuán.

BLAM !

Bon, peut-être en deux coups.

BLAM !

Au deuxième assaut, la serrure cède et Cleo entre la première, bouclier en avant, criant à pleins poumons.

— Police ! Sortez, mains en l'air ! On vient chercher Carla Ortiz !

Les autres entrent derrière elle en trombe.

Ils tombent sur un salon crasseux. Les meubles sont empilés contre le mur. Un canapé, des tables. Par terre, des morceaux de papier, de la ferraille et des câbles. Au plafond, un spot halogène allumé.

— Capitaine, dit Cleo en poussant un objet du pied.

C'est une chaussure de femme. Pied droit. Identique à celle qu'ils ont trouvée dans le terrain vague d'Hortaleza.

D'un geste, Parra ordonne à Cleo d'avancer vers le couloir, au fond. Les autres la suivent, en file, deux par deux. Ils se couvrent les uns les autres. Comme il se doit.

Elle pénètre dans le couloir, bouclier à la main.

Le bidon du couloir, astucieusement dissimulé dans la commode, explose le premier. Il contient quarante litres d'un mélange d'hypochlorite de sodium, d'acide chlorhydrique et d'acétone. Javel, déboucheur de canalisations et dissolvant. Dans les proportions requises, ces trois éléments ont juste besoin d'un petit coup de pouce. Le signal, transmis par Internet *via* une carte SIM, active le détonateur électrique, qui fait exploser une cartouche en plastique remplie de poudre – qu'on peut trouver dans n'importe quel pétard –, mélangée à du magnésium – qu'on peut trouver dans n'importe quel feu de Bengale – pour déclencher l'explosion.

La bombe qu'a concoctée Fajardo n'a rien à voir avec la dynamite ou le plastic. Les gaz générés par l'explosion de ces substances peuvent se propager à plus de 10 000 mètres par seconde. Une bombe au chlore peut être fabriquée à partir d'ingrédients qu'on peut se procurer pour moins de trente euros dans tous les bons Leroy-Merlin, à condition de se contenter d'une vitesse de détonation modeste, de 4 500 mètres par seconde. Ce qui est néanmoins suffisant pour transformer l'air déplacé en feu, lequel suit l'onde de choc, comme la queue d'un chien.

Dans le minuscule couloir, l'onde de choc, sans autre issue que la direction où se trouvent les policiers, atteint d'abord Cleo. Elle repousse le bouclier d'acier contre son visage, enfonçant ses pommettes et son arcade sourcilière, lui cassant le nez et la soufflant au sol comme une carte à jouer. Sanjuán, à ses côtés, a moins de chance. Son corps s'élève à plus d'un mètre du sol, sa tête se fracasse au plafond, son dos se brise contre le montant de la porte. La pression de l'air est si forte qu'elle rivalise avec la gravité et le courant de convection pour s'attaquer au corps du caporal Sanjuán. Les trois forces se chargent de lui briser la clavicule, de séparer les vertèbres de son cou et de casser son bras gauche en deux, à la hauteur du coude, aussi facilement que s'il s'agissait d'une branche morte, les tendons n'étant pas conçus pour supporter un tel effort.

En même temps que l'oxygène brûlant, arrive la mitraille.

Fajardo a placé une épaisse couche de vis à l'intérieur du bidon. En acier zingué, avec tête papillon, de sorte qu'à si courte distance, l'aérodynamique de la vis fait qu'elle tourne encore lorsqu'elle atteint les corps qui se trouvent sur son chemin. Cleo, qui n'a pas encore touché le sol à ce stade – ça prend du temps, de raconter tout ça –, évite une grande partie de la mitraille, qui heurte le bouclier. L'une des vis traverse le tissu de son treillis et la peau tendre de son mollet, pour aller se loger dans son fémur, y laissant une blessure de la taille d'une pièce de cinquante centimes. Une autre, taquine, vient frôler l'index de sa main droite et se contente finalement d'abîmer un peu son vernis à ongles. Une troisième s'enfonce dans son orbite gauche, crevant le globe oculaire, bien que, par chance, l'une des ailettes du papillon se coince dans l'apophyse frontale avant d'atteindre le cerveau.

Sanjuán est pulvérisé. Ni son gilet pare-balles ni sa mère ne pourront le sauver. Ses organes internes sont réduits en bouillie avant que son corps ne touche terre.

Ceux qui n'ont pas encore pénétré dans le couloir sont projetés au sol par la force de l'onde de choc, même si le bouclier de Cleo dévie en partie le souffle de la déflagration. Ainsi qu'une bonne partie de la mitraille qui, après avoir rebondi sur la plaque d'acier, vient s'incruster, inoffensive, dans le plafond.

Les six hommes restants dans le salon n'entendront pas la deuxième bombe.

La première était un bidon unique de quarante litres.

Sous les canapés et les meubles empilés dans un coin du salon, il y en a deux cents autres. Évidemment, l'espace est plus grand.

Les hommes sont en train de se relever, plus ou moins sonnés, quand la minuterie – déclenchée après la première explosion – fait exploser la deuxième bombe. De cette façon, les corps offrent nettement moins de résistance à l'onde de choc et aux matériaux que l'explosion projette sur eux.

Dans cette seconde bombe, Fajardo n'a pas mis de mitraille, mais ce n'est pas nécessaire. La table basse est propulsée à 4 000 mètres par seconde vers la tête de Cervera – qui est décapité sur le coup par le plateau en mélamine –, avant de tourner sur elle-même et de heurter le flanc de Pozuelo comme une raquette cognant une balle de ping-pong. La cage thoracique du gamin s'enfonce comme de la pâte à modeler et ses os lui lacèrent les poumons. Le canapé, coupé en trois par l'explosion, s'envole dans toutes les directions. Le plus gros morceau, là où Fajardo s'asseyait pour regarder la télé avec sa fille, vole droit sur Giráldez, qui s'était relevé, et l'atteint dans le dos, réduisant en miettes sa colonne vertébrale et projetant son corps contre le mur opposé, où il s'écrase, le crâne brisé.

Le lampadaire Hektar, acheté chez Ikea un samedi, est propulsé vers l'avant. La lourde base métallique, tournant de manière incontrôlée, atteint Ocaña à la jambe droite, qui prend appui sur elle pour se relever. Il ne se contente pas de la casser à la hauteur du genou, mais l'arrache, laissant voir l'os, d'un blanc parfait, là où il y avait de la chair, de la peau et une jambe qui allait jusqu'au sol.

Parra ne s'en tire pas trop mal. Le corps de Cervera l'a protégé de la première explosion et celui de Pozuelo, de la seconde. Il a des éclats plantés dans le cou, dont un, particulièrement long, a traversé la peau pour ressortir de l'autre côté. Mais il vivra.

Pour un temps, en tout cas.

Le capitaine hurle. De douleur, de panique, de rage. Il ne peut pas entendre ses propres cris, pas plus que ceux de ses hommes, car il a les tympans détruits. Il voit Ocaña s'accrocher à sa jambe – désormais cinquante pour cent plus courte –, incrédule, et se dirige vers lui pour tenter de lui porter secours. Cleo hurle, elle aussi ; elle se rappelle tous les saints du calendrier et jure sans discontinuer, mais Parra ne l'entend pas non plus. Les autres sont plutôt silencieux, Sanjuán parce qu'il n'a plus de poumons, Cervera parce qu'il n'a plus de tête, et les autres parce qu'ils sont inconscients.

Le problème, avec les bombes au chlore, c'est que ce n'est pas uniquement l'explosion qui vous tue, mais aussi le gaz de couleur jaune orangé, extrêmement toxique, qui vient ensuite, produit par la combustion.

Le gaz, épais, atteint d'abord Cleo. Elle tente de retenir sa respiration, mais, prise de panique, ne peut éviter d'inhaler. C'est comme absorber du feu liquide, qui descend le long de sa trachée et s'installe dans ses poumons, incendiant ses entrailles.

Parra, dos à elle et complètement sourd, ne voit pas sa collègue étouffer ; il ne la voit pas manquer d'air, s'efforcer de quitter ce couloir empli de fumée ; il ne la voit pas réussir à se retourner malgré ses blessures, agripper la porte de ses doigts, tenter de sortir la tête de la fumée, de respirer. Il ne voit pas ses doigts s'agiter, se crisper, à bout de forces.

Il ne voit pas la fumée qui se dirige vers lui depuis deux directions opposées, qui sera sur lui dans une seconde, parce qu'il est occupé à sauver la vie d'Ocaña. Son meilleur négociateur, son beau parleur, qui succombera à l'hémorragie dans moins d'une minute s'il ne parvient pas à lui faire un garrot. Il faudrait déjà qu'il réussisse à retirer sa ceinture.

Étant donné les circonstances, on ne peut pas non plus trop en demander au capitaine Parra. Son oreille interne, siège des organes sensoriels qui nous aident à garder l'équilibre et la stabilité, a été esquintée par l'explosion. Voilà pourquoi il ne découvre qu'il est sur le point de mourir intoxiqué que quand le nuage l'enveloppe et qu'il inhale la première bouffée de gaz.

Celui-ci réagit à l'humidité de son appareil respiratoire et se transforme instantanément en acide. Parra comprend ce qui est en train de se passer, or en plus d'être fort, c'est aussi un type courageux. Il ne cède pas à ses poumons qui réclament de l'air, de l'air pur, car il n'y en a pas. Surmontant une douleur intolérable, chancelant, il se dirige vers l'endroit où il pense que se trouve la porte, traînant Ocaña par le bras. Il éprouve deux besoins aussi impérieux que contradictoires. Vomir, respirer. L'effort considérable qu'il déploie pour tirer les quatre-vingts kilos d'Ocaña (moins le poids de sa jambe) fait consommer à ses muscles un oxygène dont ils sont privés.

Aveuglé par le gaz – qui réagit aussi à l'humidité de ses yeux, devenant une myriade d'aiguilles –, c'est un miracle qu'il parvienne à trouver la porte. Mais les miracles se produisent. Peut-être est-ce l'effet de la médaille.

Sur le palier, Parra obtient une seconde, un instant d'air pur. La fumée l'a suivi, refusant de lâcher sa proie. Mais la bouffée d'air qu'il réussit à absorber et à faire descendre dans ses poumons ne lui offre qu'un court répit. Ses bronches enflammées et irritées protestent, les spasmes dans son ventre s'accentuent. Le capitaine tombe à genoux – l'espace d'un instant, il pense à son petit garçon, Lucas, grimpé à califourchon sur son dos quelques jours plus tôt –, cédant aux haut-le-cœur, se tenant le ventre à deux mains. Il parvient à vomir quelques gouttes de bave jaunâtre, mais en paie le prix fort. À présent, cerné par la fumée toxique, il ne sait plus où se trouve l'escalier, et, pire encore, il a perdu Ocaña.

Je ne vais pas te laisser là. Je ne vais pas te laisser là.

À tâtons, il cherche son camarade par terre. Sa main gauche trouve son visage, la droite le saisit par le gilet pare-balles et commence à le tirer. Dans quelle direction ? Il n'en a aucune idée. À genoux, aveugle, il cherche quelque chose qui pourrait la lui indiquer.

En vain.

Soudain, sa main droite parvient à saisir la rampe de l'escalier. Il s'y accroche comme un naufragé à une bouée de sauvetage. Il hisse son corps vers le haut, sur les genoux, tire le corps d'Ocaña, qui se bloque, refuse de grimper. Chaque marche est un Everest.

Parra en franchit onze, avant d'atteindre le point où le gaz, plus lourd que l'air, doit abandonner la poursuite.

Avec ses dernières forces, il continue de tirer Ocaña pour placer son visage au niveau du sien. Le capitaine est sur le point de s'évanouir.

Il tient toujours la rampe d'une main et son collègue de l'autre, quand il entend les sirènes approcher.

Sa dernière pensée consciente est pour la phrase qu'il n'a pas prononcée avant de descendre du fourgon.

À mon signal, déchaînez les enfers.

Putain d'esprit d'escalier.

Ezequiel

Nicolás s'éloigne de l'écran, le visage convulsé. Il ne veut pas continuer à regarder. Tout est terminé.

Face à lui, l'ordinateur portable reste ouvert, mais les webcams sont éteintes. Les haut-parleurs, par lesquels lui parvenaient les cris, n'émettent plus rien. L'explosion a coupé la communication entre son ancien appartement et son refuge actuel. Mais elle s'est maintenue assez longtemps pour lui permettre de se débarrasser des intrus.

Elle avait raison. Ils ont fini par trouver sa trace.

Mais on a été plus malins qu'eux.

Il n'y a pas de quoi se vanter. Des policiers sont morts.

Il prend son cahier et ouvre une nouvelle page de confession.

J'ai péché contre le cinquième commandement, écrit-il. *Je ne voulais pas le faire, mais je n'ai pas eu le choix. La mission est trop importante. Humilier les puissants, leur montrer que leur pouvoir n'est rien à côté de celui de la justice. Personne n'échappe au jugement de Dieu, et j'accomplis Sa volonté.*

Il arrache la feuille et y met le feu. Le papier brûle, mais Nicolás n'a pas la sensation que ses péchés partent en fumée, comme les autres fois. Aujourd'hui, il ne peut penser à rien d'autre qu'à ces hommes qui sont morts. Qui n'étaient ni riches ni puissants. Qui étaient ses égaux.

Mais ils servaient le Malin. Ils servaient Mammon, le démon de la richesse et de l'avarice. Nul ne peut servir deux seigneurs, pense Nicolás, qui ne comprend pas pourquoi son âme reste lourde et souillée, comme un manteau boueux.

L'explosion de la première bombe, qu'il avait préparée avec tant de soin, d'attention aux détails, l'a empli de fierté. Beaucoup d'éléments auraient pu tout faire capoter, mais il les avait tous réglés.

La vidéo s'est coupée après la première explosion. Mais les cris ont continué de lui parvenir par les haut-parleurs. Des cris de douleur, de désespoir, d'incrédulité. D'agonie. Alors, Nicolás a compris qu'il avait été la cause de toute cette destruction. Quand il s'est tourné, troublé, vers Sandra, ce qu'il a vu sur son visage lui a glacé le sang. Il n'y avait aucune trace d'humanité, de doute, de remords. Juste un sourire de reptile, qu'elle a conservé jusqu'à ce que la seconde explosion les prive aussi du son.

Alors, elle a daigné le regarder. Elle a décelé la culpabilité dans ses yeux. Et n'a pas caché son dégoût.

Nicolás s'est retourné, la tête basse, incapable d'affronter à nouveau ce regard vide. Elle lui a tourné le dos et a disparu dans le couloir. Et il est resté seul, devant les écrans noirs et les haut-parleurs silencieux, avec une âme souillée que le feu ne parvient pas à purifier.

Au fond, Carla Ortiz continue de crier et de frapper la porte, mais Sandra lui a dit de la laisser s'égosiller. Nicolás abhorre le bruit, qui attise sa souffrance et lui rappelle son iniquité, mais il ne veut pas la contrarier.

Il ouvre une nouvelle page.

Je suis, fondamentalement, une bonne personne, écrit-il.

Il s'arrête, relit les mots attentivement. Les lettres se confondent sur le papier, dansent sur la ligne, changent d'ordre, perdent toute signification.

Il arrache la feuille, la jette par terre, recommence.

Je ne suis pas une bonne personne, écrit-il.

Cette fois, les lettres restent à leur place.

30

Sept instantanés

Ni Jon ni Antonia ne se rappelleront clairement les heures qui suivent, au-delà d'une collection d'instantanés, moments figés dans le temps, sans solution de continuité.

1. Antonia crie au téléphone avec Mentor. Jon grille un feu rouge dans la côte de San Vicente, au coin d'Arriaza. Il esquive un homme d'une trentaine d'années, vêtu d'un costume bon marché. L'homme a une bouteille dans la main droite. Un peu de cidre tombe sur le pare-brise. La lumière du feu rouge transforme le liquide ambré en gouttes de sang iridescentes.

2. Jon montre sa plaque à un agent de la municipalité qui coupe la circulation à l'entrée de la rue San Carnuto. Le policier municipal dit quelque chose et leur fait signe de reculer d'une main, tandis que de l'autre, il retient Antonia, qui tente de se glisser par-dessous le ruban de signalisation. Son dos

touche le plastique précisément entre les mots ZONE et INTERDITE, transformant la ligne droite en triangle. C'est le genre de détail que remarquerait habituellement Antonia, mais pas cette fois.

3. Deux auxiliaires paramédicaux du Samu sont penchés sur un brancard. Les bras de l'un appuyés sur la poitrine du blessé, les mains de l'autre plaçant un masque sur son visage. Les lumières de l'ambulance qui emmène déjà Ocaña à l'hôpital nimbent la tête des paramédicaux d'un éclat surnaturel.

4. Un pompier, portant un masque à oxygène, traîne un cadavre, qui viendra rejoindre les trois corps alignés sur le trottoir, recouverts de couvertures isothermiques argentées. Au lieu de renvoyer le reflet des lumières stroboscopiques des voitures de police ou du camion de pompiers, la face aluminée des couvertures semble les absorber. Comme si les corps qui se trouvent en dessous tentaient d'arracher un dernier souffle de vie à l'air qui les entoure.

5. Antonia se baisse pour ramasser une médaille tombée par terre. Ses doigts l'effleurent. Les intervenants paramédicaux l'ont arrachée au cou du capitaine Parra sans s'en apercevoir, pendant qu'ils pratiquaient la réanimation cardiorespiratoire. Un agent explique à Jon comment le capitaine s'est comporté. Le visage de Jon est décomposé. Les lèvres de l'agent sont tendues vers l'avant – comme s'il se préparait à l'embrasser. En réalité, elles sont en train de former la quatrième lettre du mot *héros*.

6. Antonia pleure, l'avant-bras appuyé contre la vitre de la voiture, la main gauche écartant le bras de Jon, qui s'approche pour la consoler sans la regarder.

Jon garde les yeux fixés sur l'endroit où l'ambulance du Samu a disparu en emportant le capitaine Parra. Il commence à pleuvoir, une pluie fine et légère, qui ne parviendra pas à effacer les taches de sang du trottoir, seulement à les garder fraîches plus longtemps.

7. Antonia pose un pied sur le trottoir, devant l'hôpital de la Moncloa. Elle descend de l'Audi sans un mot, les yeux mouillés. Derrière elle, les yeux de Jon expriment la tristesse, la peur, le doute, et une énorme, une incommensurable angoisse. Une supplication, aussi, qu'elle ne le laisse pas seul cette nuit. C'est peut-être la première fois, depuis qu'ils se connaissent, où il a davantage besoin d'elle qu'elle de lui. Mais Antonia ne voit rien de tout ça, car elle lui tourne le dos.

Carla

Personne ne vient.

La porte métallique est toujours exactement à la même place. L'obscurité est toujours aussi dense, les murs continuent de suinter l'humidité et la gorge de Carla est à vif.

Carla pleure, sans larmes. Elle émet seulement quelques brefs halètements rauques, secs, qui se transforment en toux. Sa blessure à la tête, qui saigne encore, inonde la cavité située entre le nez et l'os lacrymal. Elle sent son sang pénétrer dans ses yeux, mais elle est incapable de faire quoi que ce soit.

Son bref regain d'espoir et d'énergie lui a coûté très cher, et elle le paie maintenant, avec les intérêts. Son corps est aussi épuisé que son âme.

Elle décide de se laisser mourir. La mort est une issue comme une autre. Laisser son corps cesser de respirer, arrêter son cœur, empêcher le sang d'arriver au cerveau. Et ensuite, flotter. Il paraît que quand on meurt, le corps reste sur la Terre, comme une ancre, tandis que l'âme s'élève. Comme dans les dessins animés, comme dans ce film de motards avec Mickey Rourke, du temps où il était encore beau.

L'espace d'un instant, Carla perçoit cette sensation. Son esprit s'élève, traverse les murs, vole par-dessus les immeubles, mais pas à la rencontre de Dieu, non, en direction de son père, qui attend, jour et nuit, d'avoir de ses nouvelles. Elle l'embrassera sur le front, et il remarquera sa présence, puis elle poursuivra son ascension, vers la chaleur et la lumière, jusqu'à la verte prairie qui s'étend sous le lever du jour.

Pourtant, elle ne meurt pas.

L'obscurité est toujours là.

— Tu as entendu ?

Sandra l'appelle, la ramenant à la réalité – la pire qui soit. Mais Carla ne répond pas. Répondre signifie revenir, admettre que la lumière s'éloigne, qu'elle est toujours enchaînée à ce corps qui souffre, qui saigne et qui tremble de peur.

— Tu as entendu ça, Carla ? répète Sandra.

Carla abdique.

Elle a besoin de savoir.

— Qu'est-ce qui s'est passé ?

— Ils ont essayé de te retrouver. Mais ils ont échoué. Et maintenant, ils sont tous morts.

— Mon père paiera, dit Carla. Il va forcément payer.

— Peut-être. Il lui reste encore un peu de temps.

Sa voix a changé, pense Carla.

Ne lui adresse plus la parole. Je t'avais dit de ne pas lui parler.

— Du temps ? Il y a un délai ?

— Ne t'inquiète pas, je vais t'aider.

Carla, encore faible, confuse et étourdie par l'hémorragie, se redresse légèrement. Maintenant, elle comprend pourquoi la voix de Sandra lui paraît différente. Elle ne lui parle pas à travers la cloison. Elle lui parle depuis l'autre côté dc la trappe métallique.

— Sandra ! Tu es sortie ! Il faut que tu ouvres cette porte, vite !

— Tout de suite, répond Sandra.

Carla entend Sandra marcher vers la gauche de la porte. Elle entend un coup sec, puis un mécanisme qui se met en branle, tirant la lourde plaque vers le haut. La partie inférieure de la trappe s'élève, un centimètre, quatre, huit.

Puis elle retombe, avec un bruit métallique qui résonne dans toute sa cellule.

— Essaie encore, Sandra. Tu peux le faire.

Sandra dit quelque chose que Carla ne distingue pas. Puis elle comprend qu'elle ne parle pas. Elle rit.

Un rire pointu, tranchant comme une lame de couteau.

Pourquoi elle rit ?

Non.

Non, non, non.

— Tu es avec Ezequiel, dit Carla, l'estomac noué par la peur.

Sandra continue de glousser, comme si elle ne pouvait pas contrôler son hilarité. Le genre d'hilarité qui provient d'un lieu très lointain et peut vous mener à la folie.

— Ah, tu es vraiment impayable, toi. Tu n'as pas encore compris ? Je ne suis pas *avec* Ezequiel. *Je suis* Ezequiel.

Carla sent un poing glacial lui triturer les entrailles, agripper ses tripes, se bloquer dans son œsophage.

— Qu'est-ce que tu veux, Sandra ?

— De toi ? Rien. Que tu te tiennes tranquille.

— Combien tu as demandé à mon père ? Je suis sûre que…

— Carla Ortiz, la reine de la négociation. La princesse héritière. Cette fois, ce n'est pas une question d'argent.

— Alors qu'est-ce que tu lui as demandé ?

— Je lui ai demandé de dire quelques mots à la télé.

— Je ne comprends pas…

— Je lui ai demandé de parler de vos ateliers au Brésil. En Argentine. Au Maroc et en Turquie. Au Bangladesh.

Carla se retourne, s'approche de la porte, tente de se pencher par le soupirail.

— Je peux tout t'expliquer sur chacun de ces endroits, Sandra. Ce n'est pas comme le dit la presse…

Sandra rit à nouveau.

— Épargne-toi tes beaux discours. Ce serait plus crédible si je n'avais pas le mot de passe de ton ordinateur. On y trouve des choses passionnantes. C'est vrai que les petits doigts sont plus efficaces pour retirer le surfilage ?

— Nous apportons beaucoup d'aide à ces pays. Ces enfants travaillent avec l'accord de…

Trois coups rapides, furieux, la font taire. Elle est si près de la porte que l'écho lui fait l'effet de clous plantés dans ses oreilles.

— Ta gueule, salope ! Combien il coûte, ton appart ? Cinq millions ? Et ta bagnole ? Et la robe que tu portais au Bal des débutantes ? Vingt mille putains d'euros. Un mois de salaire d'un millier de gosses, pour que tu portes un bout de chiffon signé Zuhair Murad pendant trois heures…

La voix de Sandra s'accélère, les mots qui suivent sont inintelligibles. Elle continue de parler et de rire toute seule, mais Carla ne comprend rien.

Elle veut répondre, elle veut nuancer, lui parler de la complexité du marché international. Dire que c'est un malentendu.

Elle se contente d'attendre, les lèvres serrées.

Tout plutôt qu'elle recommence à frapper.

— Pardon, désolée, dit Sandra quand elle parvient à se reprendre. Parfois, j'ai du mal à me contrôler. Ils disent qu'il y a un truc qui cloche là-haut, mais ils en savent quoi, les toubibs ? Ils en savent quoi, les gens ? Si le monde tournait rond, tu serais derrière les barreaux. Alors il faut croire que je ne suis pas si dingue, non ?

Sandra s'accroupit, le visage collé contre le soupirail, et baisse la voix. Comme une vieille amie, qui lui confierait un secret à l'oreille.

— Écoute, je me suis bien amusée, avec toi. C'était bien plus marrant qu'avec le gosse qui était là avant. Foutu menteur, combien de fois il a voulu m'embobiner. Mais toi, non, Carla. Tu as été parfaite.

Tirant des forces d'on ne sait où, Carla parvient à demander :

— Il me reste combien de temps ?

— Un peu moins de vingt-six heures. Mais je ne crois pas que tu doives t'inquiéter. Je suis sûre que ton père fait ce que je lui ai demandé. En fin de compte, ce sont ses péchés, pas les tiens. Et un père ferait n'importe quoi pour que sa fille n'ait pas à payer pour ses péchés, pas vrai ?

Elle s'en va, mais son rire flotte encore longtemps le long des murs, comme une brume dense et toxique.

31

Une photo

— On ne peut pas sauver tout le monde, dit grand-maman Scott.

Antonia l'a réveillée – il n'est pas encore 5 heures du matin dans la campagne anglaise –, mais sa grand-mère ne s'en formalise pas. Elle est faite d'une étoffe particulière. Une étoffe qui ne brille, qui ne révèle sa vraie nature que lorsque la situation l'exige. C'est pourquoi, quand elle décroche à la quatorzième sonnerie, l'air encore endormi, grand-maman Scott sourit. Elle sait que sa petite-fille ne l'appellerait pas sans une bonne raison.

— C'était là, tout le temps. Sous mes yeux. Si on avait vérifié l'immatriculation de la Mégane hier soir…

Antonia n'arrive pas à croire que vingt-six heures seulement se sont écoulées depuis le moment où ils ont découvert que la plaque d'immatriculation du taxi était usurpée. Leur erreur, leur terrible erreur a été de supposer qu'elle avait été volée à quelqu'un au hasard.

Vingt-six heures. Une de plus que ce qu'il reste à Carla Ortiz avant la fin du délai fixé par Ezequiel.

— Tu ne peux pas porter tout le poids du monde sur tes épaules, ma petite.

Mais sa grand-mère sait qu'elle le fera de toute manière. De la même façon dont elle porte la culpabilité de ce qui est arrivé à Marcos. Visiblement, la place ne manque pas sur les épaules d'Antonia. Sa grand-mère attribue cela à son éducation catholique déficiente (et, ce qu'elle n'admettra pas même sur son lit de mort, au sang espagnol de sa mère).

— Cinq morts, mamie. Juste parce que je ne suis pas arrivée à la bonne conclusion dix-sept minutes plus tôt.

En temps normal, Georgina Scott fait preuve d'une patience infinie avec sa petite-fille, mais parfois cette patience rencontre ses limites.

— Cesse donc de pleurnicher. Ce n'est pas toi qui as posé ces bombes et ce n'est pas toi non plus qui as enlevé cette femme. Quel est ce mot qu'emploient les Africains, déjà ?

« Les Africains » auxquels se réfère grand-maman Scott sont les Gas, un peuple vivant au sud du Ghana, qui parle son propre idiome. Et il ne s'agit pas d'un, mais de deux mots.

Faayalo zweegbe.

— Seul celui qui va chercher de l'eau peut briser la cruche. Je sais, mamie. Mais va dire ça à celui qui attend au village en crevant de soif.

Va dire ça à Carla Ortiz, ou aux hommes de Parra. Cinq morts, un autre entre la vie et la mort. Et un pronostic vital réservé pour le capitaine lui-même.

— Ma petite, arrête de remuer le couteau dans la plaie. Cesse de te lamenter pour ce que tu n'as pas fait. Est-ce qu'il t'arrive de te réjouir pour tous les gens que tu as aidés ? Des gens qui ignorent même ton nom ? Non, grand Dieu. Tout ce que tu fais, c'est ressasser tes prétendus échecs et courir retrouver cette chambre d'hôpital pour continuer à te sentir mal. Ce qui ne facilite pas les choses pour t'aider. Tu sais quoi ? Je retourne me coucher.

Elle raccroche.

De la part de quelqu'un comme grand-maman Scott, cette entorse aux bonnes manières est si étrange qu'Antonia en reste déconcertée.

Elle sait qu'elle a raison, mais c'est comme ça que ça marche. Seules comptent les personnes que vous n'avez pas pu sauver.

C'est d'autant plus vrai quand il s'agit des êtres à qui vous tenez le plus.

L'homme allongé sur le lit, par exemple. Perdu à l'intérieur de son crâne, à jamais.

— Tu me manques tellement, lui dit Antonia.

Marcos ne répond pas. Son rythme cardiaque reste inchangé, indique l'électrocardiogramme.

Antonia déverrouille l'iPad et ouvre l'application photos. Parmi les favoris, il n'y a qu'une seule image. Elle et Marcos, portant à deux un gâteau d'anniversaire. Marcos regarde le gâteau, elle l'objectif.

Comme toujours, elle se contemple avec mépris, parce que cette personne, sur la photo, n'est pas elle. C'est une étrangère ignorante, incapable de prévoir ce qui arrivera quelques semaines plus tard seulement.

Elle s'endort.

Elle fait un rêve.

Marcos travaille dans son petit atelier. Le ciseau arrache à la pierre sablonneuse des sons secs, syncopés. Elle est douloureusement consciente de ce qui va se passer, puisque c'est déjà arrivé mille fois. Elle n'est pas dans le salon, face à une montagne de documents, de rapports, de photographies. Elle est à ses côtés, regardant par-dessus son épaule la sculpture sur laquelle il travaille. C'est une femme, assise. Ses mains reposent paisiblement sur ses cuisses, son dos est incliné vers l'avant, dans une posture agressive qui contraste avec la quiétude de son visage. Il y a quelque chose, face à la femme, qui la pousse à vouloir se lever, mais ses jambes sont prisonnières de la pierre, le ciseau n'est pas encore parvenu à les libérer. Il n'y arrivera jamais.

La sonnette de la porte retentit. Antonia voudrait arrêter Marcos, lui dire de continuer à travailler, de continuer à vivre cette vie, mais sa gorge est aussi sèche que les extraits de rapports qui jonchent le sol de l'atelier. Elle s'entend – elle entend cette autre femme, cette idiote ignorante qui monte le son de la musique dans son casque – crier quelque chose, et Marcos abandonne son marteau sur la table, près de la sculpture inachevée. Il garde le ciseau dans la poche de sa blouse blanche et va ouvrir. Antonia, la vraie Antonia, l'Antonia qui sait ce qui va se passer veut le suivre, et elle le fait, mais lentement, très lentement, si bien qu'elle ne le voit pas ouvrir la porte, qu'elle ne voit pas l'inconnu en costume élégant et Marcos en venir aux mains. Quand elle atteint le couloir, Marcos et l'inconnu sont déjà sur le sol. Le ciseau dépasse déjà de la clavicule de l'inconnu, dont le sang tache la blouse de Marcos ; l'homme se retire, mais parvient à tirer deux fois. L'une des balles traverse Antonia, la vraie Antonia, qui attend dans le couloir, et atteint aussi cette femme ignorante qui se trouve dans le salon, casque sur les oreilles, musique à fond, les yeux rivés sur les papiers devant elle. La balle frôle le coin du berceau de bois où Jorge dort, la déviant suffisamment pour qu'au lieu de venir se loger dans le crâne d'Antonia, elle se contente d'entrer par son dos avant de ressortir par son épaule. Une trajectoire plutôt clémente. Sans grandes conséquences. Quelques mois de convalescence seulement. Un peu de vernis sur le berceau.

La deuxième balle est moins magnanime. La deuxième balle atteint Marcos dans l'os frontal, dont les médecins devront par la suite ôter une bonne partie pour éviter que son cerveau ne se comprime. Ils disent que la balle a ricoché sur le mur. Ils disent que Marcos s'est jeté sur l'inconnu.

Le cauchemar ne le précise jamais. Le cauchemar se termine toujours sur la déflagration du second coup de feu, résonnant à ses oreilles.

Alors elle se réveille et, envahie de remords, ne ferme plus l'œil de la nuit.

Carla

Carla pleure à nouveau, mais cette fois, de rage et de honte d'avoir été trompée. Elle éprouve le besoin impérieux de vomir, d'expulser d'elle tout ce qu'elle avait cru être Sandra, sa compagne de captivité, pour faire une place à la rage qui l'envahit, qui démange sa peau, qui enflamme son cou, son front, ses oreilles. Elle serre les poings, s'imaginant tordre le cou de Sandra et pas juste de l'air. Elle presse son pied, se voyant écraser le crâne de Sandra, au lieu de la porte…

Attends…

La porte cède un peu.

Elle appuie à nouveau son pied, mais la porte ne cède que de quelques millimètres, guère plus.

Quand Sandra a refermé la trappe, la plaque n'est pas retombée exactement au même endroit que précédemment. Elle s'est légèrement déplacée. Juste assez pour ne pas s'emboîter tout à fait dans le cadre. Elle a laissé un petit espace, insignifiant.

Carla se retourne, frustrée. Alors la voix lui parle.

Il y a bien quelque chose que tu pourrais faire. Tu dois juste m'écouter.

Et Carla écoute.

Elle perçoit les mots plus nettement que jamais. Elle sait que la voix est son unique alliée. Elle l'a toujours été. Et elle sait autre chose. Elle sait qui elle est. C'est l'autre Carla. L'autre Carla est plus forte, plus sûre d'elle, elle sait parfaitement ce qu'elle a à faire. L'autre Carla ne pose pas de questions, elle agit.

Et Carla va agir elle aussi.

Elle se dirige vers le coin de la bouche d'évacuation où l'humidité a fragilisé le ciment, où l'un des carreaux bouge. Pas beaucoup, juste assez pour lui permettre de glisser un doigt.

Carla passe l'index entre le carreau et la paroi – sans penser à ce qui pourrait ramper ou grouiller de l'autre côté –, et remarque que le ciment cède, s'effrite. Légèrement, un peu de poussière seulement. Juste un peu de poussière.

Elle pense à son père. Quand on lui demande comment son empire a débuté, il répond toujours : « En vendant trois chemises. »

Carla commence à gratter avec le doigt.

Quelques grains de poussière à la fois.

32

Un visage aimable

La femme de l'accueil – elle s'appelle Megan – est plongée dans un roman d'amour. Elle lit beaucoup pour supporter l'ennui des heures creuses. L'un des rares avantages de son emploi mal payé.

Deux doigts parfaitement manucurés tapotent contre le verre de la porte. C'est une femme, élégamment vêtue et souriante. Elle a un visage aimable.

Sans hésiter, Megan presse le bouton commandant l'ouverture de la porte. Personne ne se méfierait d'un visage aussi aimable que celui-là.

Quand la femme franchit la porte, Megan pose son roman avec un certain agacement. Elle brûle de savoir si l'héroïne parviendra à se réconcilier avec l'amour de sa vie, bien qu'il appartienne à l'infâme clan rival des MacKeltar. Sur la couverture, l'héroïne apparaît de dos. Peu importe, ce n'est pas elle qui tient le rôle principal, mais un homme torse nu, portant un kilt en tartan. Les abdominaux de rêve et les pectoraux taillés dans le marbre n'évoquent pas spécialement les

Highlands du XIIIe siècle, mais (*bom chicka wah wah !*) ça gêne qui ?

— Bonjour. Bienvenue à l'école Hastings. En quoi puis-je vous aider ?

La femme s'approche d'elle. Elle a une main derrière le dos. Elle sourit.

Maintenant que Megan la voit de près, son visage n'a plus l'air aussi aimable.

TROISIÈME PARTIE

ANTONIA

Adiós, sombras queridas ;
adiós, sombras odiadas.
Yo nada temo en el mundo,
que ya la muerte me tarda[1].

Rosalía de Castro,
Follas novas,
Akal Éditions, 1985.

1. Adieu, ombres chéries ;
adieu, ombres haïes.
Je ne crains rien au monde,
car déjà la mort tarde à venir.

1

Un gros titre

Pour une fois, l'épuisement est plus fort que la culpabilité. Quelques minutes après s'être éveillée de son cauchemar, Antonia retombe dans les bras de Morphée.

Un sommeil lourd, poisseux et dense comme du goudron, auquel l'arrache la sonnerie de son téléphone. Dehors, le soleil brille, implacable.

— Allume la télévision, exige Mentor.

— Quelle chaîne ?

— Peu importe.

En effet. De la première à la cinquième, seuls les visages autour des tables changent. Les chaînes ont interrompu leurs programmes habituels pour diffuser un *flash spécial*. Antonia n'a pas besoin d'écouter pour savoir quel en est le sujet. Le *hashtag* affiché sur l'écran lui indique ce qu'elle sait déjà.

— Quand est-ce arrivé ? dit-elle en regardant sa montre. Il est 1 heure passée.

— Il y a une heure et demie, un journaliste basque l'a publié sur la page Web de son journal.

— Et tu ne m'appelles que maintenant ?

— J'ai eu une réunion avec ceux d'en haut. Tu es hors jeu, Scott. C'est terminé.

Antonia n'en croit pas ses oreilles.

— Tu n'es pas sérieux.

— C'est un ordre d'en haut, Scott.

— Mais on a un nom, maintenant. On sait qui c'est, et on pourrait…

— C'est devenu trop dangereux, l'interrompt Mentor. Il y a autre chose, Scott. Ce journaliste…

Antonia le trouve sur l'une des chaînes, assis parmi d'autres commentateurs aussi ignorants, péroreurs et grande gueule que lui. Un sexagénaire en préretraite, grisonnant, les cheveux gras ramenés en catogan. Antonia le reconnaît aussitôt.

L'homme qui a salué Jon hier, rue Serrano. Avec ce sourire.

Glas wen. Sourire bleu, en gallois. Un rictus mauvais face au malheur de notre pire ennemi.

— … apparemment, le journaliste en question a vu l'inspecteur Gutiérrez à la télévision après votre course-poursuite sur la M-50. Il fait partie de ceux qui avaient dénoncé sa manœuvre pour faire tomber le proxénète.

— Il l'a suivi, murmure Antonia.

— Il s'est douté qu'il y avait anguille sous roche. J'imagine qu'il a parlé à Parra pour obtenir l'exclusivité. Ça arrive.

— C'est toi qui l'as mêlé à tout ça, dit Antonia.

— Je t'ai dit que c'est Gutiérrez qui…

— C'est toi qui as mêlé Jon à tout ça. Toi, qui as toujours besoin de tes marionnettes cassées. Toi, Mentor. C'est toi qui as fait ça.

— Tu peux m'accuser autant que tu veux. Tant que tu ne fais rien.

— Il reste dix-sept heures.

— C'est le problème de la police, maintenant, Scott. C'est un ordre. Reste en dehors de ça.

— Et Carla Ortiz ?

— Il y aura d'autres batailles, Scott. Si tu te tiens tranquille.

Mentor raccroche.

La logique implacable, mathématique, de Mentor. Sacrifier un fou pour continuer la partie. Parce que tout ce qui compte, c'est de continuer à jouer. Une vie, aujourd'hui, peut en valoir cent demain. Comme dans la vieille histoire de l'échiquier. Un grain sur la première case, deux sur la deuxième, quatre sur la troisième. Un nombre incalculable sur la dernière.

Va dire ça à Carla Ortiz. Va dire ça à son fils.

On frappe à la porte.

Le coup est reconnaissable entre mille.

Antonia prend son temps. En réalité, elle ne veut pas ouvrir, car la rage qui bout en elle cherche par où sortir.

Et la soupape est là, elle frappe à la porte. Antonia s'approche, mais, au lieu d'ouvrir, elle met le verrou.

— Je ne veux pas te parler, dit Antonia.

Elle l'imagine de l'autre côté, appuyé contre la porte.

— Je voulais te le dire, dit Jon, d'une voix où filtre le désespoir. Mais je n'ai pas trouvé le bon moment.

— On a passé trois heures et onze minutes à Caceres, dans ce café. Dans le silence complet. C'est ce que j'appelle un moment.

— J'avais peur. Et j'avais honte.

Alors, Antonia explose. De manière cruelle, de manière injuste.

— Ta peur et ta honte ont tué Carla Ortiz.

Elle veut lui faire mal. Elle veut lui transmettre toute la souffrance de son âme.

Elle y parvient.

Sa douleur, évidemment, ne disparaît pas ; elle ne fait que s'amplifier.

Elle devine, à travers la porte, que le corps de Jon ne pèse plus contre le panneau de bois.

Il y a un silence. Un long silence.

Un mouvement, à ses pieds, attire son attention. Quelque chose s'est glissé dans l'interstice entre la porte et le sol, avec un murmure métallique contre le carrelage.

La boîte qui contient ses gélules.

Antonia se laisse tomber par terre. Elle prend la boîte et referme son poing dessus. Elle essaie de pleurer.

Elle n'y parvient pas.

2

Des retrouvailles

Antonia est toujours par terre, essayant de se reprendre – cela doit faire dix ou douze minutes – quand on frappe à nouveau à la porte. Pensant que Jon est revenu, elle se lève d'un bond, tourne le verrou et ouvre aussitôt.

— Je suis désolée, je…

Elle s'arrête net. Ce n'est pas Jon.

Cet homme grand, mince, aux joues creusées est, de fait, la dernière personne au monde qu'Antonia voudrait voir ici.

Sir Peter Scott, ambassadeur du Royaume-Uni à Madrid, ex-consul général à Barcelone, commandeur de l'Ordre de l'Empire britannique, se trouve dans l'encadrement de la porte, avec l'intention manifeste d'entrer.

— Père, s'étonne-t-elle.

— Antonia, la salue-t-il.

Il n'y a pas d'embrassade ni d'étreinte, pas un soupçon de joie ou de tendresse entre eux, mais plutôt un front froid avec de basses pressions et une possibilité de rafales.

C'est compliqué.

Sir Peter – à l'époque simplement Peter – arriva à Barcelone en 1982. L'année de la Coupe du monde de football. Pendant que le monde entier regardait l'Allemagne tomber, vaincue, aux pieds de l'Italie, Peter Scott finissait d'emménager dans son appartement de la rue Sardenya. À deux pas des arènes. Quelle coutume barbare, disait-il à sa mère au téléphone. Il n'était alors qu'un fonctionnaire. Ses journées, il les consacrait à ses tâches administratives au consulat. Ses soirées, à se promener sur la Rambla, boire son café et s'adonner à son vice secret : la littérature anglaise du XVIIIe siècle.

Il était plongé dans la lecture des *Chants d'innocence et d'expérience*, de William Blake, quand une femme qui passait près de lui trébucha et renversa son café sur son pantalon. Le liquide était brûlant, mais Peter s'en fichait. Il était plus préoccupé par les yeux noirs de la jeune femme. Menue, les cheveux châtain foncé et la peau claire, presque transparente. Elle était si gênée qu'elle en oublia de s'excuser. Alors qu'elle aidait Peter à ramasser les morceaux de la tasse, le livre qu'il était en train de lire tomba au milieu des éclats de vaisselle et de la mare de café. En voyant la couverture, elle récita :

— « *Quel fut le marteau ? Quelle la chaîne ? Dans quel brasier fut ton cerveau ?* »

Surpris d'entendre citer son poème favori – le plus beau, le plus terrible et le plus ténébreux jamais écrit –, Peter dit :

— Il n'y a pas beaucoup d'Espagnols qui connaissent Blake.

Le sourire de l'inconnue illumina la Rambla tout entière, rebondit sur Montjuïc et, une fois de retour, fit fondre le cœur de Peter.

— J'ai plutôt intérêt à le connaître, répondit-elle. Je termine mes études de littérature anglaise.

Onze mois plus tard, par un après-midi ensoleillé de septembre, Peter Scott et Paula Garrido se mariaient à Santa María del Mar. Dans l'année naissait une fillette aux yeux noirs, que son père voulut aussitôt appeler Mary. Pour Mary Wollstonecraft, bien sûr, pas pour Shelley – que Peter ne tenait pas en très haute estime.

— Peu importe, dit Paula. Elle s'appellera Antonia, comme ma mère, qu'elle repose en paix.

Six ans plus tard, au prix d'un dur labeur, Peter était nommé consul. Le bonheur de la famille était complet. Éperdument amoureux, Paula et lui aimaient leur fille à la folie.

Un mois après la promotion de son époux, Paula eut des vomissements au réveil. Elle éprouvait une douleur sourde à l'abdomen. Huit semaines plus tard, le cancer du pancréas la tuait.

Antonia partit vivre trois années en Angleterre, chez sa grand-mère. C'était toute la famille qui lui restait. Son père s'abîma dans le travail et l'ignora complètement. Quand Antonia revint à Barcelone, l'homme qui l'accueillit n'était plus son père. C'était l'homme qui versait la paye de ses gouvernantes. La mort de Paula avait asséché son cœur, l'avait rendu égoïste et misanthrope, comme si la défunte avait emporté avec elle, serré entre ses doigts, le sens même de l'amour. Il fit clairement comprendre à Antonia qu'elle était un détail superflu dans sa vie, une ligne d'un chapitre qui s'était refermé à jamais, mais qui, pour une étrange raison, vivait et respirait encore. Et cet esprit brillant, qu'Antonia avait manifesté depuis son plus jeune âge et qui l'avait tant fasciné chez Paula, lui déplaisait à présent chez sa fille. Mais l'intelligence d'Antonia n'avait pas la retenue de celle de sa mère. C'était plutôt une lame, un couteau, un piège. La fillette apprit très vite à la dissimuler, moins pour gagner l'amour de son père que pour éviter les conflits.

Sitôt qu'elle le put, Antonia partit faire ses études à Madrid. Son père fut nommé ambassadeur alors qu'elle fréquentait déjà Marcos, avant qu'elle ne rejoigne le projet Reine rouge. Durant toutes ces années, ils se virent cinq fois en tout et pour tout.

Antonia mit un certain temps à comprendre pourquoi son père la haïssait – ou du moins éprouvait à son égard un sentiment si semblable à la haine (trois quarts d'aversion, un quart de rancœur) que sa simple présence lui était insupportable. Il fallut qu'arrive l'histoire de Marcos. Chaque fois que Jorge apparaissait devant elle, vivant, douloureux, tragique portrait craché de Marcos – comme elle-même l'était de sa mère –, Antonia comprenait un peu plus son père. Mais elle ne lui pardonna pas pour autant, car il aurait pu réprimer ses sentiments malsains, comme elle-même s'efforçait de le faire, avec plus ou moins de succès. Et parce que les enfants vivent au jour le jour, dans un présent continu, où ils ne veulent pas, ne peuvent pas, ne doivent pas connaître autre chose que l'amour.

Aujourd'hui, trois ans plus tard, Antonia est peut-être prête à admettre qu'elle a elle aussi failli avec son fils.

Et que son père a été présent pour lui, s'occupant de Jorge quand c'était trop douloureux pour elle.

Peut-être.

Mais Antonia ne lui avait pas confié son fils de son plein gré. Sir Peter avait bataillé et obtenu la garde de Jorge devant un juge. Il avait exigé qu'elle se soumette à une thérapie avant de voir l'enfant. Et il avait l'intime conviction – alimentée par des années d'éloignement – que sa propre fille était folle à lier.

C'est compliqué.

Antonia s'écarte pour laisser entrer son père.

Sir Peter pénètre dans la chambre comme si elle lui appartenait. Le jeune Anglais de bonne famille un peu guindé que Paula avait rencontré dans ce café a bien changé.

— Comment va-t-il ? dit-il en désignant le lit, sans regarder Marcos, les yeux tournés vers la fenêtre.

Il n'était pas présent à leur mariage, évidemment. Ç'aurait été beaucoup demander. Mais il avait envoyé une carte et avait même pris la peine – Antonia en est presque certaine – de la signer personnellement.

— Dans le coma, répond Antonia. Qu'est-ce que tu veux ?

Son père se retourne et la dévisage longuement. Antonia, qui pense aussi bien en anglais qu'en espagnol, a cette fois recours à un terme qui n'existe pas dans l'idiome de sa mère, sans appartenir non plus à son répertoire spécial. *Stare*. Regarder fixement une personne d'une manière gênante. Chose que son père n'a jamais faite jusque-là.

— Où est-il, Antonia ?

Dans sa voix, il y a aussi une nuance qu'elle n'a jamais perçue auparavant.

De la peur.

— Où est qui ?

— Où est Jorge ?

Avec ces trois mots, l'univers se brise en deux. La peur jaillit de la voix de son père et vient se nicher sous la peau d'Antonia comme un courant électrique basse tension, bourdonnant depuis le bout de ses doigts jusqu'à ses oreilles, comprimant son diaphragme et sa poitrine.

— Il est à l'école. Dis-moi qu'il est à l'école.

— Il n'est pas à l'école, Antonia. Une personne l'a enlevé pendant qu'il était en classe. L'institutrice est à l'hôpital, inconsciente. La gardienne est morte. Elles ont été poignardées toutes les deux. Les enfants disent que c'était une femme. Ils sont terrifiés.

Les mots de son père lui paraissent irréels. Comme s'ils étaient adressés à quelqu'un d'autre.

J'ai déjà eu cette sensation, une fois. Quand je me suis réveillée dans cet hôpital, et que Marcos agonisait dans l'unité de soins intensifs tandis qu'elle, impuissante, se repassait chaque instant de la tragédie. Avec un tel acharnement qu'ils s'étaient gravés pour toujours dans ses rêves, comme une lumière persistant sur la rétine après qu'on a fermé les yeux.

Ça ne va pas recommencer.

Antonia se redresse d'un coup, prend son sac à main, son portable et l'iPad.

— Il faut que j'y aille.

— Tu ne vas aller nulle part, Antonia. Pas avant qu'on ait tiré ça au clair. J'ai appris que tu allais le voir régulièrement à l'école, sans mon autorisation. Si la gardienne a ouvert la porte, c'est qu'elle connaissait la personne. Où étais-tu il y a trois heures, Antonia ?

Elle ne répond pas.

La peine causée par les soupçons de son père l'atteint à peine. Antonia l'enregistre en passant, à la façon dont une personne qui joue sa vie remarque une petite pluie. Elle sent un vide au creux de son estomac, comme si elle arrivait au sommet des montagnes russes. Le sang afflue à ses tempes au rythme d'une fourchette battant des œufs ; elle a conscience de chacune de ses respirations.

Ignorant son père, elle se dirige vers la porte. Il faut qu'elle appelle Jon. Il faut qu'elle appelle Mentor. Il faut qu'elle…

— Où est mon petit-fils, Antonia ?

Antonia se retourne pour dire quelque chose sans cesser d'avancer, et se heurte alors à un mur de briques en costume. Elle s'effondre au sol et remarque aussitôt des mains énormes qui la soulèvent, en même temps qu'elle sent autour de ses poignets l'inimitable frottement des menottes en plastique, serrées au maximum.

— Je t'ai dit que tu n'irais nulle part, dit son père. Hormis avec nous, au commissariat.

Ezequiel

L'eau a un goût de cendre.

Comme tout le reste ces temps-ci, d'ailleurs.

Il a déplacé la paillasse qui lui sert de lit. Auparavant, il partageait la pièce au fond du couloir avec Sandra, mais sa fille lui a ordonné de débarrasser le plancher, parce qu'elle a attaché le gamin à un mur et veut qu'il ait suffisamment d'espace.

Nicolás se demande à quel moment les choses se sont gâtées, avec Sandra. Depuis quand elle a cessé d'enrober d'un sourire ses insultes et son mépris.

Tu n'es qu'un vieux tocard.

Ton père avait bien raison de te cogner.

Puis elle passait une main sur son épaule ou lui adressait un sourire qui amortissait le coup.

Quand est-ce que ça a commencé ?

Nicolás ne le sait pas ou ne s'en souvient pas. Parfois, il voudrait partir très loin, la laisser de côté, fuir sans regarder en arrière. Mais ensuite, il se rappelle les mois durant lesquels Sandra était

(morte)

loin de lui, comment il a sombré dans un puits sans fond sans pouvoir s'en extraire. Ce que ça faisait de sortir dans la rue, de prendre le métro, d'être dans la foule, de sentir le regard des gens glisser sur sa nuque et son dos. C'est donc ça, un homme qui a perdu sa fille.

Un vieux tocard.

Ton père avait bien raison de te cogner.

Puis Sandra est revenue.

Elle est revenue, tout simplement. Un soir, elle a sonné à la porte, et tout est rentré dans l'ordre.

Non, pas tout. Parce qu'elle était différente.

Nicolás ne veut pas l'admettre ; la vérité tapie derrière cette idée ne lui plaît pas. Il n'a pas envie de renoncer au puissant ascendant de la volonté de Sandra. Depuis son retour, elle irradie une énergie qui l'enveloppe, l'aiguillonne.

Mais ce n'est pas une énergie positive. Désormais, cette énergie l'empoisonne.

Le chemin qu'elle lui a fait parcourir semblait clair, mais il y a eu des détours. Des « imprévus », comme elle dit.

Cet enfant. Il ne devrait pas être ici.

Il est trop petit.

Nicolás s'imagine affronter Sandra de la même façon qu'il s'imagine prendre la fuite. Un fantasme bref, superficiel et sans conséquence. Dès qu'il commence à y songer, dès qu'il entrevoit un moyen de sortir de l'angoisse et de la confusion, il se rappelle la solitude. Effrayante, froide et inhumaine.

Est-ce qu'elle était comme ça avant ? Avant de revenir ?

Nicolás ne s'en souvient pas. Il n'a pas d'images précises de l'*avant*. Des bribes de la mélodie, peut-être, mais les paroles, rien. Il se rappelle de longues journées dans les tunnels, il se rappelle avoir eu la sensation d'être père. Il se rappelle certaines choses qu'il ne veut pas se rappeler, des choses qui se passaient la nuit, des moments où il était son père et où Sandra était lui. Mais il les chasse, comme si ces images ne faisaient pas partie intégrante de sa personnalité. Ce ne sont que des rêves. Elles ne sont pas réelles. Si elles l'étaient, il les aurait confessées avant de les brûler.

Et puis, depuis qu'elle est revenue, ça n'est plus arrivé.

Maintenant, c'est lui qui va la voir, pour obtenir un soulagement différent, la méthode qu'elle lui a enseignée. Il s'agenouille, alors elle prend la ceinture et lui frappe le dos. Comme le faisait son père, quand il était petit, pour empêcher Nicolás de pécher. Comme il le faisait juste avant de pécher avec lui.

Nicolás sent à nouveau le goût de cendres sur sa langue et son palais. Il n'aime pas ce sentiment de confusion qu'il éprouve depuis qu'elle est revenue.

Il prend le pistolet sur la table. Le poids, la présence physique de l'arme lui donnent une étrange détermination.

C'est une porte. Une porte, pense Nicolás.

Il introduit l'arme dans sa bouche. Ses dents frôlent le métal, le mordent. La graisse de l'arme, le métal, font passer le goût de cendres.

Une légère pression, c'est tout ce qu'il faut. Ensuite, il trouvera la paix.

Il presse la détente, mais l'arme ne lui renvoie que le claquement de la sécurité.

Tu n'es qu'un vieux tocard.

Ton père avait bien raison de te cogner.

En entendant ses pas approcher, Nicolás repose l'arme à la hâte.

La prochaine fois. La prochaine fois, il osera.

— Tout est prêt ? demande Sandra.

Nicolás acquiesce. Au prix de beaucoup d'efforts, il a fait tout ce qu'elle lui a demandé.

Elle lui sourit.

3

Une Rolls-Royce

Antonia Scott (un mètre soixante, cinquante kilos) estime ses chances de se débarrasser de l'homme qui la traîne jusqu'à la voiture garée à sa porte (un mètre quatre-vingt-dix, quatre-vingt-sept kilos). Elles sont nulles. Inutile d'ajouter à l'équation que l'homme est, comme tous les membres du service de sécurité de l'ambassade de Grande-Bretagne, un officier du SAS. L'équivalent des GEOs, du GIGN ou des Marines, en version *fish and chips*.

L'homme du SAS a fait son travail de reconnaissance. Avec brutalité, il l'entraîne par les couloirs les moins fréquentés de l'arrière du bâtiment. Sir Peter les suit, quelques pas en retrait. Ils descendent, traversent le service d'oncologie – situé dans la partie la mieux cachée, comme toujours – et aboutissent à l'extérieur, par une porte latérale dont même Antonia ignorait l'existence, alors qu'elle vit pratiquement à l'hôpital de la Moncloa depuis trois ans. Tout est étudié pour qu'ils croisent le moins de monde possible.

La Rolls Royce Phantom qui attend dehors – dont un deuxième agent du SAS tient la portière ouverte – est la voiture officielle de l'ambassadeur du Royaume-Uni, ce qui n'empêche pas Sir Peter d'en tirer un immense orgueil personnel. Dans d'autres circonstances, Antonia aurait peut-être apprécié qu'on l'oblige à entrer dans une auto à un demi-million d'euros, mais pas cette fois. À cet instant, tout ce qu'elle est capable de se dire, c'est que si elle monte dans cette voiture, ce sera la fin pour Jorge, Carla Ortiz et elle.

Elle ne peut pas laisser faire ça.

Et pourtant, elle n'a aucune idée de la manière dont elle peut l'éviter. Se laisser envahir par la panique, se jeter par terre, crier… tout cela ne fera qu'empirer les choses.

Avant même de s'en rendre compte, elle est assise dans la voiture, derrière le siège du conducteur.

— Tu es en train de commettre une erreur, dit-elle à son père, assis à côté d'elle.

Les deux agents du SAS sont installés à l'avant.

— J'aimerais que ce soit le cas, Antonia.

Mais il ne la croit pas. Il l'a déjà jugée coupable, car il pense que, depuis trois ans, elle n'a pas toute sa raison. Ce qui n'était peut-être pas complètement faux il y a quelques jours, mais ne l'est plus à présent.

Je n'ai plus envie de me tuer, pense-t-elle, et elle réalise que c'est la vérité. Après des années à se contrôler, en s'autorisant seulement à fantasmer sur son suicide trois minutes chaque soir, il a suffi de quatre journées pour que tout change.

Ça ne peut pas se terminer ainsi.

Les portières se referment.

Antonia regarde autour d'elle avec désespoir, cherchant une issue qui n'existe pas.

Le chauffeur, le même SAS qui l'a remorquée jusque-là, démarre la voiture.

C'est alors qu'un cataclysme se produit.

Trente secondes plus tôt

Jon Gutiérrez ne supporte pas l'injustice.

Les mots d'Antonia l'ont blessé, bien plus qu'il n'est disposé à l'admettre. Il avait placé tous ses espoirs en elle, son avenir dépendait de leur capacité à retrouver, par n'importe quel moyen, Carla Ortiz. Naturellement, la vie n'est pas une ligne droite ni une route dégagée, et le boulet qu'il se traîne depuis Bilbao

(et tes mensonges)

ont anéanti son rêve.

Jon Gutiérrez est donc assis dans l'Audi A8, sans travail, sans but et sans espoir. À l'hôtel, ses copains des Affaires internes l'attendent, c'est aussi sûr que deux et deux font quatre. Mais il ne va pas leur faire le plaisir de se pointer là-bas, pas question. S'ils veulent lui parler, ils n'ont qu'à aller à Bilbao, qui est si belle à cette époque de l'année, tandis que la « niche du chien » – surnom local du Guggenheim – resplendit sous le soleil de juin, au bord du fleuve.

Il a encore le temps de débarquer à Bilbao pour un dîner tardif, à condition de décoller maintenant et de rouler pied au plancher. Il pourra embrasser sa petite maman, lui raconter ses malheurs et remettre le pire au lendemain.

Sauf qu'évidemment, c'est à ce moment qu'il voit Antonia se faire traîner dans une voiture par un grand balèze manifestement armé.

L'inspecteur Gutiérrez n'a jamais été adepte de la doctrine « Quand le vin est tiré, il faut le boire ». La première fois qu'il s'est laissé porter par les circonstances, c'était il y a quatre jours, et parce qu'il n'avait pas le choix. Son église à lui, en revanche, celle où il prie, allume des cierges et fait la génuflexion, c'est Notre-Dame d'On-ne-Déconne pas-Avec-ma-Collègue. Si bien que, sans se poser de questions, il démarre la voiture, appuie sur l'accélérateur, passe la première – le genre d'astuces qu'on apprend en côtoyant des psychopathes – et envoie l'Audi heurter de plein fouet le flanc de la Rolls Royce.

Et de deux.

4

Un refus

La force de l'impact réduit en miettes la vitre arrière gauche, couvrant Antonia d'éclats de verre. Dans l'habitacle déformé de la Rolls Royce, elle va valser contre son père, qui n'a pas eu le temps de mettre sa ceinture. Les airbags se gonflent devant les sièges avant, mais allez savoir pourquoi, cette voiture à un demi-million d'euros décide que les passagers installés à l'arrière peuvent s'en passer.

Le front de Sir Peter est allé cogner contre la vitre, de son côté, et y a laissé une toile d'araignée avec, au centre, un point cramoisi. Ses cheveux blancs – Antonia est certaine qu'ils sont teints – sont trempés de sang.

Antonia est contre lui, la tête posée sur sa poitrine, ce qui ne s'est pas produit depuis vingt-sept ans, peut-être vingt-huit. Mais elle ne cherche pas le contact – bien qu'elle puisse entendre nettement le cœur de son père, qui bat à moins de vingt centimètres de son oreille droite. Ce qu'elle cherche, c'est la poignée de la portière, les deux bras tendus vers l'avant, à cause des menottes serrées autour de ses poignets.

— Non… murmure son père, encore assommé par le choc.

Elle parvient à ouvrir la porte et à se redresser, enjambe son père – elle a conscience de lui avoir donné un coup de genou dans les parties, et n'en est pas tant désolée que ça –, mais alors qu'elle est parvenue à s'extraire à moitié de la voiture, Sir Peter attrape sa jambe et la tire en arrière.

— Tu ne vas faire qu'empirer les choses, dit-il.

Sa fille se débat, rue dans les jambes, le torse et les bras de son père, et réussit finalement à se libérer.

Les choses ne peuvent pas empirer.

Les deux hommes du SAS commencent à se dégager de l'étreinte amoureuse de l'airbag. Dans la voiture d'à côté, Jon Gutiérrez fait de même. Sauf qu'il a un peu plus d'expérience. Il a même réussi à redémarrer et agite la main pour inviter Antonia à monter.

Antonia le regarde et fait non de la tête.

Elle s'élance en courant dans la direction opposée, s'éloignant de Jon, s'éloignant de son père.

Cours, Antonia.

5

Une ligne libre

Trois heures plus tard, Antonia a cessé de fuir.

Elle n'est pas encore en sûreté, évidemment.

Elle est parvenue à semer les hommes du SAS en empruntant la rue étroite entre l'hôpital et la maison de retraite d'à côté. Arrivée au coin de la ruelle, elle n'a pas eu tellement le choix. Devant elle, il n'y avait que le Manzanares. De l'autre côté de la rivière, un quartier de petits pavillons où elle ferait une cible facile. Elle a donc décidé d'entrer dans la maison de retraite, avançant lentement pour ne pas attirer l'attention – tout en sachant qu'ils étaient à ses trousses –, les menottes dissimulées sous son sac à main. En atteignant l'escalier, elle s'est remise à courir jusqu'au deuxième sous-sol, où un tunnel communique avec l'hôpital tout proche. Elle est sortie par la porte principale – à moins de six mètres de son père, qui lui tournait le dos, la tête dans les mains, regardant dans la direction où elle avait pris la fuite – et s'est dirigée vers le parc de la Bombilla, où elle utiliserait le bord d'une corbeille pour se libérer de ses menottes en plastique.

Jon n'était pas en vue. L'Audi avait disparu. Même s'ils ne tarderaient pas à le repérer, ça lui laissait au moins un peu de répit.

À quel moment avons-nous cessé d'être des chasseurs pour devenir des proies ? pense Antonia.

Elle se trouve à l'intérieur du McDonalds de Gran Vía. Sans doute l'endroit le plus anonyme à la surface de la Terre, où des centaines de personnes – voire plus à cette heure-ci – entrent et sortent constamment. Six heures du soir, le moment où la *merienda* des Espagnols rejoint le dîner des touristes étrangers. Toutes les tables étant occupées, Antonia mange son Royal Cheese, sa grande frite et son McFlurry – elle va avoir besoin de toute l'énergie possible – assise sur l'un des poufs de l'entrée, le plateau sur les genoux. Elle ne pense pas qu'ils soient à sa recherche dans la rue, il est encore trop tôt, mais elle se tient dos à la vitrine. Au cas où sa photo aurait été entrée dans le système et qu'un agent plus malin que les autres la repérerait par hasard.

C'est sûr, les gars des Homicides doivent être en train de travailler sur l'affaire et voudront certainement lui parler. Évidemment, elle ne peut pas demander de l'aide à l'USE. Ezequiel y a veillé.

Il a tout planifié. Nous l'avons débusqué exactement quand il l'a voulu. Pas avant.

Les flics des Homicides envisagent les choses avec plus de calme que ceux des Enlèvements. Leurs clients ne sont plus en état de protester et ne risquent plus grand-chose, de sorte qu'attraper un meurtrier en fuite n'est qu'une question de temps. Qui, de fait, joue toujours en votre faveur. À force de courir, le fugitif s'épuise. On ne peut pas fuir éternellement, encore moins de nos jours, où le moindre besoin vital – manger, boire, dormir – laisse une trace électronique. À moins de se trimballer un quintal d'argent liquide.

Ce qui n'est pas le cas d'Antonia. La totalité de son capital se résumait au billet de vingt euros qu'elle garde toujours sur elle, plié dans la coque de protection de son portable, en cas d'urgence. Un Royal Cheese constitue indubitablement une urgence, mais à présent, il ne lui reste que neuf euros et quarante-cinq centimes.

Réflexion faite, la crème glacée n'était peut-être pas indispensable.

Elle n'a pas utilisé sa carte bancaire, par excès de précaution. En réalité, il est bien plus dangereux de garder son portable allumé. Si quelqu'un est réellement décidé à vous interpeller, l'appareil le mènera droit sur vous, aussi sûrement qu'un phare guide un navire dans la tempête.

Cependant, elle ne peut pas éteindre son téléphone ni s'en débarrasser. Parce qu'elle attend un coup de fil qui ne devrait plus tarder à venir. Pour cette même raison, elle a rejeté les trois appels de Mentor, et les six de Jon.

Le plus douloureux a été d'ignorer sa grand-mère, qui a également tenté de la joindre. Une seule fois. Sans succès.

La ligne doit être libre.

Elle garde le fond de sa boisson pour ingérer l'une de ses gélules rouges. L'excès de stimuli – les gens, les lumières, les conversations, les voitures, ses propres pensées en accéléré – autour d'elle est en train de la rendre folle, et elle a besoin de freiner son esprit, de reprendre le contrôle, de filtrer les informations qui lui parviennent. Chaque gélule lui offre quarante petites minutes de répit.

Elle constate, avec inquiétude, qu'il ne lui en reste plus que deux.

Elle jette les emballages à la poubelle et sort dans la rue, emprunte Montera en direction de Sol, son portable à la main. Être en mouvement l'aidera à rester libre. Et ce n'est qu'en restant libre qu'elle pourra sauver Jorge.

Elle continue à avancer.

Quand l'appel arrive enfin, Antonia est déjà pratiquement arrivée place de Canalejas.

— Bonsoir, mademoiselle Scott, dit une voix d'homme, grave et sèche.

— Je veux savoir comment va mon fils, répond Antonia.

— Il va bien. Il ne lui a été fait aucun mal.

— Je veux lui parler.

— Ça ne va pas être possible. Mais j'insiste, il ne souffrira pas. Les enfants ne doivent pas payer pour les péchés de leurs parents.

— Et pourtant, vous les leur faites payer, n'est-ce pas ?

— J'accomplis seulement la volonté de Dieu.

— Si vous le dites. Donc vous n'allez pas me laisser parler à mon fils ?

— Je vous ai dit que non.

— Dans ce cas, je veux parler à Ezequiel.

— Vous êtes en train de parler à Ezequiel.

— Vous n'êtes pas Ezequiel. Vous n'êtes que son messager. Passez-la-moi.

Au bout du fil, il y a un silence hostile. Antonia pense qu'il a raccroché. Elle ressent à nouveau ce vertige, cette pression au creux de l'estomac, cette panique à laquelle elle ne peut se permettre de céder.

Et autre chose, aussi. Un son lointain, une vibration. Antonia l'enregistre dans son esprit, pour y revenir plus tard. C'est peut-être important.

Alors, une nouvelle voix se fait entendre. Une voix de femme, douce et chaleureuse.

— Félicitations, Antonia Scott.

Sans savoir pourquoi, Antonia associe cette voix à un visage aimable. Mais en s'arrêtant une seconde pour l'écouter réellement, elle perçoit la vermine qui grouille en dessous. Des vers gras et pâles, comme les doigts d'un cadavre.

— Je veux parler à mon fils, insiste-t-elle.

— Mon père s'est montré très clair sur ce point. Dites-moi, comment avez-vous su ?

Antonia n'était sûre de rien. Elle a commencé à avoir des soupçons quand l'identité d'Ezequiel a été dévoilée, mais ç'a été un tir à l'aveugle. Dans le mille. Bien entendu, elle ne va pas le reconnaître.

— C'est mon affaire.

L'autre rit. Et avec ce rire, les vers émergent de sous le masque. Une masse grouillante et menaçante.

— La grande Antonia Scott. Si mystérieuse. Très bien. Les règles valent pour vous aussi, Scott. Je vais vous infliger une pénitence pour vos péchés, comme celle qu'a reçue Laura Trueba, comme celle qu'a reçue Ramón Ortiz. Vous êtes prête à l'entendre ?

Antonia ne répond pas.

— Vous êtes toujours là ?

— Je suis toujours là.

— Vous voulez revoir votre fils ?

— Oui, vous le savez.

— Votre péché, Scott, c'est l'orgueil. Un péché mineur, comparé à ceux des autres parents. Vous méritez donc un moindre châtiment. Votre pénitence est l'attente. Douze heures. Si demain, à 7 heures, vous l'avez accomplie, nous relâcherons Jorge, dans un lieu public. Où n'importe quel bon samaritain sera susceptible de le découvrir et de vous le ramener.

— Quelle est l'alternative ?

— Chercher à nous retrouver. Il est possible que vous y parveniez, car vous êtes tout près. Mais vous devez savoir une chose : votre succès serait votre échec. C'est bien compris ?

Antonia a compris. Elle a même très bien compris.

— Et que va-t-il arriver à Carla Ortiz ?

— Son destin ne vous concerne pas. Il est entre les mains de son père. Il a sa propre pénitence à accomplir.

— Pourquoi faites-vous cela, Sandra ?

De nouveau ce même rire grouillant de vermine, délétère et cruel.

— Pourquoi ? Je suis surprise qu'une personne avec des capacités comme les vôtres n'ait pas encore compris. Disons que je fais ça parce que je *peux* le faire. Je fais ça parce que c'est… amusant.

Elle rit encore, d'une plaisanterie qu'elle est seule à comprendre.

— À demain, Antonia Scott.

6

Un thé vert

Elle entre dans le premier café qu'elle trouve, essaie de se calmer, réfléchit aux options qui s'offrent à elle.

Installée au comptoir, elle commande un thé vert pour digérer la junk food qui lui pèse sur l'estomac et les informations qui tournent dans son cerveau.

La serveuse est occupée à remplir d'eau bouillante la théière en inox – curieusement conçue pour verser plus de liquide sur le plateau que dans la tasse – quand Mentor rappelle.

— Tu ne t'es pas demandé pourquoi ils ne t'ont pas encore arrêtée avec ton portable allumé ?

De fait, Antonia s'est posé la question.

— Qu'est-ce que tu as fait ?

— Nous avons (les gens comme Mentor utilisent toujours la première personne du pluriel pour parler de ce qu'ils ne savent pas faire) redirigé la carte SIM de ton portable pour te localiser ailleurs. D'après le petit génie qu'on vient d'embaucher dans l'équipe, tu te trouves actuellement en voyage en Afghanistan. Et tu m'en dois une.

— Déduis-la de celles que tu me dois, toi.

— Cela dit, ça ne durera pas éternellement. Une heure, tout au plus, avant qu'ils ne viennent à bout de notre subterfuge. La police a aussi ses petits génies. Fais en sorte de couper ton portable à temps.

La serveuse pose la tasse devant elle. Antonia prend le sachet de sucre, qu'elle secoue entre le pouce et l'index.

Une heure. Tout au plus.

— Comment ça se présente ?

— Le petit-fils de l'ambassadeur de Grande-Bretagne a disparu, l'enlèvement de Carla Ortiz occupe toutes les chaînes d'infos, une femme a été assassinée et une autre poignardée. Une bombe a tué cinq policiers et en a blessé grièvement deux autres. Et tu es le seul lien entre tout ça.

— Donc plutôt mal, c'est ça ?

Mentor lâche un grognement exaspéré.

— Je te préférais avant que tu apprennes à manier l'ironie, Scott. Ton père met la pression pour que la police te retrouve.

Ce qui n'est pas une option. La dernière chose qu'elle envisage à cet instant est de passer la nuit au commissariat, menottée à une chaise, à répondre à des questions.

— Ton père affirme que tu sais quelque chose, même si la description de la femme qui a enlevé Jorge pourrait correspondre à plusieurs suspectes. Parmi lesquelles la mère de Peppa Pig avec un imperméable.

Logique, avec dix-neuf gosses de quatre ans comme témoins.

— Quand l'institutrice sortira de l'unité de soins intensifs, poursuit Mentor, si elle en sort, elle pourra nous éclairer. Mais d'ici là, tu ne peux pas les laisser t'arrêter, Scott. Tu ne peux pas compromettre le Projet.

Antonia n'en croit pas ses oreilles. Parfois, la froideur de Mentor la dépasse.

— Ils tiennent mon fils. Tu le sais, non ?

— Raison de plus. Si la police t'arrête, tu ne pourras pas l'aider. Il faut que tu restes libre. Découvre où ils se trouvent, et dis-le-nous. Nous nous chargerons du reste.

Clair et net. Aussi simple que ça.

Aussi impossible que ça.

Antonia respire profondément. L'effet de la gélule commence à se dissiper, le monde commence donc à reprendre de la vitesse, les émotions frappent à la porte. Elle serre le téléphone dans sa main droite, referme la gauche, se frappe la cuisse. Une fois, deux fois.

La serveuse lui lance un regard surpris.

Du calme. Du calme. La dernière chose que tu veux, c'est te donner en spectacle et qu'elle finisse par appeler les flics.

Appeler son esprit au calme n'y changera rien. La chimie de son cerveau est ainsi faite. À cet instant, son hypothalamus, modifié pour fonctionner naturellement comme s'il était toujours sous pression, est réellement sous pression. Par conséquent, il bombarde son système sanguin d'histamine comme jamais. Antonia a conscience du moindre élément présent dans son environnement.

La machine à sous qui tourne sans s'arrêter.

L'homme, dans un coin, qui fait semblant de lire alors qu'il est en train de se branler par-dessous la veste posée sur ses cuisses.

La porte des toilettes, qui grince.

Le son de la télévision, la chaise au pied cassé, la porteducafélasonneriedumessagewhatsappdel'hommequi

ASSEZ.

— Tu es là, Scott ?

— Je ne peux pas…

— Scott ? Tu as tes médicaments ? Prends-en un, maintenant.

Antonia plonge la main dans son sac, sort la petite boîte en métal. Quand elle l'ouvre pour prendre l'une des deux gélules restantes, celle-ci tombe par terre, dans un océan de coques de cacahuètes, cure-dents usagés, noyaux d'olives et serviettes graisseuses.

Non !

Antonia se penche, la cherche parmi les déchets, la porte à la bouche et croque dedans sans se préoccuper des germes.

Cette fois, elle ne prend pas la peine de compter jusqu'à dix ni d'attendre que la magie opère. Il n'est plus temps.

— Qu'est-ce que vous avez pu trouver sur Fajardo ?

— Pour l'instant, qu'il n'est pas mort. On le cherche partout, mais ça va prendre du temps. Le type savait ce qu'il faisait quand il a décidé d'effacer ses traces. Son seul lien avec le monde des vivants était le compte bancaire où le montant de ses factures était encore prélevé, ce qui est habituel quand une personne décède. Si personne ne réclame cet argent ou ne prévient la banque

que le titulaire est mort, les prélèvements continuent tant que le compte est provisionné.

— Donne-moi quelque chose qui puisse me servir, Mentor. N'importe quoi.

— Je t'ai envoyé par mail la fiche de Fajardo. À part ça, c'est-à-dire pas grand-chose, il n'y a rien. Tout ce qu'on a pu vérifier, c'est qu'il a bénéficié d'un arrêt maladie après le suicide de sa fille.

— Oui, bon, il se trouve que sa fille n'est pas morte non plus, dit Antonia.

— Pardon ?

— Laisse tomber. Ce serait trop long à expliquer. Continue.

Mentor a du mal à reprendre le fil de la discussion après la révélation d'Antonia.

— La semaine où il est retourné au travail, il est mort dans l'effondrement du tunnel. C'est tout.

— Comment va Jon ?

— Dans tous ses états. Il m'appelle toutes les cinq minutes. Il veut t'aider, Scott.

— Eh bien, ça ne va pas être possible.

Pas après m'avoir menti comme il l'a fait. Impossible de lui faire confiance. Sans compter qu'il a les Affaires internes sur le dos. Et la presse. Si je l'appelle et qu'il rapplique, qui sait ce qui pourrait arriver ? Ça risquerait de tout foutre en l'air.

Je ne peux pas non plus faire confiance à Mentor. Je ne peux faire confiance à personne.

C'est trop risqué pour Jorge.

— Comme tu voudras. Coupe ton portable, Scott. Et attrape-le.

Il raccroche. Antonia éteint son portable. Elle allume l'iPad, le met en mode avion et se connecte au wifi du café pour télécharger la fiche de Fajardo.

Il n'y a pas grand-chose. Mais on peut y lire l'esquisse d'une histoire.

Carla

Un dernier coup sec, et le carreau lui reste dans la main.

L'index et le majeur de Carla saignent abondamment, ses ongles sont fendus et cassés, mais elle est parvenue à retirer le carreau.

Son trophée dans la main gauche, elle se lèche les doigts de la main droite, recrachant du sang, des morceaux d'ongles et du sable. Carla ne peut voir l'expression de son visage, la férocité animale, primaire qu'elle dégage en venant à bout de ce morceau de céramique de dix centimètres sur dix.

Tentant d'ignorer la douleur et le dégoût que lui provoque la chair à vif de ses doigts, Carla enlève sa robe. Elle enveloppe soigneusement le carreau dans le tissu, puis le pose contre le mur.

Elle a réfléchi à ce moment pendant des heures, visualisant ce qu'elle devrait faire dans les moindres détails, de façon à ne commettre aucune erreur.

Elle doit donner un coup du tranchant de la main. Un coup sec, juste au centre. Elle ne peut se contenter de briser les coins ou de risquer d'obtenir une forme trop irrégulière.

L'opération doit être parfaite. Un coup précis, à l'aveuglette, dans le noir.

Répète le mouvement plusieurs fois. Doucement. Puis fais-le.

Carla obéit à l'Autre Carla, qui semble prendre toujours davantage le contrôle de la situation, au point de la reléguer au rôle de copilote. Mais qu'importe. Elle ferait n'importe quoi pour sortir de là, pour étrangler Sandra de ses mains.

C'est à elle qu'elle pense quand elle frappe le carreau. Elle perçoit un léger craquement sous la robe.

Le tissu a rempli sa fonction d'étouffer le son de la céramique qui se brise. À présent, elle déballe le paquet avec appréhension. Ce carreau est, à cet instant, ce qu'elle a de plus précieux dans la vie.

Quelques minuscules fragments s'échappent de la robe, d'autres se perdent dans le tissu. À tâtons, Carla fouille parmi les morceaux avec angoisse. Si le carreau est réduit en miettes, tous ses efforts des dernières heures auront été vains.

Et tu mourras. Tu sais que ton père ne t'aidera pas, n'est-ce pas ?

Ça lui a peut-être pris du temps... Après tout, c'est une décision très importante.

Si c'était Mario qui se trouvait à ta place et que tu devais mettre le feu à la société, que ferais-tu ?

Il reste encore du temps. Il peut encore le faire. Il peut encore prouver que...

Que tu comptes plus que son empire ? Pauvre idiote. Il ne le fera jamais. Il t'a abandonnée. Tu dois te battre toute seule. Tu ne peux compter sur personne !

Carla se met en retrait, cède encore davantage le contrôle à l'Autre Carla. Elle fouille dans la robe, déchirée pendant l'opération, et trouve, parmi les morceaux, une moitié presque parfaite.

Elle s'y accroche avec un instinct farouche. Sans prendre la peine de se rhabiller, elle retourne vers le mur de la bouche d'évacuation et introduit la pointe de son outil improvisé entre le ciment et le carreau suivant. Maintenant, elle progresse bien plus vite, et, au moins, elle n'a pas mal aux doigts. Cette fois, il lui faut moins d'une heure pour venir à bout du deuxième.

Elle récupère le carreau avec la plus grande précaution, pour ne pas attirer l'attention de ses geôliers. L'oreille tendue, elle guette le moindre bruit en provenance de l'extérieur.

C'est alors qu'elle entend les pleurs, de l'autre côté du mur. C'est un enfant, un petit enfant. On dirait…

Mario !

Carla va pour se lever, lui crier qu'elle est là, que maman est là, que tout va bien se passer, mais la voix l'arrête.

C'est juste une ruse. Il n'y a aucun enfant derrière ce mur.

Carla hésite, mais comprend finalement que le son est le produit de son imagination. Il ne peut pas y avoir un enfant de quatre ans de l'autre côté du mur. Et s'il y en avait un, ça ne pourrait pas être son fils. C'est juste une nouvelle ruse de Sandra pour la torturer.

Elle obéit donc à l'injonction de l'Autre Carla. S'occuper d'elle-même. C'est tout.

Elle pose le deuxième carreau sur la robe et regagne le coin de la pièce.

Elle aura besoin d'au moins dix carreaux de plus.

Et elle n'a pas assez de temps. Son plan est voué à l'échec, elle le sait, mais elle est prête à se battre. L'Autre Carla lui a fait prendre conscience d'une vérité irréfutable : la vie n'est rien. Un simple éclair au milieu de ténèbres infinies.

Mais elle compte bien profiter de cet éclair jusqu'au dernier instant.

7

Une pénitence

La seule façon de remporter une partie est de comprendre les règles du jeu.

Depuis qu'ils sont entrés dans le jeu d'Ezequiel, tout s'est résumé à *murr-ma*. Marcher dans l'eau en cherchant avec les pieds.

Maintenant, je commence à y voir plus clair, pense Antonia.

Nicolás Fajardo, policier aux états de service médiocres, entre dans la police nationale en 1996. Il n'a pas fait d'études supérieures et, d'après une évaluation psychologique réalisée à la suite d'une altercation, « ne possède pas de grandes aptitudes sociales », ce qui n'en fait pas un candidat pour des missions en contact avec le public.

Si Jon était là, il dirait que c'est un euphémisme, pense Antonia. Il lui manque. Mais c'est un sentiment dangereux.

Le psychologue s'étonne même que Fajardo ait passé avec succès les tests de l'école de police. Pas

Antonia. Certains troubles mentaux se manifestent graduellement, insidieusement, et Fajardo est sans doute capable de dissimuler ses bizarreries. Du moins dans des situations simples. Mais dès que ça se complique, elles ressortent de sous la surface. Et ça dérange ses supérieurs, qui se demandent que faire de lui, puisqu'il est fonctionnaire.

Cela dit, Fajardo a servi dans l'armée. Deux missions en Bosnie, en 1993 et 1994. De l'expérience avec les explosifs.

Ils l'affectent donc à l'unité NBQ.

C'est parfait. Occupé à entrer et sortir des tunnels pour éviter qu'on fasse sauter des politiques, il n'aura pas à aider des vieilles dames à traverser la rue. Il se contentera de rôder dans des trous sombres, comme le rat que ses collègues et lui se font tatouer sur le bras.

Sur le plan professionnel, tout sourit à Fajardo, comme le prouve son dossier, où ne figurent que quelques annotations relatives à des événements personnels. Une permission de quinze jours accordée pour son mariage, en 1997. Un congé de paternité de deux semaines, en 1998. Une semaine d'arrêt pour le décès de son épouse, en 2007.

La cause de la mort n'est pas indiquée. Mais Antonia peut tirer ses propres conclusions. Parce qu'à partir de 2006, les évaluations se multiplient. Les psychologues donnent toujours le même diagnostic : le « surmenage », vraisemblablement pour la bonne raison que l'intéressé ne se présente même plus aux sessions. Seul l'un d'eux, en 2008, se risque à creuser un peu plus loin dans les racines de son comportement, et son rapport est sans appel.

> Le patient raconte avoir grandi dans une famille de la classe moyenne inférieure, avec un père violent et sadique. Il affirme avoir été abusé, sans préciser s'il a subi des abus sexuels, mais mentionne de graves châtiments corporels. D'après les tests, dont les résultats sont détaillés dans l'évaluation, son développement affectif et sa personnalité ont été profondément altérés par l'environnement toxique dans lequel il affirme avoir été élevé. Il a trouvé une issue professionnelle dans l'armée, où les situations de stress ont aggravé son TSPT. Bien qu'il soit capable de donner le change grâce à ses remarquables capacités d'imitation, le patient souffre d'un manque d'aptitudes sociales élémentaires, ou de véritables stratégies d'affrontement. Au quotidien, son travail a aggravé les troubles issus de son TSPT. Nous recommandons son retrait immédiat du service actif.

Une chance qu'il ait été considéré comme mort, sans quoi nous n'aurions pas eu accès à cette information, qui serait restée dans les tiroirs du psychologue.

Sans doute n'en est-elle d'ailleurs jamais sortie, puisque Fajardo a continué d'exercer. Avec des dizaines de milliers de postes non pourvus en Espagne, et plus encore pendant la crise économique, quelqu'un a décidé qu'on ne pouvait pas se passer de Fajardo. Résultat, son boulot n'était pas très différent de celui des chiens d'aéroports, qui s'asseyent devant les valises quand ils flairent un explosif. Ils ont donc limité les dégâts. Rispéridone. Olanzapine. Ziprasidone.

Il a tenu le coup, bon an, mal an.

Un jour, deux ans plus tôt, quelque chose s'est passé.

Sandra Fajardo a simulé son suicide.

Antonia essaie d'imaginer quelle a pu être la relation de Fajardo avec sa fille. Une enfant qui grandit sans mère ; un adulte avec de graves problèmes psychologiques, privé de compagnie féminine, qui a subi de graves abus durant son enfance.

À quoi a pu ressembler la vie de cette fillette à dix ans ? À onze ans ?

À treize et quatorze ans, quand son corps a changé ?

Pendant que les supérieurs de Fajardo regardaient ailleurs, sachant que cet homme était une bombe à retardement, bien plus dangereuse que celles qu'il cherchait dans les sous-sols.

Qui peut savoir ce qui se joue derrière la porte close d'un salon, d'une chambre ? Qui sait ce qui peut se passer entre deux personnes, jour après jour, année après année, entre le crépuscule et l'aube ?

Antonia ne le sait pas. Mais ce coup de téléphone est venu confirmer son intuition. À l'instant où elle a appris que l'empreinte digitale sur le volant du taxi appartenait à Nicolás Fajardo, elle en a déduit qu'il n'était pas Ezequiel. Elle en a déduit que Parra et ses hommes étaient en danger.

Antonia ignore ce qui s'est réellement passé entre Sandra et son père, mais elle peut l'imaginer. Sandra a dû s'adapter et évoluer jusqu'à prendre le dessus. D'abord, il lui a fallu souffrir, encaisser de nombreux tourments, avant d'apprendre à dominer celui qui en était la cause. Et puis un jour, elle a décidé que l'heure était venue d'infliger les sévices qu'elle avait subis à d'autres.

C'est Sandra qui, durant l'enfance, avait payé pour les péchés du père de Nicolás. C'est Sandra qui avait grandi et était désormais déterminée à les faire payer aux autres. À leur imposer des pénitences impossibles à accomplir, comme elle l'a fait avec Laura Trueba et Ramón Ortiz.

Les contraindre à renoncer à ce qu'ils sont, à ce qui les définit. À leur réussite.

Comme elle l'a fait avec Antonia elle-même, en la plaçant devant ce choix impossible.

Pour sauver la vie de son fils, elle doit laisser gagner Sandra.

Elle doit se tenir tranquille pendant dix heures et demie encore. Laisser le sort de Carla Ortiz entre les mains de son père, qui ne se pliera pas à la pénitence – quelle qu'elle soit – que lui a réservée Ezequiel, Antonia en est certaine.

Et Jorge vivra. Une vie contre une autre. Une vie épargnée si elle se contente de faire ce qu'elle fait depuis trois ans : rien.

Non, pense Antonia. *Ça n'arrivera pas.*

Pas question de lui faire confiance. Pas question de laisser mon fils une seconde de plus entre les mains de cette salope. Pas question que le fils de Carla Ortiz ne revoie pas sa mère.

Pas question de l'abandonner.

Cela reviendrait à se perdre elle-même.

Antonia ressent un pincement étrange. C'est tout de même drôle qu'après avoir jugé la décision de Laura Trueba – qui a coûté la vie à son fils – si monstrueuse, elle se retrouve dans la même situation, à prendre une décision identique.

On dirait bien que je commence à comprendre l'ironie, s'étonne Antonia.

C'est vrai. Parfois l'amour nous mène sur des chemins tortueux. Mais nous ne pourrons jamais renier qui nous sommes.

Elle pense à la jeune fille du salon de tatouages, à son dévouement inconditionnel à l'égard de son père. Mais elle n'a pas renoncé à ses principes. Elle aurait pu faire barrage, privilégier l'amour au lieu du devoir. Et pourtant, elle a insisté, elle a forcé son père à les écouter, à se détourner de son film…

C'est alors qu'elle est frappée par l'éclair.

— Kirk Douglas, dit Antonia à voix haute. Kirk Douglas, putain !

— Qu'est-ce que tu racontes, ma jolie ? demande la serveuse avec son accent de La Havane.

Antonia ne l'entend pas. Parce que ses pieds viennent de trouver dans la vase, sous l'eau (*murr-ma !*), une pièce du puzzle qu'ils cherchaient sans le savoir.

Et soudain, elle sait comment elle peut vaincre Ezequiel.

Elle regarde sa montre. Il lui reste peu de temps pour se préparer.

Je vais devoir trouver le chemin. Et passer deux coups de fil.

8

Un appel

Le premier, à Mentor.

— Tu es devenue folle ? Je t'ai dit d'éteindre ton portable.

— J'ai besoin d'un numéro de téléphone.

— Notre subterfuge ne fonctionne plus, Antonia. En ce moment même, la police sait où tu te trouves. Tu ferais mieux de déguerpir.

— Donne-moi d'abord ce numéro de téléphone.

— Le numéro de qui ?

Antonia le lui dit.

— Tu as perdu la tête ? Non, non, je ne te le donnerai pas.

— Très bien. Dans ce cas, je vais rester tranquillement installée dans ce café…

— Antonia…

— Il me semble que j'entends déjà les sirènes.

— Tu es insupportable.

9

Un autre appel

Deuxième appel, au numéro que Mentor lui a donné avant de raccrocher. Le correspondant décroche à la troisième sonnerie.

— Je sais tout.

Classique. Mais imparable.

10

Un chantage

Parc du Retiro, porte O'Donnell. Devant la Casa Árabe.

C'est l'adresse qu'elle lui a donnée.

Antonia attend, appuyée – dos droit, bras croisés, jambe repliée – à un panneau indiquant que les portes du parc ferment à minuit. Dix-huit minutes plus tard, des gens sont encore en train d'en sortir. Pendant la foire du livre, les horaires sont élargis. Certains libraires ne quittent pas leur stand avant tard dans la nuit.

Antonia consulte sa montre toutes les trente secondes. Il ne reste que six heures et demie à Carla Ortiz.

390 minutes.

23 400 secondes.

Une voiture apparaît. Grosse. Noire.

Antonia se décolle du panneau – décroise les bras, donne une impulsion de la jambe et du dos – et s'avance vers le véhicule.

Elle ouvre la portière arrière, entre et s'installe.

Les sièges avant sont occupés par deux personnes qui regardent droit devant elles. Une troisième silhouette est assise en retrait dans un coin.

La voiture est plongée dans le noir, moteur à l'arrêt. L'unique éclairage provient des réverbères et traverse à grand-peine les vitres teintées.

L'obscurité sied mieux à certaines conversations.

— Je présume que vous avez conscience qu'il s'agit d'un chantage, dit la silhouette recroquevillée à l'arrière.

Sa voix usée est à peine plus qu'un murmure.

— C'est l'idée, oui.

— Qu'est-ce que vous voulez ? De l'argent ?

Antonia secoue la tête et lui explique ce dont elle a besoin.

— C'est tout ?

— C'est tout.

— Vous détenez un secret de grande valeur, madame Scott. Un secret que beaucoup de gens tueraient pour obtenir.

— Je m'en moque.

La silhouette se penche vers l'avant, et Antonia peut voir son visage pour la première fois. Même sous la lumière diffuse des réverbères, il est évident que Laura Trueba a pris dix ans en deux jours.

— Comment l'avez-vous su ?

Antonia pense à Kirk Douglas. *Kirk Douglas, putain.*

— Le portrait, dans votre bureau. L'enfant qui est mort avait une fossette au menton. Mais vous n'en avez pas, et votre mari non plus. Le gène de la fossette nécessite que l'un des géniteurs en soit porteur. Il est possible, en théorie, qu'il en ait hérité d'un autre membre de la famille, mais les probabilités sont d'une sur cinq mille.

— Je l'ignorais, dit Laura Trueba.

Évidemment.

— Votre attitude a fait le reste. Vous aviez l'air de vous sentir coupable. Mais pas comme une mère qui aurait laissé mourir son fils. D'ailleurs, je me demande ce qui serait arrivé si cet enfant avait été Álvaro.

— Moi aussi, croyez-moi. J'aimerais pouvoir dire que je connais la réponse, que j'aurais agi différemment. Mais ce serait mentir.

Antonia comprend. L'âme est faite de petits compartiments placés les uns dans les autres, comme une poupée russe. Si vous continuez à les ouvrir, encore et encore, vous finirez par tomber sur la dernière poupée. Et son visage pourra se révéler mesquin et cruel.

— Ce n'est pas le seul mensonge que vous nous avez raconté. Vous nous avez menti depuis le début. Ezequiel ne l'a pas enlevé au lycée, n'est-ce pas ? Dans ce cas, il n'y aurait eu aucune confusion possible.

— Non, reconnaît Laura Trueba. Ça s'est passé près du domicile où nous résidons habituellement, notre villa de Puerta de Hierro. Cela explique la confusion.

— Qui était-il ?

— Le fils de ma gouvernante, avoue-t-elle, honteuse, d'une voix blanche. Il a le même âge qu'Álvaro, la même stature. Ils vivent avec nous et font partie de la famille depuis toujours. Ils passent même l'été à Santander avec nous. Sa mère gère le personnel de toutes mes propriétés.

— C'est pour ça que vous avez une photo de lui à la plage.

— C'était la seule photo que je possédais de lui.

— Comment s'appelait-il ?

— Jaime. Jaime Vidal. C'était un gentil garçon. Álvaro et lui étaient amis. Il fréquentait un bon lycée, je m'en étais assurée. Pas le même que celui d'Álvaro, bien sûr… Ça n'aurait pas été convenable… mais c'était un bon lycée.

— Un établissement privé.

— Oui.

— Ça explique qu'il portait un uniforme quand Ezequiel l'a enlevé.

Antonia visualise aussitôt l'enchaînement des événements. Jaime, de dos, en uniforme, avec veste et cravate. Dans un domaine où il n'y a pas de sécurité privée. Fajardo s'est contenté d'attendre dans la voiture, jusqu'à ce qu'il voie celui qu'il a pris pour Álvaro, en train d'ouvrir la porte de la villa avec ses propres clés.

— Nous savons qu'il est descendu de la navette qui le ramenait du lycée. De l'arrêt jusqu'à la maison, il y a environ six cents mètres, mais il n'est jamais rentré. Sa mère était inquiète. Alors j'ai reçu un appel de… cet homme. Il m'a dit qu'il avait enlevé Álvaro.

— Et vous ne l'avez pas détrompé.

— J'avais peur ! se défend Trueba, près d'éclater en sanglots. Et s'il était revenu chercher Álvaro ? Je devais protéger mon fils !

— Que vous a demandé Ezequiel ?

Laura Trueba s'enfonce à nouveau dans son siège.

— Ça n'a pas d'importance. Quelque chose que je ne pouvais pas accepter.

— Et encore moins pour sauver le fils de la bonne.

La banquière presse le bouton de la vitre. L'étroit interstice qui s'ouvre offre un mince soulagement dans l'habitacle étouffant.

— Aucune de vos paroles ne peut me blesser davantage que la culpabilité que je porte déjà en moi, madame Scott.

— Vous avez raison, dit Antonia, après réflexion. Qu'avez-vous raconté à sa mère ?

— La vérité. Une vérité. Que quelqu'un avait enlevé Jaime en le prenant pour Álvaro. Que nous ferions tout notre possible pour le retrouver, quoi qu'il en coûte.

— Et ensuite, vous lui avez rendu un cadavre.

Laura Trueba garde le silence. Antonia sait que cette femme ne sera jamais confrontée à la Justice, qu'elle ne subira jamais l'humiliation de devoir répondre de ses actes devant un juge et un jury composé de ses « pairs ». Qu'elle ne recevra jamais aucune peine. Mais il semble qu'elle se soit chargée elle-même de se punir.

Tout comme l'interstice de la vitre, cela ne lui apporte qu'un maigre soulagement.

Mais c'est mieux que rien.

— Avons-nous terminé ? demande Trueba.

— Quand vous m'aurez donné ce que je vous ai demandé.

— Alejandro.

L'un des hommes installés sur les sièges avant se retourne et tend à sa patronne un sac en toile noir. Trueba le remet à Antonia. Il est lourd, et l'objet forme une bosse à travers le tissu.

Antonia extrait le pistolet. Même dans le noir, le métal semble absorber dangereusement les rares rayons lumineux.

— Vous savez l'utiliser ? demande l'homme à Antonia.

— Non.

L'homme se tourne, une expression indéchiffrable sur le visage, prend l'arme des mains d'Antonia et explique :

— C'est un Glock de quatrième génération. Dix-sept balles dans le chargeur. Il n'a pas de sécurité, donc si vous appuyez sur la détente, mieux vaut que ce soit parce que vous voulez tirer.

Antonia reprend l'arme et la range dans son sac à main. Elle ouvre la portière et se penche pour sortir.

— L'offre que j'ai faite à votre collègue vaut aussi pour vous, madame Scott, dit Trueba. Si vous mettez une balle dans la tête de ce salopard…

Mais Antonia est descendue de la voiture avant qu'elle ait pu finir sa phrase.

Ramón

De nuit, la vieillesse est encore plus terrible.

La croyance populaire, cette affabulatrice, attribue aux anciens une sagesse et une sérénité qui feraient défaut aux plus jeunes. On croit qu'arrivé à un âge avancé, le corps s'affranchit de ses besoins les plus urgents, de ses désirs lascifs, de sa faim dévorante et de son tempérament irascible. On imagine que les vieux sont patients, qu'ils préfèrent la paix à la guerre, et on les écoute parler depuis le piédestal de marbre aux lettres d'or où le temps et la persévérance les ont placés et où ils finiront leurs jours, statufiés, modèles pour les générations futures.

Ce ne sont que des foutaises, pense Ramón Ortiz.

Les vieux sont intransigeants, pleins de préjugés, complètement bornés.

Ce sont les vieux qui provoquent les guerres, par orgueil, cupidité ou patriotisme. Ou un mélange des trois.

Les vieux ont les mêmes besoins que n'importe quel adolescent affamé en chaleur. Si leur corps le leur permettait, ils passeraient leurs journées à picoler jusqu'à perdre conscience, bouffer à s'en faire vomir et baiser à en crever. Pour preuve, les deux milliards de comprimés de Viagra vendus par an.

Mais leur corps ne le leur permet pas.

Celui de Ramón Ortiz, qui jadis fut une machine robuste et puissante, n'est plus qu'une somme de maux et d'humiliations. Se lever chaque matin, après deux ou trois heures d'un sommeil intermittent, les os endoloris, la gorge en papier de verre et le caleçon mouillé par les fuites urinaires. Les visites chez le médecin deux fois par semaine, pour un nouveau bobo, une nouvelle ordonnance. Les souvenirs, permanents et douloureux, de deux épouses mortes, l'une dans la fleur de l'âge, l'autre moins d'un an plus tôt. Manger peu, parce que physiquement, l'appétit s'est tari, mais qu'il reste présent mentalement, comme une ombre, comme un membre fantôme qui démange sans qu'on puisse le soulager.

La nuit, quand la fatigue vous enveloppe les épaules comme une couverture glaciale, quand les yeux vous brûlent, quand vos jambes ne supportent plus le poids de votre corps, la vieillesse est une punition pire que la mort.

Des vieillards, Ramón en connaît. Certains se moquent de leurs propres maux, tout ce qu'ils veulent, c'est pouvoir faire une nouvelle partie de cartes, boire un autre verre de vin, vivre une soirée de plus. Certains maudissent leur sort ; certains gardent tout pour eux. Presque tous se contemplent dans le miroir le matin, sans reconnaître le visage que leur renvoie le reflet, et se demandent qui leur a volé leur printemps, comment une telle chose a pu leur arriver.

Tous ceux qu'il connaît, sans exception, ne sont que des gosses effrayés par le loup qui dévore à belles dents le temps qui leur reste.

Tous ceux qu'il connaît, sans exception, donneraient tout ce qu'ils possèdent pour pouvoir frotter la lampe d'Aladin. Des trois vœux, un leur suffit. Avoir de nouveau vingt ans, maintenant qu'ils savent ce que c'est. Une possibilité de revenir en arrière et de faire les choses *bien*, cette fois. Ils diraient adieu à tout ce qu'ils ont, à tout ce qu'ils connaissent. Maison, revenus, famille et amis. Enfants. Sans hésiter. Dans la noire nuit de l'âme, leurs yeux scrutent les coins sombres à la recherche d'un diable cupide qui vendrait des élixirs de jouvence éternelle. Mais les ombres sont creuses et vides, comme le sablier de leur vie.

Ils donneraient tout pour cela.

Pas moi.

Ramón Ortiz est un homme d'exception. Si l'on analyse la vie de ceux qui ont connu d'éclatantes réussites, leur succès est souvent dû à une combinaison de talent, d'intelligence, de travail et de chance. Ramón Ortiz ajoute à cela un cinquième facteur. Sa volonté inébranlable. Sa vie, ce qu'il est, est définie par son travail, par la lente édification, pierre après pierre, grain de sable après grain de sable, d'une pyramide où passer l'éternité.

Si vous mettez un pistolet dans la main d'un tel homme et que vous lui dites : faites-vous sauter la cervelle ou je tue votre fille, le coup de feu retentira avant que vous ayez fini votre phrase.

Si vous demandez à un homme tel que Ramón Ortiz de détruire l'œuvre de sa vie…

— Je ferais n'importe quoi, Jesús, n'importe quoi.

Ils sont dans le salon de sa villa, assis chacun dans leur fauteuil. Il a éteint toutes les lumières, à l'exception d'un lampadaire, à l'autre bout de la pièce. L'obscurité sied mieux à certaines conversations.

— Je le sais, Ramón. Je le sais très bien, dit son avocat.

Ce qu'il veut dire, en réalité, c'est n'importe quoi… sauf ça.

Jesús Torres est le conseiller personnel de Ramón Ortiz depuis plus de trente ans. En trois décennies, il a appris à s'adapter à chaque situation avec une exceptionnelle finesse, comme l'une de ces montres suisses qu'il affectionne tant. Ou plutôt comme un bon whisky.

Il observe le verre qu'il tient à la main. C'est un single malt écossais époustouflant, cadeau d'un cheikh arabe pour l'anniversaire de Ramón, l'hiver dernier. Dalmore Trinitas. Soixante-quatre ans d'âge. Trois bouteilles dans le monde seulement. Plus de cent mille euros chacune.

Ramón l'a prise dans le bar, machinalement. Il l'a ouverte, l'a posée sur la table, a servi trois doigts du liquide ambré, puis s'est mis à contempler sa montre en silence.

Torres boit une gorgée – une gorgée à mille euros – et s'absorbe dans ses sensations, gardant le whisky en bouche avant de l'avaler. D'abord des notes puissantes de raisin sec, de café, d'amande et d'orange amère.

De pamplemousse, peut-être. Bois de santal et musc, naturellement. Ensuite, en milieu de bouche, un déploiement de muscat, de pâte d'amande et de mélasse. Enfin, sur la finale, un retour aromatique avec un arrière-goût de truffe, de sucre muscovado et de coquille de noix.

C'est un whisky magnifique, comme doit l'être le travail d'un bon conseiller.

Il exprime des nuances, des subtilités, des notes perceptibles d'emblée, et d'autres qu'il réserve pour plus tard et qui préparent l'avenir.

Aujourd'hui, Torres n'endosse pas le costume d'avocat, mais celui de confesseur.

— C'est ma fille, Jesús. Je l'aime de tout mon cœur.

— Oui, Ramón. Ne t'inquiète pas. Il n'osera pas. Il va se raviser et rappellera demain pour réclamer de l'argent. Elle va rentrer saine et sauve.

Le milliardaire hésite. De la main gauche, posée sur ses genoux, il tient la photo de sa fille. De la droite, son portable. Un seul appel suffirait, malgré l'heure tardive. Dans trente minutes, il pourrait être en train de donner une conférence de presse sur toutes les chaînes du pays. Dans une heure, la nouvelle ferait le tour du monde.

Le milliardaire reconnaît avoir bâti sa fortune sur une main-d'œuvre d'esclaves et annonce la fermeture de son entreprise. Dévastateur.

— Je peux encore appeler.

— La décision t'appartient. Si c'est ce que tu penses devoir faire, fais-le. Appelle.

Ramón le regarde. Dans la pénombre, ses yeux sont deux fissures s'ouvrant sur un abîme d'obsidienne.

— Et toi, que ferais-tu, Jesús ?

Si c'était ma fille, je mettrais le feu au monde entier plutôt que de permettre qu'on touche à un seul de ses cheveux, pense l'avocat. Mais il ne le dit pas. Sa fille est en sécurité chez elle, avec ses petits-enfants. Et ce n'est pas cela qui est en jeu. Ce qui est en jeu, c'est le poste de Torres. Il lui reste deux ans avant de prendre sa retraite – ce qu'il compte faire lorsqu'il aura atteint soixante-dix ans –, et de s'installer dans son yacht pour se saouler en toute tranquillité. Avec les honoraires que lui verse Ortiz chaque mois, il a largement de quoi s'offrir encore de nombreux verres de single malt écossais. *Peut-être pas aussi bon que celui-là.*

— La question n'est pas de savoir ce que je ferais moi, répond l'avocat. Je ne suis pas garant direct du bien-être de près de deux cent mille employés. Ni de plus d'un million d'emplois indirects. Je n'ai aucune responsabilité à l'égard des actionnaires, dont beaucoup ont investi les économies d'une vie entière.

Définitivement pas aussi bon que celui-là, pense-t-il en prenant une autre gorgée de Dalmore.

— Cela relève de ma responsabilité. C'est une lourde charge, dit Ramón Ortiz.

Il semble sur le point de fondre en larmes.

Toi, fais en sorte que l'argent continue d'affluer, mon vieux camarade. La princesse est accessoire. L'argent est nécessaire.

— Inquiète est la tête qui porte une couronne, Ramón. Les grands hommes doivent prendre des décisions difficiles, dit-il d'une voix grave.

Ortiz réagit en s'agitant sur son fauteuil et en débloquant son téléphone.

Torres fronce les sourcils. Sa dernière phrase était une erreur. Elle a alimenté son ego, certes, mais elle a aussi mis les deux décisions sur un pied d'égalité. Non pas au plan moral – Dieu sait qu'Ortiz est loin de se soumettre à des critères aussi communs –, mais en termes de difficulté. Les deux décisions ne peuvent avoir le même coût.

Un petit ajustement s'impose.

— Un moins grand homme prendrait la décision la moins difficile. Mais tu as fait ton choix. Et, comme toujours, tu as choisi la voie la plus ardue.

Cette fois, on y est. Une pointe de flatterie, avec un arrière-goût de grandeur et de majesté, pense Torres. Il prend une autre gorgée.

Incontestablement, un whisky digne d'un roi.

Ramón Ortiz bloque à nouveau son téléphone. Non, un homme comme lui ne peut se comporter comme les autres. Les vieux froussards peuvent peut-être se permettre de détruire le travail de toute une vie face à la menace. Un homme comme lui doit prendre des décisions qui feraient pâlir, trembler et reculer la plupart. Un homme comme lui est capable de faire des choix extrêmes et d'en assumer le prix.

L'amour ou le devoir.

— C'est très dur, Jesús, dit-il.

— Peu de gens ont le courage de faire ce qui est juste, répond Torres.

Quelle chance de l'avoir à mes côtés en des moments si durs, pense le milliardaire.

11

Un e-mail

La plaque d'égout se trouve au coin des rues Hermosilla et General Pardiñas. Elle n'a rien de spécial. Ce n'est qu'un modeste cylindre métallique, sur lequel des centaines de piétons passent dans l'indifférence chaque jour.

Antonia regarde autour d'elle sans voir personne. Il est presque 1 heure du matin, et il n'y a ni bars ni touristes dans ce quartier.

En allant retrouver Laura Trueba, Antonia s'est arrêtée dans un bazar pour investir sept de ses neuf derniers euros dans un pied-de-biche. Elle en glisse l'une des extrémités au bord de la plaque. Au début, elle ne cède pas – où est Jon quand elle a besoin de lui ? –, mais après quelques tentatives, elle parvient à introduire le bout de l'instrument entre la plaque et la bouche d'égout. À partir de là, tout est simple. Le couvercle s'ouvre, et Antonia le déplace à grand-peine, dans un raffut de tous les diables.

Échelle.

Il reste un peu moins de cinq heures.

Mieux vaudrait que j'aie vu juste.

Assise au bord de la margelle, Antonia allume son portable – à présent, peu importe s'ils la localisent, parce qu'ils ne pourront pas la suivre là où elle va – et enregistre un message vidéo destiné à grand-maman Scott.

— Hello, mamie. Je vais faire ce qu'il faut, comme tu me l'as appris. Si ça tourne mal, je veux juste que tu saches que…

Elle marque une pause. Certains mots ont du mal à sortir.

— … que je t'aime. Et vois le bon côté des choses, dit-elle avec un sourire hésitant, en fin de compte, c'est moi qui aurais eu raison. À quatre-vingt-treize ans, tu nous enterreras tous.

Elle envoie la vidéo par mail puis passe un ultime appel.

Elle n'a pas besoin de poser la question, mais elle le fait quand même.

Et Jon lui donne la seule réponse possible.

***

Antonia éteint le portable et jette un dernier coup d'œil à la rue déserte et silencieuse. Ça sent l'orage, il y a de l'électricité, de la colère dans l'air. Les lumières des appartements sont éteintes. Derrière les fenêtres, les gens normaux dorment, épuisés par leur vie ordinaire, ignorant l'existence des monstres tapis sous la surface.

Antonia sourit et entame sa descente vers les ténèbres.

Ce n'est pas un sourire heureux.

12

Un dilemme

— Je fus bâtie sur l'eau, mes murs sont de feu, dit Antonia à voix haute pour se donner du courage.

Quand Antonia pense à Madrid, elle ne songe pas à la Puerta del Sol, au musée du Prado ou à la Puerta de Alcalá. Non, elle pense à la fresque de la place de Puerta Cerrada.

Quand Antonia est venue faire ses études à Madrid, elle a refusé d'occuper l'un des nombreux logements que l'ambassade de Grande-Bretagne possède dans la capitale. Souhaitant échapper à l'influence de son père, elle a loué un petit studio rue Cava Baja, dans le quartier de La Latina. C'était une autre époque.

Chaque soir, en revenant de la fac, elle s'arrêtait dans un café de la place. S'il faisait beau, elle s'installait en terrasse avec ses notes, face à la grande fresque d'Alberto Corazón. Sur un fond violet, une pierre à feu immergée dans l'eau cogne un silex d'où jaillit une gerbe d'étincelles. Au-dessus, la légende :

— Je fus bâtie sur l'eau, mes murs sont de feu, répète Antonia.

Cette fois d'une voix plus basse. Sous terre, le son se comporte étrangement.

Un mètre et demi plus bas, elle se trouve dans une galerie de service. Elle s'arrête un instant pour étrenner sa nouvelle acquisition, une lampe de poche qui lui a coûté ses deux derniers euros. Le propriétaire du bazar, un Chinois disant s'appeler Pepe, a eu la délicatesse de fermer les yeux sur les piles qu'Antonia a fourrées dans la poche de son pantalon.

Piles qu'Antonia introduit dans l'appareil avant d'appuyer sur le bouton en croisant les doigts. Au bout du compte, acheter une lampe de poche à deux euros dans un bazar est un acte de foi.

Les LED s'allument.

Antonia s'enfonce dans la galerie de service et se met à scruter parmi les passages, les tunnels et les échelles. La galerie de service est une construction moderne, conçue pour abriter la fibre optique, les câbles du réseau téléphonique et les câbles électriques. C'est la partie la plus superficielle du sous-sol. Pour trouver ce qu'elle cherche, il lui faudra descendre encore, bien plus profondément. Or tous les chemins ne sont pas aisément praticables. Régulièrement, il faut traverser des eaux fétides et glaciales, où flottent différents types de déchets. Elle préfère ne pas penser à ce qui lui frôle les cuisses ou se prend dans ses vêtements.

Plusieurs fois elle se perd et doit revenir sur ses pas. Ses jambes sont trempées, ses chaussures dégoulinent.

Le temps file.

Bien que la plupart des Madrilènes l'aient oublié, la fresque de Corazón représente le premier emblème de la ville de Madrid, remontant au XIIe siècle. Une pierre à feu et un silex, dont étaient faits les murs de la cité, auxquels les flèches ennemies arrachaient des étincelles, donnant l'impression qu'ils étaient en feu. Et au-dessus, cette belle devise qu'Antonia continue de répéter à voix basse, comme un mantra, tout en essayant de s'orienter grâce aux plans du sous-sol qu'elle a téléchargés sur un forum de métreurs. Ils datent d'il y a vingt ans et sont donc obsolètes. Cependant, ce qu'elle cherche n'est pas vieux de vingt ans, mais de mille cent ans.

Les Arabes, qui fondèrent la cité au IXe siècle, lui donnèrent le nom de Magerit, qui fait référence à l'abondance des eaux. Il y avait alors des dizaines de cours d'eau, de ruisseaux et de marais. Et en dessous, un aquifère formé il y a dix millions d'années, d'une surface de plus de 2 600 kilomètres carrés, et de 3 000 mètres de profondeur à certains endroits.

Bâtie sur l'eau.

Antonia arrive enfin dans le collecteur d'eaux, un espace ouvert sur trois niveaux où sept tunnels de taille moyenne convergent en une énorme canalisation située plus bas. Tandis que le faisceau lumineux de la lampe de poche parcourt les gigantesques bouches de béton vomissant un liquide boueux, Antonia se réjouit plus que jamais de n'avoir aucun odorat. Partout s'accumulent les ordures et la crasse. Une masse informe de lingettes trempées reste bloquée dans le grillage qui divise le tunnel principal en deux.

Il n'y a pas d'autres indications sur le plan.

Antonia regarde sa montre. Quatre heures du matin passées.

Elle perd trop de temps. Et le temps n'est pas le seul à être perdu.

Devant elle, il y a sept tunnels, et elle doit choisir, éliminer, continuer d'avancer. Elle ne peut pas tous les parcourir.

Je dois être à moins de cinq cents mètres, maintenant. Mais le moindre mauvais choix pourrait être fatal à Carla Ortiz.

Elle cherche dans son esprit une carte mentale des lieux qu'elle a visités, essayant de découvrir un tracé lui permettant de s'orienter, mais elle n'y parvient pas.

Son esprit est saturé, tendu, et accuse le manque d'oxygène et la fatigue.

Antonia porte la main à sa poche, où la boîte métallique renferme sa dernière gélule rouge. Elle doit faire un choix. Si elle la prend maintenant, pour trouver son chemin, l'effet sera peut-être passé quand elle atteindra sa destination.

Quarante minutes de lucidité, et puis… terminé.

Elle regarde à nouveau sa montre.

Je ne sais pas où aller. Je ne peux pas tous les explorer.

Si je ne prends pas la gélule, j'arriverai trop tard.

Si je la prends et que j'arrive à temps…

Elle ne sera pas en état d'affronter Sandra Fajardo et son père. Elle le sait.

Antonia s'assied par terre, au milieu des flaques nauséabondes, et place la gélule sous sa langue.

Cette fois seulement. La dernière. Elle croque dans la gélule.

Puis elle compte, de dix à un, en descendant les marches vers la clairvoyance.

Carla

La géométrie est une chose merveilleuse.

Carla n'a jamais brillé dans les matières scientifiques. Pourtant, ce n'était pas faute d'avoir essayé. Ça comptait beaucoup pour son père, alors elle ne ménageait pas ses efforts. Mais elle n'était décidément pas douée. À l'âge adulte, elle dut travailler dans un atelier de confection appartenant à l'entreprise familiale. Ça faisait partie de sa formation, qui avait commencé dans une boutique, à plier des vêtements des mois durant, et qui s'achèverait lorsqu'elle prendrait la direction d'une des branches de la société. Entre-temps, sur la longue voie vers le sommet, son père l'envoya travailler dans un atelier de couture.

Pas l'un des ateliers du monde réel, de celui où les gens veulent pouvoir s'acheter de jolis vêtements pour trois francs six sous. Le monde dans lequel son père et elle ont exaucé le souhait de leurs clients qui, en échange, leur ont fait gagner des millions d'euros sans poser de questions gênantes.

Non, Ramón l'envoya dans l'un de ses ateliers de Galice. Ceux qui servent de décor à la photo souvenir annuelle, avec des employés souriants et bien payés.

La deuxième semaine, Carla fut affectée à une énorme machine à coudre industrielle dont on lui expliqua le fonctionnement. Quand elle la mit en marche, elle déplaça imperceptiblement le rouleau d'alimentation. Avant qu'elle ne puisse l'arrêter, l'aiguille avait laissé une effrayante couture blanche sur dix mètres de tissu. En diagonale.

— Il suffit d'une erreur minuscule au départ de n'importe quelle ligne droite pour finir très loin de là où tu es censée aller, lui avait dit le responsable de l'atelier.

Carla avait rangé cette information au fond de sa mémoire, pensant qu'elle ne lui serait jamais utile.

Jusqu'à aujourd'hui.

Elle a déchiré sa robe en lanières rectangulaires, longues d'environ deux fois la taille des carreaux. Ça n'a pas été une tâche facile, dans l'obscurité. Ensuite, elle a enveloppé le premier carreau dans une bande de tissu et essaie maintenant de l'insérer entre la porte et l'encadrement.

Il ne rentre pas.

Carla tente de pousser le panneau de la main pour gagner les millimètres qui lui manquent, mais il ne bouge pas. Auparavant, elle était parvenue à le déplacer un peu, mais ses muscles ne répondent plus aussi bien après qu'elle a passé des heures à travailler sur les carreaux, pliée en deux. Elle est à bout de forces.

Si je pouvais dormir un peu. Fermer les yeux quelques minutes seulement.

Fais-le. Fais-le et tu ne les rouvriras plus jamais.

Carla est si fatiguée, si épuisée, qu'elle n'éprouve rien d'autre qu'un immense étourdissement. Elle se place encore davantage en retrait, cédant un peu plus de terrain à l'Autre Carla. C'est elle qui pousse la porte de l'épaule pour tenter de la déplacer, mais ses plantes de pieds nues et sales glissent sur le sol humide. Elle finit par trouver la position adéquate. Allongée par terre, sur le dos, les jambes poussant contre le mur, la paume de la main droite ouverte sur la porte, la gauche essayant de faire entrer le carreau.

Elle bouge.

Il rentre.

La porte ne s'est déplacée que de quelques millimètres vers l'extérieur, mais Carla célèbre sa victoire avec une joie sauvage, sentant une vague d'euphorie monter du bas de son dos jusqu'à sa nuque, en un frisson d'anticipation. C'est son esprit qui la récompense, mais c'est aussi un piège. Elle ne doit pas s'arrêter là.

Elle place le carreau suivant en dessous. En prenant bien garde de ne pas déplacer le premier.

Cinq centimètres. J'ai juste besoin de cinq centimètres.

Si seulement j'avais plus de temps pour enlever d'autres carreaux...

— Mais tu ne l'as pas. Continue à travailler.

Cette fois, l'Autre Carla n'a pas parlé dans sa tête. Cette fois, elle a utilisé sa voix, sa gorge, ses cordes vocales. Carla se rend compte que maintenant, elles partagent l'air qu'elles respirent. Et que si elle revoit la lumière un jour, il ne restera peut-être rien d'elle. De celle qu'elle était avant.

13

Un voyage

Aidée par la gélule rouge, Antonia a étudié les différentes possibilités durant de longues minutes, avant de conclure que le chemin qu'elle doit emprunter est l'un de ceux qui se trouvent face à elle. Ce qui réduit son choix à seulement trois tunnels.

Le chemin central ne lui dit rien de bon, pas plus que la densité de l'air de celui de gauche, qui lui semble épais et vicié. De plus, il y a des rats qui se promènent dans le dernier : elle peut les entendre couiner dans l'obscurité.

C'est bon signe. Les rats respirent le même oxygène que moi.

Elle s'engouffre dans le tunnel de droite.

Le chemin grimpe lentement, avant de bifurquer brusquement, deux cents mètres plus loin, se divisant en deux voies distinctes. L'eau qui coule au fond est bien plus rapide, rendant sa progression difficile. Le tunnel de gauche est impraticable, trop étroit. Celui de droite, plus bas que le principal, l'oblige à avancer courbée, mais elle parvient à arriver à une nouvelle bifurcation. Un espace de quelques mètres carrés, si bas qu'elle doit pratiquement s'agenouiller.

C'est là, pense Antonia. *C'est là que Fajardo est mort.*

Antonia disposait de très peu d'éléments pour trouver l'endroit. Le rapport sur les circonstances du décès mentionnait « l'extrémité d'une canalisation abandonnée à trois cents mètres du collecteur n° 38 ».

C'est là.

Un *qanat*. Un aqueduc souterrain, construit il y a onze siècles par les Arabes. Un mètre quatre-vingt-dix de haut, soixante centimètres de large, une canalisation inférieure. L'une des centaines de galeries oubliées creusées par les premiers habitants de l'antique Magerit.

Les *qanat* furent le moyen principal d'approvisionnement en eau de la ville jusqu'au XIXe siècle, quand les matériaux et les techniques de construction modernes se substituèrent à cet ouvrage pharaonique. Plus de cent kilomètres, forés au cœur de la terre. Inutiles, oubliées, ces merveilles architectoniques sont demeurées intactes.

D'après le rapport, le détecteur de gaz du collègue de Fajardo s'était déclenché alors qu'ils inspectaient le tunnel précédent. Fajardo, qui se trouvait devant lui, ne l'a pas entendu et a continué d'avancer dans le *qanat*. Son collègue l'a hélé, mais trop tard. Une poche de méthane s'était accumulée au croisement, déplaçant l'oxygène situé à l'intérieur du *qanat*. Le collègue de Fajardo a continué de l'appeler, et c'est alors que l'explosion a retenti. Une partie du tunnel s'est effondrée. Le collègue est parti chercher de l'aide. Vu l'étroitesse des lieux, ils ont mis six jours à extraire le corps de Fajardo.

Il reste encore des gravats à l'extérieur du *qanat*. Le ruban jaune de la police s'est décollé d'un côté, pendant mollement de l'autre.

Les techniciens ont suffisamment déblayé le tunnel pour dégager le corps de leur collègue, mais ont laissé une grande quantité de débris à l'intérieur.

Sauf que ce n'était pas le corps de leur collègue, pense Antonia en rampant sur le tas de gravats. Les pierres lui lacèrent les avant-bras et les genoux, mais elle réussit à passer. Quand elle émerge de l'autre côté, toussant et couverte de poussière, elle est encore plus sûre que son intuition est bonne.

Il lui manque les détails de l'histoire, mais elle en sait assez.

Fajardo a dupé son collègue. Une fois hors de sa vue, il a fait exploser la bombe. Le méthane seul n'aurait pas pu faire autant de dégâts dans le *qanat*. Il a fallu que Fajardo ajoute ses propres ingrédients à l'équation. Mais avec le déclenchement du détecteur de gaz et le témoignage de son collègue, personne n'a vraiment enquêté sur l'accident de ce type solitaire à problèmes. La police s'est contentée de sortir le corps.

Un corps. Un corps à la physionomie similaire à celle de Fajardo, vêtu de son uniforme, brûlé et écrasé sous une demi-tonne de décombres. Personne n'y a regardé de trop près. Un enterrement à la va-vite, affaire classée.

Tout était sous leur nez. Et ils n'ont rien vu.

À ce stade, Antonia commence à mieux comprendre comment fonctionne l'esprit d'Ezequiel, bien que certaines pièces du puzzle restent encore manquantes. Elle ne sait pas avec certitude comment Sandra Fajardo est parvenue, elle aussi, à simuler sa propre mort, même si elle a diverses théories en tête. Elle ignore aussi comment Nicolás Fajardo a pu dégoter le cadavre qu'il a fait passer pour le sien, quoique pour un policier, ça ne constitue pas véritablement un obstacle.

Comment est-ce que je ferais, moi ? Probablement à la morgue de la Police judiciaire. Ou encore mieux, à la faculté de médecine de l'université Complutense.

Des centaines de cadavres s'entassent au sous-sol, sans aucun contrôle, pantins abandonnés aux étudiants. Antonia y est allée une fois, dans le cadre d'une affaire complexe. Des centaines de corps, les veines et autres cavités remplies de formol, les bras et les jambes desséchés dépassant des draps blancs. Des membres épars, des têtes coupées à la langue gonflée, des morceaux divers qui, naguère, ont été des personnes ayant donné leur corps à la science pour que d'autres puissent vivre, et qui, aujourd'hui, gisent dans l'oubli. Il serait si facile d'en remonter un sur un brancard…

Stop.

Ces détails et ces réflexions, si fascinants soient-ils, sont des ramifications qui se déploient dans sa pensée, des tentations auxquelles elle ne doit pas céder. S'il n'était pas sous l'influence déclinante de la gélule rouge, l'esprit complexe d'Antonia pourrait s'y perdre des heures durant. Mais elle ne peut se le permettre.

Le temps qui lui est imparti se réduit.

Maintenant, la seule chose qui compte est le *où*. Mais après avoir compris l'essentiel du *comment*, Antonia est de plus en plus certaine d'avoir trouvé le lieu où se cache Ezequiel.

Elle aime narguer les autres en leur montrant qu'elle est la plus maligne. D'abord, il y a eu les plaques d'immatriculation du taxi, dupliquées à partir de celles de son propre véhicule accidenté. Puis le piège mortel qu'elle leur a réservé à son ancien domicile. Des cercles concentriques autour de son territoire.

Où pourrait donc se cacher, des mois durant, une personne censée être morte, quelqu'un qui ne pourrait pas utiliser de moyens de paiement ni signer aucun papier ? Quelle planque choisirait une personne capable d'évoluer sous la surface comme un poisson dans l'eau, qui connaît comme sa poche le moindre secret dissimulé sous l'épiderme de Madrid ?

C'est la vibration lointaine qu'elle a perçue durant l'appel d'Ezequiel qui l'a mise sur la voie.

La réponse se trouve à moins de deux cents mètres de l'endroit où Fajardo a simulé sa mort.

Antonia parcourt l'aqueduc souterrain, consciente que le temps lui est de plus en plus compté. Malgré tout, elle s'immobilise, sort son portable et ouvre l'application mémo vocal. Elle enregistre un message, d'une voix forte et claire, avant de continuer.

Au bout du *qanat*, il y a une porte. Ancienne. En fer forgé, avec une lourde roue en guise de poignée. Antonia pose la main sur la manette qui actionne la roue. Elle s'apprête à la faire tourner, quand un coup d'œil plus attentif lui fait remarquer quelque chose qui ne devrait pas se trouver là.

Un câble électrique, de couleur noire. Camouflé derrière les leviers du mécanisme de la porte. Antonia ne l'aurait pas repéré si l'un des morceaux du mastic servant à fixer le câble n'avait pas perdu de son adhérence, le laissant pendre un peu.

À l'aide de sa lampe de poche, elle suit le câble jusqu'à la partie supérieure de la porte. Ingénieusement placée le long de l'encadrement se trouve une épaisse bande d'une sorte de pâte informe. Antonia sait qu'elle doit à tout prix éviter que la pâte en question ne soit atteinte par la moindre impulsion électrique.

Au bout du câble, il y a un contact. Si on tourne la roue…

Elle vient de frôler la mort. Pourtant, elle réprime un cri de victoire.

La porte piégée ne peut signifier qu'une seule chose.

Ezequiel est tout près.

Antonia n'a pas les connaissances nécessaires pour désamorcer une bombe. Mais celle-ci est rudimentaire. Un simple câble, dans un dispositif basique. Une ultime mesure de sécurité, au cas où…

Je dois d'abord tirer le câble pour éviter tout contact. Puis tourner la roue.

Le temps presse pour Carla Ortiz. Antonia ne réfléchit pas ; elle se contente de tirer le câble et d'espérer. Les yeux fermés, elle serre les dents.

Rien ne se passe.

Antonia tourne la roue au prix d'un gros effort, sous les grincements de protestation du mécanisme de la porte.

Elle regarde sa montre. Six heures du matin. Il reste quarante-sept minutes à Carla Ortiz.

Avant de franchir la porte, sa dernière pensée est pour Jon.

Où que tu sois, j'espère que tu gardes les yeux grands ouverts.

Carla

Le septième carreau résiste.

Elle a inséré les précédents avec le plus grand soin, gagnant quelques millimètres chaque fois. Le processus est le même que quand on veut ranger un dernier livre dans une étagère pleine à craquer. La meilleure manière d'y parvenir est d'en tirer deux juste assez pour caser le troisième entre eux.

La pression des carreaux entre la porte et l'encadrement a permis de soulever progressivement le panneau, de quelques centimètres. C'est-à-dire pas assez.

Carla a tenté d'introduire sa main, sans réussir à aller plus loin que le poignet. Elle a besoin d'un carreau supplémentaire.

Le septième, cependant, fait de la résistance. Le poids que supportent les précédents est déjà si important qu'elle ne peut faire de la place entre eux pour introduire le dernier. Sans parler du fait qu'elle doit simultanément les maintenir en faisant pression vers le haut pour qu'ils ne s'effondrent pas. Et tout ça d'une seule main, la gauche, car elle a besoin de la droite pour pousser la porte vers l'extérieur.

Après des heures le bras en l'air, ses muscles sont complètement ankylosés. Malgré de petites pauses pour activer sa circulation, son corps faible et déshydraté ne répond plus. Épuisée, elle pourrait s'évanouir à tout instant.

Je suis arrivée au bout.

— Très bien, répond, de sa voix, l'Autre Carla. Très bien, abandonne. Écoute la douleur, écoute l'épuisement. Abandonne à quatre millimètres du but.

Laisse-moi.

— J'espère qu'on te retrouvera ici, que ton père puisse voir qu'il avait raison. Que ça ne valait pas la peine de tout détruire pour te sauver.

Non. Non.

— Parce que tu n'as jamais été à la hauteur.

Humiliée, furieuse, Carla pousse une dernière fois, mobilise tout son corps, parvient à faire bouger la porte et à la maintenir suffisamment longtemps. Le septième carreau entre. Sur un tiers, à peine, de sa longueur.

Exténuée, respirant avec difficulté, Carla se décourage. La douleur inonde ses extrémités rigides.

— Ne t'arrête pas, murmure l'Autre Carla. C'est maintenant que les choses sérieuses commencent.

Carla obéit, se tourne pour introduire la main dans l'ouverture, à tâtons. Juste avant, une pensée fugace lui traverse l'esprit. De l'autre côté, dans le noir, les formes mouvantes de son enfance ont la silhouette de l'homme au couteau, tapi dans les ténèbres, lame brandie, attendant qu'elle tende le bras pour la lui planter dans la main.

Qu'il essaie.

Elle sort la main.

Son bras se bloque à la moitié de l'avant-bras, mais elle parvient à frôler la corde du bout des doigts.

Elle n'a plus qu'à tirer. Mais elle est trop loin.

— Pour l'approcher, tu vas devoir la couper.

Carla introduit à nouveau le bras. Quand elle passe la main, elle tient cette fois fermement le demi-carreau entre ses doigts.

14

Un tunnel

Jon Gutiérrez n'aime pas les tunnels désaffectés.

Ce n'est pas une question esthétique, parce qu'il n'y voit pratiquement rien. Il n'y a pas de lumière, de sorte qu'il n'a pas à supporter la vue de son pantalon de costume, qu'il a taché et déchiré en sautant depuis le quai.

Ce qui dérange Jon Gutiérrez, dans les tunnels désaffectés, c'est qu'ils soient bourrés d'explosifs.

— Sois-y à 6 heures pile, dès l'ouverture du métro, a dit Antonia Scott quand elle l'a appelé, cinq heures plus tôt. Tu auras très peu de temps pour faire le trajet.

— Laisse-moi au moins prévenir quelqu'un. Toi et moi, tout seuls…

— Non, Jon. C'est mon fils. Personne d'autre ne doit s'en mêler.

Antonia lui a alors indiqué le chemin, que Jon s'est efforcé de mémoriser.

— Encore une chose, a-t-elle dit. Plus tu approcheras, plus tu risqueras de tomber sur une bombe. Vu la taille du tunnel, il y a des chances que le détonateur se trouve sur le sol, ou pas loin. Sois prudent. Regarde où tu mets les pieds.

Dès que le premier train a quitté la station Goya déserte, Jon saute sur les voies. L'entrée est cachée derrière une porte métallique, d'où pend un lourd cadenas antédiluvien. Sauf que le cadenas en question, apparemment intact, ne ferme rien du tout. Lorsque Jon tourne la poignée, le cadenas bouge avec la porte.

C'est parti.

L'air, dans le tunnel, est rance, âcre. Les parois suintent et la peinture est à peine davantage qu'un souvenir, blanchâtre, au milieu des taches d'humidité. Le silence n'est interrompu que par le passage des rames de la ligne 2.

« Environ cent soixante-dix mètres, a dit Antonia. Le tunnel est presque entièrement courbe, hormis une ligne droite à la fin, mais tu devras faire attention. S'ils te voient approcher, tu seras une cible facile. »

Ce qui signifie qu'il devra éteindre la lampe de poche et parcourir les trente derniers mètres à l'aveuglette.

Jon avance très lentement, les yeux rivés au sol. Au fond, un limon verdâtre et malodorant s'est accumulé dans les trous laissés par les rails d'autrefois.

Regarde où tu mets les pieds.

Jon choisit l'endroit où il pose le pied avec la plus grande prudence. Le limon ne couvre pas tout le béton, et Jon appuie son poids sur les parties sèches. Parfois, il doit marcher en diagonale, ou bien faire des pas immenses, de presque un mètre.

Il marche très lentement. Heureusement.

Le premier piège est un fil presque invisible. Il traverse le tunnel, de part en part, accroché par une vis à œillet d'un côté. De l'autre, il s'enfonce dans la vase.

Jon se baisse et dégage la boue verdâtre à l'aide d'un de ses mouchoirs.

En dessous apparaît un sac en plastique bleu électrique, qui enveloppe quelque chose. Jon n'a aucune idée de ce dont il s'agit, en revanche, il sait parfaitement ce qui arriverait si le fil venait à se rompre.

Il se relève et enjambe le fil avec précaution.

Jon ne relâche pas son attention. Heureusement.

Le deuxième piège se trouve juste derrière. Mais cette fois, ce n'est pas un fil. Jon le repère presque par hasard, car sa lampe se reflète dans l'émetteur de rayons infrarouges fixé au mur. Dix euros dans n'importe quelle boutique d'électronique. Le même que ceux des ascenseurs.

Plaqué contre la paroi humide, l'inspecteur Gutiérrez doit se contorsionner pour passer par-dessus le capteur, situé à cinquante centimètres du sol. Lorsqu'il est suffisamment éloigné, il lâche un soupir de soulagement.

Jon soupçonne que s'il avait interrompu la communication entre les deux capteurs, le monde qui l'entoure aurait fait *boum*.

Il y a un troisième piège quatre-vingts mètres plus loin. Il est identique au premier, sauf que cette fois, le fil se trouve si près du sol qu'il est pratiquement invisible. D'ailleurs, Jon ne le voit même pas quand il l'enjambe. C'est un pur hasard s'il ne marche pas dessus. Il ne s'aperçoit de sa présence, avec une sueur froide, qu'en voyant un deuxième et un troisième capteur infrarouge devant lui. Situés à différentes hauteurs. Cinquante centimètres et un mètre au-dessus du sol.

Putain de merde !

Ça va être coton de franchir celui-là.

Il n'a d'autre choix que de ramper et d'espérer qu'il n'y a pas d'autre fil au sol.

L'inspecteur Gutiérrez se jette dans la boue, le corps parallèle au fil, puis rampe sous les capteurs. Il émerge de l'autre côté. Le costume, les mains et le visage couverts de ce limon puant, pris d'une épouvantable nausée. L'odeur qui envahit ses fosses nasales est absolument répugnante.

Incapable de se retenir, il vomit, encore à quatre pattes. Son corps est secoué de spasmes, comme un muscle sous l'effet d'une décharge électrique. Il crache, déglutit, crache à nouveau. Quand il rouvre les yeux,

(je ne suis pas mort, bordel, je ne suis pas mort)

il met un certain temps à reprendre ses esprits.

Il se sent sale.

Faute de mouchoir, il retire sa veste et utilise la doublure en soie pour nettoyer tant bien que mal son visage et ses mains, couverts de vase gluante. Il abandonne sur place le vêtement, désormais inutilisable.

Aucun pressing ne viendra à bout de ça.

Il reste en manches de chemise. Sous le tissu, on peut lire en transparence l'inscription POLICE de son gilet pare-balles. La chemise est en coton égyptien, elle lui a coûté un bras.

L'heure est venue de prendre une décision. Parce qu'il devine ce qui l'attend un peu plus loin, au bout du tunnel. Maintenant que les LED de sa lampe de poche sont couvertes de vase, il aperçoit une lumière ténue, qui filtre derrière le virage.

— À la fin, il y aura une ligne droite. Quand tu y seras, éteins ta lampe, a bien insisté Antonia. Ou ils te repéreront.

— Et s'il y a un piège dans les derniers mètres, qu'est-ce qui se passera ?

Antonia n'a pas répondu.

Jon éteint la lampe de poche. Le moment est venu d'avancer à l'aveugle, guidé seulement par la faible lueur, devant lui.

En avançant dans l'obscurité, plaqué contre le mur qui constitue son seul repère, Jon est extraordinairement conscient de son corps. Ses muscles tétanisés par la tension. Son estomac, désormais vide, qui forme un nœud appuyant contre son diaphragme. Son cœur qui bat à tout rompre. Son sang qui bat dans ses tympans. Sa mâchoire, douloureuse à force de serrer les dents. Ses yeux, avides d'indices. La pulpe de ses doigts tendus, qui décèlent la moindre trace d'humidité.

Le monde est un abîme, et l'obscurité n'est pas un refuge, mais une menace.

Il pense à sa mort, inéluctable. À tout ce qu'il a voulu faire et remis au lendemain. À sa mère, à qui il n'a pas dit adieu.

Trente mètres. Encore trente mètres, sans savoir s'il va marcher sur un fil ou déclencher un capteur. Sans savoir si le pas suivant sera le dernier. Sans savoir vraiment pourquoi il continue d'avancer. Les certitudes se sont dissoutes dans le bain acide de la peur. Devoir, honneur, amitié ne sont plus que des mots, un amas de lettres qui ne signifient rien. Que son corps rejette, obsédé par sa survie.

15

Un secret

De l'autre côté du *qanat* et de la porte piégée, une galerie de service.

Mais celle-là est bien plus ancienne que celle qu'Antonia a découverte au début de son périple, des heures – qui lui paraissent des jours – plus tôt. Aujourd'hui, elle est abandonnée. Des hommes qui l'ont utilisée, il ne subsiste que des vestiges. Une plaque publicitaire en céramique nous vante les « Valves Castilla, exigez les meilleures pour votre radio, BP 242, Madrid ». Une autre, plus loin, est catégorique : « Pour garder votre silhouette, fumez des Ideales ! En vente dans les bureaux de tabac de la Compañia Arredentaria de Tabacos. »

Années trente, calcule rapidement Antonia. Avant de devenir une galerie de service, c'était un tunnel ouvert au public. Condamné il y a de nombreuses années, déduit-elle, constatant qu'il s'arrête brutalement. Le mur de briques nues recouvre sans doute un accès à la rue.

L'autre côté du tunnel mène à un lieu fermé depuis près d'un demi-siècle.

Un lieu qui est à présent la tanière d'Ezequiel.

Le métro de Madrid renferme bien des secrets.

Parmi lesquels une station fantôme, désaffectée depuis des décennies. En son temps, elle appartenait à un tronçon de la ligne 2, qui reliait Goya à Diego de León. Inaugurée en 1932, elle devint obsolète vingt-sept ans plus tard, quand le tracé évolua avec l'inauguration de la ligne 4. L'énorme infrastructure fut fermée au public, mais les employés du métropolitain lui trouvèrent un nouvel usage. La nuit, leur service terminé, les conducteurs effectuaient un dernier voyage.

Il était connu sous le nom de *train de l'argent*.

Soixante costauds venaient collecter les milliers de pièces de monnaie encaissées par les guichets pendant la journée et les rassemblaient dans de grands sacs qu'ils chargeaient dans le train de l'argent. Puis ils les transportaient jusqu'à la station fantôme Goya *bis*, où ils en déversaient le contenu sur d'immenses tables disposées sur les quais. Là, ils comptaient la montagne de piécettes jusqu'au petit matin. Ce qu'ils n'étaient pas parvenus à compter était stocké dans deux énormes coffres-forts fabriqués sur mesure par la prestigieuse maison Fichet. Deux employés seulement, les plus anciens et les plus dignes de confiance, en connaissaient la combinaison.

Au début des années soixante-dix, l'endroit fut abandonné. Les employés furent affectés à d'autres tâches, et les trains de l'argent disparurent. Des méthodes plus modernes furent mises en place pour collecter la recette des guichets.

Goya *bis* devint pour de bon une station fantôme. L'électricité fut coupée, les rails retirés pour être réutilisés dans d'autres secteurs du réseau. Et le tunnel de près de deux cents mètres de long qui menait jusqu'à elle fut bloqué par une porte que plus personne ne franchit.

Un lieu oublié de tous.

La cachette parfaite.

Antonia étudie le couloir, face à elle. Au bout, il y a deux escaliers menant aux quais. Elle calcule le nombre de pas nécessaires pour descendre.

Elle éteint sa lampe.

Les murs sont recouverts de carreaux blancs, qui reflètent la lumière, malgré la saleté. Pas question d'informer l'ennemi de sa présence.

La fin du trajet devra donc se faire dans le noir.

Le temps n'est plus une ligne droite ; dans l'urgence, il s'est dissipé. Sa vie – qui elle est, pourquoi – a perdu toute signification. Seul importe le présent, périlleux et incertain. À cet instant, le sort de Jorge, de Carla Ortiz et même le sien ne reposent plus sur ses seules épaules.

Tous ces efforts ne serviront à rien si Jon ne remplit pas sa part du contrat.

Pour la première fois, elle doit faire ce contre quoi elle a lutté, bec et ongles, toute sa vie : accorder sa confiance à quelqu'un.

Ezequiel

Pour Nicolás, la nuit a été peuplée de fantômes.

Il a bien essayé de dormir, car c'est une journée difficile qui l'attend, une journée dangereuse, qui requiert toutes ses forces. La mort, qu'il envisageait la veille – une porte de sortie, une bénédiction opportune –, lui apparaît désormais inconcevable. L'enfer, où le ver ne meurt pas et où le feu ne s'éteint pas, est réel. Maintenant, il le sait, parce que les spectres le lui ont dit. Cette nuit, ils ont fait la queue pour lui rendre visite, pour se glisser entre sa paillasse et le tas de vêtements qui lui sert d'oreiller, pour le torturer pendant son demi-sommeil. Les spectres. L'adolescent qu'il a vidé de son sang, les policiers morts à son ancien domicile. Sa fille, Sandra. Elle n'avait rien dit et s'était contentée de le regarder avec des yeux vides, comme si cette vie n'était pas la sienne.

Sandra, avec ce regard, lui avait rappelé la réalité qu'il fuit depuis des mois.

Elle n'est pas morte. Je ne veux pas qu'elle soit morte.

Nicolás se retourne sur son grabat. Devant lui, il voit – ou peut-être le rêve-t-il – un nid, où un oiseau au plumage noir pond un œuf, avant de s'envoler. Il se réveille, la peau brûlante, mais ne sue pas ; il a de la fièvre, une fièvre élevée, la tête lourde et les bras endoloris. Dans sa poche de chemise, il a rangé les comprimés d'ibuprofène, la dernière plaquette de la maison. Quand il y glisse la main, il constate au toucher que tous les compartiments transparents sont vides, leurs petits hymens argentés tristement percés.

Il se relève suffisamment pour tourner le bouton de la lampe à gaz. La bombonne bleue est presque vide, il faudra bientôt la changer, mais ce qu'il reste est suffisant pour éclairer une bonne partie du quai. Contre le mur, il y a deux coffres-forts, énormes, hauts. Entre eux, le couloir qui mène à la pièce qui fut jadis un bureau, où dort désormais Sandra

(elle n'est pas morte)

avec l'enfant, le petit garçon qui n'a pas cessé de pleurer depuis qu'il est arrivé, et qui semble à présent avoir cédé à la fatigue.

Sandra s'est levée. Il l'entend ouvrir la porte du bureau et se diriger vers lui.

Nicolás sait ce qu'elle va lui dire. La nuit s'achève, le moment est arrivé. La femme devra rejoindre les spectres. Sandra a réfléchi à la méthode, particulièrement cruelle. Elle lui a aussi expliqué ce qu'ils feront du corps. Ils l'abandonneront au petit matin, devant l'une des boutiques de son père. Où tout le monde pourra le voir. Sandra dit que le temps du secret est révolu. Que le moment est venu d'exposer leur œuvre aux yeux du monde.

Nicolás ne veut pas.

Il cherche son cahier du regard, sur la table, mais il est très loin, et elle est déjà là, vêtue d'un bleu de travail constellé de taches brunes séchées. Le secours de la confession devra attendre quelques heures. D'ici là, il faudra compter de nouveaux péchés. Et davantage de sang sur le bleu de travail.

— J'espère que tu t'es bien reposé, dit Sandra.

Il n'y a ni ironie ni cruauté dans sa voix ; elle ne sait rien des spectres. Ni douceur ou réel intérêt non plus. Dans cette voix neutre, terrifiante, il n'y a que l'expression de son propre désir, de son propre besoin.

À ce moment – un bref instant – Nicolás acquiert la certitude que les spectres ont raison. Le brouillard qui recouvre ses pensées depuis des mois se lève, et l'espace d'une seconde, Nicolás voit la réalité telle qu'elle est. Il va répondre à Sandra qu'il s'en va. Mieux, il va partir sans rien dire.

Puis le brouillard retombe, sa résolution l'abandonne, le moment passe.

— Amène la femme, exige Sandra.

Nicolás regarde sa montre. Noire. Bracelet en nylon. Grand cadran carré. Un objet incongru dans ce lieu, serviteur de l'ordre dans un labyrinthe de chaos.

— Il reste encore onze minutes.

Sandra hausse les épaules.

— Inutile de faire traîner les choses davantage.

Elle a apporté les grosses lanières de cuir, qu'elle tend à Nicolás d'un geste autoritaire, exaspéré.

Nicolás regarde la main de Sandra comme si s'en échappaient deux serpents venimeux. Lui préférerait retarder l'inévitable. Gagner quelques heures. Après une nuit de tourments infligés par les spectres, il a envie de tout, sauf de sentir la peau souple, douce et tremblante de la femme sous ces instruments de torture. Demain, peut-être, quand il aura pu écrire dans son cahier, trouver une histoire qui donne sens à ce qui lui arrive. À ce qu'il fait.

— Il y a un problème ?

Sandra a un éclat étrange dans le regard. De la colère, bien sûr, mais aussi autre chose. Du calcul. De l'arithmétique. Nicolás ne sait pas qu'il est en train d'être évalué, que Sandra essaie de déterminer si elle peut continuer à profiter de lui ou si, à l'inverse, le moment est venu de se débarrasser du mauvais cheval. Nicolás ne le sait pas, mais il devine le danger, comme un chien dont le maître s'apprête à sortir et à le laisser seul des heures durant.

— Aucun problème, affirme Nicolás en tendant la main pour prendre les lanières.

Elle ne les a pas encore lâchées quand la voix retentit.

— Bonjour. Navrée de vous interrompre.

Un million d'années plus tôt, Nicolás a emmené sa fille au zoo. Dans le vivarium, il y avait un python birman. Quand ils se sont approchés, le reptile a tourné la tête exactement comme Sandra vient de le faire en entendant la voix.

Elle provient de l'escalier, au bout du quai.

— Je suis désolée d'avoir interrompu ce que vous étiez en train de faire, insiste la voix d'Antonia Scott.

Sandra lâche les lanières, qui restent dans les mains de Nicolás. Elle se penche vers la table, et prend le pistolet et l'une des lampes torches.

— Tue l'enfant, ordonne-t-elle. Je me charge du reste.

Ce qui terrifie Nicolás n'est pas tant l'ordre que le sourire qui l'accompagne. Comme si elle attendait cette intrusion. Comme si c'était ce qu'elle désirait le plus au monde.

Carla
Trois minutes plus tôt

La corde est presque tranchée.

La peau de ses avant-bras est écorchée à plusieurs endroits, et ses épaules protestent d'avoir dû garder la même position pendant des heures, mais il ne reste que quelques fibres.

Avec un ultime effort, elle parvient à achever le travail. Aussitôt que la corde cède avec un petit claquement, la porte métallique retombe sur son bras, pesant de tout son poids. La douleur est intolérable, mais elle ne lâche pas la corde, à laquelle elle s'est agrippée de toutes ses forces.

Le morceau de céramique entre les dents, elle commence à tirer, écorchant plus encore la peau de ses avant-bras au bord rouillé du panneau. Elle réussit à attraper la corde de la main gauche aussi, et tire de plus belle. Il n'y a pas d'espoir dans son cœur, ni aucune certitude de survivre. Seulement l'impérieuse nécessité de continuer à respirer. La douleur est secondaire, la douleur est concevable. La douleur, c'est la vie, l'effort titanesque aussi. La soif insupportable, le liquide corrosif qui bout dans ses poumons, qui la supplie d'arrêter, c'est la vie. Capituler, c'est la mort.

Une quarantaine de centimètres. Soixante. Les carreaux qu'elle avait utilisés comme cale s'effondrent, et le bruit parvient aux oreilles de Carla aussi fort qu'une sirène de pompiers.

Elle doit faire vite. Impossible qu'ils n'aient rien entendu.

Elle commence à ramper, peu à peu, vers l'ouverture qu'elle a réussi à créer. Elle ne peut pas lâcher la corde, ou bien la porte retombera. Le bruit pourrait alerter ses ravisseurs, si ce n'est déjà fait.

Au loin, elle croit entendre des voix, une voix forte de femme, mais elle ne s'y attarde pas.

Son corps est presque entièrement à l'extérieur. Mais elle garde le bras tendu, soutenant le panneau métallique à grand-peine.

La femme qui émerge de l'autre côté de la porte est l'Autre Carla. L'ancienne Carla lui semble être une parente éloignée, de celles qu'on croise dans les mariages sans se rappeler leur nom.

C'est sur le bras droit de l'Autre Carla que la porte retombe – avec un son étouffé – quand ses forces l'abandonnent.

Quand elle était petite, Carla – l'ancienne Carla – avait couru au-devant de son père pour empêcher une porte de garage de se refermer. L'une de ces grandes portes à fermeture horizontale. Au dernier moment, elle avait passé la main pour toucher la cellule photoélectrique. Mais trop tard. Et la porte l'avait coincée. L'ancienne Carla avait crié et pleuré pendant tout le trajet jusqu'à l'hôpital. Elle en a gardé une vilaine cicatrice à l'avant-bras et un muscle légèrement enfoncé, encore visible des décennies plus tard.

L'Autre Carla, la Nouvelle Carla, n'émet pas un son. Sans lâcher le carreau, elle se mord la joue pour détourner son attention de la douleur qui irradie dans son bras. Carla est désormais aussi dangereuse qu'une bête prise au piège. Prête à déchiqueter son bras de ses dents pour s'en libérer. Elle se contorsionne, s'accroupit et utilise ses dernières forces pour remonter le panneau, parvenant enfin à dégager son avant-bras.

La porte retombe avec un claquement.

Carla est libre.

Seule, dans le noir, elle ressent une angoisse qu'elle n'avait jamais éprouvée auparavant. La peur de se noyer si près du rivage, après avoir traversé à la nage un océan déchaîné.

À présent, son corps lui ordonne de s'enfuir, de courir dans n'importe quelle direction. D'un côté du couloir, elle aperçoit une faible lumière et pressent que ce n'est pas le bon choix. Elle le sait. La Nouvelle Carla sait certaines choses. Du côté opposé, il n'y a que l'obscurité, trouée par un îlot de lumière.

Derrière une porte.

La porte de la pièce contiguë à sa prison. Une porte en bois et en verre. Une porte à travers laquelle se font à nouveau entendre les pleurs d'un enfant, qui appelle sa mère.

C'est un piège. Fuis. Fuis.

Mais elle ne peut pas fuir.

Je dois savoir, pense-t-elle en se tournant vers la porte de bois.

Cela fait trop longtemps – une vie – qu'elle tourne le dos à la vérité pour fermer une nouvelle fois les yeux.

La pièce est un minuscule bureau éclairé par une lampe à gaz, où les meubles ont été déplacés pour faire de l'espace à un matelas posé à même le sol. De l'autre côté, retenu à un tuyau avec du ruban adhésif isolant qui lui enserre le poignet, il y a un petit garçon. Vêtu d'un pantalon gris et d'un chandail vert. Les yeux gonflés et rougis, la voix cassée par les sanglots. Quand Carla pénètre dans la pièce, il la regarde, terrifié. Carla n'est pas consciente de sa propre apparence, jusqu'à ce qu'elle se voie à travers les yeux de l'enfant. Une apparition ensanglantée, sans autres vêtements qu'un soutien-gorge et une culotte, couverte de crasse et de sueur.

Carla s'agenouille près de l'enfant.

— Comment tu t'appelles ?

Le petit garçon détourne les yeux devant ce nouveau monstre surgi des ténèbres pour le tourmenter. Il ouvre la bouche et gonfle les poumons pour se remettre à pleurer.

— Non. Non. Calme-toi. Je m'appelle Carla. Je suis là pour t'aider.

Elle n'attend pas que l'enfant lui réponde ou s'habitue à sa présence, car elle n'a pas de temps à perdre. Elle commence à couper le chatterton qui le retient au tuyau à l'aide du fragment de carrelage. Maintenant qu'elle le voit, pour la première fois, elle réalise à quel point son couteau improvisé est minuscule et pathétique. Et pourtant, il l'a menée jusqu'ici.

L'enfant la regarde, les yeux grands ouverts, en reniflant. Il est incapable de comprendre pourquoi ce monstre dégoûtant, couvert de sang, a décidé de l'aider.

Soudain, il regarde par-dessus l'épaule de Carla, qui lit de nouveau la terreur dans ses yeux.

Oh non, pense-t-elle, comprenant, une seconde trop tard, qu'elle a commis une erreur.

Derrière elle, l'homme au couteau la saisit par les cheveux et l'envoie brutalement au sol.

— Tu ne peux pas faire ça. Tu n'es pas censée pouvoir faire ça !

La tête de Carla rebondit contre le béton. Elle reste sonnée, sur le dos. L'homme au couteau se jette sur elle, entrelace ses doigts autour de son cou et commence à serrer.

Voilà ce qu'on gagne à vouloir bien faire, pense Carla. *Voilà ce qu'on gagne.*

Alors que les doigts de l'homme au couteau écrasent sa trachée, Carla n'éprouve qu'une incompréhensible sensation d'injustice. Durant son séjour dans le noir, elle a appris que Dieu, le Bien et le Mal n'étaient que des monosyllabes avec une majuscule. Mais il restait, au fond d'elle, un semblant d'espoir qu'il existe une forme d'équilibre universel. Celui-là même qui l'a poussée à pénétrer dans la pièce, attirée par les pleurs de cet enfant dont la jambe s'agite à quelques centimètres de son visage. Sa basket est décorée d'une sérigraphie d'un Bob l'éponge qui a perdu un œil et un morceau de main à force de frapper dans le ballon. Carla réalise – dans un ultime éclair de lucidité qui consume ses dernières réserves d'oxygène – que son fils Mario possède les mêmes baskets. Usées, aussi, au même endroit. C'est un des modèles qu'ils produisent. Un défaut qu'elle aurait fait remonter au département concerné par mail. Gentiment, mais fermement.

Ses yeux sont à nouveau inondés d'une aveuglante lumière blanche.

Je vais mourir, songe Carla. Il n'y a pas d'incrédulité, de peur ou de regret dans cette pensée. Seulement un sentiment de défaite.

Alors, elle entend quelque chose – l'ouïe est le premier sens à s'activer au réveil, et il est aussi le dernier à s'éteindre. Une voix masculine, sèche. Elle ne comprend pas le sens de ses paroles. Mais les doigts cessent de serrer sa gorge, et le corps de Carla reprend le contrôle, remet ses poumons en marche. Elle avale de l'air à grandes goulées, sent la vie affluer à nouveau en elle…

C'est alors que les tirs retentissent.

16

Un leurre

Antonia avance très lentement.

Elle sait que sa seule chance de réussir repose entre les mains de Jon. Qu'elle n'est rien d'autre qu'un leurre, que son rôle consiste à éloigner leurs ennemis de la porte et à donner à l'inspecteur Gutiérrez une possibilité d'agir.

Pendant que sa voix résonne avec force dans les couloirs carrelés, Antonia se déplace aussi lentement que possible, espérant que l'écho brouillera suffisamment les pistes quand l'un ou l'autre se lanceront à sa recherche.

Antonia est persuadée que ce sera Sandra. Qu'elle voudra lui parler en personne.

Elle se déplace, lentement. Autant que possible. Autour d'elle, tout conspire à trahir sa présence. Le béton crisse sous ses pas, le frôlement de ses vêtements arrache des soupirs aux parois. Chaque mouvement est une délation.

Son esprit est envahi d'informations. Sans l'effet des gélules, presque entièrement dissipé, Antonia doit lutter pour rester lucide malgré la tension.

— Quelle chose merveilleuse, le son, vous ne trouvez pas ? (La voix d'Antonia se réverbère dans le couloir.) On ne peut jamais être certain de sa provenance.

Sandra monte l'escalier. Derrière elle, Antonia peut voir le reflet de sa lampe qui fouille l'obscurité et continue d'avancer. Le faisceau de lumière éclaire l'entrée du couloir. Puis Sandra se baisse, en haut de l'escalier, et tourne brusquement au coin. Elle tire deux balles, qui traversent le couloir, dans le vide, pour venir s'incruster dans le mur d'en face, près des tourniquets de la sortie. La lampe éclaire alors le téléphone sur lequel Antonia a enregistré un long message vocal, rempli de pauses, en guise d'appât.

Comprenant – trop tard – qu'elle s'est fait avoir, Sandra écrase le téléphone d'un coup de talon avec un grognement de frustration, avant de dévaler l'escalier dans l'autre sens.

17

Un bureau

Le plan est on ne peut plus simple.

Dès que tu entendras ma voix, tu te dirigeras vers moi.

Jon surgit du tunnel, miraculeusement en vie. Il n'a marché sur aucun fil, ou s'il l'a fait, le piège n'a pas fonctionné.

Face à lui se trouve la station désaffectée. À sa gauche, la lumière d'une lampe à gaz donne au quai des allures de bulle fantasmagorique et dessine des ombres sur les murs. Du couloir le plus proche lui parviennent des bruits de lutte.

Jon grimpe à grand-peine sur le quai, avec le sentiment d'être complètement exposé. Il y parvient en s'aidant des deux mains, puis pénètre dans le couloir. Un pied après l'autre, les genoux légèrement fléchis, le pistolet braqué droit devant. Derrière lui, deux coups de feu résonnent, mais il continue d'avancer.

La priorité, c'est mon fils, Jon. Quoi que tu entendes, ne viens pas à mon secours. Continue. Trouve-le.

C'est bien ce qu'il compte faire.

Au fond, il y a le bureau, d'où proviennent les bruits. Depuis la porte, il voit un homme, de dos, à cheval sur une femme à moitié nue qu'il étrangle de ses mains. Les jambes de la femme s'agitent sous son corps.

— Halte, police ! dit Jon, le pistolet pointé entre les omoplates de l'homme. Mains sur la tête, immédiatement.

L'homme met un instant à s'immobiliser. Même de dos, Jon perçoit sa surprise. Il ne s'attendait pas à être interrompu, pas maintenant.

— Mains sur la tête, insiste Jon. Ne m'obligez pas à le répéter, Fajardo. C'est fini, putain.

Fajardo se retourne – ses traits se découpent sous la lumière de la lampe à gaz. Derrière lui, Jon peut voir le fils d'Antonia, les yeux comme des soucoupes.

Il est vivant. Vivant. On est arrivés à temps.

Sans cesser de mettre en joue Fajardo, Jon porte la main à sa taille pour sortir les menottes. L'une vient emprisonner le poignet de Fajardo. Il n'a pas le temps de refermer l'autre. Ni d'entendre le son qu'émettent les poumons de Carla Ortiz en se remplissant d'air. Il n'entend pas non plus les deux coups de feu qui l'envoient valser. Il ne ressent que la douleur, avant de s'écrouler au sol.

Carla

L'homme au couteau recule, et Carla fonce à quatre pattes jusqu'à l'enfant. Son esprit est étonnamment vide, ses souvenirs ont disparu. La peur et la douleur aussi. Plus rien n'a d'importance, à part libérer cet enfant du ruban adhésif à moitié tranché. Péniblement, elle ramasse le carreau et se remet à l'ouvrage. C'est à peine si ses doigts affaiblis parviennent à rayer la surface, sans parler de couper les fibres de tissu enserrées entre la partie argentée et le côté adhésif. Elle a les mains d'une poupée de chiffon et l'esprit embrumé. Elle essaie d'inspirer plus profondément, de se concentrer malgré la nausée, malgré sa vision qui se brouille, sur les quatre centimètres de chatterton qu'il lui reste à couper. Le carreau n'est d'aucune utilité entre ses mains amorphes – la droite ne répond plus, la gauche n'a jamais valu grand-chose –, si bien qu'elle se penche sur le poignet de l'enfant et utilise ses dents, ses canines, qu'elle a tenu à garder malgré l'insistance de son orthodontiste à vouloir les lui extraire. Mais elle a préféré conserver son intégrité.

Carla mord, taillade, ronge. L'une de ses canines se brise, dans la longueur, quand elle tire sur le ruban. La douleur l'atteint en même temps que le ruban se rompt, dans un claquement.

— Cours, dit Carla à l'enfant. Cours sans regarder derrière toi.

Le petit garçon se lève, passe devant l'homme au couteau – qui est penché sur le policier, en train de l'étrangler comme il l'a fait avec elle quelques minutes plus tôt –, franchit la porte et disparaît dans l'obscurité du couloir.

18

Un quai

Depuis l'escalier où elle est tapie, Antonia entend Sandra repartir en courant par où elle est venue. Son plan, qui consistait à l'attirer d'abord avec son téléphone avant de l'acculer quand elle descendrait de l'autre côté, a capoté. Sandra s'approche, puis regagne le quai, car elle a flairé le piège.

Antonia se relève et tente de la suivre, descend l'escalier, mais son esprit s'obstine à jouer contre son camp. Quand le quai, faiblement éclairé, s'offre à sa vue, les éléments s'accumulent dans sa tête, relatant leur triste et macabre histoire en une fraction de seconde.

La table où est mort Jaime Vidal, l'adolescent enlevé par erreur à la place d'Álvaro Trueba.

La lampe à gaz, qui s'éteint par intermittence, indiquant que c'est la fin.

Les vêtements épars, les emballages de plats préparés, la réalité quotidienne, surprenante et banale, des assassins.

Les fissures dans les murs, antiques et menaçantes.

La poussière dans les coins, un cafard qui s'enfuit près de son pied.

La paillasse, lesinstrumentsdetortureabandonnéspar-terre...

Antonia étouffe. La surcharge d'informations excède ce que peut supporter son cerveau, qui réclame un moyen de filtrer, de contrôler ces stimuli qui racontent ce qui s'est passé ici jour après jour, avec tant d'intensité et de précision qu'on croirait une vidéo haute définition superposée aux images du monde réel.

Je dois continuer. Je dois continuer.

Continuer à avancer, le long du quai, vaille que vaille. Elle lève son pistolet, car au fond, Sandra pointe le sien droit devant elle, en direction du couloir et, quelle que soit sa cible, elle doit l'empêcher de l'atteindre. Elle se frotte les yeux, essaie de viser. Son cerveau envoie à ses doigts l'ordre de presser la détente, mais le message met une éternité à arriver, à remonter le flux de données.

Sandra fait feu deux fois.

Antonia une fois.

La balle d'Antonia passe tout près de Sandra et ne réussit qu'à l'informer de sa présence derrière elle. Sandra s'abrite derrière l'un des coffres-forts. Antonia cligne des yeux plusieurs fois, essayant de se calmer, et se met à couvert derrière l'autre.

Au fond du couloir, Jorge sort en courant du bureau, passe près de Nicolás, occupé à étrangler Jon, allongé par terre, et se précipite vers le quai.

Droit entre les mains de Sandra, qui l'attrape quand il arrive à sa hauteur.

Elle soulève par la taille l'enfant, qui se débat, et braque le pistolet sur son crâne.

— Bouge et je te bute, morveux, lui murmure-t-elle à l'oreille.

Sandra se relève.

— J'ai ton gosse, dit-elle. Ne t'avise pas de m'approcher.

— Jorge ! hurle Antonia.

L'enfant reconnaît sa mère, crie, se débat à nouveau. Il veut la rejoindre, mais ne peut rien face à la détermination de Sandra qui, l'utilisant comme bouclier, saute du quai avec lui et s'évanouit dans l'obscurité du tunnel.

Carla

Carla ressent une singulière sérénité. La perte de sang, l'asphyxie, la déshydratation réclament leur tribut. Elle se laisse tomber contre le mur et ferme les yeux.

Je peux me reposer.

Mais il lui reste encore une chose à faire. Elle ne se rappelle plus quoi. Pourtant, elle a l'intuition que c'est important.

Elle rouvre les yeux. Le policier, toujours par terre, est en train de mourir. Carla sait, pressent qu'elle doit faire quelque chose pour empêcher ça. Le sauver, comme il l'a sauvée. Mais elle est faible. Malgré tout, elle se redresse, chancelante, et parvient, à quatre pattes, à s'approcher de l'homme au couteau.

Elle pense à Carmelo, saigné à blanc dans un terrain vague.

Il faisait partie de la famille.

Sa main gauche tient encore le morceau de carrelage. Le carreau pointu. S'aidant de la main droite, elle lève le bras pour prendre de l'élan et le plante, comme un poignard, dans le cou de l'homme au couteau.

L'homme devine quelque chose au dernier moment et tourne brusquement la tête vers Carla, qui plonge la pointe du carreau dans sa carotide. L'homme la regarde, incrédule – essayant de comprendre ce qui est en train de se passer –, en même temps qu'il lâche la gorge du policier pour tenter d'extraire ce corps étranger de son cou. Un jet de sang intermittent jaillit de son artère, tandis que l'homme s'effondre sur le sol, dans une flaque tiède grandissante où baignent les genoux de Carla.

Il met du temps à mourir, sans que Carla perde une miette de ses derniers instants, de sa lutte pathétique pour contenir l'hémorragie, de ses yeux perdus et exorbités. Les yeux vides d'une marionnette. Elle pourrait l'envoyer se faire foutre, comme une héroïne de film, mais elle n'en voit pas l'intérêt. Elle ne ressent aucune émotion. Tout ce qu'elle a fait, c'est éliminer une vermine. Rien de plus qu'écraser une limace sous sa semelle.

Et maintenant ? Je peux me reposer ?

Son corps répond à sa place. Elle se laisse tomber sur le torse du policier, sans percevoir aucun battement de cœur. Carla éprouve une vague tristesse d'être arrivée trop tard, avant de sombrer dans le noir.

19

Un quai

Antonia est au bord de l'évanouissement. Elle le sait. Son cerveau est programmé – muté, vicieusement modifié – pour tourner à plein régime au repos. Mais dans une situation de stress, l'histamine de son cerveau devient incontrôlable et la rend réceptive à toutes les informations présentes dans son environnement. Et une meurtrière psychopathe qui braque son arme sur la tête de votre enfant et l'utilise comme bouclier humain tout en fuyant dans un tunnel potentiellement bourré d'explosifs, c'est ce qu'on peut appeler une situation de stress.

Totalement consciente de tous les éléments qui l'entourent, depuis la vieille réclame au mur

(Persil lave plus blanc)

jusqu'à la canette de Coca ouverte

(Cette sensation s'appelle Coke)

près du pied de la table, à moins de cinquante centimètres d'une flaque de sang séché, Antonia se met debout. Le poids de l'arme dans sa main l'entraîne vers l'avant, vers le demi-cercle de ténèbres qui a avalé Sandra et son fils. Tant bien que mal, elle descend du quai, trébuche, tombe sur le béton. Sa tête est sur le point d'exploser.

Elle se relève, puis trébuche à nouveau. Juste à temps, car un coup de feu tiré par Sandra retentit dans le noir. Antonia sent la balle frôler ses cheveux, si proche que le sifflement lui vrille les tympans.

— Ne me suis pas, Scott !

Antonia ne l'écoute pas – son esprit a mis le coup de feu au même niveau que la vis rouillée oubliée par terre qu'elle a vue de très près dans sa chute. Elle se contente de marcher droit devant elle, en direction de son fils.

Elle pénètre dans le noir. La lente diminution du nombre de stimuli, à mesure qu'elle progresse dans le tunnel, l'aide à retrouver son calme.

L'obscurité qui l'entoure joue en sa faveur.

Antonia se plaque à la paroi, respire profondément et ferme les yeux. Elle tente de purger son esprit, de faire taire les singes qui sautent d'un côté à l'autre.

Elle compte lentement, à rebours, de dix jusqu'à un.

Quel était ton visage avant ta naissance ?

Elle rouvre les yeux et continue d'avancer. Plus loin, elle entend Jorge qui se débat.

— Ton fils ne m'aide pas, Scott. (La voix de Sandra, omniprésente, menaçante, résonne contre les parois.) Il y a des pièges, dans ce tunnel, tu le sais ? Et je n'ai pas pris ma lampe. Donc s'il continue à gigoter et qu'il ne me laisse pas me concentrer, il se peut que j'en déclenche un sans le vouloir.

Antonia, la peur au ventre, doit à nouveau fermer les yeux et respirer profondément.

— Jorge. Jorge, écoute-moi.

— Maman ! Maman, aide-moi !

Son fils pleure, désespéré. La peine et l'angoisse déchirent le cœur d'Antonia. Mais elle ne pourra pas l'aider s'il ne se calme pas. Si elle ne le calme pas.

— Jorge, je veux que tu restes tranquille et que tu m'écoutes. C'est dangereux de bouger. Très dangereux. Tu dois te tenir tranquille, tu m'entends ?

— Je veux rentrer à la maison ! Je veux voir papy !

Papy. Le mot lui laisse une plaie à l'âme.

— Tu vas vite retrouver papy, mon cœur. Mais pour l'instant, il faut que tu sois bien sage.

L'enfant cesse de se débattre.

— C'est mieux, dit Sandra.

Elle l'entend poser son fils par terre – normal, il pèse lourd –, et tente d'interpréter la situation d'après les bruits qui lui parviennent. Maintenant, elle marche sans doute devant lui, en le tirant par la main.

Antonia approche du point où le tunnel commence à dessiner une courbe. Elle passe une main et la retire. Exactement comme elle l'avait anticipé, Sandra l'attendait et fait feu en direction du mouvement qu'elle a décelé dans la lueur filtrant depuis le quai. Antonia bouge aussitôt, tablant sur l'aveuglement momentané provoqué par la déflagration. Elle fonce en diagonale vers le mur d'en face, puis regagne l'autre côté, juste à temps pour esquiver la balle que Sandra a tirée en direction de l'endroit qu'elle vient de quitter.

— Tu ne réussiras pas à t'échapper, Sandra. Et Carla Ortiz s'en sortira. Tu as échoué sur toute la ligne, dit Antonia, plaçant une main devant sa bouche pour que

Sandra ne puisse pas déterminer précisément d'où vient sa voix.

Il y a un rire, un rire qui grouille de vermine, délétère et cruel.

— Tu crois toujours que ça a à voir avec Carla Ortiz ? Ou avec Álvaro Trueba ? Tu continues à gober les histoires ridicules que j'ai fait avaler à ce demeuré de Fajardo ? En fin de compte, tu es beaucoup moins impressionnante que ce qu'on m'avait vendu, Antonia Scott.

Antonia avance de plus en plus lentement. La voix de Sandra semble de plus en plus proche, avec moins d'écho. Elle doit être à six ou sept mètres d'elle, maximum. Il suffirait qu'elle l'entende approcher pour le savoir.

Elle se retourne pour répondre – elle ne devrait pas, mais elle a besoin que Sandra continue de parler –, dirige sa voix vers le quai, la main toujours devant la bouche pour brouiller les pistes.

— Qui t'a parlé de moi, Sandra ?

— Et en prime il faut que je te le dise… Toi qui te souviens de tout, tu ne te rappelles pas qui tu as pu blesser ? Tu oublies les dégâts qu'a causés ta croisade contre le mal ?

Antonia ne dit rien, car elle n'a pas de réponse.

— Mais lui m'a trouvée, Scott. Il m'a recueillie et m'a rendue meilleure. Il m'a appris à manipuler Fajardo. Il a inventé le personnage d'Ezequiel pour toi. Nous n'avons pas choisi le nom d'un prophète par hasard. Un prophète parle au nom d'un pouvoir supérieur. Un prophète annonce ce qui reste à venir.

Antonia sent son corps se contracter en un frisson de pure terreur. Et de haine, aussi. Parce qu'elle a enfin compris – avec une certitude froide, tranchante – ce qui s'est passé depuis le début. Comment ils ont joué avec elle.

« Lui. »

Bon sang, ce que j'ai pu être bête.

Mais elle ne peut se permettre d'y penser maintenant.

Tout près – de plus en plus près –, Antonia entend Jorge se débattre à nouveau, devinant, peut-être, la présence de sa mère.

— Dis-lui d'arrêter, Scott, lance Sandra, et cette fois, il n'y a pas seulement de la cruauté dans sa voix. Dis-lui d'arrêter ou on va y passer tous les trois.

De la peur. Elle a peur.

On doit être tout proches d'une de ses bombes.

Antonia se creuse la tête, essayant de trouver le moyen de sauver son fils.

Alors elle comprend que ce n'est pas une mission pour la personne la plus intelligente du monde.

C'est une mission pour une mère.

— Jorge, dit-elle. Je veux que tu m'écoutes. Tu es en danger. On va jouer à un jeu, comme ceux auxquels tu joues à l'école. Le canard et l'œuf, tu te rappelles ? Tu dois te tenir tranquille, comme un œuf, et quand je te dirai…

Antonia a oublié de mettre la main devant sa bouche, et Sandra a pu déterminer d'où provenait sa voix. Elle lève son arme dans l'obscurité.

Antonia aussi.

— Duck ! crie-t-elle.

Jorge se jette au sol, comme il l'a fait un million de fois dans la cour de l'école et en classe, car *duck* signifie canard en anglais, mais aussi – avantage d'une éducation bilingue – se baisser.

Sandra fait feu.

Antonia aussi.

Les deux éclairs, presque simultanés, déchirent l'obscurité. La balle de Sandra s'écrase contre le mur, à quelques millimètres de l'œil d'Antonia. Celle d'Antonia atteint l'épaule de Sandra, qui tombe à la renverse dans les ténèbres.

Jorge se précipite vers sa mère, qui l'attrape au vol, le plaque au sol et le couvre de son corps.

C'est alors que survient l'explosion.

Le feu passe au-dessus d'eux – Antonia sent la chaleur ardente sur la peau nue de ses avant-bras, sur ses cheveux roussis. Une tonne de débris dégringole du plafond et des murs, certains à quelques centimètres d'eux.

Quand la poussière et la fumée se dissipent, ils sont tous deux globalement vivants.

Dans le noir, Jorge serre fort sa mère.

— J'ai bien fait comme tu m'as dit, maman ?

— Plus que bien, Jorge.

— Je veux aller voir papy.

— J'ai bien compris, dit Antonia du bout des lèvres.

Puis elle fait une chose qu'elle n'a pas faite depuis trois ans. Elle l'embrasse, sur le front. Un baiser plein de tendresse. Sitôt que ses lèvres se détachent de sa peau, elle se demande, stupéfaite, comment elle a pu vivre sans cela.

Carla

La première vision qu'a Carla, quand elle émerge, est celle d'une femme penchée sur elle. Son visage n'a rien de spécial, jusqu'à ce qu'elle sourie. C'est un sourire empli de lumière.

Le policier est là, lui aussi. Il a l'air d'aller plutôt bien, en fin de compte, malgré son visage rougi et son cou violacé. Carla se rappelle lui avoir sauvé la vie. Elle s'en réjouit.

Il y a des coups de fil, nombreux. Carla n'est pas vraiment consciente de ce qui se passe. Le policier parle, la femme aussi.

Je suis en état de choc, pense-t-elle avant de s'abandonner à cette sensation.

Puis tous deux la font traverser des tunnels antédiluviens, malodorants. Il y a un enfant, qui fait le trajet avec eux. Tous ont la texture évanescente d'un rêve. Malgré ce voyage par des lieux effrayants, Carla se sent en sécurité. Les cauchemars viendront bien assez tôt. Pour le moment, elle se sent flotter, comme si elle faisait route vers la lumière du jour sur un tapis volant.

À mi-chemin, ils croisent deux policiers et un infirmier, qui prennent aussitôt soin d'elle, désinfectent ses blessures, posent une couverture sur ses épaules, lui donnent divers liquides. Ils la séparent de l'autre policier, grand et massif – mais pas gros –, de la femme et de l'enfant. Ils l'entraînent vers une petite échelle. Au-dessus, on entend les bruits de la rue, la vie normale, la liberté. Le dénouement.

Carla refuse de monter, se débat, s'agrippe à l'échelle.

— Je veux aller avec eux, dit-elle en les pointant du doigt. C'est eux qui m'ont sauvée.

La petite femme se penche pour embrasser son fils et fait signe au grand policier, désignant Carla. Le grand policier fait non de la tête. Ils semblent se disputer durant quelques instants. Finalement, l'homme hausse les épaules et s'approche de Carla.

— Comment vous appelez-vous ? demande-t-elle.

— Jon Gutiérrez, madame Ortiz.

— Merci de m'avoir sauvé la vie.

— Vous de même, madame. Nous sommes quittes.

— On vous a tiré dessus deux fois à cause de moi. Je crois que je mène toujours.

Jon se retourne et montre les deux trous dans sa chemise.

— À Bilbao, on appelle ça une volée de plombs. Je vous parie qu'avec le gilet pare-balles, je n'aurai même pas un bleu.

Carla voudrait rire, mais c'est à peine si elle peut esquisser un sourire.

Elle désigne le plafond, le cercle de lumière, où se découpent deux têtes anxieuses.

— Il m'attend ?

— Votre père ? Nous l'avons prévenu, oui. Il est certainement déjà là-haut. Nous sommes tout près de chez lui.

Carla se demande ce qu'elle lui dira quand elle le verra. Si elle osera lui jeter à la face sa trahison, sa lâche trahison en tant que père.

Ils ne sont pas seuls. Elle peut entendre, au loin, les flashs des photographes, les reportages improvisés des journalistes, s'adressant en direct aux caméras. Après tout, ils ne sont qu'à trois mètres de la surface. Et à une vie de distance.

Lui faire honte en public. Ce serait la meilleure des vengeances.

Mais cela signifierait détruire tant d'autres choses.

— Prêt à devenir célèbre ? demande-t-elle à Jon.

— Célèbre, je l'ai été. Mais pas en bien. Je ne vais pas nier qu'un peu de bonne presse ne me ferait pas de mal.

— Alors montez le premier, inspecteur. Et quand vous serez en haut, aidez-moi à sortir, passez le bras sur mon épaule et conduisez-moi jusqu'à mon père.

Jon acquiesce poliment et démarre l'ascension. Carla le suit.

Elle ne sait pas encore ce qu'elle va dire à Ramón Ortiz.

Mais il lui reste quelques mètres pour le décider.

ÉPILOGUE

Une autre interruption

Antonia Scott ne s'autorise à penser au suicide que trois minutes par jour.

Pour la plupart des gens, trois minutes représenteraient un infime intervalle de temps. Mais pas pour Antonia.

Les trois minutes durant lesquelles Antonia pense aux diverses façons de se tuer sont ses trois minutes à elle. Pas question de l'en priver. De les lui retirer. Elles sont sacrées.

Avant, elles étaient ce qui la maintenait saine d'esprit ; maintenant, elles sont sa touche « Échap ». Elles lui permettent de mettre de l'ordre dans ses pensées. Elles lui rappellent que si le jeu tourne mal, elle peut toujours y mettre fin. Qu'il y aura toujours une porte de sortie. Qu'elle peut tout oser. Maintenant, elle vit ces trois minutes avec un certain optimisme. Elle spécule à leur propos comme un scientifique spécule sur ses équations. Comme un gamin s'amuse à rêver qu'il sera astronaute, même si c'est pour finir garagiste. Elles l'aident. Aujourd'hui, ce sont ces trois minutes qui lui donnent la force de vivre.

C'est pourquoi elle est contrariée, extrêmement contrariée, quand des pas qu'elle ne connaît que trop bien, trois étages plus bas, interrompent son rituel.

Antonia est persuadée qu'il vient faire ses adieux.

Et ça la contrarie encore plus.

Un ficus

Jon Gutiérrez n'aime pas les adieux.

Ce n'est pas une question de paresse. Ses adieux sont généralement brefs et concis, sans longs discours larmoyants, sans dîners arrosés jusqu'au petit matin ni démonstrations d'amitié. Sans regards mélancoliques, sans faux espoirs, sans nostalgie anticipée.

Ce n'est pas cela qui dérange Jon dans les adieux : d'une part, Jon n'a pas tellement de fréquentations (il est monogame) ; d'autre part, il ne souffre pas tant que ça quand les gens sortent de sa vie (il est monogame en série).

Ce qui emmerde réellement Jon, c'est de faire ses adieux à Antonia Scott.

Sans doute est-ce pour cette raison qu'il a préféré emprunter l'escalier. Pour retarder ce moment.

— Tu n'apprends rien, hein ?

Jon émerge de derrière une énorme plante verte. Il l'a portée sur six étages à pied, ce n'est pas pour se faire engueuler.

— Il rentrait pas dans l'ascenseur, ment-il.

— C'est quoi, ça ?

Antonia désigne l'énorme ficus comme si un singe à trois têtes venait de débarquer chez elle.

— C'est un ficus.

— J'avais remarqué. Pourquoi tu m'apportes un ficus ?

Jon dépose le gigantesque pot dans un coin du salon, où Antonia n'aura pas d'autre choix que de cohabiter avec lui. Ou d'appeler des déménageurs pour s'en débarrasser.

— Je me suis dit que le moment était peut-être venu de meubler cette maison. Comme ça, petit à petit, dit Jon en époussetant un peu de terre sur la manche de sa veste.

— Je suis nulle avec les plantes. Je les fais toutes crever. Sans rire, c'est une sorte de super-pouvoir. Elle sera morte avant que tu partes d'ici.

Jon réprime un sourire. Le QI le plus élevé au monde, et elle n'a pas remarqué que la plante est en plastique. *Elle va sûrement mettre du temps.*

— On va devoir prendre le risque, dit-il.

Antonia regarde le ficus avec perplexité.

À l'instar du sarcasme, les modes de pensée tels que la métaphore ou l'analogie n'ont jamais figuré à son répertoire, mais tout le monde peut changer.

Elle comprise.

— En bas, au troisième droite, il y a une famille qui veut déménager. Ils ont trouvé un bon boulot dans une autre ville.

— Je suis content pour eux.

— Je me suis dit… Je me suis dit que ça pourrait peut-être t'intéresser. Enfin… si tu n'es pas trop pressé de rentrer à Bilbao.

Jon réfléchit un instant. Un court instant.

— Et ma mère, qu'est-ce qu'on en fait ?

— Ici aussi, il y a des bingos.

— Tu vas me faire payer en Tupperware, comme les autres ?

— Ta mère cuisine bien ?

Jon éclate de rire en pensant aux *cocochas* de sa mère. *Bien*, *elle dit.*

— T'imagines même pas.

Tous deux gardent le silence, les yeux fixés sur le ficus.

— On fait équipe, donc, dit Jon.

— On dirait bien.

— Et maintenant, c'est quoi, la suite ?

***

C'est aussi la question qui occupe Antonia.

Huit jours ont passé depuis le sauvetage *in extremis* de Carla Ortiz, et la situation a commencé à se tasser. Les médias ont déjà oublié les policiers dont le meurtre les avait tant choqués, et le manque d'informations concernant Nicolás Fajardo et sa fille a achevé d'épuiser le sujet. À présent, l'attention se recentre, progressivement, sur les championnats de foot et les frasques des célébrités.

Le problème, c'est que la police scientifique est allée au cimetière de la Almudena avec ses tubes à essai, pour tenter de savoir qui pouvait bien être enterré sous la pierre tombale portant le nom de Sandra Fajardo.

Ce qui s'est passé cinq jours plus tard va vous surprendre.

— L'analyse ADN est concluante, dit Mentor à Antonia au téléphone. La femme de la tombe est bien la fille de Nicolás Fajardo.

— Concluante à quel point ?

— Concluante à 99,8 %.

— En effet, c'est plutôt concluant, admet Antonia.

— On ne va pas rendre l'information publique. Officiellement, l'affaire est classée.

Quelle surprise !

Antonia Scott a un problème.

Il lui manque un cadavre et elle en a un en trop.

Parce que si la femme de la tombe est la fille de Nicolás, alors qui est la femme qui lui a tiré dessus dans le tunnel ? Qui est la femme qui s'est enfuie, qui a déclenché la bombe et sur laquelle est tombée une tonne de gravats ? Dont le cadavre – celui qui manque – n'a pas encore été retrouvé.

Antonia tourne et retourne l'énigme dans sa tête.

Elle n'arrête pas de penser à la manière dont elle lui a parlé, dont elle s'est adressée à elle. Comme si elle la connaissait. Avec une familiarité inexplicable, qu'Antonia attribuait à la folie.

Maintenant, elle n'en est plus aussi sûre.

Les dernières phrases de Sandra – si elle peut la nommer ainsi – continuent de résonner dans sa mémoire.

Toi qui te souviens de tout, tu ne te rappelles pas qui tu as pu blesser ? Tu oublies les dégâts qu'a causés ta croisade contre le mal ?

Il m'a recueillie et m'a rendue meilleure.

Nous n'avons pas choisi le nom d'un prophète par hasard.

Un prophète parle au nom d'un pouvoir supérieur.

Un prophète annonce ce qui reste à venir.

***

— Et maintenant, c'est quoi, la suite ? a dit Jon.

Antonia se demande si elle doit l'impliquer dans tout ça – ou du moins à quel point elle peut le lui raconter –, mais se dirige finalement vers le placard de sa chambre. Quand elle revient, elle porte un épais dossier marron. Vieux, usé.

Elle s'assied par terre, dos au ficus, et commence à étaler le contenu du dossier devant elle.

Jon, résigné, s'installe à ses côtés.

— Je me suis dit qu'en attendant que Mentor nous trouve un autre boulot, tu pourrais peut-être m'aider pour un petit projet personnel. La seule affaire que je n'ai pas encore réussi à résoudre.

— Mentor m'en a parlé. Mais il ne m'a pas dit de quoi il s'agissait. Alors, quelle est l'affaire que l'être humain le plus intelligent de cette planète n'est pas capable de résoudre ?

Antonia ne dit rien, mais pense à la manière dont les systèmes complexes se réajustent. L'escalade. La police achète des armes semi-automatiques, les criminels investissent dans des automatiques. Les uns portent des gilets pare-balles, les autres utilisent des balles perforantes. Prenez une personne dotée d'un cerveau spécial et faites-la travailler pour la police, et les criminels…

— Il y a toujours quelqu'un de plus intelligent que toi.

Elle tire du dossier un petit sachet en plastique qu'elle tend à Jon. Il contient un bristol. Quand Jon le retourne, il découvre une photographie.

Prise de loin, elle montre un homme élégant d'environ trente-cinq ans. Cheveux blonds, ondulés. Sur le point de monter en voiture. Jon lui trouve une certaine ressemblance avec l'acteur écossais qui joue le rôle principal dans *Trainspotting*. Difficile de l'affirmer. L'image est floue.

— C'est l'unique photo que nous avons de lui. D'ailleurs, il n'est pas au courant qu'elle existe. Sans quoi, il aurait remué ciel et terre pour la détruire et éliminer tous ceux qui l'ont vue. Il a un certain goût pour la théâtralité.

— Qui est-ce ?

— Un tueur à gages. Peut-être le plus cher du monde, je ne sais pas. En tout cas, le meilleur. Capable de faire passer n'importe quel meurtre pour un accident. Y compris les plus compliqués. Il a travaillé en Amérique, au Moyen-Orient, en Asie… Il y a trois ans, il s'est installé en Europe.

Jon ne cache pas sa surprise. Il y a pas mal de tueurs à gages en activité en Europe, qui ont tous une certaine renommée auprès des forces de l'ordre. Après tout, la notoriété, c'est bon pour les affaires.

— Pourquoi est-ce que je n'ai jamais entendu parler de lui ?

— Parce qu'il n'a rien à voir avec le tueur classique, Jon. Ce type est diabolique. Il n'approche presque jamais sa victime en personne. Sa méthode favorite consiste à forcer quelqu'un d'autre à tuer à sa place.

L'inspecteur Gutiérrez se gratte le crâne.

— Ce type n'a pas l'air de plaisanter.

— C'est l'homme le plus dangereux du monde, Jon, insiste-t-elle. Et je veux que tu m'aides à le traquer.

— Comment il s'appelle ?

— Je ne connais pas son vrai nom. Personne ne le connaît.

Antonia hésite un instant. Finalement, elle dit son pseudonyme, un nom qu'elle n'a plus prononcé depuis trois ans. Depuis qu'il a pénétré chez elle, depuis qu'il lui a tiré dessus, depuis qu'il a plongé Marcos dans le coma. Depuis qu'il lui a tout pris.

— Il se fait appeler M. White.

Note de l'auteur

J'aime toujours donner quelques informations sur les événements réels qui inspirent ou documentent mes romans, et il se trouve que cela plaît aussi à certains de mes lecteurs.

Commençons par l'intelligence d'Antonia : elle n'est pas aussi éloignée de la réalité qu'on pourrait le penser. Pour imaginer ses mécanismes psychiques, je me suis appuyé sur la manière dont ont été découvertes les extraordinaires capacités du cerveau humain, et en particulier celles de deux femmes : Marilyn Vos Savant, dotée d'un quotient intellectuel de 228 (bien que le chiffre reste sujet à caution) et Edith Stern qui, à dix-sept ans, enseignait les mathématiques à l'université du Michigan. Dans le cas de cette dernière, dont le QI atteignait 205, la nature n'a pas œuvré seule. Deux jours après sa naissance, son père, Aaron Stern, donna une conférence de presse pour expliquer qu'il comptait faire de sa fille un génie. Il consacra sa vie entière et celle de sa fille (qu'il retira à sa mère) à ce projet, en commençant par lui montrer des cartes représentant des animaux, des monuments célèbres et des concepts, alors qu'elle n'était âgée que de quelques semaines. À deux ans, la fillette connaissait tout l'alphabet. Aujourd'hui, Edith a 128 brevets à son nom, et son travail est de ceux qui ont le plus durablement influencé l'informatique temps réel. La méthode, bien qu'inhumaine et tout sauf recommandable, n'est pas une première. Le philosophe Théon l'avait employée au IVe siècle avec sa fille Hypatie, première femme reconnue en tant que génie. Hypatie d'Alexandrie se distingua ainsi dans les domaines des mathématiques, de la philosophie et de l'astronomie. Elle mourut assassinée par une foule de fanatiques religieux. Son histoire a donné lieu à de nombreux ouvrages passionnants que je vous encourage à consulter, cher lecteur.

J'ai pris quelques libertés avec la géographie de Las Rozas et du parc naturel de Majalacabra, où j'ai situé le club hippique, dont, je l'espère, les habitants ne me tiendront pas rigueur.

Le poème à l'origine de l'histoire d'amour entre Peter Scott et Paula Garrido, raison de l'existence d'Antonia Scott, est *Tigre, Tigre*. Il est, de fait, le plus beau poème jamais écrit. Une lecture à tête reposée, même dans sa traduction, emplit l'âme de beauté, de crainte et de stupéfaction. William Blake dialogue avec le Mal, incarné dans un tigre, et s'interroge :

Tigre ! Tigre ! feu et flamme
Dans les forêts de la nuit,
Quelle main ou quel œil immortel
Put façonner ta formidable symétrie ?

Blake interroge le tigre et les cieux lointains sur ce Dieu, indifférent aux prières, capable de créer l'agneau et un cauchemar de trois mètres. Tout le poème est sublime, mais le vers que la mère d'Antonia récite à son futur époux me semble le plus représentatif. Après tout, elle est le brasier où sera forgé un cerveau dont l'unique fonction est de vaincre le Mal.

La phrase « Quel était ton visage avant ta naissance ? » est un *kōan*, tout comme pourrait l'être le paradoxe de la force irrésistible. Les exercices de logique qui exposent des arguments insolubles m'ont toujours passionné. D'ailleurs, le terme chinois *maodun*, « paradoxe », pourrait figurer dans le répertoire de mots spéciaux d'Antonia. Littéralement, il signifie « lance-bouclier ». L'histoire de son origine étymologique est relatée dans un traité philosophique du IIIe siècle, le *Han Fei Zi.*

Un vendeur d'armes renommé présentait à la cour du roi une lance et un bouclier. Les acheteurs potentiels demandèrent :

— Cette lance est-elle efficace ?

— Elle peut perforer n'importe quel bouclier !

— Et ton bouclier ?

— Il peut arrêter n'importe quelle lance !

— Et qu'arrivera-t-il si ton bouclier essaie d'arrêter ta lance ?

L'homme ne sut que répondre.

Une dernière précision, sans doute guère nécessaire, mais qui devrait, je pense, m'épargner un certain nombre de courriers.

Oui.

Antonia et Jon reviendront.

Remerciements

Je voudrais adresser mes remerciements.

À Antonia Kerrigan et toute son équipe : Hilde Gerseb, Claudia Calva, Tonya Gates et les autres, vous êtes les meilleurs.

À Carmen Romero, qui a cru en ce livre avant tout le monde, et a fait preuve de plus de patience à mon égard que je n'en méritais. À toute l'équipe de Penguin Random House, en particulier les représentants qui ont sué sang et eau sur la route pour promouvoir nos livres. À Raffaella Coia, Eva Armengol et Juan Diaz.

À Rodrigo Cortés, qui a pris sur ses heures de sommeil – pourtant déjà rares – pendant le montage de son génial long-métrage *Blackwood* pour lire mon manuscrit et y apporter son indispensable contribution.

À Arturo González-Campos, mon ami et complice, qui m'a lu, corrigé et rassuré.

À Javier Cansado, qui a non seulement lu le manuscrit, mais imaginé sa bande-annonce.

À Joaquín Sabina et Pancho Varona, qui me bercent depuis mes enceintes.

À Manuel Soutiño, tu es revenu, avec tes encouragements, ton amitié. Merci. Je te dois tant.

À Barbara Montes, toujours. Même quand tu écrivais ton propre roman, *El Pintor de Tiovivos* (bientôt en librairie !), tu as pris le temps de me donner un coup de main pour celui-là. Tu es mon *Infinity Gauntlet*, avec toutes ses pierres précieuses. Je t'aime.

Et à vous, lecteur, pour avoir fait de mes romans un succès dans quarante pays, merci. Je vous demanderai cependant une dernière faveur. Ou plutôt deux.

La première : ne parlez jamais de la fin de ce livre, à quiconque ou sur les réseaux sociaux. Si vous rédigez une critique en ligne, ne dites rien, pas même en indiquant qu'il s'agit d'un spoiler, car tout le monde pourrait le lire et cela gâcherait l'effet de surprise. Si vous voulez évoquer ce sujet avec moi ou me poser des questions, vous pouvez le faire par e-mail, je vous répondrai personnellement avec plaisir.

Deuxième faveur : si vous avez passé un bon moment, écrivez-moi pour me le raconter (mais j'insiste : pas un mot à propos de la fin sur les réseaux sociaux !).

juan@juangomezjurado.com
twitter.com/juangomezjurado

Composition et mise en pages
Nord Compo à Villeneuve-d'Ascq

Imprimé en France par

MAURY IMPRIMEUR
à Malesherbes (Loiret)
en mars 2024

POCKET - 92 avenue de France, 75013 PARIS

N° d'impression : 275888
S32939/07